Christophe Vasse

Christophe Vasse vit à Toulouse et se consacre à l'écriture depuis plusieurs années. Il est notamment l'auteur de *Celle qui ne pleurait jamais* (Nouveaux Auteurs, 2017), couronné du Prix du Polar *Femme Actuelle*, de *La Porte de Bosch* (Nouveaux Auteurs, 2019) et de *Celle qui ne pardonnait pas* (Nouveaux Auteurs, 2021), lauréat du Coquelicot Noir 2022.

CELLE QUI
NE PARDONNAIT PAS

ÉGALEMENT CHEZ POCKET

Celle qui ne pleurait jamais
La Porte de Bosch
Celle qui ne pardonnait pas

CHRISTOPHE VASSE

CELLE QUI NE PARDONNAIT PAS

NOUVEAUX AUTEURS 2

ISBN : 978-2-266-33246-0
Dépôt légal : mai 2023

« L'œil était dans la tombe et regardait Caïn. »

Victor Hugo
(*La Légende des siècles*)

Note préliminaire

Les gendarmes ont pour habitude de s'exprimer par acronymes, habitude à laquelle je me suis conformé pour écrire cette histoire. J'ai pris le soin d'accompagner la première apparition de chaque acronyme d'une note de bas de page, mais aussi d'en rappeler la liste complète dans le glossaire figurant à la fin de cet ouvrage.

Prologue

Elle s'appelle Cassandre.

Dans la mythologie grecque, il est dit que sa beauté égale celle d'Aphrodite.

À ses yeux, la Cassandre qui se cache derrière cette porte est encore plus belle que la déesse de l'amour.

Ils ont le même âge ; Cassandre est son aînée d'un mois précisément – elle est née un 23 juin, il est né le 23 juillet. Hors du collège, elle ne se montre pratiquement jamais. Elle passe son temps enfermée dans sa chambre, à faire Dieu sait quoi – toutes ces choses que font les filles de son âge, imagine-t-il : surfer sur le Net, écouter de la musique, textoter, écrire quelques lignes dans son journal intime. Il rêve qu'elle y inscrit son prénom et dessine un cœur juste à côté, mais sait-elle même comment il s'appelle ? Ils ne se sont jamais parlé – si, se souvient-il subitement, une fois, au réfectoire. Il était allé remplir une carafe à la fontaine à eau et il l'avait trouvée là, juste devant lui, à se débattre avec son propre broc d'eau. La première chose qu'il avait regardée, c'étaient ses cheveux, savamment coiffés, avec une tresse qui lui ceignait le haut de la tête et quelques mèches blondes qui retombaient avec légèreté le long de ses tempes. Puis son regard avait glissé sur sa jupe, puis sur ses jambes et ses mollets enfermés dans une paire de spartiates dorées. Elle s'était retournée en faisant la moue et en haussant ses frêles épaules : « Laisse tomber, le truc est tombé en carafe, ça marche pas. » Sur le coup, il n'avait même pas saisi la blague – il soupçonnait qu'elle ne l'avait pas fait exprès – et il était resté comme un imbécile à la regarder s'éloigner dans sa jupe blanche – deux jambes longues et fines comme montées sur ressorts. Tout en les suivant du regard, il repensait à cette moue qu'elle lui avait adressée en se retournant vers lui, une mimique ingénue qu'elle n'avait même pas pris la peine de travailler, le genre à faire fondre n'importe quel garçon, même ceux qui passent tous leurs week-ends devant leur console et que le mot « sexe » fait grimacer de dégoût.

Il réalise qu'au seul souvenir de leur unique rencontre, son cœur se met à battre un peu plus fort. Il tend une main et pose deux doigts sur le grand « C » mauve qui orne la porte. Il y a un sticker en tissu juste en dessous, un papillon coloré comme il en voit quelquefois dans le jardin juste derrière la maison. Il suit un instant la courbe du « C » puis se fige. Il pourrait frapper à la porte – il n'entend aucun bruit, mais il sait qu'elle est là –, quelques centimètres seulement séparent la jointure de ses doigts du battant et une furieuse envie de la voir vient de s'emparer de lui. Il ne sait pas ce qu'il lui dirait si par le plus grand des miracles elle décidait d'ouvrir la porte, mais il trouverait quelque chose, n'importe quoi – il pourrait prétexter qu'il voulait réviser un cours, mais qu'il a oublié son bouquin, qu'il s'est trompé de porte, qu'il cherchait les toilettes et qu'en voyant le « C », il s'est dit que c'étaient les cabinets…

Non, ça, c'est vraiment trop nul ! Typiquement le genre de blagues qui fera jamais rire une telle fille !

Mais il aimerait tant la voir… Il imagine que la porte s'ouvre, que son visage d'ange apparaît, qu'elle refait cette petite moue qui a fait stopper net son cœur ce jour-là au réfectoire…

— Jeff !

Il sursaute. Le cri vient du rez-de-chaussée. Il a reconnu la voix : c'est « la grenouille » qui hurle après lui. Son prénom, c'est Florian, mais personne dans la bande ne l'appelle ainsi (tout comme lui ne se fait jamais appeler par son prénom, qu'il a en horreur). C'est le chef qui l'a affublé de ce surnom, en raison de ses jambes maigres et de sa tête qui rappelle celle du batracien.

— Ramène-toi, y a le *khal* qui veut te voir !

Le *khal*… Le chef adore cette distinction venue tout droit de la série *Game of Thrones*. Une espèce de titre de guerre qu'il s'est octroyé pour effrayer les ennemis et imposer le respect à ses alliés.

Jeff pose une dernière fois les yeux sur le panneau de bois qui le sépare de sa bien-aimée, puis se tourne et dévale l'escalier. Sur le seuil de la porte de la maison, il voit la grenouille qui l'attend, raide comme un piquet.

— Le *khal* t'attend, lui dit-il.

— Pourquoi ?

— Je sais pas, il m'a pas dit.

— Il est où ?

— Dans la cabane.

Jeff fait le tour de la maison et suit l'allée qui traverse les petits carrés de terre dont le père de Cassandre prend le plus grand soin.

Ce n'est pas un jardin, c'est bien plus que ça. Il y a d'abord la parcelle cultivée à proprement parler – potager, fleurs ornementales, quelques arbres fruitiers –, puis soudain, sans qu'on s'y attende, apparaît derrière une haie de cyprès une vaste pente couverte de fleurs au bout de laquelle est posée une cabane en bois, autrefois utilisée pour entreposer les outils de jardin et le bois pour la cheminée, aujourd'hui réquisitionnée par la bande qui en a fait son repère. Jeff fait une pause après avoir franchi les cyprès. La vue est extraordinaire : une mer multicolore de fleurs – marguerites, coquelicots, cosmos, mauves, bourraches – qui s'agitent sous l'effet d'une légère brise dont il sent le souffle chaud sur son visage. Le temps est magnifique : un ciel bleu sans nuages figé par la chaleur d'un mois de juillet caniculaire. Il s'avance et se fraie un chemin à travers la végétation qui bruisse doucement sur son passage. Il caresse les fleurs de la paume de ses mains – ce sont les cosmos qu'il préfère, il aime leurs couleurs, leurs fins pétales dentelés. Un papillon s'envole sur son passage, réplique vivante de celui qui est plaqué sur la porte de Cassandre. Le visage de la jeune fille lui vient immédiatement à l'esprit. Il rêve qu'un jour elle glissera à ses côtés dans cet océan de fleurs, qu'ils traverseront sans un mot ce petit paradis en se tenant par la main. Il ferme les yeux et imagine. Ils avancent côte à côte sans un mot, les doigts délicatement entremêlés ; il tourne la tête au moment même où elle tourne la sienne, il lui adresse un sourire et un grand vide se fait dans sa poitrine, qui le fait suffoquer de bonheur. Puis ils franchissent la porte de la cabane pour disparaître aux yeux du monde et se blottir l'un contre l'autre. Peut-être même trouve-t-il le courage de poser ses lèvres sur les siennes…

Ce jour viendra, il y croit dur comme fer. Il n'envisage pas l'avenir sans elle, il l'aime éperdument, il n'y aura personne d'autre. Il fera tout pour se faire aimer d'elle, il la couvrira de toutes les attentions, il lui parlera avec tendresse et honnêteté, il ne lui criera jamais dessus, il sera toujours à son écoute et saura toujours la consoler.

Conquérir le cœur de Cassandre, voilà le but de sa vie.

Il pense encore à elle quand il pousse la porte de la cabane. Lorsqu'il lève la tête, il croise le regard du *khal* qui s'est assis sur la table, les mains sur les genoux. Jeff referme la porte. Il fait peut-être encore plus chaud à l'intérieur et le rideau est tiré sur l'unique fenêtre qui éclaire la pièce.

Le *khal* sourit et saute à terre. Il a deux ans de plus que lui, il est vraiment grand, pas très costaud, mais son charisme est indéniable, ce qui explique en partie pourquoi ils ont fait de lui leur chef (ou plutôt est-ce lui qui s'est habilement imposé à eux). Il a du bagout, une assurance extraordinaire. Jeff éprouve pour lui un mélange d'admiration et de méfiance. Il a tendance à les entraîner dans des coups un peu foireux et surtout, il semble ne pas très bien s'entendre avec sa sœur, Cassandre.

Et ça, Jeff a du mal à l'accepter.

— Aujourd'hui est un grand jour, Jeff, s'exclame le *khal* avec emphase.

Il passe dans son dos et glisse la clef, dont il détient l'unique exemplaire, dans la serrure. Le pouls de Jeff s'accélère de façon inexplicable lorsqu'il entend le pêne glisser dans son logement. Le *khal* lui donne une tape amicale sur l'épaule et reprend position sur la table. Il ne s'est pas departi de son sourire depuis que Jeff est entré, ce sourire qu'il arbore quand il a une idée saugrenue à l'esprit.

— Ça te plaît d'être dans la bande ? lui demande-t-il de but en blanc.

Jeff, quelque peu déstabilisé, se compose un air assuré.

— Oui, évidemment.

— Tu trouves ça cool ?

Cool… Cool, en effet, et plutôt valorisant, car le *khal* inspire une certaine crainte auprès de ceux de son âge et évoluer dans son sillage est l'assurance de capter un peu de ce parfum férin.

— Ben ouais.

— T'aimerais pas en être éjecté, je suppose ?

Jeff sent un frisson remonter le long de son échine.

— Pourquoi j'en serais éjecté ? J'ai fait quelque chose de mal ?

— Non, t'inquiète, il n'est pas question de te virer. Seulement, pour rester dans la bande, il y a…

Le sourire du *khal* s'élargit tandis qu'il écarte les bras d'un geste théâtral.

— … l'épreuve !

Jeff fronce les sourcils.

— Tous les autres ont passé l'épreuve, poursuit le *khal*, c'est pour ça qu'ils sont encore là. Tu es le dernier à avoir intégré la bande ; c'est ton tour, à présent.

— Et c'est quoi cette épreuve ?

— C'est un truc super simple, mais seuls les plus forts réussissent.

L'orateur redescend de son perchoir et s'approche. La pomme d'Adam de Jeff fait un rapide va-et-vient le long de son cou. Il n'aime pas le regard de son camarade, il y a au fond de ses yeux comme une lueur… malsaine.

— L'épreuve consiste en deux parties.

Il brandit l'index de sa main gauche sous le nez de Jeff, qui ressent une légère fraîcheur au niveau des tempes, là où s'est formée une fine pellicule de sueur froide.

— La première, c'est le test.

Le majeur se dresse à son tour devant les yeux de Jeff.

— La seconde, c'est le secret que tu jures de garder sur le test.

Le sourire sur le visage du *khal* disparaît.

— Si tu passes le test, mais que tu ne tiens pas ta langue, tu ne feras plus jamais partie de la bande.

Il laisse passer une poignée de secondes.

— Mais ce sera le moindre de tes problèmes. Alors ? Tu te sens le courage de passer l'épreuve ?

Jeff fait oui de la tête. Le *khal* ménage une nouvelle pause, puis déboutonne son bermuda et le fait glisser le long de ses jambes. Les yeux de Jeff se baissent instinctivement. Le *khal* ne porte pas de caleçon ; il tient déjà son sexe dressé au creux de sa main.

— Alors à toi de jouer.

Chapitre 1

Gabrielle décolle son oreille de la porte. Pas un bruit. Elle croise le regard du serrurier qui ne semble pas très rassuré. Visiblement, il n'a pas l'habitude de ce genre de « dépannage ». Gabrielle, elle, a l'habitude, pourtant son cœur bat plus violemment que de coutume. Elle tourne la tête vers Axel qui se tient prêt, serein, à ses côtés, puis vers ses collègues du PSIG[1] qui attendent son signal. Elle prend une dernière inspiration puis hoche la tête. L'un des militaires frappe à la porte.

— Gendarmerie, ouvrez !

Aucune réponse. La deuxième injonction n'est pas plus efficace.

— Allez-y, commande Gabrielle au serrurier.

Le vieil homme s'avance et s'affaire avec nervosité sur la serrure. Il a tout juste le temps de se reculer : Axel, arme au poing, pousse la porte et s'engouffre, suivi des hommes du PSIG qui ont eux aussi sorti leur Sig Sauer. Gabrielle est la dernière à entrer. Un coup de feu éclate. Axel s'écroule. Les patrouilleurs répliquent

1. Peloton de surveillance et d'intervention de la gendarmerie.

en direction de la fenêtre, mais le type a déjà sauté dans le vide. Deux étages. C'est la panique. Des cris et des injures sont échangés, les gendarmes risquent un œil à la fenêtre, mais jugent le risque trop grand. Trois d'entre eux se précipitent hors de l'appartement tandis que le dernier appelle les secours. Gabrielle est agenouillée auprès de son coéquipier et regarde avec horreur la tache sombre qui s'élargit sur sa poitrine.

— Putain, fais chier, souffle Axel.

— Chut ! le fait taire Gabrielle. Ne bouge pas, ne dis pas un mot. On va te sortir de là, ça va aller.

— Ça, c'était pas prévu. Enfoiré de merde…

Avant de quitter la gendarmerie, tous deux ont discuté de la pertinence de s'équiper de gilets pare-balles, ils en ont même plaisanté. Gabrielle serre les dents.

— On pouvait pas savoir, dit-elle comme pour s'excuser. Il n'était pas censé être armé, ce fumier…

— Putain, ce que ça peut faire mal…

— Ça va aller, lui répète-t-elle. Les secours vont arriver d'une minute à l'autre.

Elle examine avec attention le visage de son partenaire et sent les larmes lui monter aux yeux. Il a pris une coloration inquiétante et de fines gouttes de sueur perlent sur la peau. Sa respiration est difficile et douloureuse.

— Axel, reste avec moi ! lui crie-t-elle lorsqu'elle voit ses paupières se fermer.

— Putain… La première… que je prends…

Il grimace, sa tête bascule légèrement en arrière.

— Axel ! Écoute-moi ! Il faut que tu m'écoutes, que tu gardes les yeux ouverts ! Je suis là, je ne bouge pas, les secours vont arriver, ils vont te sortir de là.

Il rouvre subitement les yeux, qui roulent un instant dans leurs orbites avant de se poser sur Gabrielle.

— Promets-moi que c'est pas la dernière que je prends…

— Quoi ?

— Je vais m'en sortir… Je veux pas… que la première bastos que je prends… soit la dernière… Promets-moi.

— Mais qu'est-ce que tu racontes ?

— Promets-moi.

— Oui, je te promets, lui répond Gabrielle qui ne parvient plus à retenir ses larmes. Dans une semaine, tu courras comme un lapin.

Axel sourit.

— Ouais, comme Cyclope.

— Comme Cyclope, oui, sanglote Gabrielle.

Il referme les yeux et se fige.

Chapitre 2

Deux mois plus tard

Gabrielle est en train de mettre le point final à un P-V d'enquête préliminaire quand le colonel fait irruption dans son bureau. Cela fait à présent deux mois qu'Axel a été tué. Le souvenir de sa mort hante ses journées et ses nuits, mais à la vue de l'homme qui accompagne le colonel, une douleur encore plus aiguë que celle qui l'arrache à son sommeil lui transperce la poitrine.

C'est cet homme qui va prendre la suite d'Axel, elle avait oublié qu'il prenait ses fonctions aujourd'hui.

— Gabrielle, je te présente Marc Darbanville.

Le nouveau tend une main, qu'elle s'empresse de saisir. Plus vite les présentations seront faites, plus vite elle pourra passer à autre chose.

— Enchantée.

— Moi de même.

Moi de même... Elle n'aime pas sa façon de parler. Il est mal rasé, étonnant que le colonel laisse passer ça, et ses cheveux sont trop longs. Il a le nez étroit et son œil gauche semble plus petit que le droit.

Une petite cure de carotène ne lui ferait pas de mal non plus, il est blanc comme un linge… Le contraste avec ses cheveux noirs est surprenant. Il n'y a que ses lèvres, bien dessinées et pulpeuses ; son sourire ne manque pas de charme.

— C'est Marc qui…

— Qui prend le bureau d'Axel, je sais.

Le colonel ne se formalise pas de l'interruption de sa subordonnée. Marc Darbanville est grand, il dépasse de quelques centimètres son supérieur qui ne figure pas parmi les plus petits.

— Installez-vous, commande celui-ci à sa jeune recrue. Je viens vous chercher vers neuf heures.

Puis se tournant vers Gabrielle :

— Je vous laisse faire connaissance.

Il disparaît et les laisse seuls. Gabrielle reporte aussitôt son attention vers son écran d'ordinateur. Huit heures dix-sept, y lit-elle. Trois quarts d'heure en tête à tête avec son nouveau colocataire. Elle espère qu'il va se trouver de l'occupation, car elle a mieux à faire que de jouer au chaperon.

À midi pile, Zacharie fait son apparition pour lui proposer un déjeuner au *food truck* réunionnais où ils ont leurs habitudes, invitation qu'elle s'empresse d'accepter avant que Marc ne revienne de sa tournée avec le colonel.

Le nouvel arrivant apparaît comme par magie alors que Zacharie passe la porte du bureau.

— Eh, Marc ! Justement, on partait manger ; tu te joins à nous ?

Gabrielle, dépitée, essaie de capter le regard de Zacharie pour lui signifier tout le bien qu'elle pense de sa proposition. Celui-ci, tout à sa joie d'avoir trouvé un nouveau compagnon de table, ne lui prête déjà plus la moindre attention.

Comme à son habitude, c'est Zacharie qui assure l'essentiel de la conversation durant le repas ; Gabrielle se contente du minimum syndical. Mais lorsqu'elle entend Marc, dont elle vient d'apprendre qu'il est toulousain, se réjouir d'être de retour dans sa ville natale, elle sort brusquement de son silence :

— Tu sais pourquoi t'es là ?

Les deux hommes se figent et dévisagent la jeune femme, sur la tempe de laquelle affleure une méchante veine.

— Oui, je sais, répond Marc d'un ton repentant.

— C'est dans mes bras qu'il est mort.

— Crois-moi, j'aurais préféré rester où j'étais plutôt que de…

— Axel aussi était de Toulouse, le coupe Gabrielle, mais lui, sa ville natale, il n'est pas près de la revoir.

Le repas achevé, Zacharie profite que Gabrielle règle sa note pour poser une main sur l'épaule de Marc et l'éloigner discrètement du *food truck*.

— T'en fais pas, le rassure-t-il avec un sourire, tu t'habitueras à son sale caractère, comme toute la section s'y est habituée.

Chapitre 3

La fillette est assise en tailleur sur son lit. Dans le creux que forme sa robe entre ses jambes est blotti un petit lapin noir qu'elle caresse avec application. Le nez de l'animal s'agite sans discontinuer comme s'il cherchait à reprendre son souffle après un marathon. Il s'appelle Cyclope, son nom lui vient d'une anomalie génétique qui l'a privé d'un œil à la naissance. Sa jeune maîtresse, c'est Morgane, fille unique de Claire et d'Axel. Lorsqu'on la regarde comme ça, elle semble observer son lapin avec attention, mais en réalité son esprit s'est enfui très loin, en des lieux où personne n'est en mesure de le rejoindre.

À sept ans, Morgane n'a plus de papa.

Et cette injustice-là, Gabrielle ne l'accepte pas. Elle connaissait très bien Axel, sa femme et sa fille ; tous trois formaient une famille discrète et heureuse. Elle se fait un devoir de venir voir Morgane au moins une fois par semaine. Elle n'est pas complètement convaincue de l'utilité de ses visites, mais Claire n'arrête pas de lui dire qu'elles font du bien à sa fille, même si elle n'en montre rien.

Gabrielle ne sait jamais quelle Morgane elle va avoir en face d'elle. Certaines fois, elle est souriante, volubile, accepte volontiers de jouer ou de regarder un dessin animé en sa compagnie, d'autres fois, elle est triste, ailleurs, ne semble avoir envie de rien ni de personne, sauf peut-être de Cyclope. Comme aujourd'hui. Assise au bord du lit, Gabrielle observe le lapin tout en songeant à un moyen d'entrer en communication avec l'enfant.

— Tu sais qu'un jour un lapin a attaqué le président américain ?

Morgane lève la tête et adresse un regard perplexe au gendarme.

— Il pêchait tranquillement dans une barque quand un lapin a nagé vers lui en montrant les dents et en sifflant, puis il a essayé de monter à bord du bateau.

— Ils nagent pas, les lapins.

— Celui-là, si. Et il n'avait pas l'air marrant. Le Président a eu tellement peur qu'il a sauté dans l'eau et s'est enfui à la nage. Et du coup, c'est le lapin qui est rentré avec la barque. Je te dis pas la tête des conseillers du Président quand ils ont vu débarquer le lapin dans le bateau.

Un sourire apparaît sur le visage de Morgane. Gabrielle ne regrette pas d'être tombée par hasard sur l'anecdote en surfant sur le Web ; elle a pris un peu de liberté avec son épilogue, mais elle a fait mouche. La fillette baisse les yeux sur son lapin qui commence à s'agiter entre ses jambes.

— Tu crois que Cyclope, il sait nager ?

— Je ne crois pas, non.

— Je pourrais peut-être lui apprendre ? Je pourrais essayer dans la baignoire.

— Je ne suis pas sûre qu'il aimerait ça. Il vaut mieux qu'il reste sur la terre ferme.

— Papa, il a dit qu'on allait mettre une piscine dans le jardin. J'aurais bien aimé que Cyclope, il nage avec moi.

Le sourire sur le visage de Morgane a disparu. Gabrielle serre les mâchoires. La vie peut décidément se montrer effroyablement injuste. Non, se corrige-t-elle aussitôt, la vie ne décide pas subitement de devenir injuste, ce sont les autres qui la rendent ainsi ; il suffit, par exemple, d'un salopard entre les mains duquel on a mis une arme à feu pour faire basculer la vie d'une gamine de sept ans et de sa maman.

— Je suis sûre que tu auras ta piscine, Morgane. Et tu auras plein de copines et de copains qui voudront nager avec toi.

— Tu viendras, toi aussi ?

— Oui, si tu veux que je vienne, je viendrai, je te le promets.

Une larme glisse le long de la joue de la petite fille. Cyclope a un petit mouvement de panique quand elle s'écrase sur sa fourrure.

Gabrielle loue un deux-pièces au quatrième étage d'un vieil immeuble du centre-ville de Toulouse – elle est à l'étroit dans la chambre, mais le séjour est immense et la cuisine américaine hyper-fonctionnelle. Mais c'est surtout pour sa terrasse qu'elle a choisi cet appartement. Pas très grande, mais suffisamment large pour y caser une petite table et deux chaises. De là, elle a une vue imprenable sur les toits de la ville. Quand elle n'est pas d'astreinte et que le temps le lui permet, elle se fait un devoir d'y prendre tous ses repas. La nuit, la mosaïque d'ombres et de lumières est un spectacle à couper le souffle. Autre avantage de son repaire : le magasin *Picard* situé à deux minutes à pied. Gabrielle n'a aucun talent de cuisinière et n'a pas la moindre envie d'en acquérir. Elle n'aime pas cuisiner pour elle-même, encore moins pour les autres, et elle bénit chaque jour l'inventeur du plat surgelé.

Elle se laisse tomber dans le canapé et pose les pieds sur la table en verre. Aujourd'hui, pas de cours de Systema, ce sera donc plateau-repas devant Netflix. Avant ça, un petit tour par Meetic, plus histoire de s'occuper quelques minutes avant le dîner que par réelle envie de trouver l'homme de sa vie. Elle n'est pas sûre de vouloir renoncer à son indépendance. Elle n'a de comptes à rendre à personne, fait ce que bon lui semble de son temps libre et met autant de bordel qu'elle veut dans son appartement. La discipline de la caserne est bien suffisante. Elle a tout de même fait quelques rencontres… intéressantes. Puis c'est une bonne occasion de se marrer. Bien sûr, son profil est presque totalement bidon – faux nom, fausse profession, seules les photos sont authentiques. De toute façon, il n'y a que ça qui intéresse les hommes. Ce soir, c'est le message de *TeddyBear31* qui la fait bien rigoler. Elle n'est pas spécialement bonne en orthographe, mais a déjà relevé six fautes dans les deux premières phrases du charabia qu'il lui a adressé. Sur l'une des photos, il est en train de soulever de la fonte – un gros paquet de muscles avec une noix de cajou entre les deux oreilles. Elle fait la moitié de son poids, mais elle est persuadée qu'elle l'étalerait en deux temps trois mouvements. Inutile de s'attarder, elle sait ce qu'il veut, mais ce qu'il lui écrit est à se tordre de rire. Elle hésite un instant à lui répondre puis se dit qu'il serait capable de croire qu'il l'a « branchée ». Elle ferme l'application, balance son portable sur le canapé et bascule la tête en arrière.

Voici venue l'heure de l'introspection. Elle sait qu'elle ne devrait pas laisser son esprit vagabonder ainsi, elle se pose trop de questions (et pas toujours les bonnes), mais il n'y a rien à faire : le rituel de l'autopsychanalyse est quotidien. Pourquoi se prend-elle autant la tête avec toutes ces réflexions ? (*Pourquoi suis-je comme ci et pas comme ça ? Est-ce que je me comporte bien envers les autres ? Pourquoi j'attache autant d'importance à toutes ces conneries qui n'en méritent aucune ? Quel est le but de ma vie, suis-je même censée en avoir un ?*) Est-elle la seule sur terre à s'interroger ainsi sur son existence ? Axel n'arrêtait pas de tourner en dérision ces tortures mentales qu'elle s'infligeait. Lui ne se posait jamais de questions.

Il avait bien raison, cela n'aurait rien changé à ce qui lui est arrivé.

Ses pensées glissent d'Axel vers Marc, le petit nouveau venu lui prendre sa place. Elle ne le sent pas. Sa façon de parler, la négligence savamment calculée de sa barbe, genre gueule de pub pour parfum, ses cheveux trop noirs, qui partent dans tous les sens (mais qu'est-ce qui a donc pris à Dobey – il recrute des beatniks à présent ?), tout en ce type lui hérisse le poil. Elle pressent que ça ne va pas être simple. Mais elle doit prendre sur elle et ne pas s'arrêter à cette première impression.

Sa gorge, soudain, se serre. Elle vient de se rappeler que le jour où Axel a débarqué elle l'a aussitôt pris en grippe. Quelques mois plus tard, ils étaient les meilleurs amis du monde.

Hum… Après tout, peut-être devrait-elle lui laisser sa chance.

Elle démarre son second épisode de la soirée quand « Hobo » gratte au carreau. Elle jette un coup d'œil à l'écran de son téléphone : vingt et une heures dix-sept. À quelques minutes près, il se présente toujours à la même heure. Ce chat a une horloge dans le bide. Elle met sa série sur pause, se lève et fait coulisser la porte-fenêtre – même par cette chaleur, elle refuse de la laisser ouverte à cause des moustiques dont elle a une sainte horreur. Hobo entre avec un petit saut, laisse échapper un bref miaulement et emboîte le pas de Gabrielle qui a déjà pris la direction de la cuisine. Elle ne sait pas d'où il vient, ni où il passe son temps quand il ne vient pas la voir pour réclamer sa pitance, si même il a un maître. La première fois, il est resté se plaindre sur sa terrasse pendant dix bonnes minutes. Elle ne lui a pas ouvert. Il est revenu le lendemain, et le surlendemain encore. C'est un beau chat tigré, il doit avoir un an, peut-être deux – elle ne s'y connaît pas bien question félins. Elle a cédé parce qu'il n'avait que la peau sur les os. Elle a acheté un paquet de croquettes qu'elle lui verse dans une gamelle dans la cuisine. Sitôt qu'il s'est nourri, elle le met dehors. Pas question de pousser leur relation au-delà du remplissage de son estomac. Les chats, elle les aime bien, mais elle n'en veut certainement pas dans cet appartement. Ici, c'est elle la patronne et lui l'invité, hors de question d'inverser les rôles.

Elle laisse Hobo à ses croquettes et reprend l'épisode là où elle l'a laissé. Peu de temps après, le félin saute sur le canapé et commence à lui grimper dessus en ronronnant. Elle s'en empare d'une main, se lève et le dépose sur la terrasse. Ils restent un moment à s'observer de chaque côté de la vitre, puis elle reprend position devant la télé.

Pendant un long moment, son regard fait des va-et-vient entre l'écran et l'animal qui attend sagement derrière la porte-fenêtre. Comme d'habitude, elle ne lui rouvrira pas et il finira par se lasser. C'est ainsi et ça ne changera pas, même si c'est quand même bête de mettre dehors le seul être vivant qui lui manifeste un tant soit peu d'affection.

Gabrielle dort d'un sommeil agité quand, vers une heure du matin, Erika monte dans sa voiture pour rentrer chez elle. Sur le siège passager, Ombeline manifeste des signes évidents de fatigue auxquels l'alcool n'est pas étranger. Erika, elle, est parfaitement lucide. C'est une jeune femme intelligente et raisonnable qui a conscience des risques qu'elle prendrait et ferait prendre à son passager si elle prenait le volant après avoir bu un verre de trop.

— Ne gerbe pas dans ma bagnole, s'il te plaît, lance-t-elle à Ombeline.

— T'inquiète, j'en suis pas à ce point-là.

Elle ponctue sa phrase d'un bâillement, se cale contre l'appuie-tête et ferme les yeux. Erika démarre. Elle connaît Ombeline depuis quelques heures à peine, c'est une fille très sympa, mais qui manque énormément de confiance en elle. Alors, pour se donner du courage, lui a-t-elle expliqué, elle boit. Et ce soir, elle s'est donné beaucoup de courage. Erika a donc proposé de la raccompagner. C'est tout elle : la bonne Samaritaine (« Mère Teresa », l'appellent régulièrement ses copines pour la chambrer), la chic fille qui ne sait pas dire non.

Elle sera chez Ombeline dans un quart d'heure, chez elle dix minutes plus tard. Ses yeux commencent à la piquer et il lui tarde de se glisser sous les draps.

Elle conduit depuis à peine deux minutes quand une silhouette apparaît dans la lumière de ses phares à un rond-point.

— Merde…

Elle ralentit et range sa voiture sur le côté. L'immobilité réveille Ombeline.

— Qu'est-ce qui se passe ?

Erika, qui a déjà baissé la vitre, ne lui répond pas.

— Bonsoir, monsieur l'agent.

— Bonsoir, mademoiselle. Contrôle routier. Pourriez-vous me montrer vos papiers, s'il vous plaît ?

Erika pivote pour récupérer son sac sur la banquette arrière et commence ses recherches – à chaque fois, elle se dit que le prochain sac qu'elle achètera aura la taille d'un portefeuille. En attendant, elle fouille avec fébrilité tandis que le policier attend sagement de l'autre côté de la portière. Ombeline, après avoir brièvement émergé de son sommeil alcoolisé, referme les yeux. Enfin, la jeune femme tend ses papiers à l'agent.

— Vous revenez de la discothèque ? lui demande-t-il.

— Oui.

— Vous avez bu ?

Depuis le début, le flic garde une main derrière le dos. Elle soupçonne qu'il attend le bon moment pour lui présenter l'éthylotest qu'il y garde au chaud. Il peut y aller, elle sait qu'elle est réglo.

— Un mojito.

— C'est tout ?

— Oui, monsieur, répond-elle avec assurance et une pointe de provocation, c'est elle qui a bu ma part.

Elle a un petit mouvement de tête en direction d'Ombeline qui ouvre vaguement un œil. Le policier laisse passer quelques secondes puis se redresse.

— Il y a un chiffre qui manque à votre plaque. C'est cent trente-cinq euros en principe.

Erika perd un peu de son assurance. L'agent lui tend ses papiers avec un sourire.

— En principe. Passez voir un garagiste, mes collègues ne seront peut-être pas aussi conciliants.

— Merci.

Elle enfouit les documents dans son sac et redémarre.

— Depuis quand ils sont sympas, les flics ? interroge Ombeline d'une voix pâteuse.

— Il suffit de savoir leur parler, répond Erika avec un sourire.

Au rond-point, l'agent de police lève le camp après avoir griffonné une poignée de mots dans un petit calepin.

Chapitre 4

Gabrielle lève la tête au moment où Marc pose une main sur son bureau.

— Je n'arrive pas à commencer la journée sans un café, déclare-t-il. Tu m'accompagnes ? Je te l'offre.

Elle hésite un instant, puis se dit qu'avec la nuit qu'elle vient de passer un autre café ne sera pas de trop.

— OK.

Dans le couloir, un jeune homme en jogging et baskets, casquette vissée sur le crâne, interpelle Gabrielle avec familiarité. Elle se retourne pour lui adresser un sourire et un geste de la main avant de poursuivre son chemin.

— Lui, ce n'est pas un gendarme, observe Marc.

— Non, mais il est presque aussi efficace. Il a de grandes oreilles et connaît pas mal de monde. On fait de temps en temps appel à ses services, souviens-toi de son nom : Léo – enfin, en tout cas, ici, c'est comme ça qu'il s'appelle.

— Il a déjà bossé pour toi ?

Elle lui adresse un regard mystérieux avant de répondre :

— Non, mais ça pourrait venir.

La caserne est déjà sur le pied de guerre, mais certains de ses éléments ne sont à l'évidence pas encore tout à fait sortis de leur léthargie, à en juger par la queue qui s'est formée devant la machine à café. Marc profite de l'attente pour tenter de briser la glace. Gabrielle, sur la défensive, ne lui facilite pas la tâche.

— Ça fait combien de temps que tu es là ? demande-t-il au bout d'un moment.

— Quatre ans.

— Tu es d'ici ?

— Non, de la région parisienne. Seine-et-Marne.

— La Seine-et-Marne ? J'ai…

— Ah, on a eu la même idée à ce que je vois !

Gabrielle n'a pas besoin de se retourner, elle connaît parfaitement cette voix et elle ne juge pas nécessaire de répondre. Le nouveau venu apparaît à ses côtés et tend une main à Marc.

— Olivier. SR[1] ?

— Marc, enchanté. Oui, je suis arrivé il y a deux jours.

— Bienvenue.

— Merci.

Olivier sourit largement puis pose les yeux sur Gabrielle.

— Vous allez bosser ensemble ?

— Ça, c'est Dobey qui décidera.

— Vous êtes dans le même bureau ?

— Oui, confirme-t-elle d'une voix sèche.

1. Section de recherches.

— Ah, t'as pris la place du mort, lance Olivier en se tournant vers Marc.

À ces mots, Gabrielle lève les yeux, les joues en feu et les mâchoires serrées comme un étau.

— Tes remarques à la con, tu les gardes pour toi, d'accord ?

— Allez, c'était pour détendre un peu l'atmosphère.

— Tu trouves ça drôle, bordel ?

Olivier lève les mains en signe d'apaisement. Semblant satisfait de son effet, il s'adresse de nouveau à Marc.

— Va falloir que tu t'habitues à son langage légèrement… ordurier. Sûrement l'influence de tous ces hommes autour d'elle.

— Sur ce point, je ne vais pas te contredire.

— Et ne la cherche pas trop…

Il esquisse un petit mouvement de karaté.

— Elle pratique les arts martiaux, achève-t-il avec un petit rictus de plaisir.

— Merci du conseil, réplique Marc. Je tâcherai de rester diplomate.

— Je ne sais pas si la diplomatie suffira, la dame sort facilement les griffes. Mon dos s'en souvient encore.

— Va te faire foutre, Olivier.

— Je vais faire ça, oui. Allez, je vous laisse en amoureux. Finalement, je le prendrai plus tard, ce café.

L'importun s'éloigne, sourire aux lèvres. Marc observe Gabrielle à la dérobée. Ses joues sont écarlates, ses yeux, deux obsidiennes dans lesquelles palpitent des flammes. Un instant, il pense qu'elle va se jeter sur son collègue et le mettre en pièces. Il en profite pour mieux étudier son visage. Peau très blanche, cheveux noirs comme la nuit. Ses traits sont sévères – menton volontaire, lèvres fines, regard dur, nez droit avec une petite cassure aux deux tiers. Ses yeux clairs, qui semblent avoir viré au noir sous le coup de la colère, sont coiffés de deux sourcils fins très inclinés en direction du nez. Sa chevelure est dans un désordre indescriptible, ce à quoi elle est manifestement indifférente. C'est bien dommage, se dit-il, avec une queue-de-cheval ou un chignon au-dessus de la tête, elle paraîtrait bien moins sauvage. Plus sexy, aussi. Elle se tourne et surprend son regard.

— C'est à nous, je crois, fait-elle en tendant un doigt en direction de la machine à café.

— Ah, oui. Qu'est-ce que tu prends ?

— Expresso allongé.

— Il a l'air d'être un sacré rigolo, cet Olivier, lâche Marc tout en insérant les pièces dans le distributeur.

— C'est surtout un sacré connard. J'imagine qu'il en faut un dans chaque caserne.

— Il faut espérer que je n'aurai pas à bosser avec lui, alors.

— Ça dépend. Malheureusement, il est aussi très compétent.

— Ah, pas de chance…

— Comme tu dis, oui.

Elle jette un coup d'œil en direction d'Olivier qui s'est arrêté un peu plus loin pour discuter avec deux acolytes, et songe subitement qu'il ne lui a toujours pas rendu les clefs de son appartement qu'elle a eu la stupidité de lui donner il y a six mois de ça. Elle se promet de lui faire une piqûre de rappel à la prochaine occasion qui se présentera. Avec un peu de chance, il n'y mettra pas du sien et elle se fera un plaisir de lui coller son poing dans la figure.

Chapitre 5

Il se réveille en panique, haletant, les yeux exorbités. L'esprit encore empoissé des images brutales, il pose une main sur le drap-housse : il est trempé. Il croit voir des ombres se mouvoir dans l'obscurité, alors il tend une main vers l'interrupteur et allume. Les ombres s'évanouissent, les meubles et les repères familiers reprennent leur place tandis que ses yeux se réhabituent lentement à la lumière. Il pose les mains sur son visage et se masse les yeux du bout des doigts pour les débarrasser des derniers lambeaux du cauchemar. Il se souvient de corps qui s'entremêlent, puis d'une longue lame qui s'enfonce dans la chair. Le sang gicle comme dans un mauvais film d'horreur, mais ce n'est pas ça qui l'a réveillé.

Non, ce qui l'a réveillé, c'est le visage de Caïn.

Il était là ; il observait, regardait la scène en souriant. Il se rappelle cette expression de satisfaction sadique qu'il affichait devant le spectacle, c'est lui qui voulait ça ; ce couteau, c'est lui qui l'a mis entre ses mains. Il était obligé, il n'avait pas le choix.

Il avait disparu, mais il est revenu.

Non, il ne veut pas y croire. Il l'a chassé, il s'en est débarrassé pour toujours. Alors pourquoi ce cauchemar ? Il ne se rappelle pas la dernière fois que Caïn lui a parlé ; cela fait si longtemps, il a oublié.

Son cœur, qui se remet difficilement de cette violente émotion, repart de plus belle. Et s'il s'adressait de nouveau à lui ? Dans son rêve, il n'a rien dit, mais ce n'est peut-être qu'une question de temps. Une brève apparition, un petit coucou sous forme d'avertissement, histoire de se rappeler à ses bons souvenirs, avant son retour.

Sa revanche.

Il referme les yeux, les rouvre aussitôt de peur que Caïn profite de ce moment d'inattention pour faire son apparition dans la chambre.

Non ! Qu'est-ce que tu racontes ? Il est parti. Il a fini par admettre l'idée qu'il était de trop, il ne reviendra pas !

Il est à présent complètement réveillé. Réveillé et dans un état d'agitation proche de la frénésie. Il sonde l'humidité du drap de la paume de la main. Comment est-il possible de suer autant ? Les nuits sont douces en ce moment, mais la fenêtre est ouverte et le drap dont il se recouvre est presque aussi fin que du papier à cigarette. Il pourrait d'ailleurs très bien s'en passer.

Mais alors il serait vulnérable, exposé.

Mais à quoi donc, espèce de crétin ?!

Il se prend la tête à deux mains, expire lentement à plusieurs reprises. Il n'est pas près de retrouver le sommeil. Il doit se calmer. Un verre de lait avec un peu de cannelle, du miel, un Stilnox ou un Lexomil s'il le faut, n'importe quoi plutôt que de garder ces images en tête.

L'image de Caïn.

Il opte finalement pour un Stilnox, qu'il fait descendre avec un verre de lait. En attendant que le comprimé fasse effet, il retourne à la chambre prendre son livre sur la table de nuit puis s'installe dans le canapé du salon. Le verre de lait posé sur un bras du canapé, la télé en sourdine pour chasser le silence hostile, il commence à lire. Il parcourt quelques lignes, puis son esprit divague. Il se bat, éloigne les visions, reprend sa lecture, parvient à se concentrer sur l'histoire pendant quelques minutes, puis le souvenir du rêve revient en une série de violents flash-backs. La lutte est permanente, son cerveau ne lui laisse aucun répit. Bientôt, le plaisir le dispute à la peur. Une volonté externe le pousse à se complaire dans cette torture mentale, à visualiser le corps et le visage de ces hommes, à les désirer.

Ça suffit ! Tire-toi ! Disparais de ma tête !

Mais pourquoi s'adresse-t-il à lui de la sorte ? Caïn n'existe plus ! Dans ses rêves, peut-être, mais pas dans cette réalité, pas dans cette vie !

Il referme son livre, s'empare de la télécommande et augmente le volume de la télévision. Il a choisi une chaîne d'information en continu, mais bientôt, la journaliste lance un reportage sur le meurtre sordide d'une jeune Indienne dans l'État du Pendjab. Il change aussitôt de chaîne, s'arrête sur un dessin animé qui le distrait quelque temps, mais son attention décroche et les images émergent une nouvelle fois, à la manière d'un prédateur sans pitié dont la silhouette grossit inéluctablement sous la surface de l'eau.

Un besoin enfle au creux de son ventre, un désir qu'il ne parvient pas à contrôler.

Une pulsion.

Soudain, il a une idée. Il se lève et va chercher son portable resté sur le chevet. Quatre heures treize. Elle dort bien sûr, mais elle n'a peut-être pas mis son téléphone sur silence. Si elle voit que c'est lui qui appelle, elle décrochera, c'est certain. Il compose son numéro et compte avec angoisse les sonneries. Une, deux, puis une troisième, et une quatrième. La cinquième est interrompue par la messagerie. Il raccroche, rappelle presque aussitôt. La boîte vocale, une nouvelle fois. Il refait trois nouvelles tentatives, qui se soldent toutes par un échec.

Son téléphone est en mode silence, il n'y a aucune autre explication possible.

Il ne doit pas paniquer. Il inspire, expire, saisit la télécommande et zappe avec fébrilité. Rien qui puisse capter son attention. Alors il a une nouvelle idée. Il démarre Netflix, souscrit un abonnement en un tournemain et se dirige droit vers la catégorie « Humour ». Il n'aime pas les séries et se fait un point d'honneur d'aller voir les films au cinéma, mais il y a un mois d'essai gratuit et c'est un cas d'urgence. Comme il s'en doutait, entre d'affligeantes comédies françaises et des productions américaines à l'humour douteux, le choix est maigre. Après deux minutes de recherche angoissée, miracle : il tombe sur *Ça tourne à Manhattan*. Il démarre le film et va directement à la scène du rêve – *cocasse*, songe-t-il aussitôt, il fuit un rêve pour se précipiter dans un autre, mais celui-ci est bien plus amusant. Bientôt, les images fantasmées s'estompent, le désir s'éteint. Arrivé presque à la fin du film, ses yeux commencent à se fermer. Il lutte un instant contre le sommeil, la peur de ce qui l'y attend rivée aux tripes, mais rend rapidement les armes. Il éteint la télé, s'allonge et laisse la fatigue l'emporter au loin.

Cette nuit-là, il ne revoit pas le visage de Caïn.

Chapitre 6

À neuf heures ce lundi matin, l'atmosphère est déjà lourde au dernier étage de la résidence universitaire. Dans le couloir où jouent des coudes une dizaine de gendarmes moites de sueur, Gabrielle écoute avec attention le jeune gendarme qui lui balbutie le malheureux enchaînement d'événements qui a fait de son adjoint et de lui les premiers arrivés sur les lieux du crime. Tel un caméléon, il a pris la teinte de la peinture blanche qui décore le mur derrière lui. Son premier cadavre, à l'évidence. L'OPJ[1] prend le relais avant que le novice ne tombe dans les pommes.

— C'est une amie de la victime qui a appelé les secours. Elle avait rendez-vous avec elle à son appartement. Elle a d'abord essayé de la contacter sur son portable, sans succès. Quand elle est arrivée, elle a entendu le chat miauler derrière la porte – ça l'a marquée parce que c'était un miaulement bizarre. Elle a appelé son amie, sonné puis frappé, et comme elle s'inquiétait des miaulements du chat, elle a essayé

1. Officier de police judiciaire.

d'ouvrir. La porte n'était pas verrouillée. Elle a trouvé sa copine sur le lit.

— C'était quand, ça ?

— Ce matin, un peu avant huit heures.

Un ruban jaune interdit l'accès au studio. Gabrielle fait signe à Marc puis s'avance. Elle reconnaît la silhouette massive du technicien qui se tient au milieu de la pièce. Il s'appelle Niko et si elle soulève la rubalise sans son consentement, il l'expédiera à l'autre bout de la ville à grands coups de pied au cul. Elle frappe deux coups sur le chambranle de la porte.

— On peut entrer ?

La combinaison géante se tourne et leur donne son aval en leur signifiant de s'équiper d'un geste de la main. Gabrielle se tourne vers Marc.

— On va aller voir. C'est ton premier homicide ?

— Non, ne t'inquiète pas. Je ne vais pas dire que j'ai l'habitude, mais je pense que j'arriverai à garder mon petit déjeuner.

Gabrielle est la première habillée. Pendant que Marc finit d'enfiler sa tenue, elle extirpe un petit pot de la poche de son jean dans lequel elle plonge un doigt qu'elle passe ensuite sous son nez. Puis elle tend le flacon de verre à Marc.

— Du baume du tigre, précise-t-elle.

Elle fait un signe de la tête en direction de la porte.

— On ne sait pas depuis combien de temps il est là-dedans. Si ça fait plus de deux jours, crois-moi, ce ne sera pas du luxe.

« Il », c'est le cadavre, comprend immédiatement Marc. Il saisit le baume et reproduit le geste de sa coéquipière. Une fois dans le studio, Gabrielle s'approche de Niko. Entre son masque et la coiffe qui lui couvre la tête, on ne voit qu'un regard hostile accentué par une paire de gros sourcils. L'effet est presque comique et avec un autre, Gabrielle en aurait volontiers plaisanté. Avec Niko, elle n'y songe même pas. En dépit de son sale caractère, Gabrielle l'aime bien, d'abord parce qu'il fait partie des meilleurs TIC[1] de la gendarmerie, ensuite parce que son antipathie fond comme neige au soleil en dehors du boulot. Deux hommes se tiennent à ses côtés ; elle connaît déjà le plus âgé des deux – le substitut du procureur –, le second est le médecin légiste, un nouveau, la quarantaine, plutôt beau gosse, les tempes grisonnantes façon Reed Richards[2]. Les présentations faites, le « super » légiste accompagne le trio près du corps et livre son compte rendu d'une voix clinique. Gabrielle se dit qu'elle ne s'habituera jamais à ces mots qui tombent comme une petite pluie froide sur le cadavre – cyanose, lividité, refroidissement cadavérique. La nécessité de la distance et de l'indifférence, la dépersonnalisation de la victime, elle connaît tout ça par cœur, mais Gabrielle, dont l'empathie n'est pas le fort, a quand même beaucoup de mal à se dire que plus un souffle ne passera les lèvres de cette jolie fille d'à peine vingt ans. Elle se concentre sur le discours du praticien qui est presque en train de reprocher à la victime d'avoir accéléré le processus de son refroidissement par sa petite corpulence.

1. Technicien en identification criminelle.

2. Reed Richards, *alias* Mr Fantastic, est un super-héros de l'univers Marvel.

— À l'inverse, il y a la chaleur de ces derniers jours – on est au dernier étage, pas de climatisation, la pièce était hermétiquement close. Quand je suis arrivé, il faisait vingt-cinq degrés.

Gabrielle observe la jeune femme. Si ce n'était la couleur de sa peau et de ses lèvres, on pourrait croire qu'elle est endormie. Ses paupières sont closes, son visage serein, le drap est remonté juste en dessous de ses épaules, qu'elle a étroites et menues.

— Les rigidités sont toujours en place, poursuit le légiste, la putréfaction n'a pas encore débuté.

Marc se pince le nez en douce. Sa coéquipière, à qui le geste n'a pas échappé, ne sent que le parfum camphré du baume étalé au-dessus de ses propres lèvres.

— Au final, je dirais que la mort remonte à entre dix-sept et vingt-six heures, mais quand la température du corps est proche de celle de la pièce, on est dans la phase de décroissance lente de la température et l'incertitude est plus grande.

— Elle est morte dimanche, donc, conclut Gabrielle. Tôt le matin, en milieu d'après-midi, on ne sait pas trop.

— Désolé, je ne peux pas être plus précis pour le moment.

Marc prend sur lui de se pencher sur la victime.

— Ces marques dans le cou ?

— Cela ressemble à une strangulation manuelle. L'autopsie dira si l'os hyoïde a été fracturé et si c'est bien la cause de la mort.

— Et celles autour de la bouche ?

— Je ne suis pas certain. On dirait que la peau est irritée, peut-être le frottement d'un bâillon, ou du ruban adhésif.

— Le corps n'a pas été déplacé ? demande Gabrielle.

— Je l'ai trouvé tel que vous le voyez et personne ne l'a touché avant moi.

Gabrielle s'éloigne pour discuter un moment avec l'OPJ.

— Vous venez d'arriver ? demande le substitut à Marc.

— Oui, mercredi dernier.

— Vous démarrez fort.

— En effet, oui.

Le magistrat tourne les talons pour rejoindre Gabrielle. Marc observe quelques secondes le visage de la jeune femme puis se tourne vers le médecin.

— Vous avez procédé à un examen externe ?

Le toubib confirme de la tête.

— Il y a d'autres marques ?

Toujours sans un mot, le légiste soulève un côté du drap pour découvrir un bras de la victime, puis rabat le bord du sac en papier qui en enveloppe la main. Une large marque rouge est imprimée sur le poignet.

— C'est pareil de l'autre côté ? demande Marc.

— Oui.

— Elle a été entravée. Un lien plutôt large.

— En effet.

— Et… Elle a été violée ?

— Je n'ai trouvé aucun traumatisme qui suggère une agression sexuelle. L'examen interne éclaircira ce point.

— D'autres marques ?

— Non, aucune. À première vue, elle ne s'est ni débattue ni défendue, en tout cas pas avec les mains – je les ai protégées pour les prélèvements, mais je pense que je ne trouverai rien. Elle n'en a pas eu la force ou son agresseur ne lui en a pas laissé la possibilité.

— Elle était peut-être droguée ?

— Ça aussi, je vous le dirai après l'autopsie.

Marc accueille ces précisions avec un hochement de tête. Il prend encore quelques secondes pour examiner le corps puis cherche Gabrielle du regard. Il la surprend en grande conversation avec le technicien *king size* et éprouve un petit sentiment de contrariété en se sentant ainsi exclu des discussions. Il s'approche prudemment de sa partenaire. Le TIC est en train de lui montrer une photo prise avec son appareil numérique.

— Elle était comme ça, lui explique Niko.

— Enveloppée dans le drap de son lit, constate Gabrielle.

— Exactement. C'est le toubib qui l'en a libérée pour faire son examen.

Lorsqu'elle se rend compte de la présence de Marc à ses côtés, elle s'oblige à l'inclure dans la conversation.

— Quand ils l'ont trouvée, lui dit-elle en lui montrant le cliché, elle était comme habillée de son drap et avait les mains jointes sur la poitrine.

Marc s'empare du reflex.

— Comme une toge, observe-t-il.

Il redonne l'appareil à Gabrielle qui examine une nouvelle fois la photo pour se faire sa propre idée. Une image du dessin animé *La Belle au bois dormant* lui vient subitement à l'esprit, celle où la princesse, allongée sur son lit de mort, attend le baiser de son prince charmant. Aucun baiser ne pourra réveiller cette princesse-là. Elle rend le matériel à son propriétaire.

— On peut commencer à faire un tour ?

— Allez-y. Pour l'instant, à part le téléphone portable, on n'a que dalle. Mais on ne sait jamais, on n'est pas infaillibles et connaissant ton entêtement à fouiner dans tous les coins…

— C'est de famille.

— Fais-toi plaisir, alors.

Gabrielle incline la tête et prend congé. Tandis qu'ils reviennent vers le lit, Gabrielle résume à Marc sa discussion avec l'OPJ.

— La porte du studio était fermée mais pas verrouillée. La porte-fenêtre, par contre, l'était, et de l'intérieur. Il n'y a pas eu effraction, le meurtrier est reparti par où il est venu. Ils ont déjà interrogé quelques voisins, mais soit ils n'étaient pas là, soit ils n'ont rien vu ni entendu. Il n'y a que des étudiants ici, beaucoup rentrent chez eux le week-end et ceux qui restent passent la matinée du dimanche dans leur lit à se remettre de leur cuite de la veille.

— C'était peut-être ce qu'elle était aussi en train de faire quand elle a été tuée.

— C'est une possibilité. Peut-être un jeu sexuel qui a mal tourné avec l'alcool.

— Cette mise en scène du drap et des mains jointes, c'est forcément son agresseur qui l'a exécutée.

— D'accord pour les mains, pour le drap, ce n'est pas certain.

— Quasiment. Quoi qu'en dise le légiste, elle s'est forcément débattue – on ne se fait pas étrangler sans gigoter un minimum – et on ne l'aurait pas retrouvée aussi bien enveloppée dans le drap si la mise en scène avait été faite *ante mortem*.

— Peut-être, oui…

Gabrielle s'immobilise, dos à la bibliothèque, et embrasse du regard l'ensemble de la pièce. Devant elle, le binôme de Niko est accroupi au pied de l'unique table de l'appartement et fouille dans sa mallette de prélèvements. À droite, le lit où repose le corps de la jeune femme. Il y a peu de meubles, tout semble propre et ordonné. L'étudiante était soignée.

— Tu sais comment elle s'appelait ? lui demande Marc, qui s'est armé d'un calepin et d'un stylo.

— Erika Steinberg.

— Elle faisait quoi ?

— Elle étudiait la médecine.

Elle se tourne face à la bibliothèque et en examine les rayonnages. Des livres de cours, des traités de médecine, des classeurs, quelques romans – Slaughter, Reichs, Westlake, la série complète *Jonathan Argyll*, d'Iain Pears, que Gabrielle a lue en classe de première pour se changer des textes barbants du programme de français. Quelques bibelots aussi – un attrape-rêves, une figurine Pop de *Dr House*, une marmotte en peluche. Et une photo : un homme et une femme d'une quarantaine d'années, tête contre tête, qui sourient à l'objectif.

— Les parents ? fait Marc dans son dos.

— Probable.

Leurs regards se croisent ; ils se sont compris sans avoir eu à ouvrir la bouche. À cet instant, chacun sait exactement ce qu'il y a dans la tête de l'autre. Comme d'habitude, le maire se défilera et ce sont eux qui devront annoncer à ces gens la mort de leur fille et leur expliquer les circonstances dans lesquelles elle est intervenue. Gabrielle sait aussi que, plus gradée que son partenaire, c'est elle qui devra s'acquitter de l'horrible tâche. Ce ne sera pas la première fois, elle sait comment ça se passe et elle préfère encore affronter un cadavre échoué sur une plage après un séjour d'une semaine dans l'eau que des parents anéantis par la disparition de leur enfant. Elle fait glisser le bout de ses doigts sur les plumes de l'attrape-rêves suspendu à l'un des montants de la bibliothèque.

Plus de rêve pour Erika.

— J'étouffe, il faut que je prenne l'air.

Elle s'éloigne et franchit le seuil de la porte-fenêtre. Le ciel est bouché, mais la matinée est déjà chaude. L'après-midi va être pénible. Un halo de lumière trahit la présence du soleil derrière les nuages – quitte à crever de chaud, elle aurait préféré un ciel tout bleu. Elle examine brièvement la terrasse – un coup d'œil à la chaise longue dépliée à sa droite, un autre sur une paire de jardinières et la litière du chat à sa gauche. Elle se demande tout d'un coup ce qu'il est devenu. Sa maîtresse va-t-elle lui manquer ? Elle en doute, elle ne prête pas aux félins ce genre de sentiments. La fourberie, oui, la dévotion, certainement pas.

Elle relève la tête et observe les alentours. Le paysage est gris et triste : de l'autre côté de la rue, un parallélépipède de métal succède à un autre – un garage, un restaurant chinois, un magasin de sport, la construction urbaine est rapide et bon marché à défaut d'être de bon goût. Le tableau s'assombrit encore un peu plus lorsqu'un fourgon des pompes funèbres vient se garer auprès des véhicules de gendarmerie. Le dernier voyage d'Erika. Le cœur de Gabrielle se ratatine dans sa poitrine et une saveur amère lui monte aux lèvres.

Marc fait son apparition et s'appuie sur la rambarde à ses côtés. Se penchant légèrement en avant, il voit le corbillard à son tour et laisse échapper un long soupir.

— Le dernier voyage d'Erika…

Elle se tourne vers lui et lui adresse un regard interdit.

— Qu'est-ce qu'il y a ? s'inquiète-t-il.

— Rien…

Un long silence suit qui finit par mettre Marc mal à l'aise.

— Ça va mieux ? risque-t-il.

— Pardon ?

— Tu as dit que tu étouffais.

— Ah, oui. Ça va mieux.

— En tout cas, c'est efficace ton truc.

— De quoi ?

Il pose un doigt sous son nez.

— Ton baume. J'ai rien senti. Enfin… presque rien. Par contre, ça chauffe méchamment.

Elle ébauche un sourire.

— T'en as mis trop. Il en faut à peine sur le bout du doigt, c'est super fort.

— Je ne savais pas.

À nouveau, le silence. En bas, un homme en chemise blanche et pantalon noir déplie un brancard hors du corbillard. Gabrielle se demande qui les a appelés. Les vautours ont de l'avance.

— J'y retourne.

Elle quitte son poste d'observation et s'engouffre dans le studio. Marc jette un dernier coup d'œil au brancard qui roule en direction de la résidence. L'image de la jeune fille étendue dans son dos se superpose à celle qu'il a devant les yeux et il se dit que ce lundi est l'un des plus tristes de toute son existence.

Il s'est arrêté à une centaine de mètres du bâtiment lorsqu'il a vu les flashs des gyrophares : fourgon des pompiers, berlines des gendarmes. D'abord l'absence de réponse à ses appels, puis cette cohorte de véhicules au bas de sa résidence. Le nœud dans son estomac s'est resserré encore un peu plus lorsqu'il a vu la femme apparaître sur la terrasse de l'appartement d'Erika. Ce n'est pas une connaissance d'Erika, pas plus que l'autre type qui est sorti après elle, il en est certain.

Puis est arrivé le fourgon noir de l'arrière duquel a surgi un brancard. À présent, il a envie de vomir. Il veut encore y croire, il y a des dizaines et des dizaines d'étudiants dans cette résidence, il n'y a qu'une chance sur cent, sur mille, que ce soit elle. Non, ça ne peut pas être elle, ça ne doit pas être elle, ils sont un tas là-dedans à mériter ce brancard, à se droguer, à être malheureux, à avoir envie de s'ouvrir les veines. Erika est heureuse, pleine de vie, dépourvue de tous les vices. C'est impossible, il refuse de l'accepter.

Mais tout au fond de lui, il sait.

Erika. Sa meilleure amie, sa confidente. La seule à savoir, à connaître sa souffrance, à l'écouter et à trouver les mots.

Celle qui l'a libéré. Qui le protégeait, aussi.

Soudain, un visage surgit, un sourire aux lèvres. L'image est tellement forte que la peur lui fait tourner la tête. Non, il n'y a personne autour de lui, personne pour l'épier et se réjouir de la douleur qui le brise. Son imagination lui joue des tours.

Mais ce visage, il sait à qui il appartient.

Il s'appuie contre un réverbère, dos à la résidence, puis ferme les yeux. Il doit chasser les images des gyrophares, des deux inconnus sur le balcon, d'Erika étendue sur le brancard qui se fait avaler par la gueule béante du fourgon noir et qui disparaît à jamais de sa vie.

L'image de son sourire, à Lui.

Une minute passe, puis deux. Il retrouve un semblant de calme, sa respiration s'apaise, les battements de son cœur s'espacent. Il est sur le point de rouvrir les yeux quand une voix s'élève – cinq mots qui lui sont chuchotés à l'oreille.

Je suis de retour, Abel.

Il n'y a personne pour l'épier, non, à part peut-être ce témoin clandestin retranché derrière un coin de bâtiment dont la vigilance a bien failli être déjouée quand une peur irrationnelle a poussé Abel à tourner la tête.

L'observateur est perplexe. Que fait ce type caché derrière un réverbère ? Il n'a pas l'air très serein. Lorsqu'il a fait volte-face, il semblait même… paniqué…

Qu'importe, ce n'est pas lui qui l'intéresse.

La silhouette disparaît de la scène, elle n'a plus rien à y faire. Elle a vu ce qu'elle était venue y voir, et son imagination tourne à présent à plein régime.

Chapitre 7

Elle a pris deux jours de repos. Deux jours dont elle a bien besoin. Et l'occasion était trop belle : les jumeaux partis à l'autre bout du monde qui viennent passer quelques jours au même moment chez leurs parents, cela tient du miracle.

Pour fuir la région parisienne durant les week-ends, c'est Étretat que Franck et Laura ont choisi. Gabrielle se dit souvent qu'ils doivent y retrouver la moitié des habitants de leur quartier, mais la première fois qu'ils ont vu le soleil se coucher derrière les falaises, ils se sont dit que c'était là qu'ils passeraient leur retraite. De fait, ils n'ont pas attendu la retraite puisqu'ils ont fait l'acquisition d'un appartement dans une résidence bourgeoise située à cinq cents mètres de la mer, qui leur sert de « poste avancé » avant leur exil définitif. Seule Cannelle, leur boxer allemand dont ils ne se séparent jamais, trouve le temps un peu long dans cet appartement un peu exigu.

Eliott et Valentin ont insisté pour venir la chercher à l'aéroport. Malgré les récriminations de Gabrielle qui était bien décidée à prendre le train pour rejoindre la Normandie, ils ont fait le trajet jusqu'à Orly et lui sautent au cou dès qu'elle a passé les portes de la zone de débarquement. Cela fait trois ans qu'ils ne se sont pas vus. Elle reconnaît immédiatement Eliott à la petite cicatrice qu'il porte au coin de l'œil, souvenir d'une collision malheureuse avec un coin de chaise alors qu'il se faisait courser par son frère autour de la table du salon des parents. Comme pour mieux faciliter l'identification (aux yeux des étrangers, certainement pas à ceux de Gabrielle qui n'a besoin que d'un seul regard pour différencier les deux clones), il s'est laissé pousser les cheveux qui se massent en boucles anarchiques au-dessus de sa tête. Son frère porte les siens très courts, mais compense par une épaisse barbe brune soigneusement taillée.

Les trois heures de voyage ne suffisent pas à faire le récit de trois ans d'éloignement. Il est près de midi quand Gabrielle serre Laura et Franck dans ses bras. Le statut de parents adoptifs qu'elle leur attribue fait d'Eliott et Valentin ses frères et la perspective de passer ce long week-end dans la famille qui l'a prise sous son aile à la mort de ses parents lui fait monter les larmes aux yeux.

Un repas copieux fête comme il se doit le rassemblement de la tribu. Après une courte sieste, une longue marche le long des falaises s'impose pour achever la digestion. Les jumeaux chahutent en permanence, Valentin se moque de la coupe de cheveux de son frère qui riposte en le traitant de boubour[1] et les discussions se terminent presque systématiquement en bousculades.

---

1. Bourgeois-bourrin.

Gabrielle, victime de dommages collatéraux, se charge de mettre tout le monde d'accord. Après tout, elle est de neuf ans leur aînée et doit s'imposer en tant que telle. Laura et Franck ont pris leurs distances ; accompagnés de Cannelle, ils marchent une dizaine de mètres devant eux sans se préoccuper des cris et des rires qui s'élèvent dans leur dos. Lorsque Gabrielle pose les yeux sur les deux silhouettes, elle voit un couple qui se promène paisiblement, indifférent aux rafales de vent qui balaient la ligne de crête, deux amoureux qui se tiennent tendrement par la main et échangent par moments un regard qui en dit long sur les sentiments qu'ils éprouvent l'un pour l'autre. La longue chevelure de Laura se déploie en direction de la mer, comme pour l'entraîner vers les flots. Mais Franck lui tient fermement la main et n'est pas près de la lâcher, car jamais il ne pourrait vivre sans elle.

Le dîner, léger, épargne les estomacs. Mais à la fin du repas, une fois que Laura, exténuée, est partie se coucher, Eliott s'éclipse en douce et revient avec une bouteille de bourbon ramenée tout droit de Californie. À l'écouter, il semblerait que l'État de l'Ouest américain jusque-là réputé pour ses vins se soit lancé avec succès dans la production de bons whiskys. Le premier verre range Gabrielle et Valentin à ses côtés ; Franck, grand amateur de whisky écossais, reste sceptique.

Gabrielle persuade les jumeaux de faire un tour sur le front de mer. Franck, fatigué, décline la proposition. La jeune femme s'attarde un instant sur son visage. Elle a l'impression qu'il s'est émacié depuis sa dernière visite, ses yeux couleur charbon semblent s'être enfouis encore un peu plus dans la peau. Il lui semble que l'épuisement qu'elle y lit ne se résume pas à la simple fatigue d'une journée bien remplie, ce dont elle s'ouvre auprès de lui.

— La semaine a été rude, lui répond-il avec un sourire, ne t'inquiète pas.

Franck est à la tête de la DRPJ[1] de Versailles. Gabrielle sait que ses horaires de travail sont infernaux, et elle ne lui en demandera pas plus : ils ont conclu un pacte, celui de ne pas dire un mot de leur boulot respectif en dehors des heures de service. Comme ils n'ont à ce jour jamais eu l'occasion de travailler ensemble, chacun ne sait rien du travail de l'autre.

Gabrielle lui rend son sourire et rejoint les jumeaux et Cannelle qui sont déjà à la porte.

— Allez-y mollo avec ça, les met en garde Franck lorsque ses yeux se posent sur la bouteille de whisky qu'Eliott tient en main.

À l'extérieur, le vent a forci. La lumière de la lune trahit la course de nuages boursouflés qui flottent à toute vitesse vers le large. Gabrielle, saisie par la fraîcheur nocturne, remonte le zip de son blouson et enfouit les mains dans ses poches. Les jumeaux se sont déjà lancés dans l'une de leurs éternelles chamailleries.

Ils captent bientôt le souffle nerveux de la Manche. Sur la promenade, peu sont sortis pour braver la tempête qui s'annonce. Cannelle détale vers la mer, puis c'est au tour des trois silhouettes de s'avancer en direction de l'eau. Sous leurs pas, les galets s'entrechoquent

1. Direction régionale de la police judiciaire.

pour exprimer bruyamment leur mécontentement à la face des visiteurs nocturnes. Les intrus, qui n'ont cure du chaos sonore qu'ils sèment, font encore quelques mètres avant de s'asseoir sur la roche. Les jumeaux flanquent leur sœur adoptive de près, comme pour la protéger d'un danger potentiel. Une minute passe sans qu'un mot soit échangé, puis Eliott, après un regard en direction de la porte d'Aval, brise le silence en évoquant sa nostalgie de la France. Il ne regrette pas une seule seconde son choix d'un doctorat à l'Institut de technologie de Californie, mais son pays lui manque. Valentin, agent de protection de la faune dans les Laurentides, approuve. Gabrielle écoute avec attention leurs confessions. La bouteille de whisky passe de main en main. Une douce torpeur s'empare bientôt du capitaine de gendarmerie. La conversation lui échappe un instant. Tout au bord de l'eau, Cannelle est en train d'examiner de la truffe un bout de bois rejeté par la marée. Gabrielle la regarde faire, l'esprit ailleurs. Son regard dérive vers les falaises dont le profil étire un épais trait de craie dans la nuit. Des franges d'écume se précipitent en rangs serrés vers la terre, comme pour fuir la menace d'un long rideau de pluie que l'on devine à l'horizon. Le tableau est fantastique. Gabrielle comprend pourquoi tant de personnes se ruent chaque week-end sur ce petit bout de côte pas toujours propice à la baignade.

— Mais au final, c'est surtout ma frangine qui me manque. Par contre, je ne suis pas sûr que ce soit réciproque, car elle n'a jamais pris la peine de venir me voir…

La voix de Valentin ramène instantanément Gabrielle à la réalité. Elle tourne la tête et le voit qui l'observe avec malice. Elle sourit.

— Qu'est-ce que tu crois ? lui dit-elle. Je pense à vous presque tous les jours, gros couillon.

Ils chahutent durant quelques secondes, puis les jumeaux se pressent tout contre Gabrielle jusqu'à l'étouffer entre leurs bras. Elle rit et crie à la fois. Effrayée par le son de sa propre voix, elle balaie la plage du regard pour s'assurer que personne n'a entendu ses hurlements. Elle est déserte, à l'exception d'une silhouette immobile qui regarde dans leur direction, sûrement pleine de mépris pour ces trois jeunes gens irrespectueux du silence de la nuit.

Il pleut de plus en plus fort. Ils font les derniers mètres au pas de course. Lorsqu'ils atteignent la porte de la résidence, ils sont trempés comme des souches et dessoûlés.

— T'attends quoi, là ? lance Valentin à son frère qui fouille désespérément chaque poche de son manteau.

— Merde, j'espère qu'elles sont pas tombées sur la plage.

Cannelle en profite pour s'ébrouer et se fait unanimement fustiger. Enfin, Eliott met la main sur le trousseau de clefs. Tandis qu'il ouvre la porte, Gabrielle tourne la tête et aperçoit une ombre de l'autre côté de la place, que trahit la faible lumière d'un réverbère. Elle ne bouge pas et leur fait face, exactement comme la silhouette aperçue sur la plage. À cette distance, impossible de distinguer ses traits qu'elle masque sous la capuche de son manteau, mais à bien la regarder, il semble à Gabrielle que c'est la même personne que tout à l'heure.

— Qu'est-ce que tu fais ? lui demande Valentin.

— J'arrive.

Gabrielle observe encore quelques secondes le profil qui se découpe dans la nuit puis rejoint les jumeaux dans le hall de l'immeuble.

Chapitre 8

Une des premières choses que le colonel lui a dites à son arrivée était que de toutes les questions qu'il pourrait avoir envie de poser à Gabrielle, il y en avait une qui ne devait jamais franchir ses lèvres :

Où sont tes parents ?

Elle n'a plus ses parents et ce sujet est tabou, a-t-il ensuite ajouté. Il n'a donné aucune explication supplémentaire et n'a plus abordé le sujet depuis.

Forcément, cela a éveillé la curiosité de Marc. Alors, profitant du premier moment de répit laissé par Dorian et Chloé depuis le début du week-end, il s'est installé devant son PC et s'est plongé dans les méandres d'Internet.

Mais il n'y a rien. Il a tout essayé, mais armé de ses seuls nom et prénom, la tâche est vouée à l'échec. Gabrielle est à l'évidence absente de tous les réseaux sociaux et ne s'est jamais distinguée dans quelque domaine que ce soit au point d'éveiller l'intérêt d'un journaliste.

Mais de la façon dont le colonel lui a livré ce conseil, il pressent qu'il y a quelque chose. Quelque chose de grave dont il y a forcément une trace dans un recoin perdu de cette galaxie d'informations.

— Papa ?

Marc se retourne promptement et trouve son fils sur le pas de la porte.

— Ça va, mon grand ?

Sans un mot, Dorian s'avance vers son père, son doudou bien serré au creux de la main, et lui grimpe sur les jambes.

— Qu'est-ce que tu fais ? demande-t-il d'une voix innocente.

— Je fais des recherches.

— Sur quoi ?

— Sur des trucs de grand. Et toi, qu'est-ce que tu fais ?

— Je voulais jouer à la console, mais Chloé, elle veut pas me la prêter.

— Tu sais, je ne suis pas sûr que tu sois encore assez grand pour jouer à la console.

— Je sais déjà y jouer, tu m'as acheté un jeu.

Oui, il se rappelle. Pas la meilleure des idées qu'il ait eues, à l'origine d'une mémorable passe d'armes avec Magali…

— Oui, mais… Maman n'est pas trop d'accord. Tu dois y jouer avec ta sœur et pas trop longtemps.

— Ben oui, mais elle veut pas me laisser jouer.

— Qui ça ? Chloé ?

— Oui.

— Attends qu'elle ait fini de s'en servir, elle jouera avec toi après.

— Mais elle s'en sert pas, elle regarde la télé, mais elle veut pas me la prêter.

Marc soupire et gratifie Dorian d'un sourire navré. Père et fils s'observent longuement. Face au regard expectatif de son petit garçon, une envie de rire monte que Marc a toutes les peines du monde à réprimer. C'est le genre de regard qui dit : « Alors maintenant, tu vas faire ton boulot de papa et passer un savon à la frangine. »

Soudain, Marc a une idée.

— Attends, on va faire un dessin.

Dorian toujours sur les genoux, il fait rouler le siège jusqu'à la partie du bureau où se trouve tout son matériel à dessin, ouvre son carnet de croquis et commence à tracer rapidement des contours au stylo. Le visage du petit garçon s'éclaire d'abord d'un sourire et lorsque son père en a quasiment terminé avec son dessin, il éclate de rire. Sur le papier, une adolescente est plaquée à terre, sur le ventre. Son visage est défait, ses cheveux sont tout ébouriffés et sa langue pend lamentablement entre ses lèvres. Ses jambes sont repliées vers le haut d'un côté, elle porte à bout de bras une console de l'autre. La dominant, Dorian, habillé en super-héros, a posé un pied sur son dos, comme un chasseur de fauves calerait sa botte dans la fourrure de la bête qu'il vient d'abattre. Triomphant, poing levé au-dessus de sa tête, il s'apprête à s'emparer de la console que sa sœur lui tend comme une offrande.

— On le colorie ?

Le petit garçon hoche vigoureusement la tête. Il pose un doigt sur le feutre de son choix à chaque fois que son père lui en fait la demande et bientôt la scène est mise en couleur. Marc signe – « Papa », suivi de la date – et remet le dessin à son fils.

— Ne le montre pas à Chloé, celui-là…

Dorian saute à terre et s'enfuit par la porte de la chambre, radieux. Le sourire sur le visage de Marc disparaît dès qu'il repose les yeux sur l'écran de son ordinateur. De ce côté-là par contre, c'est l'impasse. Mais à force d'entêtement, il finit par mettre la main sur une photo de Gabrielle. Marc exulte même si le butin est bien maigre : le cliché la montre en tenue de gendarme devant une scène de crime reconstituée. L'article a pour titre « Toulouse : scène de crime pour les étudiants de médecine ». Elle paraît maquillée, ses cheveux sont ramenés en chignon derrière sa tête et elle sourit à l'objectif. Il soupçonne que, chez elle, ce genre de concession est un privilège rare. C'est bien dommage, se dit-il, ce sourire lui confère beaucoup de douceur et lui donne un charme indéniable.

La porte s'ouvre ; il a tout juste le temps de fermer l'onglet où s'affiche en grand le visage de Gabrielle.

— On va manger, annonce Magali.

Il se demande immédiatement si elle a vu sa partenaire à l'écran. À l'évidence non, car son regard aurait déjà pris cette coloration noire qu'il redoute tant.

— Je descends.

— Qu'est-ce que tu fais ?

Dans la bouche de son fils, la question est innocente. Dans celle de sa femme, elle claque comme un coup de feu.

— Je cherche une adresse pour demain, ment-il. Une audition de témoins.

Magali entre dans la pièce et s'assied sur le bord du lit.

— Dorian m'a montré un dessin.

— Ah.

Ne le montre pas à Chloé, celui-là. Ni à ta mère, aurait-il dû ajouter…

— C'est… intéressant, commente-t-elle.

Le ton est ironique, la menace rôde. Ces jours-ci, l'atmosphère est électrique. Le changement d'air ? Pourtant, c'est elle qui l'a appelé de tous ses vœux.

— C'est juste un dessin. C'était pour rire.

— Ta fille qui se fait écraser par son petit frère, c'est hilarant, en effet.

— Eh bien, ça a bien fait marrer ton fils en tout cas, rétorque Marc avec un sourire satisfait.

— Notre fils (il perçoit clairement sa façon d'insister sur le premier mot) a trois ans, tu en as quarante.

— Et donc ?

— Donc tu pourrais peut-être te dispenser de ce genre de choses, à cet âge-là.

Il se renverse dans son siège et le fait pivoter vers le bureau.

— Ce genre de choses-là ?

Il s'empare tour à tour de son carnet, d'un stylo, d'un feutre.

— Je fais des dessins, j'adore ça et j'adore encore plus en faire pour mes enfants.

— Je n'ai aucun problème avec ça, mais il y a dessin et dessin.

— Si tu veux, je peux en faire un avec Chloé qui piétine Dorian – un partout, la balle au centre.

— Tu sais très bien ce que je veux dire.

— Oui je sais, il faut les protéger, les petits chéris, ils doivent être irréprochables, sages et innocents, il ne faut pas qu'ils fassent un pet de travers, ils doivent être tenus à l'écart du mal, du mensonge, de la violence… Et en effet, Dorian déguisé en super-héros qui terrasse sa frangine, c'est super violent, Chloé qui joue à *Super Smash Bros.* sur la console, c'est l'apocalypse, et son frère qui tient un pistolet en plastique entre les mains, n'en parlons même pas – il ne faudrait pas en faire un psychopathe.

— Mais oui, on sait, Dorian sera un gendarme, comme son papa.

— Ce n'est pas la question. Le monde, là-dehors, ce n'est pas la forêt des rêves bleus – j'en sais quelque chose – et un jour ou l'autre, il faudra bien qu'ils en aient conscience, eux aussi.

— Eh bien, ils ont tout le temps pour ça.

— Laisse tomber, cette discussion, on l'a déjà eue des dizaines de fois. En matière d'éducation, on ne voit pas les choses de la même façon.

— Si ce n'était qu'en matière d'éducation…

Magali se lève et se dirige lentement vers la porte. Au passage, elle jette un coup d'œil sur les feuilles étalées sur le bureau de Marc. Sur l'une d'elles, un Batman dessiné au stylo s'avance dans la nuit, poings fermés, lèvres serrées.

— Et qu'est-ce que tu as, avec ces super-héros ? Tu ne sais pas dessiner autre chose ? lance-t-elle d'un ton rogue.

— Où est le problème ?

Elle laisse échapper un petit souffle dédaigneux et sourit.

— Tu es doué, tu pourrais dessiner des scènes un peu plus réalistes, des paysages, des portraits… De moi, par exemple.

Il n'a pas le temps de répondre : elle secoue la tête, renifle une nouvelle fois et lui tourne le dos.

— Mais non, ça, ça ne te viendrait jamais à l'esprit.

Elle sort en claquant la porte. Marc serre les dents, pose une main sur le super-héros chauve-souris et le réduit en une boule de papier froissé.

Chapitre 9

Le chat d'Erika s'appelle Crispy. Marylou a été la première à entendre ses miaulements désespérés derrière la porte du studio.

Juste avant de découvrir le corps sans vie de son amie.

C'était son devoir de récupérer l'animal. Elle ne pouvait pas le laisser seul, malheureux et complètement déboussolé. Avec toutes les précautions qui s'imposaient pour ne pas avoir l'air de celle qui sautait sur l'occasion, elle en a parlé aux parents d'Erika qui ont tout de suite accepté.

Le studio de Marylou, situé dans l'immeuble qui jouxte celui où habitait Erika, est la copie quasi conforme de l'appartement de son amie : Crispy s'y sent déjà presque comme chez lui. Pour preuve, le tas gluant de croquettes prémâchées qui trône au beau milieu de la pièce, et que le félin a régurgité après un repas pris un peu trop rapidement.

C'est au retour de ses cours que Marylou trouve l'offrande qui a déjà pris en masse.

— Merde, Crispy… soupire-t-elle.

Elle ne lui en veut pas ; des chats, elle en a eu quelques-uns chez ses parents et elle ne rechignait jamais à nettoyer leurs dégâts.

Le regard de l'étudiante s'attarde un instant sur l'agglomérat de croquettes. Un élément du menu du félin l'intrigue. Elle s'approche. Cela ressemble à du fil vert foncé avec une espèce d'amas blanc à son extrémité. Une fleur.

Pas étonnant que ça ne soit pas passé.

Chapitre 10

Gabrielle raccroche et fait pivoter son siège pour avoir Marc dans son champ de vision. Il a les yeux rivés sur son écran d'ordinateur et pianote fiévreusement sur son clavier. La communication avec son nouveau coéquipier est encore difficile, mais il n'y est pour rien, c'est elle qui a encore du mal à le voir assis dans le siège qu'Axel a occupé pendant toutes ces années. Lui ne l'a pas connu, il ne pense pas une seconde à cet homme dont il a pris la place, il ne sait pas qu'il a laissé derrière lui une femme et une petite fille qui se réveille toutes les nuits en criant après son papa. Pour lui, Axel n'a jamais existé. Elle sait que c'est idiot de lui en vouloir, mais elle n'arrive pas à passer le cap.

Oublie Axel, c'est désormais avec Marc que tu dois travailler.

Marc quitte son écran des yeux et surprend le regard de sa collègue.

— C'était Niko, dit-elle avec la précipitation de celle qui a été prise en faute.

— Ah. Et alors ?

— Le bilan sanguin a révélé des traces d'Haldol, un puissant neuroleptique qui a permis au meurtrier de neutraliser Erika.

— Ce qui explique qu'elle ne s'est pas débattue. Et le T-shirt taille XL qu'ils ont trouvé roulé en boule sous le lit ?

— C'était le sien, elle s'en servait comme chemise de nuit. La mère me l'a confirmé.

— OK. Rien d'autre ?

— Niko nous enverra son album[1] dans la journée, mais d'après lui, on n'en tirera pas grand-chose.

Son téléphone sonne en même temps que Romain « la Poisse » passe la porte pour leur remettre le courrier. Au bout du fil : Dobey, qui lui rappelle une énième fois son obligation de passer au stand de tir pour renouveler son habilitation. Pendant qu'elle écoute d'une oreille distraite le sermon de son supérieur qui lui rebat les oreilles de toutes les conséquences de sa mauvaise volonté, elle jette un coup d'œil aux enveloppes que la Poisse vient de poser sur son bureau. C'est Gabrielle elle-même qui a ainsi rebaptisé Romain dont la capacité à attirer les ennuis fait l'admiration de la SR. Le gendarme malchanceux ne lui en a jamais tenu rigueur et semble même tirer une certaine fierté de son surnom.

L'une des enveloppes ne porte aucun nom, juste l'adresse de la gendarmerie. Gabrielle la saisit entre deux doigts et interroge Romain du regard. Celui-ci plisse les yeux pour examiner le pli, murmure un mot

1. Document compilant l'ensemble des clichés pris sur une scène de crime.

d'excuse et tend la main pour le récupérer. Au moment où il va s'en emparer, Gabrielle lui fait signe d'attendre et ramène la lettre contre sa poitrine. La Poisse fait une moue de dépit et attend sagement que le capitaine en ait fini avec le colonel.

— Laisse, je vais l'ouvrir, dit-elle après avoir raccroché.

— Je dois l'amener au secrétariat du colonel, se défend-il d'une voix implorante. Avec la chance que j'ai, ça va lui revenir aux oreilles et je vais me faire tuer.

— Je m'en occupe je te dis, c'est sûrement encore une de ces pubs à la con, il n'en saura jamais rien.

La Poisse pousse un soupir et bat en retraite en direction de la porte, les épaules alourdies par le poids de son surnom.

L'adresse d'expédition est dactylographiée sur une étiquette collée au recto de l'enveloppe. De la pub, oui sûrement, mais la curiosité l'a emporté. Elle s'empare d'un coupe-papier et déchire l'enveloppe. À l'intérieur, une carte avec un dessin tout en nuances de gris et de rose. Ce n'est pas de la publicité. Le dessin a été exécuté puis peint à la main. Le papier, malgré son épaisseur, a légèrement gondolé sous l'action de la peinture. Elle tourne la carte ; au verso, une série de mots tracés en lettres capitales : « PRENEZ SOIN D'ELLE ». Un voyant se met au rouge dans l'esprit de Gabrielle. Elle sent que cette lettre n'est pas arrivée par hasard, personne ici n'a jamais rien reçu de tel. Elle ouvre un tiroir, en extrait une paire de gants qu'elle enfile avant de reprendre son examen du tableau miniature.

— Qu'est-ce que c'est ? demande Marc, que le manège de Gabrielle commence à intriguer.

— Un truc bizarre…

Il se lève et la rejoint à son bureau pour examiner à son tour la carte qu'elle tient entre deux doigts. Une espèce de brume rose la recouvre intégralement, derrière laquelle semblent flotter des formes et des objets hétéroclites peints en gris – un bol, une clef anglaise, un caducée, un parallélépipède entrecoupé d'une série de barres. Les couleurs sont harmonieuses et délicates, la consistance vaporeuse du brouillard rosé est brillamment rendue.

— C'est joli, commente Marc. C'est fait à la main, non ?

— Apparemment.

— Tu sais ce que c'est ?

— Aucune idée.

Le regard de Gabrielle oblique vers l'écran de son ordinateur sur lequel vient d'apparaître une petite fenêtre. Son visage change subitement d'expression. Elle avait complètement oublié cette audition qu'elle doit avoir dans dix minutes.

Elle se précipite sur sa souris pour faire disparaître la fenêtre, mais Marc a eu tout le temps de lire ce qui y était inscrit, notamment le prénom d'Erika.

— Tu as besoin d'un coup de main ?

Merde, il a vu, en conclut Gabrielle. L'homme dont elle se prépare à prendre le témoignage figurait en tête de liste des contacts d'Erika. Cette audition-là, ils sont censés la faire ensemble.

— T'inquiète, c'est pas la peine. Le gars a un alibi solide, il s'agit juste d'en savoir un peu plus sur la victime.

Elle lit un mélange de déception et de ressentiment sur le visage de son partenaire. C'est la deuxième fois en deux jours qu'elle l'écarte ainsi de l'affaire sur laquelle ils sont censés collaborer : la veille, elle s'est rendue seule à l'institut médico-légal. Il n'est pas débile, il a sûrement déjà compris qu'elle le tient volontairement à l'écart du dossier. Elle ne sait même pas pourquoi elle agit de la sorte, c'est stupide et contre-productif. Si ses petites manœuvres parvenaient aux oreilles du colonel, elle se ferait incendier.

À quoi joues-tu ? Tu ne pourras pas éternellement faire comme s'il n'existait pas…

— T'as trouvé quelque chose sur les réseaux sociaux ? lui demande-t-elle à brûle-pourpoint.

— Je suis dessus, j'ai noté deux ou trois trucs, mais rien de vraiment suspect.

— Si tu veux, on regarde ça ensemble après l'audition.

Marc approuve d'un hochement de tête. Gabrielle lui concède un semblant de sourire. Elle n'en revient pas d'avoir été capable de lui faire cette petite concession. Elle prend son ordinateur portable sous le bras et laisse Marc ruminer sa contrariété tout seul dans son coin.

Chapitre 11

La salle d'audition est déprimante à souhait : sol et plafond livides, murs crème dépourvus de toute décoration, mobilier réduit au strict minimum, une table et deux sièges scellés au sol. Le monde extérieur n'est visible qu'au travers d'une fenêtre barreaudée dont l'ouverture est condamnée. Pas une cellule, mais c'est tout comme.

L'homme assis dos à la fenêtre est si grand que sa chaise semble destinée à un enfant. Il se tient légèrement voûté, garde ses mains bien à plat sur les genoux. Trente ans, peut-être moins, mince à la limite de la maigreur, bien habillé. Ses cheveux couleur charbon sont maintenus en arrière par de la gomina et brillent comme de l'obsidienne sous les dalles d'éclairage suspendues au plafond.

On lit la détresse dans ses yeux ; il ne comprend pas pourquoi il se trouve là.

Après avoir répondu aux salutations de Gabrielle du bout des lèvres, il la regarde s'asseoir et démarrer son ordinateur sans un mot. Les premières questions sont de pure formalité. Il se présente longuement et calmement, comme pour s'assurer que le gendarme enregistre chaque mot de ses déclarations. Gabrielle entre enfin dans le vif du sujet.

— Le nom d'Erika Steinberg vous dit-il quelque chose ?

— Oui, c'est une très bonne amie.

— Vous la connaissez depuis longtemps ?

— Quatre ans.

— Où vous êtes-vous rencontrés ?

— À Font-Romeu. J'avais loué un appartement dans le *Grand Hôtel* pour aller skier, elle avait loué celui juste à côté du mien. On a sympathisé.

— Simplement sympathisé ?

Il prend un air choqué.

— Oui ! s'insurge-t-il. Nous sommes de très bons amis, ça ne va pas plus loin. À l'époque, elle avait un petit copain.

— Et si ce n'avait pas été le cas ?

Son visage s'indigne encore un peu plus. Il secoue la tête et répond dans un souffle.

— Non…

— Cela est-il si inconcevable ?

— L'idée ne m'a jamais effleuré l'esprit. Elle est comme une sœur pour moi.

Gabrielle approuve silencieusement avant de baisser les yeux sur son PC et de noter : « Indignation sincère à la question d'une relation amoureuse. »

— Pourquoi suis-je ici ?

Gabrielle se redresse et fixe son interlocuteur.

— Erika est décédée. Une enquête est ouverte.

L'homme ouvre la bouche, puis la referme ; son regard glisse sur la table, sur ses mains qui n'ont pas bougé de ses genoux, revient vers Gabrielle. Elle ne l'a pas quitté des yeux. Il ne savait pas. Il n'en montre rien, mais il vient de prendre un gros coup de massue sur la tête. Une de ses mains se pose sur le rebord de la table comme pour lui éviter de s'écrouler. Les doigts de Gabrielle s'agitent une nouvelle fois sur le clavier : « Semble ne pas être au courant pour la mort d'Erika. Très affecté. »

— Je suis désolée, déclare-t-elle avec sincérité.

Le silence se prolonge.

— Qu'est-ce qui s'est passé ? demande-t-il enfin.

— Elle est morte de mort non naturelle. Comme je vous l'ai dit, une enquête est ouverte.

— Une mort non naturelle ?

— Oui.

— Vous voulez dire… un accident ?

— Non, ce n'était pas un accident.

L'homme encaisse difficilement l'information. À nouveau le silence, qu'une nouvelle question de Gabrielle fait voler en éclats.

— Où avez-vous passé la journée de dimanche ?

Il dévisage le capitaine, incrédule, puis secoue une nouvelle fois la tête.

— Je ne l'ai pas tuée…

— Pourriez-vous répondre à ma question, s'il vous plaît ?

— Je travaille dans un restaurant, j'y étais dimanche dernier.

— Toute la journée ?

— Ce jour-là, j'ai travaillé de huit heures à quinze heures. J'ai dû repartir du restaurant vers quinze heures trente.

Tout cela et encore d'autres choses qui lui font penser qu'il ne désirait pas la mort d'Erika, elle en a déjà connaissance grâce aux derniers SMS qu'il a échangés avec elle. Mais elle ne veut écarter aucune piste et préfère pour l'instant laisser son homme dans l'idée qu'ils ne savent rien de lui. Le légiste estime qu'Erika a été tuée en fin de matinée, ce qui implique qu'il n'était pas sur les lieux au moment de sa mort, pas qu'il n'a rien à voir avec ce qui lui est arrivé. Cela fait une grande différence. Et qu'il soit à l'évidence bouleversé par la disparition de son amie ne change rien à l'affaire.

— Quand l'avez-vous vue pour la dernière fois ?

— Mardi dernier, nous avons pris un verre ensemble en ville.

— Elle vous a paru comment ?

— Comme d'habitude, plutôt de bonne humeur, sereine, détendue.

— Vous connaissez son entourage ?

— Pas vraiment, non. Elle a ses amis – avait, rectifie-t-il dans un murmure –, j'ai les miens, et les deux groupes ne se mélangent pas spécialement. Quand on se voyait, c'était généralement tous les deux.

— Elle ne vous a jamais parlé d'une personne avec qui elle aurait pu avoir un gros différend, qui aurait eu des raisons de lui en vouloir ?

— Non.

— Elle avait un petit ami en ce moment ?

— Pas que je sache.

— Une petite amie, peut-être ?

Il fait non de la tête. Elle pose deux doigts sur son front, ferme les yeux et laisse passer quelques secondes.

— Vous l'avez appelée à plusieurs reprises dimanche et lundi, déclare-t-elle, les paupières toujours closes.

— Oui, je voulais passer la voir.

— À quel propos ?

L'hésitation de l'homme lui fait rouvrir les yeux. Il a baissé la tête et se tord nerveusement les mains.

— Erika était ma confidente, finit-il par dire, c'était à elle que je m'adressais quand ça n'allait pas. Elle m'écoutait, elle me comprenait. Quand j'avais besoin d'elle, elle était toujours là.

— Et vous aviez besoin d'elle ce week-end ?

— Oui.

— Pourquoi ?

Nouvelle hésitation, suivie d'un bref haussement d'épaules.

— Je n'ai pas trop le moral en ce moment.

— Pourquoi ? insiste-t-elle.

Il laisse passer une poignée de secondes avant de répondre.

— Je suis fatigué par mon travail, je ne sais pas où je vais, je n'avais personne d'autre qu'Erika pour me maintenir la tête hors de l'eau.

— Vos parents ?

Il secoue la tête.

— Je ne les vois plus.

— Vous avez évoqué des amis tout à l'heure, se rappelle-t-elle.

— Des connaissances, tout au plus. Erika était ma seule véritable amie.

Il n'en dit pas plus, elle n'insiste pas, se contente de taper quelques mots sur son PC : « Seul, pas de relation, brouillé avec ses parents, Erika unique amie.

À vérifier. » Même si elle ne peut définitivement pas l'innocenter, elle a le sentiment que cet homme aimait profondément Erika et que sa mort l'anéantit. Pelotonné dans ce siège trop petit pour lui, il a l'air d'un enfant qui aurait grandi trop vite. Elle se rend subitement compte que son buste tremble légèrement. Elle tend le cou et constate qu'il serre très fort les poings sur ses genoux.

— Tout va bien ?

Il ferme les yeux et acquiesce de la tête.

— Je suis navrée pour votre amie, nous ferons tout ce qui est en notre pouvoir pour trouver le coupable.

L'homme est toujours prostré sur son siège. Un instant, elle pense qu'il va être la troisième personne à s'effondrer sous ses yeux après les parents d'Erika. Peut-être même cela sera-t-il encore plus difficile qu'avec eux. Elle aimerait être capable de soulager sa peine, mais elle n'a jamais été douée pour ça. Elle aurait peut-être dû faire cette audition avec Marc finalement, il a été d'une précieuse efficacité hier chez les époux Steinberg.

L'homme relève brusquement la tête et lui adresse un regard désespéré.

— Je n'ai rien à voir avec sa mort, vous savez.

Elle se contente d'incliner la tête. Il se ratatine encore un peu plus sur lui-même, fixe avec tristesse le rebord de la table. Elle examine attentivement l'expression de son visage ; s'il joue un rôle, il est très bon comédien.

— Je ne sais pas comment je vais faire sans elle, articule-t-il péniblement.

Elle ouvre la bouche avant de se raviser aussitôt. *Je suis désolée*. En quoi cela va-t-il l'aider qu'elle prononce ces mots-là ? Combien de fois les lui a-t-on dits, à elle ? Ils n'ont jamais apaisé sa souffrance.

— Je comprends votre peine. Dans ce genre de situation, c'est toujours bon de dire ce qu'on a sur le cœur, de verbaliser ses émotions. Ne gardez pas ça pour vous.

Elle ne croit pas un mot de ce qu'elle dit, mais peut-être son interlocuteur est-il plus réceptif qu'elle à ce genre de fadaises.

— Parlez avec votre entourage, avec des gens dont c'est le métier d'écouter les autres, peut-être.

Il la regarde avec attention. Pour la première fois depuis le début de l'entretien, un sourire se matérialise sur son visage.

— J'ai eu maintes fois affaire à ce genre de personnes, elles ne m'ont jamais été d'une quelconque utilité.

Il secoue la tête, puis ajoute :

— Non, ils ne comprendront pas.

Elle regarde l'homme franchir la porte de la gendarmerie avec le sentiment d'avoir perdu son temps. Il connaissait très bien Erika mais ne savait rien de sa vie. Étrange paradoxe qu'il lui faudra peut-être prendre le temps d'élucider.

Marc n'est pas à son bureau. Elle est à peine assise derrière le sien que son portable vibre dans sa poche. Elle prend immédiatement l'appel lorsqu'elle voit le nom affiché à l'écran. Adrien est un ami de longue date mais aussi l'un des membres de l'équipe qui travaille sur le meurtre d'Axel. Dobey n'a pas fait l'erreur de confier cette enquête à Gabrielle, mais elle suit de très près ses avancées. Le mot est en l'occurrence plutôt mal choisi, car les investigations sont au point mort. Le meurtrier a disparu des écrans radar, les nouvelles sont faméliques. Gabrielle raccroche, dépitée.

Une journée de merde en perspective.

Chapitre 12

Il doit se concentrer pour mettre un pied devant l'autre. Il tient à peine sur ses jambes. Lorsqu'il arrive à sa voiture, il lui faut poser une main sur la carrosserie pour ne pas s'effondrer. Lorsque le monde s'est arrêté de tourner autour de lui, il ouvre la portière et se glisse derrière le volant.

Dans l'article trouvé sur Internet, le journaliste a changé le nom de la victime, alors il a voulu garder espoir.

À présent, il sait. Il ne reverra plus Erika vivante.

C'est son univers qui s'écroule comme un château de cartes. Et derrière le nuage de poussière qui s'élève des ruines, il voit une ombre avancer inexorablement.

Il pose les mains sur le volant et lève la tête à la recherche d'une diversion – un passant, une voiture à suivre des yeux, un oiseau qui s'agite dans les branches d'un arbre –, n'importe quoi pourvu que son esprit se fixe sur autre chose que sur cette maudite silhouette. Mais la rue est vide et silencieuse, les hommes sont cloîtrés dans leurs maisons et les oiseaux se sont tus et se cachent, comme si eux aussi sentaient le danger approcher.

Non. Il délire, il raconte n'importe quoi. Ce rêve a mis son cerveau en vrac.

Le rêve… C'était dans la nuit de dimanche à lundi. Et juste après, ils étaient là, au pied de son immeuble, sur son balcon, dans ce studio paisible où Erika et lui ont passé tant de soirées à parler autour d'un dernier verre de vin ; ils étaient partout, à imprimer les marques de leurs Rangers crasseux sur le carrelage brillant, à déranger ses affaires bien ordonnées, à faire résonner dans le vide leurs grosses voix privées d'émotion. Oui, c'était juste après. Il n'a pas pensé à demander à cette femme quand Erika était morte, mais tout au fond de lui, il sait que c'est cette nuit-là, peut-être même au moment précis où Il lui est apparu. Lui, et son affreux rictus. Il ne se souvient pas d'Erika dans son cauchemar, il ne se rappelle que de corps nus, d'un couteau, du sang – des quantités de sang –, mais il sait, à présent : ce n'était pas un simple cauchemar, c'était une vision. Est-ce donc ainsi qu'elle est morte ? Assassinée à coups de couteau ? Quel monstre est capable d'une chose si horrible ?

Quel monstre ?…

Lui. C'est à cause de Lui que tout ça est arrivé. Il était là, dans cette pièce, pendant que cette femme l'interrogeait. Il était là, il l'a entendu. Il ne s'est pas montré bien sûr, Il est bien trop malin, mais cette flic, elle, a vu ; elle a vu que quelque chose n'allait pas, elle a cru que c'était à cause d'Erika, elle n'a pas compris.

Il est revenu et ses mots ont été comme un aveu.

Je suis de retour, Abel.

Chapitre 13

Il a trouvé l'emplacement idéal.

La route qui quitte le campus fait une boucle à cent quatre-vingts degrés dans sa direction de sorte que lorsqu'elle arrive à ce rond-point, elle longe le parking où sont garées les voitures des étudiants. À travers les barreaux qui surmontent le muret de béton, il a une vue imprenable sur leurs allées et venues. La plupart des véhicules qui sortent du parking empruntent ce rond-point – avant d'y arriver, il y a une petite route à une centaine de mètres qui grimpe jusqu'à une zone pavillonnaire et que l'on peut suivre pour redescendre vers la ville, mais il n'y a pratiquement que les résidents pour l'emprunter.

Côté campus, il y a peu de chances qu'un véhicule de police se pointe. C'est l'autre côté qui lui pose problème, celui qui arrive du centre-ville. Son champ de vision est dégagé, mais il doit constamment garder un œil sur le parking et l'autre dans cette direction, de laquelle peut à tout moment surgir une patrouille.

Son cœur bat comme s'il était en train de courir un marathon, expulsant de puissantes salves d'adrénaline qui lui montent au cerveau comme des shoots.

Le stress est à son maximum. Et la sensation exaltante.

Les risques augmentant rapidement avec le temps, il ne reste jamais plus d'une heure au même endroit. Il est midi. Dans une demi-heure, il n'y aura de toute façon plus beaucoup de mouvement. Les températures sont inhabituellement élevées ces jours-ci et aux heures où le soleil est proche de son zénith, la chaleur est accablante. Il étouffe dans son uniforme et la transpiration commence à coller son T-shirt à sa peau. Sur son visage, les gouttes de sueur sont lourdes de tension.

Les premières étudiantes qui sortent du campus sont quelconques. Dans les voitures, les visages défilent sans discontinuer – à chaque fois, il y lit l'inquiétude, puis le soulagement quand elles comprennent que ce ne sera pas pour cette fois. À midi dix, une jolie jeune femme aux longs cheveux blonds se met au volant de sa voiture. Elle a traversé le parking d'un pas décidé, mais il a eu le temps de suivre le mouvement de ses cuisses que sa jupe découvre largement. Dans moins de deux minutes, elle se présentera à l'entrée du rond-point, si elle n'habite pas l'un de ces pavillons hors de prix qui tapissent la colline face au campus.

Il fait une prière silencieuse et prend une longue inspiration.

Bientôt, le véhicule apparaît dans son champ de vision, dépasse la route vers la zone pavillonnaire. Il se redresse et s'avance. Il ne peut pas lui échapper. Il lève le bras et fait un petit geste de la main. La voiture ralentit et se gare. La vitre s'abaisse pour lui révéler le visage de l'étudiante dont il a déjà eu un aperçu de la plastique deux minutes plus tôt. Elle est époustouflante. Le rebord de sa jupe est remonté très haut sur ses cuisses, le tissu de son T-shirt laisse entrevoir un soutien-gorge bien rempli. Le sourire qu'elle lui adresse masque difficilement la contrariété que ce retard inopiné suscite en elle. Il la salue poliment et lui demande ses papiers. Elle s'appelle Romane. Elle lui confirme que l'adresse sur la carte grise est bien la sienne. Elle n'est pas à jour de son contrôle technique ; il récupère instantanément l'information dans sa mémoire – contravention de quatrième classe, amende forfaitaire de cent trente-cinq euros – et la lui délivre d'un air navré. Elle force son sourire, lui fait les yeux doux – elle a pris rendez-vous, lui dit-elle, ce n'est qu'une question de jours. Elle n'a aucun moyen de le lui prouver, mais il s'en moque. Il la sermonne gentiment puis lui rend ses papiers en lui adressant son plus beau sourire. Elle est aux anges. Lorsqu'elle a tourné au coin de la rue, il sort son calepin et son stylo.

Chapitre 14

Steve a onze ans de carrière. Dans la liste des meilleurs TIC du service, elle le place en seconde position, juste derrière Niko. Il est cependant plus disponible et discret que son collègue soupe au lait, ce qui constitue déjà deux bonnes raisons de s'adresser à lui plutôt qu'à Niko. Mais si c'est à sa porte qu'elle est venue taper, c'est aussi parce qu'il est peintre à ses heures perdues. Et pour examiner la carte reçue la veille, sa passion se révèle d'une grande utilité.

— Des empreintes ? lui demande Gabrielle.

Le technicien secoue la tête.

— Pas une seule, désolé.

— Évidemment.

Les deux gendarmes sont penchés de part et d'autre de la carte comme s'ils avaient un immense trésor sous les yeux.

— L'analyse graphologique de l'inscription au dos n'a rien donné non plus, lui apprend encore Steve. Notre corbeau a veillé à ce que son écriture soit complètement inexpressive.

Il fait planer un doigt au-dessus du dessin.

— C'est du papier pour acrylique, assez épais – je dirais du trois cent soixante grammes. On en trouve facilement dans le commerce ; de ce côté-là, tu n'iras pas bien loin. Pour la peinture, je pense qu'elle est faite maison. Regarde.

Il place la carte sous la loupe binoculaire, manipule un moment la vis de réglage, puis fait signe à Gabrielle de s'approcher.

— On voit encore des pigments qui n'ont pas été correctement mélangés.

Elle jette un œil, éloigne ses yeux de l'équipement et adresse un regard sceptique au technicien qui lui oppose un hochement de tête.

— Fais-moi confiance.

— Et comment fais-tu ça ? demande-t-elle.

— De quoi ?

— La peinture.

— C'est très facile, il te suffit d'un liant – une espèce de colle, si tu préfères – et d'un pigment. Tu mélanges les deux, sur une plaque de verre ou dans une assiette par exemple, et tu obtiens ta peinture.

— Le liant et le pigment, tu trouves ça où ?

— Dans tous les magasins de dessin et de beaux-arts.

— Tu ne m'aides pas, là. Ceux qu'il y a sur cette carte, ils n'ont rien de particulier ?

— De la résine acrylique de base, des pigments de synthèse classiques, comme on en trouve…

— Dans tous les magasins de dessin et de beaux-arts, achève-t-elle à sa place, j'ai compris.

Le visage de Steve se fend d'un sourire.

— Je suis désolé, j'aurais aimé avoir des nouvelles plus sensationnelles.

— Ce n'est pas grave, j'aurai essayé.

— De quoi s'agit-il ?

— C'était dans une enveloppe qui est arrivée hier matin. Il n'y avait aucun nom, juste l'adresse de la gendarmerie.

— Que crois-tu que ce soit ?

— Ça, je n'en sais rien.

— Et c'est qui « elle » ?

Gabrielle fronce les sourcils puis se rappelle le texte écrit au dos de la carte : « Prenez soin d'elle ».

— Aucune idée.

Steve retire le dessin du support de la loupe et le tend à sa collègue.

— Je te le rends, il ne dira rien de plus. C'est très joli en tout cas.

— Hum…

Elle récupère la carte avec une moue dubitative.

— Je doute qu'un artiste anonyme ait voulu nous faire un petit cadeau.

Steve acquiesce de la tête.

— Bon courage.

— Merci pour ton aide.

— Pas de quoi. Tiens-moi au courant.

Marc ne laisse pas à Gabrielle le temps de s'asseoir à son bureau.

— Tu as une minute, s'il te plaît ?

Elle le rejoint devant son écran d'ordinateur. Il a sous les yeux l'album du studio d'Erika envoyé par Niko.

— Tu as remarqué la façon dont ses cheveux sont coiffés ?

Elle examine un plan rapproché de la tête de la victime. Une tresse ceint sa tête comme une couronne.

— Oui ?

— J'ai téléphoné à la fille qui a trouvé Erika, elles se connaissaient très bien. Elle m'a assuré qu'elle n'a jamais vu sa copine coiffée comme ça.

— C'est le type qui l'a assassinée qui lui a fait cette tresse ?

— Le type ou la femme.

Elle secoue la tête.

— Une femme ? Je n'y crois pas une seule seconde.

— Moi non plus, c'est pour ça que je penche pour un homme qui a appris à réaliser cette coiffure, et a coiffé ainsi les cheveux d'Erika dans un but bien précis. On appelle ça une tresse vestale – c'est sa copine qui me l'a expliqué, ajoute-t-il aussitôt lorsqu'il surprend le sourire sur le visage de Gabrielle – et je te soutiens que tout ça – le drap dans lequel elle était enveloppée, les mains jointes sur la poitrine, la coiffure – fait partie de la même mise en scène réalisée à dessein par l'assassin. Regarde.

Il bascule sur Internet et lui montre le fruit de ses recherches. L'écran affiche toute une série d'images de femmes drapées de blanc – des peintures, des statues, des déguisements –, dont un certain nombre porte en effet la même coupe de cheveux que celle d'Erika. Il clique sur la première image, qui le renvoie à la page Wikipédia du mot « vestale », et commence à lui en lire la définition.

— Je sais parfaitement ce qu'est une vestale, l'arrête Gabrielle d'un ton dont elle regrette aussitôt l'impatience ; l'assassin aurait en quelque sorte « déguisé » sa victime en vestale ? l'interroge-t-elle avec un peu plus de douceur.

— Je pense, oui.

— Et tu as une idée de la raison pour laquelle il aurait fait ça ?

— Pas encore, non.

En l'absence de pistes, les conclusions de Marc constituent un premier élément intéressant. Elle ouvre la bouche pour lui en faire la remarque quand un homme entre dans le bureau.

— Bonjour, Gabrielle.

Le visage du capitaine se ferme d'un coup.

— Salut, Adrien.

Gabrielle fait la bise au nouveau venu et lui présente Marc. Le dénommé Adrien a à peine serré la main de ce dernier que Gabrielle l'entraîne hors du bureau sous le prétexte d'un café. Marc les regarde s'éclipser sans un mot.

Gabrielle est de retour sans son collègue moins d'une dizaine de minutes plus tard.

— Il était bon, ce café ? lui demande aussitôt Marc.

Le sous-entendu n'échappe pas à Gabrielle. Elle réfléchit une poignée de secondes à ce qu'elle va dire et opte, comme très souvent, pour la franchise.

— Je devais discuter avec Adrien d'un sujet un peu… sensible.

— Du genre ?

Bon, peut-être pas une franchise totale.

— Du genre qu'on discute à l'extérieur à voix basse en prenant un café pour faire comme si de rien n'était…

Il lui adresse un sourire mi-figue, mi-raisin et hoche docilement la tête.

— OK, c'est pas grave. Est-ce que je peux quand même te poser une question ?

— Je t'écoute.

— Est-ce qu'on peut faire désormais comme si on était de vrais partenaires ?

La question la prend de court. Elle hésite un bref instant avant de répondre.

— Oui, je pense que c'est possible.

Il accueille sa réponse avec un nouveau sourire, franc celui-là.

— Cool.

Elle laisse échapper un soupir.

— Je suis désolée, je suis encore un peu… perturbée. C'est ma faute.

— Pas de souci.

Elle s'éloigne en direction de son bureau, mais semble se rappeler subitement quelque chose et revient sur ses pas.

— Oh, j'oubliais. Si tu pouvais éviter de parler à Dobey de ma petite entrevue avec Adrien…

Il lève un sourcil.

— Disons qu'il pourrait… se poser des questions inutiles, explique-t-elle.

— OK. À une condition.

— Laquelle ?

— Que le prochain café que tu prends, tu le prennes avec moi.

— Marché conclu.

Elle sourit. Il lui tend la main. Elle la prend dans la sienne et lui adresse une vigoureuse poignée de main.

Lorsqu'elle avait expliqué à Eliott et Valentin en quoi consistait le Systema, ils l'avaient d'abord regardée comme si elle débarquait d'une autre planète, puis s'étaient esclaffés en parfaite harmonie comme seuls des jumeaux savent le faire. Cela ne l'avait pas surprise, elle en avait même ri avec eux, car quand elle avait découvert cet art martial, sa réaction avait été la même. Comment expliquer à un parfait néophyte que ce sport consiste à apprendre à gérer son stress en se faisant taper ou marcher dessus, ou bien encore en se roulant en petite culotte dans la neige (cet exercice-là en particulier avait déclenché un mémorable fou rire chez les jumeaux) ? Le concept est sans nul doute difficile à saisir. En sceptique accomplie, elle s'était rendue à son premier cours avec suspicion (avec espoir aussi, car le stress, cette bête malfaisante qui la dévorait de l'intérieur, échappait à toutes ses tentatives d'apprivoisement), mais au bout d'un mois, elle avait dû se rendre à l'évidence : cela fonctionnait. Au fur et à mesure des cours, les tensions se sont progressivement relâchées, son esprit s'est apaisé et les cauchemars se sont espacés. Elle n'a pas appris à combattre – combattre l'angoisse, la peur, la souffrance, le passé – mais à réduire à néant la volonté de ces démons pernicieux de lui faire du mal.

Depuis quelque temps cependant, elle sent qu'elle n'y arrive plus. Sa bête intérieure est affamée et ses grondements souterrains lui font peur. Jour après jour, elle sent la tension monter, comme l'angoisse à l'approche d'une catastrophe imminente.

Ce soir en particulier, la crispation est intense. Elle a l'impression de passer à côté, d'échouer dans chaque exercice, de ne pas faire les bons mouvements, de décevoir son partenaire. Elle n'a pas la tête à ça, son esprit est encore avec Morgane qu'elle a quittée en pleurs il y a moins d'une heure. Une petite fille de sept ans qui, contrairement à elle, n'arrive pas à tenir à distance ses cauchemars et caresse son lapin domestique les joues baignées de larmes. (*Est-ce qu'à sept ans, on peut pratiquer le Systema ?* songe-t-elle. *Est-ce qu'à sept ans, on est capable d'apprendre à accepter l'idée que perdre son papa si jeune, ce n'est pas juste, mais qu'il est nécessaire de vivre avec cette injustice et d'aller de l'avant ?*)

À présent, c'est l'exercice de la marche à l'aveugle : les participants ferment les yeux et marchent droit devant eux dans la salle plongée dans le noir – portes et fenêtres fermées, volets abaissés. La première difficulté est d'éviter de se cogner la tête contre un mur ou de rentrer dans l'une des dix autres personnes qui partagent avec vous cette expérience crispante, ce qui arrive fatalement. La deuxième difficulté est la gestion des interventions aléatoires de Jérémy, l'instructeur, qui n'épargne rien à ses élèves pour tester leur maîtrise du stress – pincements, poussées, attaque au couteau, coups, gifles. Habituellement, elle gère, mais ce soir, elle a l'impression d'être redevenue une débutante.

Elle avance sur le qui-vive, anxieuse, se tend comme un arc à chaque cri de douleur poussé par l'un des adhérents. À plusieurs reprises, elle est tentée d'ouvrir les yeux, mais elle tient bon : c'est ainsi dans la vie, on ne voit pas les coups arriver et lorsqu'ils tombent, il faut continuer d'avancer.

Et les coups tombent. Jérémy, l'instructeur, connaît son niveau et la pousse dans ses retranchements. Ici, pas de distinction de sexe, les femmes subissent les mêmes châtiments que les hommes, seule la poitrine est épargnée. C'est d'abord le contact d'un couteau factice sur sa gorge. *Facile*. La lame de bois glisse doucement loin de son cou, elle reprend sa progression en inspirant sur deux pas, expirant sur deux autres. Elle frôle une main étrangère de la sienne, parvient même à sourire, mais aussitôt après, le bâton s'abat sur son épaule. Elle serre les dents – interdiction de parler, se révolter ne sert à rien, juste à perdre inutilement un temps précieux ; il faut lâcher prise et, toujours, aller de l'avant.

Deux pas pour inspirer, deux pas pour expirer.

Elle parvient à sentir un mur approcher, se détourne, finit dans les bras d'un camarade de jeu qui l'accueille avec chaleur. Le réconfort est bref : une nouvelle punition arrive, au ventre celle-là. Et autour d'elle, encore des cris de surprise et de douleur. Elle se ferme à ces plaintes qui ne la concernent pas et avance.

Elle parvient à traverser la salle sans encombre, fait demi-tour et reçoit une première gifle. Brève tension, elle prolonge son inspiration sur cinq pas, expire sur les cinq suivants. La seconde claque la prend par surprise.

Respire, ma fille, respire.

Une troisième arrive rapidement, le sentiment d'injustice grandit et elle sent les larmes monter – elle n'a craqué qu'une seule fois, c'était au tout début, ses yeux sont depuis restés secs.

Qu'est-ce qui t'arrive, bon sang ? Laisse-toi aller, détends-toi !

Elle poursuit son chemin. Quelque part dans la salle, quelqu'un pleure. L'image de Morgane surgit, puis celle de sa maman qui semble avoir vieilli de dix ans en l'espace de quelques mois. On la gifle une quatrième fois. Ses mâchoires se crispent, pas sous l'effet de la douleur, mais parce qu'une larme est en train de rouler sur sa joue.

Non ! Pas maintenant, pas ici !

Elle continue tant bien que mal d'avancer. Cette fois, c'est l'image d'une petite fille qui pleure sous la neige qui jaillit comme si elle se trouvait juste devant elle. Elle ralentit le pas, une main lui cingle une nouvelle fois le visage, elle chancelle.

Stop ! Ça suffit ! J'en ai assez pour aujourd'hui !

Mais ce n'est pas fini. Nouvelle gifle, celle-ci a raison de sa volonté. Elle pousse un cri, s'écroule et fond en larmes.

Elle n'a toujours pas ouvert les yeux. Elle pleure sans retenue, ne maîtrise plus son corps qui tressaute au rythme de ses sanglots. Quelqu'un s'agenouille devant elle, la serre fort dans ses bras et lui parle doucement. Jérémy. Elle se laisse aller, accueille son réconfort avec soulagement. Lorsqu'elle estime qu'il en a fait assez, elle s'écarte doucement et se relève après avoir balbutié un remerciement. Jérémy la laisse partir sans un mot et met fin à l'exercice.

Gabrielle sort de la salle et s'effondre dans les vestiaires pour pleurer à l'abri des regards.

Elle a échoué, une nouvelle fois.

D'abord, il y a un pistolet dans la neige. Ensuite, deux silhouettes indistinctes. L'une d'elles tient une arme dans la main, l'autre est en train de se remettre péniblement sur ses genoux.

L'instant d'après, l'une des deux formes se tourne dans sa direction.

Un autre point de vue, comme s'il y avait eu une coupure dans le film. Elle tient le pistolet à bout de bras et voit le visage de son père dans le prolongement du canon.

Droit ! Tu dois le tenir bien droit et ne pas trembler !

Elle presse la détente et se redresse dans son lit en poussant un hurlement.

Ce n'est pas un cri de souffrance, mais de colère. De la colère à l'état brut, noire, dense et brûlante comme une bille de plomb fondu.

D'abord le cours de Systema, puis cette saloperie de cauchemar !

Elle pousse un nouveau cri, et un autre encore. Cela lui fait du bien, et tant pis pour les voisins.

Elle pensait ne plus jamais refaire ce rêve. Pourquoi est-il revenu ?

Pourquoi ?

Elle expédie le drap contre le mur et se lève, nue et la rage au ventre. Dans la cuisine, elle ouvre la porte du réfrigérateur et boit une grande rasade de lait à même la bouteille. Puis elle se laisse tomber sur une chaise et se prend la tête à deux mains.

Elle ne versera pas une larme, il n'en est pas question.

Elle relève la tête ; son regard se pose sur une coupure de journal fixée par un magnet à la porte du frigo : « Un gendarme tué lors d'une interpellation dans la banlieue de Toulouse ». Le visage d'Axel se met à flotter devant ses yeux, puis celui de Morgane, bientôt remplacé par un autre, plus adulte, le visage d'une adolescente de quatorze ans qui tient un pistolet à bout de bras.

L'adolescente a aujourd'hui trente-quatre ans, mais la douleur est la même.

Deux enfants, deux orphelines.

Elle serre les dents et se frappe le front avec les poings. Elle reste prostrée encore quelques minutes puis se lève brutalement – la chaise glisse d'un bon mètre en arrière en faisant un bruit d'enfer – et sort de la cuisine.

Elle sait qu'elle ne se rendormira pas ; elle doit trouver une distraction pour son cerveau en ébullition. Elle est d'astreinte, son appartement et ses repères lui manquent. Sa terrasse surtout, la simple vue de la ville endormie l'aurait à elle seule apaisée. Elle allume la télé. Ici, pas de Netflix, alors elle zappe pendant plusieurs minutes. Finalement, elle tombe sur un vieux film en noir et blanc, *Docteur Folamour*, qu'elle se rappelle avoir vu l'année du bac. Elle l'avait trouvé totalement absurde et génial à la fois, et s'était juré de le revoir. Juste ce qu'il lui fallait pour oublier définitivement ce maudit cauchemar.

Elle se cale confortablement dans le canapé et se concentre sur les images. Au bout de quelques minutes, son regard est attiré par une forme claire posée sur le balcon derrière la porte-fenêtre. Un instant, elle croit voir Hobo, son visiteur félin de l'appartement. C'est bien un chat, mais ce n'est pas lui bien sûr, celui-ci est plus râblé que son congénère et sa fourrure est blanche. Il est parfaitement immobile et l'observe les yeux mi-clos. Elle relève une cuisse, se couvre la poitrine avec les bras et lance un regard mauvais à l'animal.

— Dégage, sale pervers.

Puis elle reprend le cours de son film.

À présent, c'est la phase d'observation. Il doit tout d'abord s'assurer qu'elle vit seule, puis noter toutes ses allées et venues, mais aussi celles des autres résidents de l'immeuble. Il doit aussi repérer la présence d'une éventuelle caméra de vidéosurveillance. Il fait confiance à son changement d'aspect, mais il ne veut prendre aucun risque.

L'étape suivante consiste en ce qu'elle le laisse entrer dans son appartement. Pour cela, il a une tactique qu'il juge infaillible : quelques vérifications dans le cadre d'une enquête sur une série de braquages dans laquelle son numéro d'immatriculation a été utilisé.

Alors viendra le plus dur.

Il aura un bouquet de fleurs avec lui – quoi de plus naturel que d'offrir des fleurs à sa promise ? Il tend une main vers les bacs, saisit une tige entre deux doigts et les fait glisser jusqu'à la fleur dont il caresse amoureusement les pétales. La texture est souple, un peu rêche, le blanc d'une pureté exceptionnelle. Personne ne lui aura jamais offert de fleurs aussi belles. À elles seules, elles devraient suffire à conquérir son cœur.

Mais ça ne suffit pas toujours. La première fois, il a été obligé de précipiter les choses.

Elle était magnifique…

Il ferme les yeux. Une larme roule le long de sa joue. Ce ne pouvait pas être elle, tout simplement. Elle était trop belle, douce, gentille, bienveillante. Innocente.

Pure.

Les traits de son visage s'affaissent. Il plaque la base de ses pouces sur ses yeux pour arrêter le flot de larmes.

Cette fois, il y arrivera. Romane n'est pas Erika. Elle est aussi belle, peut-être même plus, mais il a senti chez elle une corruption qui lui a déplu.

Qui l'a excité, aussi.

Il se ressaisit, adresse un dernier regard à ses protégées et sort de la véranda.

Il est confiant.

Cette fois, ce sera la bonne.

Chapitre 15

Deux jours ont passé. Au meurtre d'Erika sont venues s'ajouter une défenestration suspecte et une tentative d'homicide à l'arme blanche. L'un après l'autre, les enquêteurs informent le colonel de l'avancée de leurs dossiers. Vient le tour de Marc. Dobey a confié au binôme l'affaire du défenestré sur laquelle la toute nouvelle recrue est chargée de faire le point. Gabrielle l'écoute avec attention. Marc parle d'une voix assurée, son compte rendu est clair et précis. La veille, dans l'appartement par la fenêtre duquel l'homme s'est – ou a été – précipité, il a examiné avec attention chaque centimètre carré de plancher, chaque objet laissé derrière elle par la victime, et c'est lui qui a su poser la bonne question à l'une des voisines qui les a mis sur la piste d'un individu étranger à l'immeuble. Elle a du mal à se l'avouer, mais elle est plutôt impressionnée.

— Une question me brûle les lèvres depuis que je suis arrivé ici, lui dit-il à la fin de la réunion alors que la salle se vide dans le brouhaha des conversations et des raclements de chaises.

— Laquelle ?

Il vérifie que le colonel n'est pas à portée de voix et approche son visage de celui de Gabrielle.

— Pourquoi Dobey ?

Elle sourit et extirpe son portable d'une poche de son jean. Son pouce s'agite un moment sur l'écran, puis le téléphone se tourne dans sa direction.

— Starsky et Hutch, tu connais ?

Il examine l'image affichée à l'écran et ne peut réprimer un sourire.

— Bernie Hamilton, le capitaine Dobey ! Oui, en effet, il y a un petit quelque chose !

— Et pas seulement la ressemblance physique, mais sa façon de parler aussi. C'est bluffant !

Il approuve de la tête. Ils sont à présent seuls dans la pièce. Marc regarde Gabrielle avec intensité, comme s'il était en train d'essayer de lire dans ses pensées.

— J'ai trouvé ! s'écrie-t-il soudain. Noomi Rapace !

— Pardon ?

— Tu as un faux air de Noomi Rapace. J'aime beaucoup cette actrice.

Ils échangent un regard ; Marc flanche le premier : il baisse la tête, émet un bref raclement de gorge et se dirige vers la porte. Gabrielle le suit des yeux un court instant, puis lui emboîte le pas. Elle le rejoint dans le couloir où ils progressent en silence le long des murs décrépits. Noomi Rapace… Elle note dans un coin de son cerveau de faire un tour sur Internet pour se remettre son visage en tête… Les vibrations de son téléphone coupent net le fil de ses pensées. C'est Steve, le dauphin de Niko au palmarès des meilleurs TIC de la SR.

— Salut, Gabrielle, je crois que ça pourrait t'intéresser.

— Quoi donc ?

— Un deuxième dessin.

Elle se fige instantanément.

— Tu plaisantes ?

— Il vient d'arriver sur mon bureau.

— J'arrive.

— Tu ne me demandes pas si je suis occupé ?

— Tu l'es ?

— Oui.

— C'est pas grave.

Elle raccroche sans lui laisser le temps de répondre, enfouit le téléphone dans la poche de son jean et rattrape Marc qui l'attend un peu plus loin, intrigué.

— Qu'est-ce qu'il y a ?

— Suis-moi, lui lance-t-elle en passant sous son nez au pas de course.

Cette fois, la couleur dominante est le bleu, celui de la mer qui occupe les deux tiers inférieurs de la carte. Une diagonale noire trace la frontière entre l'eau et une plage de sable blanc qui couvre le tiers supérieur et que délimite un alignement de dunes à l'arrière-plan. Un mince ruban de ciel gris complète le paysage au-dessus des monticules de sable. Posé au creux de ces derniers, un moulin à vent fait de briques blanches, rouges et bleues, à côté duquel quatre silhouettes sont alignées. Un pan de mur, fait lui aussi de briques, est planté, solitaire et incongru, au beau milieu de la plage, tandis qu'au premier plan un bateau glisse sur l'eau – l'artiste l'a peinte parfaitement calme, sa surface est lisse et uniforme à l'exception de sillons nuancés qui simulent une légère houle. Parachevant l'étrangeté de la scène, un bouddha en contemplation flotte au-dessus de la mer.

Gabrielle tourne la carte, lit les quelques mots inscrits au dos : « Prenez soin d'elle ». Le même message que la première fois.

Marc tend une main.

— Je peux ?

Il approche le dessin de son visage et l'examine un long moment.

— Tu sais à quoi ça me fait penser ?

— Non ?

— À un jeu.

— Un jeu ?

Il passe une main sur sa barbe naissante et réfléchit encore un instant.

— Oui… Un jeu de société : Mysterium, ça te dit quelque chose ?

— Absolument rien.

— Moi, ça me parle, réagit Steve. C'est un jeu de plateau coopératif. Tu dois démasquer un assassin.

— C'est ça, confirme Marc. Un joueur joue le rôle du fantôme de la victime censée être revenue d'entre les morts pour aider les autres joueurs à trouver son meurtrier. À chaque tour, il leur donne des indices au travers de cartes, un peu comme celles-là, qui leur permettent d'identifier une personne, un lieu et une arme.

— C'est un Cluedo, quoi, conclut Gabrielle.

— Non, c'est un peu plus compliqué que ça. Il y a plusieurs phases : dans la première, chaque joueur doit identifier le triplet – personnage, lieu, arme – qui lui a été secrètement attribué par le fantôme à l'aide des dessins qu'il lui remet à chaque tour, et qui comporte des éléments en lien avec son triplet. Par exemple, admettons que le personnage qui est associé au joueur est jardinier et que, sur la carte qui représente ce personnage, on voit un pot de fleurs ; eh bien, le fantôme va lui distribuer une carte sur laquelle sera aussi dessiné un pot de fleurs de façon à le mettre sur la voie. S'il y a une baignoire sur la carte du lieu associé au joueur, alors le fantôme choisira un dessin avec de l'eau dessus, tu vois ?

— À peu près, oui.

Marc regarde tour à tour ses deux collègues en agitant la carte qu'il tient entre ses doigts.

— Le style des dessins est très semblable à celui des cartes de ce jeu. Un peu fantasmagorique, irréel, comme les images d'un rêve.

— Comme une vision ?

— C'est ça ! C'est d'ailleurs comme ça qu'est pensé le jeu : le fantôme envoie des visions aux joueurs.

Gabrielle se renverse dans son siège et rassemble les extrémités de ses doigts devant son visage.

— Donc, si je te suis bien, ces cartes sont là pour nous faire deviner quelque chose.

Il confirme de la tête. Le silence s'installe, lourd d'intenses réflexions.

— Bon, les gars, lance subitement Steve en méprisant toute considération de sexe, c'est vous les enquêteurs, moi, j'ai d'autres chats à fouetter. Si vous avez besoin de moi, je suis à côté.

Il se lève et abandonne ses deux collègues en pleine cogitation. Gabrielle a pris le second dessin des mains de son partenaire et l'étudie avec soin. Marc reporte son attention sur la première carte reçue. Après plusieurs minutes d'un silence religieux, il abandonne son examen et pousse un long soupir. Il observe encore quelques secondes le visage de sa partenaire qui garde les yeux rivés sur son dessin.

— Tu vas en parler au colonel ?

Gabrielle ne réagit pas immédiatement.

— Hein ?

— Ces cartes ? Tu mets Dobey au parfum ?

Elle lève enfin la tête et le regarde sans vraiment le voir.

— Je suppose que oui.

— Qu'est-ce que tu vas lui dire pour la première ?

— Ben la vérité : que le courrier est arrivé sur mon bureau par erreur.

— Hum… Et que tu n'as pas jugé bon de le ramener à son secrétariat ?

— On s'en fout, rétorque-t-elle en tendant le bras pour se faire remettre le petit carton qu'il tient entre les mains.

Marc s'exécute. Gabrielle se plonge à son tour dans l'expertise du premier « tableau ».

— Un attrape-rêves…

Il lève la tête.

— Pardon ?

— L'attrape-rêves… répète Gabrielle en tapotant le carton.

Marc s'approche ; elle lui montre l'objet en question sur la carte. Il est représenté en tout petit dans le coin inférieur droit du dessin, mais il est impossible de se méprendre. Elle tourne la tête et croise le regard de son partenaire.

— Chez Erika, suspendu à la bibliothèque, déclare-t-elle, soudain excitée.

Elle déplace son doigt sur le papier.

— Le caducée, l'emblème des médecins. Erika était étudiante en médecine.

— C'est le bâton d'Esculape, pas un caducée, observe Marc.

— Quoi ?

— Sur le caducée, il y a deux serpents alors qu'il n'y en a qu'un sur le bâton d'Esculape, qui est le symbole de la médecine.

Gabrielle, piquée au vif, fait les gros yeux.

— Bref, s'empresse-t-il de dire, je vois où tu veux en venir. Mais le bol ? La clef anglaise ? La couleur rose ?

— Je n'en sais rien, mais il y a un rapport, j'en suis certaine.

Ils examinent plus attentivement la carte.

— Regarde ça, fait Marc après un temps de réflexion.

Gabrielle pose les yeux sur l'endroit indiqué.

— Ces formes derrière la brume, ça ne te rappelle rien ?

— Non.

— Réfléchis bien. Un bloc gris et blanc, avec ces barres horizontales. Des fenêtres ?

Elle comprend.

— L'immeuble d'Erika.

— Exactement.

— Alors c'est bien ça. Cette carte désigne le studio d'Erika, et c'est son assassin qui nous l'a fait parvenir.

Il confirme de la tête.

— Ce qui veut dire que la seconde…

Elle n'achève pas sa phrase. Marc se charge d'exprimer tout haut ses pensées.

— Il faut la déchiffrer. Et rapidement.

Chapitre 16

Lorsqu'il a réalisé que les flics avaient retrouvé sa trace grâce au téléphone portable d'Erika, il a paniqué. Il a passé plusieurs heures à relire chaque message qu'ils se sont adressé à la recherche d'un échange, d'une allusion, d'un simple mot qui pourrait semer le doute dans leur esprit. Il ne s'est jamais entièrement confié à Erika – comment aurait-il pu ? Personne ne peut comprendre les choses qu'il a faites (non, rectifie-t-il immédiatement, que Caïn l'a poussé à faire), pas même elle – mais un élément de conversation aurait pu les amener à se méprendre, à s'interroger, à s'inquiéter.

Et à fouiller.

Alors, quand il est arrivé à la fin du dernier message qu'il a adressé à Erika, il a fermé les yeux et évacué la tension accumulée dans une longue expiration. Il n'a rien trouvé. Rien qui puisse faire remonter le passé à la surface.

Il relit le dernier SMS expédié à son amie avec la boule au ventre : « Coucou, Erika, il faudrait que je passe te voir. » Ultime texto envoyé dans le vide.

Il chasse le visage d'Erika de son esprit et se concentre sur sa préoccupation du moment. Il n'a rien trouvé, ou presque : dans l'un des messages qu'elle lui a adressés, elle fait allusion à l'un de ses ex. À part cette référence à demi cachée, elle ne lui a jamais écrit à son propos, mais elle lui en a longuement parlé, parfois même avec des larmes dans les yeux. Il était stupide, méchant, arrogant et violent. Au bout d'un mois seulement, elle l'a envoyé promener et il n'a pas du tout aimé.

Mais alors pas du tout.

Il l'a harcelée pendant plusieurs jours, l'a même prise à partie physiquement, et il ne s'est calmé que lorsqu'elle a menacé de porter plainte. Elle n'a plus entendu parler de lui, mais qui sait ce qui peut passer par la tête de ce genre de personnages ? Presque un an s'est écoulé, mais il a peut-être la rancune tenace. Cela ne le surprendrait pas, il a croisé son chemin à plusieurs reprises ; il ne l'aimait pas et s'en était confié à Erika, mais si elle savait être très à l'écoute, elle pouvait aussi se montrer butée et fière, incapable de reconnaître ses erreurs. Un jour qu'il était au studio avec elle, l'ex éconduit avait débarqué et avait cogné avec violence à la porte pour l'obliger à le laisser entrer. Il avait proposé à Erika de lui ouvrir à sa place, mais elle s'y était opposée en lui assurant que le remède serait pire que le mal : la présence d'un homme dans son studio aurait rendu son ex fou de rage. Pendant près de dix minutes, ils n'avaient plus bougé et s'étaient observés sans rien dire tandis que le forcené – le mot n'est pas trop fort, juge-t-il – hurlait sa rage et ses désirs de vengeance dans le couloir, sans égard pour les voisins dont pas un n'avait osé se manifester. L'intrus, à court de voix, avait finalement abandonné, non sans lancer un ultime assaut à la porte en lui assénant un violent coup de poing.

Oui, l'orgueil de cet homme imprévisible ne s'en est peut-être toujours pas remis et la vengeance est un plat qui se mange froid. Les flics lui ont peut-être déjà rendu visite. Peut-être, peut-être pas. Il n'était plus dans les contacts d'Erika et à part lui, peu dans son entourage l'ont connu.

Il s'appelle Tom – Tommy pour les intimes, comme il n'arrêtait pas de le répéter.

Et il sait exactement où le trouver.

À cette heure-ci, la salle de sport est presque vide. Une fille sur un tapis de course a quitté des yeux l'écran de télévision suspendu au-dessus de sa tête pour lui adresser un regard inquisiteur lorsqu'il est entré ; un type un peu costaud sue comme un bœuf sur un vélo elliptique un peu plus loin. Une autre cliente est à l'accueil, avec Tom, qui lui présente en détail toutes les formules d'abonnement. La fille est plutôt mignonne, le beau Tommy lui sert son numéro de charme. Nul doute que celle-là, il va la coacher de près. Il attend patiemment qu'il en ait fini avec la jeune femme pour s'approcher à son tour du pupitre derrière lequel il officie.

Sourire de façade, bref salut, Tom s'en tient au minimum commercial : ce nouveau visiteur n'a pas les charmes de la demoiselle qui l'a précédé.

— Vous venez découvrir ? lui lance-t-il avec un entrain forcé.

Il cherche ses mots.

— Eh bien… Pas exactement. À vrai dire, c'est vous que je suis venu voir.

— Ah ?

— Oui, je crois qu'on se connaît.

Tom fait appel à ses souvenirs.

— Comme ça, je ne vois pas, mais je n'ai pas la mémoire des visages.

— En fait, je suis un ami d'Erika.

Il guette l'impact de son entrée en matière sur le visage de Tom. Aucune réaction. Sincère incompréhension ou brillante dissimulation ? Difficile à dire. En tout cas, les flics ne semblent pas l'avoir devancé.

Nouvel effort intellectuel de la part du prof de gym, qui ne doit pas en faire tous les jours.

— Erika ?

— Étudiante en médecine. Une jolie blonde, cheveux longs, assez petite, toujours le sourire aux lèvres, très gentille.

Sa gorge se serre et sa voix trébuche sur les derniers mots. Enfin, le jour se fait sur le visage du culturiste.

— Oui, Erika… Très gentille…

Il accompagne sa réflexion d'un sourire, dont il craint de saisir le sens. Ce type le répugne, mais il n'est pas là pour déclencher les hostilités, alors il ne relève pas et préfère aller droit au but.

— Elle est morte.

Il ne souffrirait pas plus s'il se donnait un coup de poignard en plein cœur. Il serre les dents pour refouler ses larmes. Sa peine lui appartient, la simple idée de l'afficher en présence d'individus dans le genre de Tom lui donne la nausée. Ce tas de muscles décérébré serait même capable de s'en amuser.

L'information semble tout de même faire son petit effet. Le sourire s'efface sur le visage de Tom et son regard s'assombrit.

— Morte ?

Il confirme de la tête. Tom jette un bref coup d'œil par-dessus l'épaule de son interlocuteur pour s'assurer que personne n'est en train d'agoniser sur l'une des machines, puis il lui adresse un mouvement de tête en direction de la sortie.

Une fois sur le parking, l'athlète commence par s'allumer une cigarette avant de s'asseoir sur un gros parpaing en béton.

— Qu'est-ce qui s'est passé ?

Un instant, il a presque cru à de la compassion, mais le ton sur lequel il a posé cette question trahit surtout une curiosité morbide.

— Elle a été assassinée.

Le changement d'expression sur le visage de Tom est époustouflant. Il a maintenant l'air du type qui vient d'en apprendre une sensationnelle et qui a hâte de la raconter à ses copains. À présent, il est quasiment convaincu que Tom ne sait rien de ce qui s'est passé, ce qui veut dire que tout ce qui va suivre va être une perte de temps. La dernière chose dont il a envie est de discuter d'Erika avec le plus détestable de ses ex.

— Comment ?

Le bodybuildé est à l'évidence arrivé au bout de la variété de ses questions. Il lève la tête et met une main en coupe au-dessus de ses yeux pour examiner son interlocuteur dont la réponse se fait attendre.

— Comment est-elle morte ? répète Tom une seconde fois.

— Je ne sais pas.

— Tu ne sais pas genre « Je ne sais vraiment pas » ou genre « Je ne veux pas te le dire » ?

— Je ne sais vraiment pas.

Une voiture vient de se ranger sur le parking. Tom se lève et envoie valser la cigarette à peine entamée sur le bitume. Un homme en tenue de sport s'approche pour saluer le gardien du temple de la musculation. Sourires, poignées de main, quelques mots sont échangés. Tom attend que le nouveau venu ait passé la porte de la salle pour reprendre la conversation là où il l'a laissée.

— Et comment toi, tu sais qu'on l'a assassinée ?

— On m'a posé des questions.

— Qui ça ?

— Les flics.

Tom fronce les sourcils puis émet un petit reniflement de mépris.

— C'est pour ça que t'es là, alors…

— Pardon ?

Un sourire mauvais est apparu sur le visage de Tom. Comme s'il venait subitement de trouver la réponse à une question qui le tourmentait depuis un long moment, il hoche la tête à plusieurs reprises et agite un doigt à quelques millimètres de la poitrine de son visiteur.

— Oui… Ça me revient, maintenant… C'est toi le pédé qui traînait tout le temps avec Erika…

Il ne dit rien. Il se désole à chaque fois d'entendre aujourd'hui encore ce genre de propos sortir de la bouche des gens, mais venant de Tom, ça ne l'étonne même pas. Il sait qu'il n'a pas à subir ça, qu'il serait juste et nécessaire qu'il se révolte, mais son offenseur du jour est à ce point stupide qu'il juge inutile de répondre à sa provocation minable.

— Et t'es là aujourd'hui parce que tu crois que j'ai quelque chose à voir avec sa mort, c'est ça ? poursuit Tom.

Il est sur le point de nier, mais n'en fait finalement rien. Après tout, c'est peut-être aussi bien que cet abruti comprenne pourquoi c'est de lui qu'il a fait son suspect numéro un et pas d'un autre.

Tom s'approche de lui et plante ses yeux dans les siens.

— J'ai rien à voir avec sa mort, pauvre con. Erika, c'est du passé, j'en ai plus rien à foutre d'elle, t'as pigé ?

— Mais peut-être as-tu une idée de…

— J'ai pas d'idée et j'ai pas envie d'en avoir. Erika, c'était une connasse qui pétait plus haut que son cul et qui se croyait au-dessus de tout le monde.

— Tu ne devrais pas dire…

— Je dis ce que j'ai envie de dire et j'en ai rien à foutre de ce que tu penses. Tu crois quoi ? Que c'était moi le méchant dans l'affaire ? Moi, j'ai toujours été réglo avec elle, je n'ai rien à me reprocher. Elle, par contre, elle jouait la timide, mais en vrai, il fallait toujours qu'elle se fasse remarquer ; elle adorait attirer l'attention, être au centre des conversations, elle minaudait sans arrêt.

Il secoue la tête avec véhémence.

— Non, tu te trompes…

— Arrête tes conneries, elle faisait sa petite effarouchée, mais c'était la première à mettre une jupe serrée pour se faire mater le cul. Ça m'étonnerait pas qu'elle soit tombée sur un déséquilibré qu'elle aurait un peu trop excité.

Il serre les poings et contracte les mâchoires. Ce fumier est en train de dépasser les bornes. Comment ose-t-il parler ainsi d'Erika ? Il ne l'a connue qu'un seul petit mois et dans ce laps de temps, il s'est montré odieux et irrespectueux avec elle, il l'a mise plus bas que terre, il a fait de sa vie un enfer. Elle n'était absolument rien de tout cela, elle était le contraire de tout cela. Et il le sait bien, ce sont sa bêtise et son honneur mal placé qui lui font dire ces horreurs. Il souille la mémoire de son amie. Il ne peut rester ainsi sans rien faire.

— Tu n'as pas le droit de…

— De quoi ? De dire qu'elle a peut-être bien mérité ce qui lui est arrivé ?

— Arrête…

Tom se rapproche encore un peu plus jusqu'à lui souffler son haleine hyper-protéinée au visage. La méchanceté brûle au fond de ses yeux, mais il maîtrise sa colère car il ne veut pas se donner en spectacle à travers la baie vitrée qui occupe toute la longueur du bâtiment – que penseraient ses clients d'un coach sportif incapable de garder son calme ?

— Arrête quoi ? Qu'est-ce que tu vas faire ? M'assommer à coups de sac à main ? C'est pas moi qui suis venu te chercher des noises, alors me fais pas chier si tu veux pas que je botte ton petit cul de tantouse loin d'ici. Vu ce qu'elle m'a fait, c'était pas l'envie qui manquait de lui mettre sur la gueule, mais ce qui est arrivé à ta copine, ça n'a rien à voir avec moi. Casse-toi.

Sur ces dernières paroles, Tom lui tourne le dos en le bousculant de l'épaule au passage et disparaît dans la salle. Pendant plusieurs secondes, il est incapable de bouger, assommé par la cruauté des mots de cet être abominable. Son corps est agité de petits tremblements, comme les premières secousses d'un séisme qui s'annonce dévastateur. Un froid immense accompagne l'imminence du ravage, qui le saisit malgré la chaleur qui écrase le parking. Il se bat pour repousser la menace ; une lutte s'engage dont aucun signe extérieur ne trahit la violence, mis à part de discrètes contractions au niveau de ses mâchoires.

Il n'avait pas le droit de dire ça.

Non, il n'avait pas le droit.

Chapitre 17

Dans son logement de service, Marc peut reprendre sereinement ses recherches sur Gabrielle. Ici, il dispose du calme et de l'isolement qu'il lui est impossible de trouver à la maison. Ce n'est pas tant Chloé ou Dorian le problème, que Magali qui semble être toujours derrière son dos à épier ce qu'il fait. Comme s'il avait systématiquement quelque chose à se reprocher.

En l'occurrence, cette détermination à fouiller dans le passé de sa coéquipière pourrait l'inquiéter à juste titre… Il a du mal à s'expliquer cette obsession. C'est la faute de Dobey, se persuade-t-il. C'est justement parce qu'il l'a mis en garde contre l'envie qui lui prendrait de poser à Gabrielle la question interdite qu'elle n'arrête pas de tourner en boucle dans sa tête.

Où sont tes parents ?

Plusieurs pistes lui sont venues à l'esprit, qui se sont toutes terminées en impasse. Il a notamment consulté le TAJ[1], sans succès. Et même s'il y avait trouvé quelque chose, il aurait dû continuer à tirer les fils en

1. (Fichier de) Traitement des antécédents judiciaires.

se procurant tous les documents la concernant. Son manège aurait fini par attirer l'attention, ce qu'il veut à tout prix éviter.

À présent, il ne peut compter que sur Internet. Et Internet est muet comme une carpe. Il faut dire que les informations à sa disposition sont assez maigres. Un prénom, Gabrielle, un nom, Berthelot, et la brève évocation d'une existence en Seine-et-Marne. Il doit partir du principe que quelque chose de grave est arrivé à ses parents. Un accident, ou pire encore : un meurtre. Par une étrange association d'idées, il se rappelle une phrase de Gabrielle dans le studio d'Erika. Niko évoquait son entêtement de fouine ou quelque chose dans ce goût-là, et elle avait répliqué que c'était de famille. L'un de ses parents était-il gendarme ? Ou même les deux ? Il se penche sur son clavier, tape une série de mots, explore les liens qui lui sont proposés durant plusieurs minutes. Puis il saisit une nouvelle série de mots, et encore une autre lorsque la précédente ne donne rien. Chou blanc. *Gendarme… Officier de police, peut-être ?* Il procède à une nouvelle série de recherches en conservant une base de mots-clefs – « mort », « police », « Berthelot » – qu'il associe à d'autres termes.

La réponse lui arrive avec les mots « obsèques » et « fille ». Parmi les liens qui lui sont renvoyés se cache un bref éloge funèbre dans un journal de Seine-et-Marne datant d'une vingtaine d'années. Il y apprend un prénom : Séverin, et le nom de la ville où il était officier de police : Morency. « Toutes nos pensées vont à sa fille, à ses proches et à ses nombreux amis. » Une fille, pas d'épouse. Mais c'est dans le lien qui suit qu'il trouve le Graal : à la lecture de l'article vers lequel il est redirigé, son cœur se met à battre un peu plus fort. Il y découvre un second prénom – Sarah, l'ex-femme de Séverin –, les circonstances de sa mort, ainsi que celles du policier. Séverin Berthelot a été tué d'une balle dans la tête, son ex-femme s'est suicidée quelques semaines plus tard après avoir échappé de justesse à la mort dans un incendie. Le prénom de la fille n'est pas mentionné, il est juste dit qu'elle a assisté à la mort de son père.

Cela fait beaucoup en peu de temps pour une gamine qui aurait pu avoir quatorze ans à l'époque des faits. Et qui pourrait en avoir trente-quatre aujourd'hui et s'appeler Gabrielle.

Deux coups frappés à la porte le font sursauter. Qui vient le voir ici et à cette heure de la journée ? Il se lève pour ouvrir à son visiteur nocturne et se retrouve nez à nez avec Gabrielle, visiblement excitée. Pour la première fois depuis qu'il la connaît, il la voit correctement coiffée, les cheveux ramenés en une queue-de-cheval qui s'élève dans les airs avant de retomber, lourde et compacte, sous l'effet de la gravité.

— Tu as deux minutes ? lui demande-t-elle en brandissant une feuille au format A4 sur laquelle il identifie une impression de la carte reçue il y a deux jours.

Marc prend une poignée de secondes pour se remettre de sa surprise avant d'inviter sa partenaire à entrer. Gabrielle franchit la porte et se dirige droit vers le canapé dans lequel elle se laisse tomber comme elle l'aurait fait dans le sien après une rude journée de travail. Dans les faits, l'appartement de fonction de Marc est à l'identique du sien et elle s'y sent déjà comme chez elle.

— Je pense avoir une idée…

— Tu veux boire quelque chose ? propose Marc qui vient tout juste de refermer la porte.

— Laisse tomber, il faut que je t'explique.

Marc est pris de panique lorsqu'il se rend compte que l'article sur les parents de Gabrielle – car il a l'intime conviction que c'est bien de ses parents qu'il s'agit – est encore affiché à l'écran de son ordinateur. Ordinateur posé à cet instant précis sur la table basse juste à côté de la feuille que Gabrielle a amenée avec elle – c'est un miracle qu'elle n'ait encore rien vu, sûrement parce qu'elle est absorbée par l'examen de la carte. Il s'efforce de la rejoindre sans précipitation et s'assied à ses côtés en rabattant l'écran du portable au passage.

— J'ai bien étudié la carte, dit-elle sans lui adresser un seul regard. Je suis partie de ce que tu m'as dit, le coup de l'eau et de la baignoire : ici, on a la mer et un bateau. Si tu regardes bien, tu t'aperçois que le bateau est long et plat.

— Un porte-conteneurs ? suggère Marc.

— Non, ce qui est posé sur le bateau ne ressemble pas à des conteneurs. C'est beaucoup plus petit, et là, à l'arrière, tu as la cabine, juste un peu plus haute, mais pas de beaucoup.

— Une péniche.

— Exactement. Et la mer, ce n'est pas la mer, mais un cours d'eau. Une rivière, un fleuve, ou même un canal. À Toulouse, on a la Garonne et le canal du Midi.

Elle reporte son attention sur la feuille de papier.

— Ici, au bord de l'eau, il y a un mur en briques et là, dans le coin à gauche, un moulin à vent. Et puis il y a ça.

Elle pose un doigt sur la feuille.

— Un bouddha. Passe-moi ton PC.

Merde. Nouvel accès de panique. Marc réfléchit à toute vitesse, pose une main sur la souris et l'ordinateur sur ses genoux, l'écran légèrement de biais par rapport à Gabrielle. Puis il déverrouille la session et précipite la flèche de la souris sur la croix de l'onglet coupable qui disparaît aussitôt de l'écran.

— T'étais sur YouPorn ou quoi ? lui demande-t-elle avec un sourire.

— Mais non… soupire Marc en posant souris et PC devant Gabrielle.

— Tu fais ce que tu veux, je m'en fous.

— Je te dis que non ! s'insurge-t-il.

Gabrielle, dont le sourire s'est agrandi, pose les yeux sur le bureau.

— Chouette fond d'écran, observe-t-elle. J'adore Stephen Strange.

— Tu connais ? fait Marc, sincèrement surpris.

— Bien sûr ! Doctor Strange, maître des arts mystiques et sorcier suprême, fondateur des *Défenseurs* qui ont compté dans leurs membres Hulk et le Surfeur d'argent.

Marc l'observe avec de grands yeux.

— Alors là, je suis épaté.

— J'espère bien. À ma décharge, j'ai deux frangins – enfin, ils sont comme mes frères – qui sont très branchés comics. C'est toi qui as fait ce dessin ?

Il confirme de la tête.

— Occupation puérile et inutile… commente-t-il en repensant à sa dernière dispute avec Magali.

Gabrielle prend un air offensé.

— Qu'est-ce que tu racontes ? C'est génial. Je ne savais pas que tu avais ce talent.

— Mon père y est pour beaucoup. C'est lui qui m'a appris et encouragé.

— Le mien écrivait.

Les mots ont jailli des lèvres de Gabrielle, comme propulsés par un souvenir puissant chargé d'une énergie colossale. Son visage s'est assombri, la métamorphose est stupéfiante. Marc ne dit rien. Ils se regardent encore un bref instant puis elle reporte son attention sur l'écran et commence à faire courir ses doigts sur le clavier. Après quelques secondes, elle lâche un juron, repousse la table basse et s'assied en tailleur au pied du canapé.

— Je serai mieux par terre.

Marc la rejoint au sol et observe ses manipulations en silence.

— Regarde, dit-elle enfin en indiquant un point sur la carte de Google Maps qu'elle vient de faire apparaître à l'écran.

— « Les moulins du Bazacle », lit-il.

— Oui, il y en a eu jusqu'à une soixantaine ; ils captaient les eaux de la Garonne pour moudre le blé. Là, c'est le quai Saint-Pierre.

Elle agrippe le petit bonhomme de Street View et le parachute sur le quai. La carte cède la place à l'image d'une rue de Toulouse inondée de soleil.

— Pratiquement tout le long du quai, il y a ce genre de bâtiments en briques.

— Le mur au bord de l'eau sur la carte…

— Exact. Et par là…

Elle fait faire un demi-tour à la vue au moyen de la souris, remonte la rue en gardant le fleuve sur sa droite, s'arrête et pivote d'un quart de tour pour avoir face à elle la vitrine d'un restaurant : *La Table de Bouddha.*

Elle tourne la tête vers Marc, qui lit une immense satisfaction dans son regard.

— Qu'est-ce que tu en penses ?

— Ça colle. Et ces bonshommes à côté du moulin ?

— Je ne sais pas.

Il approche la feuille de son visage et plisse les yeux.

— On dirait des guerriers, ils ont une lance à la main. Non, attends… regarde, celui-ci a une tête d'oiseau, et celui-là porte une coiffe et a comme une espèce de barbe. Je me demande si ce ne sont pas Horus et Osiris.

— Les dieux égyptiens ?

Il ouvre la bouche pour lui répondre, mais son portable se met à vibrer sur la table basse et les mots expirent dans sa gorge. Le prénom de Magali s'est affiché à l'écran. Il observe le téléphone s'agiter sur le bois sans un mot. Gabrielle l'interroge du regard.

— Tu ne réponds pas ?

— On est en réunion de travail, non ? Donc la carte désignerait un endroit quelque part sur ce quai ?

— Je pense, oui. Peut-être l'une des habitations juste au-dessus du restaurant. Il faut se rendre sur place et taper à la porte de chaque appartement qui se trouve le long de ce quai, dans tout le quartier s'il le faut.

— Tout le quartier ? Tu plaisantes ? C'est impensable. Juste pour faire des planques sur tout le périmètre, il te faudrait un effectif qu'on ne te donnera jamais.

— La vie d'une gamine est en jeu. Il y a une fac de droit à dix minutes à pied, s'il n'y a pas une seule étudiante qui habite l'un de ces appartements, je te paie le resto tous les midis jusqu'à la fin de l'année.

— Je te prends au mot.

— Tu as perdu d'avance.

Le téléphone est une nouvelle fois pris de secousses. Encore Magali.

— Je crois que tu devrais répondre, lui conseille Gabrielle, ou elle va commencer à se faire des films.

— Tu la connais si bien que ça ?

— Je suis bien placée pour savoir comment fonctionnent les femmes, réplique-t-elle avec un sourire narquois.

Il lui rend son sourire et se saisit du téléphone avant que l'appel ne bascule sur la messagerie.

— Allô ?

— Ça va ?

Il se lève et s'éloigne en direction de la cuisine.

— Oui, tout va bien. Et toi ? Les enfants dorment ?

— Bien sûr qu'ils dorment, tu as vu l'heure ? Qu'est-ce que tu fais ?

— Là, je bossais avec un collègue.

— Un dimanche soir ?

— Ben oui, il n'y a pas d'heure pour le crime.

— Et de quoi vous discutiez avec ton collègue ?

— D'une affaire de meurtre. Elle avait une théorie, elle voulait m'en faire part.

— Elle ? Si c'est « elle », c'est « une » et pas « un » collègue.

— Oui, une collègue…

— Si c'est une femme, tu me dis une collègue et pas un collègue, insiste Magali.

Il pousse un long soupir.

— Mag… Tu appelais pour quoi en fait ?

— Pour savoir ce que tu faisais, justement.

— Et bien tu vois, je travaille.

— Elle est comment ?

— Arrête, s'il te plaît. Je discute d'une affaire de meurtre avec une collègue, il n'y a rien d'excitant là-dedans.

— Je te laisse, tu me rappelles quand tu as fini, s'il te plaît ? Pas dans une heure, je bosse demain, et je suis vannée.

— Mag…

Elle a déjà raccroché. Il émet un petit reniflement et contemple son téléphone avec dépit. Il y a quelques années de cela, leurs conversations pouvaient durer des heures et aucun des deux ne pouvait se résoudre à raccrocher – « Tu raccroches ? », « Non, toi d'abord », « Allez ! », « Non, toi ! », et c'était ainsi durant plusieurs minutes. Aujourd'hui, ils ne se parlent jamais plus de cinq minutes, sauf quand il s'agit de se quereller sans fin à propos d'à peu près tout et n'importe quoi. Une fois sur deux, elle lui raccroche au nez. Il laisse passer une minute le temps que la pression redescende et sort de la cuisine, morose. Lorsqu'il lève la tête, Gabrielle le regarde avec effarement.

— « Il n'y a pas d'heure pour le crime » ? répète-t-elle.

Elle secoue la tête et ponctue sa phrase d'un rire incrédule.

— Mais c'est nul, comme réplique ! Et le coup du collègue… Là, c'est moi qui suis épatée…

— Tu écoutes aux portes ?

— C'était grand ouvert…

— On en était où ?

— Je crois que tu ne pouvais pas faire pire.

— Gabrielle ! Laisse tomber, tu veux bien ?

Elle lève les deux mains en signe de capitulation et tourne la tête vers l'ordinateur.

— On en était à notre plan de bataille.

C'est au tour du portable de Gabrielle de s'agiter contre sa cuisse. Elle l'extirpe de sa poche et fixe l'écran.

— C'est le colonel…

Marc lève un sourcil.

— Dobey ?

Elle prend l'appel, l'inquiétude au fond des yeux.

— Allô ?

Il voit le visage de Gabrielle se décomposer au fil de la conversation – une succession de phrases brèves plusieurs fois répétées, « Oui », « OK », « D'accord », qui s'achèvent par les mots fatidiques : « On arrive. »

Elle raccroche et se frappe le front avec la tranche de son téléphone.

— Qu'est-ce qui se passe ? demande Marc.

— On n'a pas été assez rapides.

Un véhicule ralentit l'allure à l'approche de la caserne. Lorsqu'il est à sa hauteur, le feu tricolore planté en face des grilles vient tout juste de passer au rouge. Cela donne quelques secondes au conducteur pour observer les lieux, même si à cette distance, il est impossible de distinguer quoi que ce soit.

La tête du conducteur tourne de côté.

Marc Darbanville. Gabrielle Berthelot. Seriez-vous en train de devenir plus que de simples collègues ? Voilà une complicité naissante qui pourrait bien servir mes intérêts…

Chapitre 18

Tom consulte l'heure sur l'écran de son téléphone portable et presse le pas. Un couple s'est pointé cinq minutes avant l'heure à laquelle il quitte habituellement la salle. Il ne pouvait pas les mettre dehors et ils ont posé un tas de questions. Il a dû leur servir le baratin habituel et leur donner toutes les explications – machines, cours, coaching, horaires, vestiaires… Et sans arrêt, des questions. Au moins a-t-il réussi à les convaincre. Mais le temps qu'il fasse toute la paperasse, les photos, les cartes, il est parti avec vingt bonnes minutes de retard sur son planning.

Putain de boulot.

Il a rendez-vous avec Ben et Julien dans vingt minutes. Ben lui a promis de venir avec l'une de ses copines, une étudiante en lettres que son petit copain a cocufiée et qui cherche le réconfort dans les bras musclés d'un homme fidèle avec qui elle se sentira en sécurité. Et il est exactement cet homme-là ! Enfin, pour la fidélité, on verra ça avec le temps.

Il déverrouille les portes de son SUV et s'installe derrière le volant. La portière côté passager s'ouvre au moment où il insère la clef dans le contact. L'individu s'est assis et a refermé la porte avant qu'il n'ait pu ouvrir la bouche.

— Qu'est-ce…

Le coup est bien placé. Tom tombe immédiatement dans les pommes.

Il se réveille couché sur le côté, pieds et poings liés. Sa tempe droite lui fait un mal de chien. Il grimace, referme brièvement les yeux et bascule sur le dos. Quand il rouvre les yeux, la première chose qu'il voit est la silhouette d'un homme qui se découpe contre l'obscurité. Il tient un bras en l'air dont l'extrémité est appuyée sur un rebord sombre. Un hayon. Il est dans le coffre d'une voiture. Il fait nuit noire ; des étoiles scintillent au-dessus de la tête de l'ombre.

— Putain, mais c'est quoi ce bordel ?

Il se voulait plus persuasif, mais au dernier moment une douleur aiguë a fusé dans son crâne qui lui a fait couiner les derniers mots de sa question.

Un flot de lumière le frappe au visage. Il jure et ferme les yeux.

— Tu n'avais pas le droit.

Il a déjà entendu cette voix. Il tourne la tête, mais la lampe torche l'aveugle.

— Éteins cette saloperie, putain, je vois que dalle !

Contre toute attente, l'autre s'exécute docilement. Tom attend que les petites taches colorées qui dansent devant ses yeux disparaissent puis essaie d'identifier son agresseur. À la faveur de la clarté nocturne, sa tête émerge progressivement de l'obscurité – visage allongé et inexpressif, cheveux courts coiffés en arrière avec de la gomina.

— Toi !

Il grimace une nouvelle fois, expire longuement pour évacuer la douleur.

— Merde, tu m'as défoncé la gueule.

— Tu n'avais pas le droit, répète l'autre.

Il essaie de se redresser ; un trait de feu lui étreint la gorge. Ce fêlé lui a passé un nœud autour du cou et a attaché ses mains dans son dos au moyen de la corde. Il essaie de déplier ses jambes et s'écartèle les bras : ses poings sont également liés à ses chevilles.

— Sors-moi de là !

— Tu dois d'abord t'excuser.

— Hein ? Mais de quoi, bordel ?

— Tu dois t'excuser pour ce que tu as dit à propos d'Erika.

— Quoi ? Mais qu'est-ce que tu racontes ?

— Tu as souillé sa mémoire.

— Merde… Mais c'est pas vrai…

Tom pousse un soupir et repose sa tête sur le plancher du coffre.

— C'est pour ça que tu m'as frappé ? Parce que j'ai dit que ta copine était une salope ?

— Ce n'est pas ce que tu as dit, mais je l'ajoute à la liste. Il faut que tu t'excuses.

— Sors-moi de là, détache-moi, et je te ferai toutes les excuses que tu voudras.

— Ça ne marche pas comme ça. Je veux que tu dises que tu regrettes ce que tu as dit.

— Ouais, je regrette, OK. Maintenant, détache-moi.

— Je ne suis pas sûr que tu sois sincère.

— Bordel…

Un souffle, au loin. Une voiture. Tom crie à pleins poumons.

— OOOOOOH !!! AIDEZ-MOI ! AU SECOURS !!!

— Elle est trop loin, tu te fatigues pour rien.

Il continue de hurler.

— Personne ne t'entendra.

— Mais qu'est-ce que tu veux, putain de merde ?! Je t'ai dit que je regrettais, qu'est-ce que tu veux de plus ?

— Tu lui as fait du mal.

— Quoi ?

— Tu l'as rendue malheureuse.

— Si tu veux, oui, j'avoue. Je n'ai pas été le parfait petit copain, j'ai parfois été dur, méchant…

— Violent.

— Violent aussi, oui, si tu veux, et j'en suis désolé. Mais je jure que j'ai rien à voir avec sa mort.

— Tu as dit qu'elle méritait ce qui lui est arrivé. Tu as dit que tu aurais pu la tuer de tes propres mains.

— C'est pas ce que j'ai dit…

À nouveau, le bruit lointain d'un moteur de voiture. À nouveau, les hurlements.

— C'est inutile. À cette heure-là, il n'y a personne à des kilomètres à la ronde.

Tom n'écoute pas. Il beugle sans discontinuer jusqu'à avoir la gorge en feu. Ses derniers cris sont des cris de rage, qu'il expulse avec violence à la face de son agresseur. Il bascule d'un côté et de l'autre, se redresse, s'arcboute, se tend comme un arc au mépris des douleurs qui lui brûlent le cou, les poignets, les bras, les chevilles. Sous ses assauts, la voiture prise de convulsions émet des grincements plaintifs. Au bout de plusieurs minutes, la lutte cesse. Tom, en nage et le corps meurtri, s'immobilise et ferme les yeux. Le silence est revenu. Seuls subsistent le crissement des grillons, de lointains croassements et un hululement irrégulier.

— Je t'en supplie, détache-moi, souffle-t-il.

— Qu'est-ce que tu as dit ? Je n'ai pas bien entendu.

— Je t'en supplie, détache-moi, répète Tom un peu plus fort.

— Tu regrettes ?

— Oui, je suis sincèrement désolé pour tout ce que j'ai fait.

Le tortionnaire semble satisfait de la sincérité des propos de son prisonnier. Il se penche, plonge ses bras dans le coffre et les glisse sous les aisselles de Tom. En dépit de son apparente fragilité, l'homme hisse sans difficulté le corps musclé du professeur de sport hors du coffre et le dépose au pied de la voiture.

Sitôt à terre, Tom roule tant bien que mal sur lui-même.

Et bascule dans le vide.

Un cri de profonde souffrance franchit ses lèvres lorsque son dos heurte le sol. Il ferme les yeux, serre les dents pour canaliser la douleur qui irradie le long de sa colonne et l'expulse dans un long râle d'agonie. Derrière ses paupières closes, il reconnaît l'odeur de la terre humide et de l'humus. Le froid le saisit – les journées sont chaudes, mais les nuits sont là pour rappeler que ce n'est pas encore l'été – et il rouvre les yeux. Il voit d'abord les parois de terre, puis l'ombre penchée au-dessus du vide. Malgré l'obscurité, il croit voir aussi un sourire sur son visage.

— Tu m'as épargné quelques mètres d'effort…

— Merde, mais c'est quoi, ça ?

L'ombre se redresse et s'appuie sur la pelle qu'elle tient entre les mains.

— Juste un trou.

— Quoi ?

— Erika méritait de vivre. Toi, tu n'as aucune place sur cette terre.

— Quoi ? Eh ! Où tu vas ?!

La silhouette s'éloigne – pendant quelque temps, il n'y a plus qu'un vaste carré de ciel constellé d'étoiles. Puis la pelle surgit et une pluie de terre s'abat sur sa poitrine.

— Arrête ! Qu'est-ce que tu fais ?!

La pelle apparaît, disparaît, la pluie tombe sans relâche. Il crie, il hurle, il demande pardon, pitié, il s'affole, panique, se contorsionne comme un ver délogé de sa terre, fond en larmes et supplie encore. Le va-et-vient de la pelle ne faiblit pas. L'averse mortelle finit par emplir la bouche et les yeux de Tom. Il ferme les paupières, secoue la tête pour échapper au déluge ; il serre les lèvres, mais continue de gémir, aussi fort que les muscles de sa gorge le lui permettent.

Bientôt, il n'y a plus ni son ni mouvement. Alors le fossoyeur fait une pause et s'approche de la tombe. Au fond de l'excavation, le corps est à présent enseveli. La couche de terre est plus mince au niveau de la tête si bien qu'à la faveur d'une petite trouée, un œil est encore visible.

Et l'œil, dans la tombe, regarde Caïn.

Chapitre 19

Gabrielle et Marc attendent dans le couloir le feu vert de leurs deux collègues de la PTS[1] pour pénétrer dans le T2 de Romane Ballanger. Ils sont aussi nombreux que la première fois, crèvent de chaud comme la première fois, même si la nuit est tombée depuis un bon moment déjà. Marc observe sa coéquipière à la dérobée. Il la sent fébrile et contrariée ; toute une panoplie de mouvements d'humeur trahit son impatience, qui se manifeste à intervalles réguliers en expirations bruyantes, premiers sifflements d'une cocotte-minute sur le point d'exploser.

— Tu n'étais pas loin, lui dit-il.

Elle tourne la tête avec brusquerie, comme s'il venait de lui asséner une injure.

— Pas loin ? Deux kilomètres. Et ne me dis surtout pas que ce n'est rien ; même deux cents mètres, ça aurait été deux cents mètres de trop.

— Ton raisonnement était bon.

— Je me suis plantée, Marc, c'est tout ce qui compte.

---

1. Police technique et scientifique.

— Ça n'aurait rien changé, elle était déjà morte quand tu es venue me voir.

— Tu cherches à me remonter le moral, là ?

Il soupire.

— Je suis juste en train de te dire de ne pas te jeter la pierre inutilement. On ne pouvait rien faire de plus.

Elle ouvre la bouche pour répondre lorsque le colonel apparaît en haut des marches au bout du couloir. Les gendarmes s'écartent devant l'imposant personnage, comme les flots devant Moïse. Gabrielle laisse tomber ses bras le long de son corps, réajuste vaguement sa tenue et se redresse.

— Mes respects, mon colonel.

Marc salue à son tour son supérieur qui leur répond par un hochement de tête. Le colonel n'a pas l'embonpoint du personnage qui lui vaut son sobriquet, mais il est grand et puissant. Il a une bouille ronde, mais un air renfrogné, des lèvres charnues qu'il garde toujours pincées, de grands yeux noisette, mais un regard perçant et antipathique. Son visage est le fruit de la contradiction.

— Vous n'êtes pas encore rentrés ?

— On attend le feu vert de Niko, l'informe Gabrielle.

Dobey émet un grognement et s'avance vers la porte de l'appartement. Gabrielle se retient de sourire : même s'agissant du colonel, Niko ne se privera pas de l'envoyer balader s'il ne veut pas de lui sur la scène de crime. Dobey se manifeste d'une voix autoritaire. Les secondes passent, puis Niko apparaît dans sa tenue immaculée et, contre toute attente, invite le colonel à entrer. Les deux enquêteurs et leur supérieur s'équipent et passent la porte du T2.

Ils entrent dans une grande pièce à vivre qui fait office de cuisine et de salon. Une porte-fenêtre dans le fond permet d'accéder à une terrasse côté canal du

Midi. Dans la cuisine, le second technicien est en train de badigeonner un verre de poudre dactyloscopique. La première impression de Gabrielle est celle d'un appartement moderne et bien équipé, dont le mobilier n'est pas à la portée de toutes les bourses. Romane avait trouvé un boulot d'étudiante très bien payé ou bénéficiait de l'aide très généreuse de parents aisés.

— La victime se trouve dans la chambre, leur indique Niko.

Gabrielle emboîte le pas du technicien. Ils accèdent à un petit corridor sur lequel donnent trois portes laissées grandes ouvertes. Elle aperçoit les toilettes à droite, la salle de bains en face. La chambre se trouve sur la gauche ; le légiste qui a officié chez Erika – *Mister Fantastic* – les y attend.

L'odeur surprend Marc qui songe immédiatement au baume prêté par Gabrielle au studio d'Erika. Un coup d'œil à sa coéquipière suffit à lui faire comprendre qu'elle n'y a pas pensé non plus – son irritation lui aura fait oublier cette précaution qui se révèle indispensable ici. Une brève grimace lui a échappé, mais son visage est à présent impassible : elle en a vu d'autres et elle encaisse.

La pièce est petite et ses dimensions semblent encore rétrécir à mesure que les visiteurs en franchissent le seuil. Un lit double, une armoire massive d'un côté, un buffet de l'autre ; il reste à peine la place pour qu'une personne se tienne debout entre les meubles.

Gabrielle et Marc jettent un coup d'œil au corps étendu sur le lit, puis échangent un regard entendu.

— C'est la même chose, n'est-ce pas ? les interroge Dobey, qui a surpris le coup d'œil échangé par les deux enquêteurs.

Gabrielle acquiesce de la tête. Elle remercierait presque l'assassin d'avoir pris le soin d'envelopper sa victime dans un drap blanc, cela lui épargne la vision des premières manifestations de la putréfaction qu'elle aurait trouvées intolérables sur le corps de cette si jolie fille dont les jours ont été iniquement écourtés. Le blond platine de ses cheveux, associé à l'extrême blancheur de la peau, donne au visage un aspect presque effrayant. Les mains sont jointes à hauteur de la poitrine et une fleur blanche glissée entre deux doigts repose mollement près du cou de la jeune femme. Les cheveux ont été soigneusement coiffés en tresse vestale, exactement comme ceux d'Erika.

Le colonel laisse échapper un soupir.

— Vous savez ce que ça veut dire ?

Que c'est la merde, songe Gabrielle.

— Qu'on a deux crimes mis en scène de façon rituelle, juge-t-elle préférable de répondre, probablement perpétrés par la même personne, et qui en laissent malheureusement présager d'autres.

— Exactement, fait Dobey. Et ça veut dire aussi que vous deux laissez tomber tous vos dossiers pour ne vous concentrer que sur celui-ci. Le procureur sera là d'une minute à l'autre et m'est avis qu'il va s'empresser de demander l'ouverture d'une information judiciaire au juge d'instruction qui me collera alors au train comme le sparadrap au doigt du capitaine Haddock. Cette enquête est la priorité numéro un et c'est toi, Gabrielle, qui en prends la direction. J'y affecte dès demain tout l'effectif nécessaire, la section dans son intégralité s'il le faut. Vous avez la moindre piste, le plus petit pressentiment ? Vous venez me voir, moi, et moi seul. C'est entendu ?

— Entendu, mon colonel.

— Les deux victimes étaient étudiantes, enchaîne Marc qui se résout à cesser de respirer par la bouche pour s'exprimer. Est-ce qu'on lance une alerte ?

— Non, surtout pas ! On n'a ni photo ni portrait-robot à diffuser, il y a des dizaines de milliers d'étudiantes sur Toulouse et on est en plein examen, pas question de toutes les confiner chez elles.

Il prend un air méchant et lève un doigt sous le nez de ses subordonnés. La ressemblance avec le supérieur acariâtre de *Starsky et Hutch* n'a jamais été aussi frappante.

— On la boucle, pas un seul mot sur cette enquête ne doit arriver à des oreilles autres que celles autorisées à les entendre, c'est compris ?

Les deux enquêteurs opinent du chef. Dobey incline la tête à son tour et quitte la pièce, téléphone en main. Gabrielle se tourne vers le lit et l'étudiante assassinée. Les similitudes sont assurément nombreuses : au-delà de la mise en scène, Erika et Romane étaient toutes deux étudiantes, indéniablement jolies, avaient les cheveux longs et blonds.

— Il n'y avait pas de fleur pour Erika, remarque-t-elle tout haut.

— Son chat l'a peut-être mangée ?

Gabrielle regarde son coéquipier avec consternation.

— Eh bien quoi ? se défend celui-ci, j'en avais un qui mangeait les orchidées de ma mère.

Elle s'approche pour examiner le corps de l'étudiante. Des ecchymoses bien visibles au niveau du cou suggèrent qu'elle a subi le même sort que sa consœur.

— Asphyxie mécanique, annonce le légiste qui semble avoir lu dans les pensées de Gabrielle. C'est l'autopsie qui le confirmera, mais on ne devrait pas avoir de surprise.

Une coloration verdâtre commence à apparaître au niveau des clavicules. Nul besoin d'être expert pour comprendre que l'intervalle *post mortem* est supérieur à celui estimé pour Erika.

— Vous sauriez dire quand elle a été tuée ? De manière approximative ?

— De manière vraiment approximative, alors. Le décès remonte à au moins quarante-huit heures en raison de la putréfaction, peut-être même trois jours vu l'étendue de la tache abdominale.

Il étend un bras en direction du drap et Gabrielle croit un instant qu'il va le soulever pour faire la démonstration de ses observations, mais il se contente de lui montrer le tissu avec deux doigts.

— J'ai dû la découvrir, mais j'ai fait en sorte de remettre le drap sensiblement comme je l'ai trouvé, en tout cas sur la face supérieure du corps. C'est la première chose qui m'a frappé : la mise en scène, j'ai eu l'impression de revoir l'autre fille.

Il déplace ses doigts à hauteur de ses lèvres.

— Ici aussi, on a les irritations au niveau de la bouche, je suis presque certain qu'on l'a réduite au silence à l'aide d'un gros ruban adhésif. Les poignets portent aussi des traces qui laissent soupçonner une entrave. Il n'y a pas de trace de lutte. Autant de similitudes avec la première étudiante.

— Vous avez trouvé des traces d'Haldol dans son sang, observe Gabrielle, il a sûrement procédé de la même façon avec celle-ci.

— C'est possible, oui, je vous dirai ça après les analyses toxicologiques.

— J'en suis persuadée, insiste Gabrielle.

Le médecin la dévisage avec l'air de celui qui n'aime pas se répéter deux fois, mais devant le regard revêche de l'enquêtrice, garde ses réflexions pour lui.

— Elle a été violée ?

— Vous m'en demandez un peu trop à l'heure actuelle, mais l'examen externe ne va pas dans ce sens.

— Qui l'a trouvée ?

— Sa mère.

Au moins, on n'aura pas à apprendre la nouvelle aux parents, songe Gabrielle, puis elle regrette aussitôt sa pensée. Elle se tourne et cherche Niko du regard, mais celui-ci a déjà quitté la pièce. Elle fait un signe de tête à Marc et s'éclipse sans un mot. Elle retrouve le TIC en travers de la porte-fenêtre, un pied dans le salon, l'autre sur la terrasse. Il est en pleine discussion avec son binôme qui lui montre ce qu'elle suppose être des traces suspectes déposées à la surface du verre.

— Vous avez quelque chose ?

— Des traces de doigts et de paumes assez nettes, mais je te paie un resto si ce sont celles de notre bonhomme.

— L'appartement est nickel ; je ne crois pas que Romane était du genre à laisser des traces de doigts sur la vitre.

— C'est toi qui me paies le resto si ce sont celles de la victime ?

Il fait planer un doigt à quelques millimètres de la vitre. Gabrielle déplace légèrement la tête et aperçoit les marques blanchâtres imprimées sur le verre.

— Vu la taille des traces palmaires et la hauteur à laquelle elles ont été laissées, si c'est notre bonhomme, il n'est pas bien costaud. En plus, il est subitement devenu très con. On n'a rien trouvé au studio, tu crois qu'il aurait dégueulassé comme ça ici ?

Il a raison. Même s'il n'est pas fiché, il n'aurait pas fait preuve d'autant de négligence. Aujourd'hui, tous les malfrats connaissent les bases de la criminalistique ; il faut être stupide pour se pointer devant une caméra de vidéosurveillance à visage découvert ou pour ouvrir une porte sans gant – merci *Les Experts* et *NCIS*. Ils ne trouveront rien qui puisse leur donner un début de piste. Elle pose tout de même la question :

— À part ça, qu'est-ce que vous avez trouvé d'intéressant ?

— Rien du tout. Comme tu l'as vu, tout était clean et en ordre. Le gars est entré sans violence, il a tué la fille qui ne lui a opposé aucune résistance, puis il est reparti comme il est venu. À part ceux de la victime, on a pris très peu de clichés ; l'album ne sera pas bien épais.

Gabrielle réfléchit brièvement et plante ses yeux dans ceux de Niko.

— Vous n'auriez pas vu des statuettes égyptiennes dans l'appartement par hasard ?

La perplexité tire les sourcils de Niko vers le bas.

— Quoi ?

— Des statuettes. Ou alors une photo ou une gravure avec des figures égyptiennes ?

Le technicien cherche une poignée de secondes, secoue la tête et se tourne vers son collègue.

— Tu as vu un truc dans ce genre, toi ?

— Ça ne me dit rien.

— De toute façon, vous allez jeter un œil, non ? suppose Niko.

— Oui, bien sûr. C'était juste pour savoir.

— Tu t'intéresses à l'Égypte ?

— Moi ? Pas spécialement, non. Pas autant que le type qui a tué cette fille, en tout cas.

Gabrielle et Marc sortent de l'immeuble, pas fâchés de retrouver un peu d'air frais, même vicié par l'activité humaine. Gabrielle prend une longue inspiration et laisse l'air de la ville emplir ses poumons. Elle préfère encore quelques bouffées de gaz d'échappement à l'odeur de la mort. Les équipes se dispersent, le colonel donne rendez-vous aux deux enquêteurs à la première heure et disparaît dans la nuit. Bientôt, il ne reste plus que les deux enquêteurs sur le pavé. Le boulevard est vide. Des lampadaires donnent çà et là un peu de lumière, mais de l'autre côté des platanes, le canal est plongé dans la nuit. Gabrielle parvient tout de même à distinguer l'ombre d'une péniche stationnée le long de la rive opposée, une péniche semblable à celle que le meurtrier de Romane et d'Erika a représentée sur la carte qu'il leur a envoyée. Elle se retourne et observe le bâtiment qu'ils viennent de quitter. Il est tout en briques, comme le mur dessiné au bord de l'eau sur la carte. Son regard s'assombrit subitement. Elle s'est fourvoyée avec cette saloperie de moulin ; elle a misé sur les moulins du Bazacle et la Garonne alors qu'il n'y a pas de péniche sur la Garonne ! Elle aurait dû tout de suite penser au canal ! La seule chose qu'elle a vue juste, c'est que la victime habitait un bâtiment en briques, tu parles d'une enquêtrice !

— Quelle conne !

Marc, prudent, garde ses distances et observe sa partenaire avec circonspection. À présent, il a hâte de rentrer pour profiter de quelques heures de sommeil. Il pressent qu'il en aura bien besoin avant de se lancer dans une longue traque dont il soupçonne qu'elle laissera des traces. Il se rappelle alors qu'il n'a pas rappelé Magali. Les retrouvailles de demain promettent d'être électriques. Il se tâte pour l'appeler en dépit de l'heure – à tous les coups, elle est encore éveillée et occupée à imaginer il ne sait quoi à propos de Gabrielle et lui.

— Suis-moi, dit subitement celle-ci.

Elle descend du trottoir et se dirige vers le canal. Elle est déjà tout près de la berge lorsqu'il la rejoint. Les mains farouchement agrippées sur un garde-fou de bois, elle sonde l'obscurité.

— Qu'est-ce que tu cherches ?

Elle tend le bras au-dessus de l'eau. Il suit son regard qui s'est posé sur la péniche qu'elle a déjà repérée en sortant de la résidence.

— Qu'est-ce que tu lis ? demande-t-elle.

— Où ?

— Sur la péniche, répond-elle avec énervement. Sur l'enseigne.

Il déchiffre l'inscription et comprend.

— *Les Délices du moulin*, dit-il d'une voix morne. Le moulin de la carte.

À droite des lettres est figuré un triangle équipé de quatre ailes, réplique exacte du dessin sur la carte, sans les touches de couleur que l'assassin a cru bon d'y ajouter.

— Un putain de bateau restaurant ! Comment je pouvais deviner ?

— Je t'ai dit, tu n'as pas à te flageller.

— Ce n'est pas la question ! tonitrue-t-elle. On doit se mettre dans la tête de cet enfoiré !

— Eh, doucement ! s'emporte-t-il. Ta mauvaise humeur, tu la passes sur qui tu veux, mais pas sur moi !

Surprise par ce soudain accès de colère, Gabrielle reste un instant interdite.

— Tout le monde se plante ! ajoute Marc, même les plus grands. Tu n'es pas la première et tu ne seras pas la dernière. Tu as entendu parler du Boucher de Cleveland ?

— Non, pourquoi ?

— C'est un psychopathe qui a tué treize personnes à Cleveland dans les années 1930. C'est Eliot Ness qui dirigeait l'enquête – Eliot Ness, tu le connais, lui, non ?

Elle émet un petit bruit agacé pour toute réponse.

— Eh bien, notre brillant enquêteur, celui qui a contribué à la chute de Capone, se faisait mener par le bout du nez par le Boucher et, agacé, il a fini par mettre accidentellement le feu à tout un quartier de la ville. Les meurtres cessent, il clame haut et fort qu'il a identifié le tueur, mais officiellement l'enquête n'a jamais été résolue et aujourd'hui encore, on ne sait pas avec certitude qui était le Boucher de Cleveland. Et au passage, la cote de Ness en a pris un sacré coup. Quand tu auras foutu le feu à tout un quartier de Toulouse, tu pourras commencer à te mettre des baffes.

Gabrielle, qui a écouté l'histoire de son coéquipier avec attention, tourne la tête et contemple l'eau noire qui s'écoule à ses pieds.

— Mais les meurtres ont cessé…

Marc ne répond pas et observe à son tour les flots.

— Excuse-moi de m'être emportée. Mais j'ai la rage, tu comprends ?

— Je comprends. Mais là, on va mettre le paquet et on va le choper, cet enfoiré.

— Oui…

Ils restent silencieux pendant un long moment. Il n'y a pas un bruit, mis à part l'occasionnel passage d'une voiture sur le boulevard derrière eux. Dans quelques heures, la fourmilière s'éveillera et entrera en frénésie, et la nuée ouvrière reprendra le chemin de son pénible labeur quotidien. Pour l'heure, la cité est comme un gros animal endormi dont le pouls bat au rythme lent des eaux de la Garonne qui irriguent ses veines sous un minuscule croissant de lune.

— J'aimerais que ce soit tout le temps comme ça, dit Gabrielle.

Il tourne la tête et l'interroge du regard.

— La ville, précise-t-elle. Endormie, calme. C'est plongée dans le noir que je la préfère. Mon appartement a une terrasse depuis laquelle je peux voir les toits du centre-ville. Souvent, en plein milieu de la nuit, été comme hiver, je sors et je m'assieds pour profiter de la vue. Je peux rester là une heure, même deux. Parfois, il n'y a presque pas un bruit. Ça peut paraître incroyable, mais c'est vrai. Il y a des nuits où les gens ont décidé de se poser pour recharger les batteries, de s'isoler du reste du monde, de rester au calme, de s'enfermer pour réfléchir peut-être, je ne sais pas. Mais tu pourrais croire qu'il n'y a personne dans les rues. Il n'y a même pas un coup de klaxon, un hurlement de sirène, un éclat de gyrophare, comme si la folie humaine avait fait une pause. De temps en temps, il y a un chien qui aboie, une porte qui claque, deux personnes qui discutent, mais presque à voix basse, comme si elles aussi avaient conscience du silence et ne voulaient pas le briser. J'adore cette ambiance, cette parenthèse dans l'effervescence, l'œil d'un cyclone temporel. Ces nuits sont trop rares – deux, trois par an peut-être – et le jour d'après, la ville s'agite de plus belle comme pour se punir de s'être ainsi laissée aller. Mais à chaque fois, la magie est la même. C'est… surnaturel.

— Je crois que je comprends ce que tu veux dire. Ça doit être une sacrée sensation.

— Ça l'est. Je t'inviterai un de ces quatre.

— Avec plaisir.

Il la fixe avec intensité. Elle lui rend son regard sans ciller. Il ébauche un sourire, puis baisse la tête et se concentre sur les éclats argentés qui apparaissent et disparaissent à la surface de l'eau au gré du courant et de la lumière du réverbère planté dans leur dos entre deux platanes.

— Et qu'est-ce que tu fais debout au beau milieu de la nuit ? lui demande-t-il au bout d'un moment.

Elle le regarde comme s'il avait dit une énorme bêtise, puis a un sourire un peu triste.

— Je ne suis pas une grosse dormeuse.

— J'aimerais être comme toi. Parfois, je me dis que dormir, c'est perdre son temps.

Elle secoue la tête.

— Non, crois-moi, tu n'aimerais pas être comme moi. J'adorerais pouvoir dormir, mais mon cerveau a dû décider que je n'en avais pas le droit.

Il laisse échapper un petit rire et la dévisage sans comprendre.

— Laisse tomber, lui dit-elle.

Elle se redresse et pousse un long soupir.

— Il faut rentrer. Avec un peu de chance, tu auras droit à quelques heures de sommeil.

Ils rejoignent le boulevard et se dirigent vers la voiture, garée à une poignée de minutes de la résidence. La première s'écoule sans qu'ils échangent un mot.

— Tu n'as pas rappelé ta femme, remarque Gabrielle de but en blanc.

— Non, j'ai oublié.

— Ça va chier pour toi ?

Il ne peut réprimer un sourire.

— Oh, certainement.

— Tu veux que je lui explique ce qu'on a fait ?

Le sourire de Marc s'élargit.

— Tu plaisantes ou quoi ?

— Non. J'ai l'impression qu'elle n'aime pas te savoir en compagnie d'autres femmes, je peux la rassurer sur ce point.

— Non, mauvaise idée. Tu pourras lui dire ce que tu veux, elle s'en tiendra à ce qu'elle aura décidé de s'imaginer. Et son imagination ne connaît pas de limites.

— Oh… Elle est de ce genre-là.

— Oui, elle est de ce genre-là.

— Ça lui passera.

— Non, je ne crois pas.

— Alors, raison de plus pour qu'on coince rapidement ce salopard et qu'on retourne chacun dans son coin faire notre paperasse quotidienne.

Chapitre 20

Marc est déjà devant l'écran de son PC lorsqu'elle fait son apparition dans le bureau. Il est rasé de près, frais et dispos. Elle se dit qu'il doit lui trouver une sale tête, mais il doit commencer à s'y habituer.

— J'ai réfléchi à un truc, déclare-t-il presque aussitôt.

— À quoi ?

— Aux raisons qui le poussent à nous envoyer ces cartes.

Elle pose son sac à dos sur le bureau et s'assied pour écouter son partenaire.

— Oui ?

— On a reçu la première après le meurtre d'Erika. La seconde est arrivée vendredi dernier et le légiste fait remonter la mort de Romane à vendredi, voire à jeudi. Je suis persuadé qu'elle était déjà morte quand il a posté la carte.

— Où veux-tu en venir ?

Il ramasse une feuille posée devant lui, se lève et rejoint Gabrielle sur le bureau de laquelle il laisse tomber son document.

— « Prenez soin d'elle », lit-il en frappant d'un doigt les mots inscrits sur le papier. « Elle », ce n'est pas *elle* vivante, mais *elle* morte. Ce sont des corps qu'il veut qu'on prenne soin.

Elle saisit la feuille de papier et examine les mots comme s'ils pouvaient à eux seuls confirmer la théorie de Marc.

— Cela va de pair avec la mise en scène, ajoute-t-il. Il prend soin des cadavres, il les apprête, il veut qu'ils soient présentables.

Elle lui adresse un regard soupçonneux.

— Un cadavre en état de putréfaction, c'est « présentable », selon toi ?

— Non, et c'est pour ça qu'il nous envoie ces cartes. Il veut qu'on retrouve ses victimes rapidement.

— Rapidement ? Il n'a qu'à nous dire clairement où elles sont alors, au lieu de nous imposer ses foutues énigmes.

— C'est un malade, et comprendre ce qui se passe dans la tête d'un malade n'est pas à la portée de tout le monde, argue Marc.

Elle relit les mots tout en faisant cogner le bout de ses doigts sur son bureau. Elle préférerait qu'il ait tort, mais son raisonnement se tient. S'il a raison, l'urgence est d'autant plus grande. Lorsque la prochaine carte leur parviendra, ils auront un troisième cadavre sur les bras.

Zach entre en coup de vent.

— On a retrouvé ça sur le compte Twitter de Romane, lui annonce-t-il en déposant une seconde feuille sous son nez.

Gabrielle et Marc posent les yeux sur le papier :

Quand tu te fais arrêter par un BG de la police
qui te dit avec un grand sourire que t'es pas en règle,
mais que ça va pour cette fois.
#faischiercontroledepolice #lesflicssontcool
#lesflicssontcanon #cutecop

— Ça veut dire quoi « BG » ? demande Marc.

— Beau gosse, lui répond immédiatement Gabrielle. Tu peux nous en dire plus ? lance-t-elle à l'adresse de Zach.

— Le message date de mardi dernier, commence à expliquer celui-ci. Ce jour-là, elle quitte la fac vers midi dix – la géolocalisation et les témoignages confirment ce point. Elle a posté le message à douze heures seize précisément, alors qu'elle était à un kilomètre de la fac.

— Toujours en voiture ? demande Marc.

— Oui, elle a dû le rédiger à un feu rouge. Si on fait l'hypothèse que c'était juste après ce contrôle de police qu'elle évoque, c'est qu'il a eu lieu entre le moment où elle a pris sa voiture et le moment où elle a posté son tweet. Or, sur son trajet, ce jour et à cette heure-là, nous n'avons aucune trace d'une quelconque patrouille en PR[1].

— Un contrôle bidon par un faux policier, conclut Gabrielle.

— C'est ce qu'on pense, oui.

— Il y a des caméras de vidéosurveillance dans le coin ?

— Va sur Google Maps, lui enjoint Zach.

Gabrielle se tourne vers son PC, ouvre l'explorateur Internet et tape le nom de la fac dans la barre de

1. Police de la route.

recherche. Lorsqu'elle a cliqué sur la carte qui localise la faculté, Zach lui demande de dézoomer et survole d'un doigt la surface de l'écran.

— Elle a emprunté cet itinéraire ; mais là, tout le long, il n'y a aucune caméra. Il y en a une là, ajoute-t-il en déplaçant son doigt sur la carte, et une autre là. Le gars est peut-être passé devant pour se poster à la sortie de la fac.

— Tu t'occupes de ça ?

— C'est déjà en cours.

— Gabrielle ? Marc ?

Gabrielle penche la tête et découvre Dobey sur le seuil de la porte, qui agite l'index de façon menaçante pour leur ordonner de le suivre. Les deux enquêteurs se lèvent de concert et rejoignent Dobey dans le couloir.

— Il y a du nouveau, leur apprend-il en prenant la direction de son bureau.

— On en a aussi, rétorque Gabrielle, une histoire de faux flic qui serait entré en contact avec Romane trois jours avant sa mort.

— Un faux flic ?

— Oui. Il aurait arrêté l'étudiante pour un contrôle d'identité à la sortie de la fac. À partir du moment où il a ses papiers en main, il a juste à noter son adresse.

Dobey accueille la théorie de sa subordonnée avec un hochement de tête, puis s'engouffre dans son bureau. Gabrielle jure intérieurement quand elle voit Olivier affalé sur l'un des sièges placé autour de la table de réunion. Le colonel s'assied à son tour et invite le duo à faire de même. Puis, d'un geste de la main, il donne la parole à Olivier.

— Un gars a disparu dans la nuit de samedi à dimanche, les informe celui-ci. Il s'appelle Tom Estebes, ça vous dit quelque chose ?

— Non. Ça devrait ? répond sèchement Gabrielle.

— Oui, ça devrait, confirme Olivier. Parce qu'il a été inscrit au FPR[1] que tu es censée consulter régulièrement.

— Je ne sais pas si tu as remarqué, mais c'est un peu la course en ce moment.

— Ben c'est dommage que tu n'aies pas pris quelques secondes pour y faire un tour parce que le nom de ce type a été prononcé par l'un de tes témoins – tu aurais peut-être fait le rapprochement… C'est un ex d'Erika.

L'information muselle un instant Gabrielle.

— Comment le sais-tu ?

— Parce qu'un gars de ton équipe qui, lui, a eu l'intelligence de ne pas zapper l'info me l'a dit.

Gabrielle fulmine intérieurement. Les attaques d'Olivier commencent à lui hérisser le poil, mais elle ne doit pas rentrer dans son jeu. Il sait qu'elle a merdé et prend un malin plaisir à lui mettre le nez dans son caca avec l'espoir machiavélique qu'elle perde son sang-froid.

— C'était à moi qu'il devait donner l'info, objecte-t-elle.

— Il me l'a donnée quand je suis allé le voir et dès que je l'ai eue, je l'ai transmise au colonel, explique Olivier.

— Et tu ne pouvais pas venir me voir avant ?

— Et ça aurait changé quoi ?

— C'est la procédure.

1. Fichier des personnes recherchées.

— La procédure, c'est aussi de consulter le FPR.

— Tu commences à me…

— Oh, oh, oh, doucement, les calme Dobey. On n'est pas là pour savoir qui a fait ou n'a pas fait quoi. Si je vous ai fait venir tous les trois, c'est parce que la disparition de cet homme qui connaissait Erika ne peut pas être une coïncidence.

— Eh bien, on va exploiter la piste, concède Gabrielle en lançant un regard venimeux à Olivier.

— Et Olivier va l'exploiter avec vous, ajoute aussitôt le colonel. À partir d'aujourd'hui, il rejoint votre équipe et tous ensemble – il insiste bien sur ces mots – vous me retrouvez ce type.

Gabrielle manque de s'étouffer. Dobey ne pouvait pas lui infliger plus sévère punition. La pression de ses mâchoires, qu'elle n'a pas desserrées depuis son entrée dans le bureau, s'accentue un peu plus. Elle surprend un sourire sur le visage d'Olivier. Il jubile. Elle essaie d'oublier sa présence et se tourne vers son supérieur :

— Qu'est-ce qu'on fait pour le faux flic ?

Le colonel lève un sourcil.

— Quoi, qu'est-ce que vous faites ? Ben vous lui mettez la main dessus.

Gabrielle ne parvient pas à retenir un soupir.

— Oui, c'est ce qu'on va essayer de faire, bien sûr. Mais est-ce qu'on prévient la population ?

— Je dois en parler au procureur ; pour l'heure, c'est lui qui prend les décisions. Il faut peser le pour et le contre : soit on lance une alerte que notre bonhomme aura en même temps que le reste de la population et on s'enlève une chance de le coincer, soit on estime que cela peut sauver des vies.

— Même une seule, ça vaut le coup.

— Évidemment, confirme Dobey. Je vois le procureur tout à l'heure, je lui en parle.

— Entendu.

— On se voit dans une heure pour mettre tout le monde dans le sens de la marche, rappelle Dobey en guise de conclusion. Vous pouvez disposer.

Olivier est le premier à repousser son siège et à se lever.

— Allez ! s'exclame-t-il, c'est pas tout ça, mais on doit essayer de rattraper le temps perdu !

Gabrielle, prête à exploser, se fige sur le seuil de la porte en entendant la grosse voix de Dobey :

— Gabrielle ! Tant que je te tiens !

— Oui, mon colonel ?

Il tend le majeur dans sa direction et lui adresse un regard sévère.

— Le stand de tir. Tu me donnes une date, sinon tu ne bouges plus de ton bureau.

— Oui, mon colonel.

Gabrielle se retourne pour jurer entre ses dents et sort du bureau de son supérieur.

Dans le couloir, elle s'éloigne à grandes enjambées, les poings serrés. Marc n'essaie même pas de suivre le rythme. La voix d'Olivier s'élève soudain dans son dos.

— Eh, chef, tu veux peut-être qu'on fasse un petit point sur ce que j'ai trouvé ?

Gabrielle s'arrête net comme si un mur invisible s'était subitement dressé devant elle. Elle se tourne et revient sur ses pas. En voyant son visage, Marc comprend qu'elle n'est pas armée des meilleures intentions. Il fait un léger écart de côté pour se rapprocher de sa trajectoire, le strict nécessaire pour tendre une main et espérer ralentir la course de sa partenaire, sans aller jusqu'à prendre le risque de se mettre en travers de son chemin. Gabrielle écarte fermement son bras et se rapproche, fumante, de l'objet de son courroux.

— Oui, t'as bien saisi les choses : chef. Donc tu m'écoutes et tu évites d'ouvrir ta grande gueule. C'est moi qui donne les ordres et toi qui y obéis, c'est clair ?

— Eh, t'as tes ragnagnas ou quoi ?

— Et tes remarques sexistes, tu te les colles où je pense, OK ?

— Oui… chef.

Il voit ses mâchoires rouler sous sa peau, sa poitrine se soulever de manière menaçante, mais ses lèvres restent closes. Elle se détourne après avoir lancé un dernier regard mortel à son collègue. Elle repasse devant Marc sans le voir et reprend la direction de son bureau.

— Si t'es mal baisée, t'as qu'à revenir me voir.

Olivier a baissé la voix, mais a pris le soin d'être entendu. Gabrielle fait volte-face et fond sur sa proie.

— Va te faire foutre, connard !

— Du calme ! lui crie Marc qui, cette fois, n'a pas hésité à s'interposer, mais a toutes les peines du monde à contenir sa collègue.

— Oh ! C'est juste pour rendre service ! s'esclaffe Olivier.

— Je t'emmerde, pauvre con !

— OH ! C'EST QUOI CE BORDEL ?! hurle Dobey dont la silhouette vient d'apparaître sur le seuil de son bureau. VOUS VOUS CROYEZ OÙ, LÀ ? ON EST DANS UNE CASERNE, PAS DANS UNE COUR DE COLLÈGE ! VOUS RETOURNEZ

À VOS BUREAUX ET VOUS FAITES VOTRE BOULOT EN SILENCE !

Gabrielle lance un dernier juron puis se libère de l'étreinte de Marc. Elle darde un regard noir sur Olivier lorsqu'il la dépasse et lui fusille encore le dos lorsqu'il disparaît dans son bureau.

— Trouduc ! lance-t-elle avant de réajuster sa tenue.

— Viens, je te paie un café.

Les deux enquêteurs s'éloignent du bâtiment, gobelet en main.

— Vous n'auriez pas un contentieux, tous les deux ? l'interroge Marc une fois qu'ils sont à l'abri des regards et des oreilles indiscrètes.

— Moi, je n'ai de contentieux avec personne, proteste Gabrielle. C'est lui qui me cherche.

— Et qu'est-ce que tu lui as fait pour qu'il soit à ce point vindicatif ?

— Tu veux que je te fasse un dessin ? répond-elle avec le peu de calme que lui a laissé son altercation avec Olivier.

Il lève la tête, la baisse aussitôt lorsqu'il croise son regard.

— Non, inutile.

Gabrielle lutte un instant avec son amour-propre avant de se jeter à l'eau.

— Quand je suis arrivée, il m'a fait son numéro. Je n'ai su qu'après qu'il le faisait avec toutes les nouvelles, mais moi, j'ai été suffisamment bête pour tomber dans le panneau. Il a du charme, il le sait et il en profite. J'ai fini par comprendre à qui j'avais affaire, mais le mal était fait. Je l'ai envoyé paître, le genre de choses qu'un type comme lui ne supporte pas.

— Et il ne rate pas une occasion de te le faire payer. Qui est au courant ?

Elle renifle méchamment et prend une gorgée de café avant de répondre.

— À ton avis ? À peu près toute la section, sauf peut-être Dobey, il ne me l'aurait pas mis dans les pattes sinon. Et encore, je n'en suis même pas sûre…

Il laisse échapper un soupir de compassion, puis porte le gobelet à ses lèvres.

— On ne fait pas toujours les bons choix, conclut-elle amèrement.

— Non, en effet.

Le silence se prolonge. Gabrielle continue de fulminer dans son coin, Marc essaie de ne pas trop réfléchir au sens des derniers mots qu'il a prononcés, il se pose suffisamment de questions sur son couple… À vrai dire, il y pense presque en permanence. Lorsqu'il est rentré à la caserne au petit matin, il a envoyé un texto à Magali qui est resté sans réponse, mais il est persuadé qu'elle ne dormait pas. À chaque fois qu'il est de retour à la maison, c'est la même chose. Il a la boule au ventre. Il devrait être heureux de retrouver son foyer, mais ce n'est pas le cas. Après une semaine d'absence, il n'a qu'une seule envie : serrer ses enfants dans ses bras, puis il pense à Magali et l'angoisse lui noue l'estomac. Bon sang, lorsqu'il songe aux tout débuts de leur relation… Comment peut-on en arriver là ? À s'ignorer, à ne plus se parler, à prendre le moindre prétexte pour se sauter à la gorge ? Ils sont passés de l'amour fou au mépris sans même en avoir conscience. Il secoue la tête à son insu, mais Gabrielle a le regard ailleurs et ne se rend compte de rien. Elle adresse un sourire et un signe de la main à chaque gendarme qui entre dans le bâtiment ou en sort. Entre chaque salut, son visage se referme. Marc en profite pour l'observer à la dérobée. C'est marrant, se dit-il, elle n'a rien de particulier – un visage plutôt quelconque, des cheveux mal coiffés en permanence, elle n'est pas franchement douce –, mais elle dégage quelque chose de… Il cherche un instant le mot. De magnétique. Oui, c'est ça. Magnétique. C'est peut-être l'effet de la couleur de ses yeux – il ne se souvient pas d'en avoir vu d'aussi clairs –, mais il y a autre chose…

Gabrielle tourne subitement la tête et surprend son regard.

— Qu'est-ce qu'il y a ?

— Rien.

Elle incline la tête et expédie son gobelet dans une poubelle.

— On y va ? Il faut que je me mette en condition pour la réunion de tout à l'heure, surtout que je sais maintenant que l'autre con sera là.

— Il ne va pas te provoquer devant tout le monde, quand même ?

Elle émet un petit rire sardonique.

— Tu ne poserais pas la question si tu le connaissais un peu mieux.

Chapitre 21

Gabrielle essaie de ne pas soupirer trop fort dans le téléphone. Il s'en trouve toujours quelques-uns parmi leurs témoins qui veulent absolument rendre service, les « aider dans leur enquête », comme ils disent. Certains sont juste des bons Samaritains, d'autres se sentent si seuls ou si malheureux qu'ils saisissent la moindre opportunité pour essayer de se convaincre que leur vie a un peu de sens. D'autres encore sont si excités par l'idée d'être mêlés à une histoire sensationnelle et ont regardé tant de séries télé qu'ils seraient prêts à passer le concours pour devenir gendarme et à partir en guerre contre le crime. Dans cette dernière catégorie, il y en a certains qu'elle n'aimerait pas savoir avec un Sig Sauer entre les mains.

L'homme avec lequel elle est en train de s'entretenir au téléphone est encore d'une autre catégorie : celle des proches de la victime. Lui était l'un des meilleurs amis, sinon le meilleur ami d'Erika. Il est effondré, et il tient absolument à les aider pour que justice soit faite. Entre le bon Samaritain, le justicier et le type simple qui ne se remet pas de la perte d'un être cher. Lorsqu'elle l'a auditionné il y a tout juste une semaine, il était déjà très affecté, et son moral ne semble pas s'être amélioré. Bien sûr, elle ressent de la peine pour lui, mais elle commence à se demander si c'était une bonne idée de lui donner le numéro de son poste et de l'encourager à appeler dès que quelque chose lui reviendrait à l'esprit.

Le magistrat a donné son feu vert pour l'alerte et comme des milliers d'autres, il a lu ou entendu le message qui évoque ce faux flic qui récupère des noms et des adresses au hasard (non, pas au hasard, se corrige-t-elle aussitôt, la ressemblance entre les deux jolies étudiantes qu'il a froidement assassinées n'est pas le simple fruit du hasard) et il veut mettre fin à ses agissements au plus vite.

— Non, nous ne savons pas à quoi il ressemble.

— Mais vous avez peut-être des choses qui pourraient permettre de l'identifier ? J'ai fait quatre ans de fac et j'ai gardé contact avec presque toute ma promo ; aujourd'hui avec les réseaux sociaux, une information bien placée peut se propager comme une traînée de poudre.

— Comme les *fake news* ? ironise Gabrielle.

— Oui, c'est vrai, mais là, ce serait pour la bonne cause. Les gens se passeraient le mot, ils seraient plus vigilants. C'est bien comme ça que vous procédez avec les alertes enlèvements ?

— Oui, mais là, c'est très différent. Il y a une enquête en cours et je ne suis pas autorisée à communiquer des éléments en lien avec cette enquête au public. Je suis désolée.

— Je comprends.

Un silence.

— Erika ne méritait pas ça, déclare son interlocuteur d'une voix chargée d'émotion. Elle était incapable de faire du mal à qui que ce soit, elle était sensible et vulnérable. Elle ne méritait pas ça, répète-t-il.

— Non, elle ne méritait pas ça, confirme Gabrielle. Je vous garantis que nous faisons le maximum pour mettre la main sur celui qui a commis cet assassinat. Mais ce genre d'enquête est compliquée et peut prendre du temps.

— Vous pouvez m'informer si vous avez du nouveau ?

— Non, je regrette. Mais je vous assure que nous mettons tout en œuvre pour retrouver le meurtrier de votre amie.

— Oui, j'en suis sûr. Je vous remercie. Bonne journée, madame.

— Bonne journée à vous aussi.

Elle raccroche. *Madame*… Cela faisait une éternité qu'on n'avait pas usé de ce mot-là à son encontre. Elle vient de prendre dix ans d'un seul coup de téléphone…

Nous mettons tout en œuvre. Ils mettent tout en œuvre, oui. Mais pour l'instant, ils n'ont pas un seul début de piste…

Il raccroche. Il n'a rien. Il n'a rien parce qu'ils n'ont rien non plus. Alors pour l'instant, il va devoir se débrouiller tout seul.

Tu as l'habitude.

Il n'aime pas qu'Il s'impose dans la conversation. Il n'a pas besoin de Lui non plus. Ce qu'il veut, c'est retrouver l'assassin d'Erika, rien d'autre.

Et une fois que tu l'auras retrouvé, qu'est-ce que tu feras ?

Il ferme les yeux, enfouit son visage dans ses mains. Il ne sait pas. Il n'a pas pensé à ça, il ne veut pas y penser. Il le fait pour Erika, parce que c'est ce qui est juste. Cet homme la lui a enlevée, il n'avait pas le droit et il doit être puni pour cela.

Comme Tom devait être puni pour tout le mal qu'il lui a fait, voilà ce qui est juste.

Il agrippe ses cheveux et fait une grimace qui exhibe des dents à la blancheur parfaite. Il n'arrive plus à faire taire Sa voix. À présent, Il lui parle presque constamment. Il parle pour ne rien dire, commente ses actes, s'immisce dans ses réflexions, lui confie ce qu'Il a sur le cœur. Il parle du passé, aussi…

Le passé, oui. Tu te souviens ? Tu ne te posais pas de questions, tu vivais chaque jour comme si c'était le dernier ; tu étais libre comme l'air, tu n'avais de comptes à rendre à personne et tu allais où bon te semblait, et quand tu voulais. Tu étais heureux, alors.

Non, j'étais inconscient, égoïste et amoral. Je ne réalisais pas tout le mal que je faisais. Erika m'a ouvert les yeux, elle m'a montré ce que c'était que d'être bon, généreux, empathique, elle m'a fait comprendre qu'il y avait un autre chemin et qu'il n'était pas trop tard.

Erika était jeune, naïve et pétrie de bons sentiments ! Elle ne connaissait rien à la vie, elle vivait dans l'insouciance et le confort, elle ne savait pas ce que c'était que d'être seul, triste et malheureux, d'avoir peur, de souffrir sans dire un mot.

Et alors ? Elle aurait dû souffrir comme moi j'ai souffert ? On doit d'abord en baver, se soumettre et tendre l'autre joue avant d'avoir droit au bonheur ? Faut-il courber l'échine, serrer les dents et espérer qu'un jour ça s'arrêtera et que la balance penchera de l'autre côté ? C'est donc comme ça que ça marche pour être heureux, tout du moins espérer l'être ? Erika était heureuse, elle, et elle n'a pas dû en payer le prix. Et c'est ce qui faisait d'elle une personne sensible, bienveillante et inoffensive. Erika…

ERIKA EST MORTE ! Tu dois l'oublier.

Non, c'est impossible…

Elle était faible et c'est pour ça qu'elle n'est plus là aujourd'hui !

Non, c'est faux !

Toi, tu es fort, intelligent, bien plus fort et bien plus intelligent que tous les autres, tu leur es supérieur à tous et ils doivent en prendre conscience.

Il secoue violemment la tête.

Ils doivent savoir à qui ils ont affaire, ils n'ont pas le droit de te prendre de haut et de te marcher sur les pieds. Ils doivent t'écouter, te respecter et s'ils ne te respectent pas, ils doivent en payer le prix. Comme Tom.

Non, non…

Si, c'est comme ça que cela fonctionne.

Plus maintenant !

Bien sûr que si. Avoue-le, c'était bon de l'entendre te supplier, de voir l'épouvante dans ses yeux… Tu y as pris plaisir, tu t'es délecté de sa détresse et de son impuissance.

Non, non, non, non…

Tu as oublié, mais tu aimais ça : dominer, prendre le contrôle…

Le visage déformé comme sous le coup d'une intense douleur physique, il secoue la tête de plus en plus fort.

Tenir leur vie au creux de ta main et en faire ce que bon te semble, comme la faire disparaître sous quelques pelletées de terre.

— NON !!!

Il balaie la surface de son bureau d'un violent mouvement du bras. Ordinateur, stylos, papiers, livres, lampe, verre, tous les objets qui en occupaient la surface s'envolent dans les airs et atterrissent avec fracas sur le parquet. Ses doigts sont recroquevillés comme des serres dans sa chevelure, il garde les yeux obstinément clos et ses lèvres, qui se sont brièvement ouvertes pour expulser ce soudain cri de rage, sont à présent soudées l'une à l'autre au point de ne plus faire apparaître qu'une ligne sombre qui se brise d'un coup à ses extrémités.

Une minute passe. Il entend le léger grésillement en provenance du réfrigérateur, le souffle continu du boîtier Internet, et c'est tout.

La voix est partie.

Il rouvre les yeux, fixe son bureau à présent débarrassé de tout ce qui l'encombrait et se met à réfléchir.

Caïn reviendra, il le sait. Alors il doit profiter de son absence pour poursuivre sa mission et tenir la promesse qu'il a faite à Erika.

Chapitre 22

Gabrielle consulte l'heure : elle n'aura pas le temps de passer voir Morgane. Elle s'en veut, mais ce soir, elle éprouve le besoin de faire redescendre la pression. Les cours de Systema lui ont dernièrement apporté plus de frustration que de détente, mais elle se dit que c'était peut-être elle qui n'était pas dans le bon état d'esprit. Ce soir, elle est bien décidée à se libérer et à jouer le jeu à fond.

Elle envoie un SMS à Claire, la mère de Morgane, qui lui répond aussitôt : « Coucou, Gabrielle, pas de souci, tu passes quand tu peux et quand tu veux ! Morgane et moi, on t'embrasse très fort. »

Gabrielle glisse le téléphone dans sa poche avec un petit pincement au cœur. Comment parviennent-elles à tenir le coup ? Si elle était à la place de Claire, elle écumerait les rues de la ville pour mettre la main sur ce salopard.

Ce qu'elle fait plus ou moins, par l'intermédiaire d'Adrien. Sans résultat jusqu'à présent.

Elle lève la tête et croise le regard de Marc.

— Tout va bien ?

— Oui, juste un peu sur les nerfs. Je te laisse, je vais à mon cours de Systema, ça me détendra.

— De quoi ?

— De Systema.

— Qu'est-ce que c'est que ça ?

— Ah…

Elle repense à sa dernière discussion sur le sujet avec les jumeaux et sourit.

— Qu'est-ce que c'est… Eh bien… C'est un peu compliqué à expliquer…

Son visage change subitement d'expression.

— Le mieux, ce serait que tu viennes avec moi.

Les traits de Marc s'altèrent aussi rapidement que viennent de le faire ceux de Gabrielle.

— Hein ?

— Oui ! Viens avec moi – je peux amener quelqu'un pour une séance d'essai, il n'y a aucun souci.

— Mais je n'ai aucune tenue, pas de godasses de sport…

— C'est pas grave, pour une première fois, tu n'en as pas besoin.

Il réveille son Smartphone d'une pression du doigt et consulte l'heure.

— Il est déjà tard. Les enfants m'attendent sûrement.

— Magali aussi, j'imagine, ajoute Gabrielle.

Marc croise son regard et pense y lire comme de l'amertume – presque un brin de contrariété.

— J'imagine, oui… approuve-t-il avec fatalisme.

— Alors laisse tomber.

Elle récupère son sac, l'arrime à son dos et se dirige vers la porte.

— Attends !

Elle se tourne. Marc a déjà son portable collé à l'oreille.

— Il faut que j'y aille, objecte-t-elle.

Il lève deux doigts en l'air. Elle soupire. Après quelques secondes, Marc raccroche sans avoir dit un mot.

— Elle ne répond pas.

— Laisse tomber, je t'ai dit. *Ciao !*

Marc observe l'écran de son téléphone, puis l'encadrement de la porte, puis de nouveau son téléphone. Il n'a pas aimé la façon dont elle lui a lancé ce « *Ciao !* ». Comme si cela avait été sa faute, qu'il avait fait preuve de mauvaise volonté en prenant le premier prétexte venu pour décliner sa proposition. Mais rentrer à la maison et profiter de ses enfants n'est pas le premier prétexte venu.

Magali n'est pas le premier prétexte venu.

Une vibration dans sa main, aussitôt suivie d'un message sur l'écran de son Smartphone.

Sommes au resto. Allons au ciné après.
À tout à l'heure.

La première chose qui l'interpelle est l'absence de sentiment – pas la moindre marque d'affection, pas d'émoticône, rien. Il ne s'en formalise généralement pas, mais il sait que si lui-même envoyait ce genre de message à sa femme, il se ferait étriper. Dans la tête de Magali, cet affront dont il ne doute pas un seul instant qu'il est délibéré le touchera en plein cœur. Elle est en train de lui dire : « Tu ne nous as pas vus pendant une semaine et tu passes ton temps au boulot. OK, fais ta vie, nous on fait la nôtre… »

C'est bien sa façon de penser. Mesquine et puérile. *Ben OK, je vais faire ma vie.*

Il se lève d'un bond, récupère sa sacoche sur le bureau et court en direction de l'escalier.

Gabrielle est déjà au volant de sa voiture. Il lui fait de grands gestes de la main. Elle descend sa vitre et le regarde approcher avec curiosité.

— Qu'est-ce qui se passe ?

— Je viens.

— Où ça ?

— Devine…

Elle affiche un petit sourire.

— Et tes enfants ? Et Magali ?

— Eh, je t'ai dit que je venais, OK ?

— OK, OK. Tu me suis ?

Il confirme de la tête et rejoint sa voiture.

La lumière s'est éclipsée des rues de la ville lorsqu'ils sortent de la salle municipale. Les noctambules professionnels en sont encore à leur premier apéro à la maison, les plus raisonnables sont attablés à la terrasse d'un restaurant ou assis dans l'obscurité d'une salle de cinéma, à mi-chemin de leur séance. C'est le cas de Magali et des enfants ; il n'a pas fait l'erreur de lui demander quand elle rentrait, mais il a pris le soin de vérifier les séances et, procédant par élimination, a noté dans un coin de son cerveau l'heure à laquelle se terminait le seul film susceptible d'être vu par les enfants.

— Alors ? Tes impressions ?

Il se tourne vers Gabrielle, qui l'interroge du regard.

— Eh bien, c'est… spécial. Cette marche à l'aveugle, c'est… flippant. Au début, j'étais incapable d'avancer, j'ouvrais les yeux toutes les dix secondes. La respiration, c'est compliqué, aussi. J'ai l'impression de ne pas avoir la patience suffisante, de ne pas être câblé pour, tu vois ce que je veux dire ?

— Tu ne t'es pas laissé complètement aller, voilà tout.

— Peut-être, je ne sais pas. Et le contact physique avec les autres… Je n'ai pas l'habitude, ce n'est pas naturel, ce n'est pas moi. C'est… déroutant.

— Arrête, tu n'as pas aimé qu'Émilie te tripote ?

— N'importe quoi ! Ce n'est pas la question !

— Je te chambre ! Je comprends. Au début, c'était pareil pour moi, mais si je m'y suis faite, tu t'y feras aussi, crois-moi.

Il la regarde avec embarras.

— Tu sais, je ne te garantis pas de revenir…

— T'inquiète, je ne m'en offusquerai pas.

Elle lui explique ses premières séances, le scepticisme, l'hésitation, la tension, voire la répulsion ressentie lors de l'apprentissage de certains exercices. Tout comme Eliott et Valentin avant lui, Marc ouvre de grands yeux lorsqu'elle évoque les épreuves du coup de poing ou du massage russe, ou fait l'inventaire de toutes les souffrances que les instructeurs peuvent leur infliger lors de la marche à l'aveugle. Elle parle de tout cela avec enthousiasme et conviction, comme au tout début de son apprentissage. Cela la surprend et la chagrine à la fois. Elle sait que la flamme est en train de s'éteindre et qu'elle parvient de moins en moins à se libérer. Le Systema ne lui donne plus les clefs ; ses démons intérieurs sont en train de se réveiller et elle ne trouve plus les armes pour les renvoyer là où elle était parvenue à les chasser.

Ce soir cependant, elle s'est sentie bien. Elle est apaisée, presque sereine. Elle a lâché prise, a pris du plaisir à évoluer dans le noir, est même parvenue à apprécier le contact des autres. Elle se souvient aussi que son cœur a manqué un battement quand, lors de la marche à l'aveugle, ses mains se sont posées sur Marc. Elle a reconnu sa carrure, elle a senti son parfum…

Ils débouchent sur une petite place cernée de bistrots. Elle s'arrête. Autant l'atmosphère autour de la salle municipale était feutrée, autant l'agitation est ici intense et enivrante. La nuit est en train de tomber, mais la température est estivale. Elle se tourne vers Marc.

— Ça te dit de prendre un verre ?

Il ouvre la bouche, hésite un moment.

— Euh…

Il sort son portable de sa poche, lit l'heure à l'écran et procède à un rapide calcul mental.

— Si tu dois rentrer, c'est pas un souci.

— Non, j'ai encore un peu de temps. Une petite demi-heure, après je rentre.

— Sinon ton carrosse se transforme en citrouille ? plaisante-t-elle.

Il parvient à sourire.

— Oui, on va dire ça comme ça.

Les terrasses sont bondées. Sur l'une d'elles, un garçon de café les accueille avec un sourire contrit et leur propose de patienter cinq minutes. Ils en attendent dix avant qu'une table ne se libère. Ils s'installent et commandent deux bières. Le serveur s'éloigne en zigzaguant entre les tables au pas de course. Marc pose son téléphone bien en évidence sur la table.

— J'espère ne pas te mettre en mauvaise posture… hasarde Gabrielle après que Marc a consulté l'heure une troisième fois en l'espace de cinq minutes.

— Non, t'inquiète.

— Oh, moi, je ne m'inquiète pas. Par contre, toi… Tu ne m'as pas l'air très serein.

Il se renverse dans son siège et la dévisage longuement.

— Depuis le temps, je pense que tu as compris que je dois manœuvrer avec précaution avec Magali.

Il se rend compte que ses propos pourraient être mal interprétés et ajoute aussitôt :

— Je ne veux pas qu'elle s'inquiète et se fasse de fausses idées.

— Elle est au courant que tu bosses avec moi ?

— Oui.

— Qu'est-ce que tu lui as dit sur moi ?

— Que tu étais moche, idiote et vindicative.

Gabrielle rit de bon cœur.

— Et elle t'a cru ?

— Quoi ? Ce n'est pas la vérité ?

Elle lui adresse une grimace.

— Je ne suis pas si idiote que ça…

— Je plaisante. C'était la dernière chose que j'aurais choisi de dire pour la tranquilliser.

— Ma proposition de lui parler tient toujours.

— Et ma réponse est toujours la même. Sérieux, tu serais capable de faire ça ?

— Si vraiment ça devenait compliqué, oui, pourquoi pas ? Je ne veux pas que les relations s'enveniment inutilement.

— Ne t'inquiète pas, la situation est sous contrôle.

Il lance un nouveau coup d'œil à son téléphone, puis laisse son regard divaguer d'une table à l'autre. Les gens parlent avec animation, s'enflamment, plaisantent, rient, s'invectivent. Il y a énormément de jeunes, quelques couples aussi, qui n'ont pas l'air de se poser toutes les questions qui sont à cet instant précis en train de se bousculer dans sa tête. Il essaie de se souvenir si Magali et lui ont un jour été aussi insouciants et heureux. Sûrement, oui, mais il n'arrive pas à se rappeler.

Le serveur pose les boissons sur la table. Marc s'empresse de régler l'addition. Gabrielle le remercie et élève son verre dans les airs.

— À ton arrivée dans la Ville Rose ! s'écrie-t-elle.

Il trinque, puis trempe ses lèvres dans la mousse.

— Et toi ? demande-t-il en reposant son verre.

— Moi ?

— Tu vis seule ?

— À peu près.

— Comment ça, à peu près ?

— Un chat errant vient me rendre visite *à peu près* tous les soirs. Le reste du temps, je me suffis à moi-même.

— Moi je suis allergique à ces bestioles.

Marc repense à ce qu'il a découvert sur Gabrielle, la mort de ses parents, l'exécution de son père à laquelle elle a assisté. Comment vit-on avec un tel traumatisme ? Et surtout, comment parvient-on à avancer lorsqu'on n'a personne à qui en parler ? Il n'imagine pas Gabrielle suivre une thérapie.

— Tu en avais une qui mangeait les orchidées de ta mère à ce qu'il me semble, se rappelle Gabrielle.

— Finement observé, capitaine… L'allergie s'est déclenchée sur le tard, une histoire de prédisposition génétique qui ne s'est manifestée qu'à l'âge adulte.

Gabrielle se penche en avant et pose ses avant-bras sur la table.

— Ça me fait penser à cette histoire de fleur, lui confie-t-elle à voix basse. Celle trouvée chez Romane. On a vérifié, c'est un cosmos, une fleur des champs. Elle est le symbole de l'innocence, tout comme l'est la couleur blanche. Le blanc symbolise aussi la pureté et la perfection.

— Cela rejoint ce que je disais : toute cette mise en scène qui a pour but d'« apprêter » les victimes, les sublimer même, et son souci qu'elles soient retrouvées pour que le corps ne se corrompe pas.

— Mais il n'y avait pas de cosmos chez Erika.

— Mais il y avait un chat…

— Tu insistes, ma parole…

— On verra bien si la troisième aura un cosmos entre les mains.

— J'espère bien qu'il n'y aura pas une troisième, réplique-t-elle froidement.

— Excuse-moi, mais il faut s'y préparer. Ce qui m'intrigue, c'est que tu parles de pureté, mais qu'aucune des deux étudiantes n'était vierge.

— Exact. Mais la pureté peut prendre d'autres aspects.

— C'est-à-dire ?

— La pureté d'âme, de cœur, tout ce que tu voudras. Tous les témoignages recueillis jusque-là s'accordent pour dire qu'Erika était une fille formidable, douce, généreuse et très serviable – pas une petite fille modèle, mais presque. Les avis sont un peu moins tranchés pour Romane, mais toutes les personnes qu'on a interrogées semblaient l'apprécier, et ses mœurs étaient au-dessus de tout soupçon.

— OK, on a donc un tueur qui s'en prend à de jolies blondes plutôt bien rangées, qu'il étrangle, mais qu'il ne viole pas, dont il « transforme » la dépouille en vestale – il les coiffe, il les habille – et entre les mains desquelles il glisse un cosmos blanc. C'est le début d'un profil, on ne peut rien faire avec ça ? Et les collègues du DSC[1] ?

— Ils ne sont pas sur le coup, et même si on demandait leur aide, ce n'est pas sûr qu'elle nous serait accordée. L'enquête ne fait que commencer et elle mobilise déjà trente personnes. Mais j'ai mis un gars sur SALVAC[2], il nous dira rapidement si on a déjà quelque chose de similaire.

— Et le type qui a disparu ?

— Olivier est dessus et ce fumier distille les informations au compte-gouttes. Mais il semblerait qu'il n'a pas de casier judiciaire et qu'il n'apparaisse nulle part dans nos fichiers.

1. Département des sciences comportementales, composé d'analystes et d'enquêteurs.

2. Système d'analyse des liens de la violence associée aux crimes : logiciel utilisé par la gendarmerie et la police nationale pour identifier des similarités entre affaires criminelles et détecter d'éventuelles « sérialités » permettant d'orienter l'enquête.

— Mais c'est notre meilleur candidat ?

— C'est notre seul candidat, corrige-t-elle.

Marc se tasse dans son siège et soupire.

— Fais chier.

— Comme tu dis.

Après un nouveau coup d'œil à son portable, il finit sa bière et passe sa sacoche autour de son torse.

— Il faut que j'y aille.

— Tu vas avoir un peu d'avance.

— Le temps de récupérer ma caisse. Et puis on ne sait jamais, même à cette heure, je peux être pris dans un bouchon.

— Monsieur est prévoyant.

— Monsieur est doué de l'instinct de survie.

Marc fait un léger détour pour raccompagner Gabrielle jusqu'à sa voiture.

— Tu vas te retrouver ? s'inquiète-t-elle.

— Oui, j'ai le nom de la rue et mon portable.

— OK.

— Merci pour le cours.

— Pas de quoi.

— Je ne sais pas si je renouvellerai l'expérience, mais c'était très sympa.

Un bref silence, accompagné d'un échange de regards appuyés.

— À demain, alors, fait Marc pour couper court au malaise qui s'installe.

— À demain.

Il incline la tête, s'éloigne de quelques mètres avant de se retourner.

— Et ne laisse pas ces pauvres étudiantes te gâcher la nuit, lance-t-il à sa partenaire.

— Aucun risque, j'ai déjà un tas d'autres prétextes pour me la gâcher.

À une centaine de mètres de là, une silhouette encapuchonnée, tout juste installée derrière le volant de son véhicule, fait défiler des photos sur l'écran de son téléphone portable. La qualité des clichés que ces petits engins sont capables de prendre n'en finit pas de l'émerveiller. Le visage de Marc y est clairement visible, le doute n'est pas permis. Sur celui-ci, Gabrielle lui adresse un sourire et le regarde presque amoureusement – en tout cas, c'est tout à fait l'idée qu'on pourrait se faire de ce regard. Et qui sait ? Peut-être son cœur battait-il à ce moment un peu plus fort ? Ce qui pourrait être considéré comme une très bonne nouvelle.

Le chauffeur masqué démarre le moteur et quitte sa place de parking, un large sourire sur les lèvres.

Chapitre 23

Le soleil ne se couchera que dans plusieurs heures, mais la maison est déjà sombre. Par la porte qu'il a laissée grande ouverte entre par intermittence le bruit du tonnerre ; c'est comme si de gros blocs de pierre dégringolaient au bas de la montagne. Le vent qui souffle par rafales fait régulièrement tintinnabuler le carillon suspendu sur la terrasse à l'entrée de la maison.

L'ambiance est merveilleuse.

Son écran d'ordinateur est la seule source de lumière qui donne un tant soit peu de clarté dans la pièce. Il lit l'article avec attention, en déchiffrant chaque mot comme s'il les avait prononcés à voix haute devant un auditoire nombreux et attentif. Lorsqu'il lui semble qu'il a buté sur un terme, il le lit une seconde fois, puis une troisième s'il le faut jusqu'à être satisfait de l'effet produit dans son cerveau par sa lecture. Il procède toujours ainsi – tout doit être d'une pureté et d'une harmonie irréprochables, chaque mot doit être formulé à la perfection, qu'il s'agisse d'un entrefilet de quelques lignes ou d'un livre de six cents pages. Il évite en général ces derniers, car il met des mois et des mois à les lire et dès qu'il a commencé une histoire, il n'a qu'une seule envie : en lire une autre juste après. Alors il se contente de romans courts, deux cents, trois cents pages grand maximum, et même ceux-là, il lui faut plusieurs mois pour en venir à bout.

Mais c'est ainsi. Pureté et perfection.

L'article dit deux choses : tout d'abord, qu'un faux agent de police procède illégalement à des contrôles routiers sur la région toulousaine. Ensuite, que toute personne suspectant d'avoir été contrôlée par ledit faux policier doit le signaler à la police ou à la gendarmerie.

Il en conclut deux choses : la première est qu'il a eu raison de passer autant de temps à transformer son apparence avant chaque sortie. La seconde est qu'il doit à présent changer de stratégie ou élargir son champ d'action et s'éloigner de Toulouse. Cette dernière solution l'embête parce que la ville étudiante est un vivier inépuisable.

Alors il se met à réfléchir. Au bout d'un moment, il se lève et sort sur la terrasse avec l'espoir que le souffle de l'orage qui approche lui amènera l'inspiration. Par ici, il y a encore de petites touches de bleu dans le ciel, mais à l'ouest le soleil a disparu derrière les nuages et des masses bouffies teintées de toutes les nuances de gris masquent le haut des reliefs qui s'élèvent face à lui. Elles semblent immobiles, comme suspendues dans les airs, mais il sait que dans une demi-heure, une heure tout au plus, des tonnes d'eau se déverseront au-dessus de sa tête et gorgeront les jardins et les prés alentour d'une humidité bienfaitrice.

Il peut déjà sentir le parfum de la pluie amené par le vent.

Une rafale balaie la terrasse et le carillon émet quelques notes cristallines qui s'éloignent rapidement en direction du village. Même cette atmosphère presque mystique qui règne autour de la maison ne parvient pas à lui apporter la solution. Alors il rentre, traverse la salle à manger puis son atelier et franchit le seuil de son jardin d'hiver. Plusieurs jours d'intenses chaleurs l'ont chargé d'une atmosphère moite, un peu étouffante. Il se met complètement nu et marche entre les plantations, une main tendue au-dessus de la végétation. Il longe les jardinières en caressant les fleurs du bout des doigts – bleuets, coquelicots, mauves, pâquerettes… Arrivé à hauteur des cosmos, il s'arrête et fait glisser la pulpe d'un doigt sur un pétale blanc. Il reste ainsi de longues minutes à observer la corolle immaculée et à en ressentir amoureusement le velouté. Bientôt, de petites gouttes frappent le toit de verre et des traits liquides mouchettent les grandes baies vitrées.

Alors, avec une parfaite synchronisation, la solution arrive en même temps que la pluie.

Chapitre 24

À une centaine de kilomètres de là, la pluie épargne encore Toulouse. Allongé dans son lit, il ferme les yeux et commence à réfléchir. Tout à l'heure, il a lu ce qui était écrit sur le bandeau affiché au bas de l'écran pendant les infos – un type qui se fait passer pour un flic et qui procède à de faux contrôles routiers. Il a aussi entendu parler de cette deuxième fille assassinée. S'ils prennent la peine de diffuser une telle alerte, c'est qu'ils estiment qu'elle est de la plus haute importance, et pas seulement pour éviter à la population le simple désagrément de devoir envoyer un chèque au Trésor public pour une contravention bidon.

Non, il y a autre chose. Il n'est pas bête. Et il a la chance d'avoir une expérience concrète de ce genre de combines.

Il fait donc l'hypothèse que les deux faits sont reliés, et qu'ils le sont probablement aussi au meurtre d'Erika.

À partir de là, il se met dans la tête du tueur.

S'il était ce faux flic et qu'il avait eu l'intention de perpétrer ces meurtres, il aurait pu procéder à ces contrôles afin de récupérer l'adresse de ses victimes, à laquelle il se serait ensuite rendu pour les tuer. Dans ce mode opératoire, il se serait placé à un endroit qui lui donnait un large choix de victimes potentielles dans un minimum de temps, parce que la dernière chose qu'il aurait voulue aurait été de se faire arrêter par une vraie patrouille de police.

Ce type semble s'en prendre à des jeunes étudiantes. Où trouve-t-on les plus grandes concentrations d'étudiantes à Toulouse ? Dans les facs, les écoles supérieures – infirmières, sages-femmes, ingénieurs –, les bars, les boîtes de nuit. Dans le cas d'Erika, c'est la fac de médecine. Il aurait pu la repérer à la sortie des cours.

Oui, c'est probablement ainsi que cela s'est passé.

Mais avec cette hypothèse, il ne voit pas comment procéder, à moins peut-être d'interroger toute sa promo avec l'espoir que l'une de ses camarades ait été également contrôlée par le faux flic.

Il réfléchit encore. Erika fréquentait aussi régulièrement *Le Bandito*, une boîte de nuit branchée où il l'a accompagnée une ou deux fois. Il y a vu beaucoup de jolies filles. Quelques très beaux garçons aussi… Pourquoi pas là ? Il poursuit sa réflexion, visualise l'endroit et ses alentours. La configuration des lieux se prête bien au mode opératoire : une route passe devant la boîte qui, d'un côté, mène à l'extrémité sud-ouest de la ville, de l'autre, part vers le centre et dessert tout le reste de la banlieue. C'est de ce côté-là que se dirigent la plupart des véhicules qui quittent la discothèque. Un peu plus loin du même côté se trouve un rond-point où l'on peut facilement se garer, voir venir les voitures, y compris celles des flics.

Oui, cela pourrait être une option.

Et pour celle-là, il a une petite idée.

La boîte n'ouvrant ses portes qu'à minuit, il a passé sa soirée devant deux films, s'est endormi devant le second. Il est une heure quinze lorsqu'il gare sa voiture sur le parking de la discothèque. Il y a encore beaucoup de places libres – la grande majorité des étudiants est raisonnable et attend le jeudi soir pour s'imbiber d'alcool et se déchaîner sur les pistes de danse. La clientèle est tout de même nombreuse et il doit patienter plusieurs minutes avant d'atteindre le bar derrière lequel officie un hipster sexy qui prend sa commande avec un grand sourire. Pendant que le beau brun lui prépare son cocktail, il se tourne vers la salle et observe les lieux. Il y a beaucoup de filles, dont plusieurs feraient sensation dans un casting de cinéma. Certaines sont accompagnées, mais beaucoup sont seules. Dans cette dernière catégorie, tout un groupe de demoiselles qui doivent dépasser de peu l'âge légal pour mettre les pieds ici. Quelques-unes parmi elles ne sont certainement pas majeures et il doute que les verres qu'elles tiennent entre leurs mains soient remplis de limonade.

Sur la piste de danse, le volume est à fond. Les enceintes éjectent les basses sur un rythme métronomique tandis que Billie Eilish se vante d'être un *bad guy*. Il regarde les corps qui s'animent avec souplesse. Les filles se trémoussent avec prudence, les garçons, dans leur éternel rôle du mâle dominant, rivalisent de contorsions pour impressionner leur belle – version moderne de la parade nuptiale sur fond de musique électro. L'une des danseuses a de longs cheveux blonds, est habillée d'un jean court qui dévoile deux chevilles délicates, exactement le genre qu'Erika avait l'habitude de porter. Elle arbore un sourire ingénu, insouciant. Sa gorge se noue brusquement et les larmes lui montent aux yeux. Il serre les dents, détourne son regard pour le poser sur un jeune homme qui danse les yeux fermés. Ses bras s'enroulent et se déroulent avec lascivité au-dessus de la piste et ses mains sont grandes ouvertes comme s'il cherchait à faire affluer la musique au travers de ses doigts. Il ponctue chaque note de basse d'un petit mouvement de tête et effectue des petits pas de danse en parfaite synchronisation avec la mélodie de la chanson. Le rythme de la musique change brutalement et le corps du jeune homme se fige, puis s'affaisse, se redresse, s'affaisse de nouveau, et se cale ainsi, dans ce mouvement sensuel, à la nouvelle cadence.

Les ondulations du danseur l'hypnotisent et bientôt, il sent la pression augmenter à l'intérieur de son crâne, et une tension prendre subitement naissance au niveau de son bas-ventre. Le niveau des basses semble avoir monté d'un cran, elles explosent comme des bombes thermonucléaires dans ses oreilles.

Et sur la piste, le jeune homme prolonge sa chorégraphie érotique.

Le sang bat violemment à ses tempes, mais même le choc de son pouls contre ses tympans ne parvient pas à couvrir la voix qui est en train de s'élever dans sa tête.

Il fait volte-face et s'isole à l'abri de ses paupières closes.

Tais-toi, tais-toi, tais-toi.

Il rouvre les yeux et voit le visage inquiet du barman qui vient de déposer son cocktail sur le comptoir.

— Tout va bien ?

Il ouvre la bouche, cherche une réponse, et réalise aussitôt l'opportunité qui se présente à lui.

— Pas vraiment. C'est la première fois que je reviens ici sans ma meilleure amie. Elle est morte récemment.

— Oh… Je suis désolé.

— Elle venait régulièrement ici, elle me disait que c'était sa boîte préférée à Toulouse.

— Bon sang, je la connais peut-être. Comment s'appelait-elle ?

— Erika. Erika Decker.

— Erika ? Sans blague…

Le jeune homme encaisse la nouvelle avec une affliction sincère. Il en déduit qu'il n'était pas au courant et que les flics ne sont pas passés le voir.

— Tu la connaissais ?

— Oui. On discutait toujours un peu quand elle était ici. Une fille vraiment sympa.

— Adorable, oui…

Le garçon relève la tête, se mord la lèvre.

— Tu… Tu sais comment…

— Elle a été assassinée.

Le visage du barman se décompose encore un peu plus.

— Merde, c'est pas vrai…

— Si je tenais celui qui lui a fait ça…

— Ils l'ont pas retrouvé ?

— Non.

— Merde, répète l'autre. Elle avait l'air d'une fille géniale.

— Elle l'était, confirme-t-il en s'efforçant de contenir son émotion. Tu l'as vue la semaine dernière ?

— Oui, elle est venue… il se gratte le front du bout des doigts… mardi ou mercredi dernier, je ne sais plus trop.

— Elle était seule ?

— Elle est venue avec des amies, avec lesquelles elle est repartie.

— Il n'y avait pas d'homme avec elle ?

Il secoue la tête.

— Non. Attends… Je te dis une connerie. Elle n'est pas repartie avec ses amies, mais avec une autre fille.

— Une fille ?

— Oui. Mais ce n'est pas ce que tu crois, ajoute-t-il en lisant la surprise sur le visage de son interlocuteur. Erika a sympathisé avec cette fille, mais au moment de repartir, la fille était complètement bourrée. Alors Erika lui a proposé de la ramener. Je crois qu'elle a bien fait. Des clients m'ont dit qu'il y avait les flics au rond-point.

Il se redresse.

— À la sortie, là ?

— Non, pas celui-là, un autre, un peu plus loin. Habituellement, oui, c'est là qu'ils se calent parce qu'ils peuvent y choper presque tout le monde. Je ne sais pas pourquoi ils étaient plus loin la semaine dernière. Mais ils ne sont pas restés longtemps.

Le scénario se précise : Erika quitte la discothèque et le faux flic l'attend au rond-point. Il doit trouver un moyen de confirmer ses suppositions. Une idée lui vient à l'esprit.

— Tu te rappelles comment s'appelait la fille qu'Erika a raccompagnée ?

L'autre penche la tête de côté, se frotte une nouvelle fois le front.

— Ouais, c'était un prénom bizarre… Un truc qui finit par « -ine ». Mandoline ? Ondeline ?…

Son visage s'éclaire subitement. Il brandit deux doigts dans sa direction comme pour le placer sous la menace d'un pistolet factice, puis fait un pas en arrière et plonge ses mains sous le bar. Elles ressurgissent presque aussitôt avec un amas de papiers d'à peu près toutes les tailles sur lesquels sont inscrites des séries de chiffres.

Le barman affiche un large sourire.

— Je sais pas pourquoi je garde tout ça, dit-il en secouant la tête.

Les suites de chiffres commencent pratiquement toutes par 06. Des numéros de téléphone.

— Presque chaque soir, il y en a au moins une qui me file son 06.

Il est sincèrement impressionné. Mais pas forcément surpris : c'est sûr, le barman est beau gosse. Et le fait qu'il ait gardé tous ces numéros veut peut-être dire que…

— Ah ! s'écrie le jeune homme en voyant le prénom inscrit au-dessus du numéro sur le bout de papier qu'il vient de déposer sur le bar. Ombeline, c'est ça ! J'y étais presque !

À son tour, il pose les yeux sur le comptoir et enregistre le numéro.

— Bon, celui-là, il compte pas vraiment, poursuit le barman, elle était déjà blindée quand elle me l'a refilé.

— Toutes ces filles t'ont donné leur numéro de téléphone ? demande-t-il candidement.

— Oui, mais ça, c'est sur plusieurs mois. Je sais pas pourquoi je les laisse traîner là, je vais les virer.

— Et combien tu en as rappelé ?

Le barman ferme à demi les yeux et lui adresse un petit sourire. Seule une extrémité de sa bouche s'est relevée, ce qui lui donne momentanément un air *flambeur charmeur* passé de mode, mais irrésistible chez lui.

— Aucune. J'ai une copine, et pour l'instant ça se passe très bien entre nous.

Il ravale sa déception, se force à sourire et referme une main autour de son verre pour le porter à ses lèvres.

Il ne s'attarde pas, il n'en apprendra pas plus.

À peine sorti de la boîte de nuit, il se met en quête de son téléphone portable et enregistre les dix chiffres qu'il fait tourner en boucle dans sa tête depuis dix minutes.

Il est deux heures passées, certainement pas le meilleur moment pour un premier contact téléphonique.

Il replace le Smartphone dans la poche de sa veste et se dirige vers sa voiture.

Chapitre 25

Gabrielle est en train d'étudier le rapport d'autopsie de Romane Ballanger quand la tête de Zach fait son apparition dans l'encadrement de la porte.

— Gabrielle, Marc, je crois que vous devriez venir.

Marc, qui s'échine à mettre de l'ordre dans l'organisation informatique des dossiers de l'enquête depuis une bonne demi-heure, lève la tête et remercie intérieurement Zach de le libérer pour un temps de ses obligations administratives.

— Ne me dis pas que c'est une nouvelle carte, s'inquiète Gabrielle qui s'est déjà levée.

— Non, et j'espère bien qu'il n'y en aura pas d'autres. Venez.

Les deux enquêteurs suivent Zach dans le couloir.

— Une fille s'est présentée à l'accueil après avoir vu le message d'alerte. Elle pense avoir été contrôlée par notre faux policier. On a vérifié avec ses premières déclarations : si elle ne s'est pas plantée sur l'endroit et l'heure, ce n'était pas une PR.

— C'était où ?

— Du côté de la fac de pharma.

— Qu'est-ce qu'on a comme vidéosurveillance dans le coin ?

— Thibault est sur le coup, on le saura vite.

La jeune femme est assise sur l'une des chaises inconfortables du bureau de Zach et occupée à scroller sur l'écran de son téléphone portable. Lorsqu'ils font leur apparition, elle relève la tête et la secoue légèrement pour rejeter de côté ses cheveux qui masquaient jusque-là complètement son visage. C'est une jolie brune à l'allure décontractée qui ne manifeste aucun des signes de nervosité habituellement extériorisés par les personnes qui se présentent à la gendarmerie pour être auditionnées : regard inquiet, mouvements fébriles des mains, mordillement anxieux d'une lèvre… Celle-ci les regarde avec intensité, presque arrogance, comme si elle leur faisait l'honneur d'être là. Elle a de très belles jambes largement mises à nu par une minijupe en jean, et qu'elle garde farouchement croisées avec l'intention manifeste de mettre encore un peu plus de distance entre elle et ses interlocuteurs. Elle a du charme, elle le sait, et cela lui donne une assurance qui lui permet de faire face à toutes les situations. Zach fait les présentations, puis Gabrielle prend la parole.

— Bonjour, mademoiselle.

— Bonjour.

— Pourriez-vous me donner votre nom, s'il vous plaît ?

— Genesio. Louise Genesio.

— Notre collègue nous a dit que vous pensez avoir été arrêtée par le faux policier dont on parle dans les médias.

— Oui, je pense.

— Qu'est-ce qui vous faire croire cela ?

Louise Genesio se rembrunit un peu, comme si le gendarme était en train d'insinuer qu'elle racontait des bobards.

— Il avait pas une tête de flic, rétorque-t-elle sans se démonter.

La riposte fait naître un sourire sur le visage de Gabrielle qui a bien saisi la méfiance de Louise. Elle tire une chaise à elle et s'assied face à la jeune femme.

— Rassurez-vous, mademoiselle, je ne suis pas là pour mettre en doute vos déclarations. Si je vous pose la question, c'est que votre réponse peut nous aider à identifier l'individu.

Louise se détend un peu.

— Oui, je comprends, mais c'est exactement ça : ce type ne faisait pas policier.

— C'est-à-dire ?

— Il avait la tête de ces flics comme on voyait dans les films des années 1970, vous voyez ? Personne n'a ce genre de look aujourd'hui – le style un peu beauf, lunettes de soleil, moustache fournie et très droite.

— Comme une fausse moustache ?

— Oui, peut-être. Surtout qu'à part cette moustache, il avait le visage très lisse, imberbe. Je sais pas, mais… Quand c'est comme ça, j'ai l'impression qu'il y a toujours – elle porte une main à sa joue, cherche un instant ses mots – quelques poils, même coupés très court, genre barbe mal rasée. Mais là, rien. Ou alors, il a un rasoir vachement bien affûté.

— Et ces lunettes de soleil, elles étaient comment ?

— Un peu rondes, et noires. Plutôt grosses pour son visage, qu'il avait plutôt fin.

— Ses cheveux ?

— Il portait une casquette.

— Il était en uniforme ?

— Oui.

— C'était un policier, pas un gendarme ?

Louise prend un air blasé.

— C'était marqué *police* en gros sur sa poitrine. Et sur sa casquette, aussi.

— *Police* ou *police municipale* ?

La jeune femme lève un sourcil, mais ne pose pas de questions.

— *Police* tout court, il me semble.

Gabrielle se tourne brièvement vers Marc, qui suit attentivement la discussion debout près de la porte. Zach s'est installé à son bureau et pianote sur le clavier de son ordinateur. Gabrielle reprend le fil de ses questions.

— Et cet uniforme, il était comment ?

— Pantalon bleu marine, chemise à manches courtes avec un gilet pare-balles par-dessus.

— Un gilet pare-balles ?

Louise confirme de la tête.

— Avec *police* marqué dessus, précise-t-elle.

— Quelle taille faisait cet homme, d'après vous ?

— Je sais pas. Il est resté debout à peu près tout le temps qu'on s'est parlé, mais moi j'étais assise dans la voiture. C'est difficile à dire.

— Grand ? Petit ? persévère Gabrielle.

La jeune fille soupire.

— Pas petit, non. Mais pas si grand que ça. J'en sais rien, répète-elle.

— Auriez-vous noté des signes distinctifs ? Des tatouages, peut-être ? Des marques sur la peau ? Un tic quelconque ?

— J'ai rarement vu des flics avec des tatouages sur la peau.

— Je vous rappelle que ce n'en était vraisemblablement pas un.

— Si vous vouliez vous faire passer pour un flic, vous vous tatoueriez une tête de mort en travers du bras, vous ?

Gabrielle encaisse moyennement la pique. Cette fille sûre d'elle et un peu revêche lui plaisait bien jusqu'à ce qu'elle entreprenne de lui apprendre son métier.

— Un « oui » ou un « non » suffira. Je me passerai de ce genre de réflexions que vous réserverez à vos copines, on est d'accord ?

Louise perd un peu de son assurance. Juste un peu.

— Non, pas de signes distinctifs, lâche-t-elle en dardant un regard hostile sur le gendarme.

Le téléphone sonne sur le bureau de Zach. Il décroche et adresse une série de brèves réponses à son interlocuteur. Gabrielle comprend rapidement qu'il s'agit de Thibault et que la réponse à la question de la présence de caméras de vidéosurveillance est positive. Tandis que Zach précise le lieu et l'heure du faux contrôle à son interlocuteur, Gabrielle reporte son attention sur son témoin.

— Sauriez-vous décrire son véhicule ?

Louise ébauche un sourire.

— Alors là, je suis nulle à ça. J'y connais que dalle en bagnole.

— C'était bien une voiture ?

Le sourire de Louise s'agrandit.

— Ben c'était pas un tank.

Gabrielle ferme brièvement les yeux. Cette jeune femme a un sacré culot et cette impertinence lui en rappelle une autre : la sienne. Elle est tentée de sourire à son tour, mais juge plus raisonnable de remettre l'effrontée à sa place.

— Mademoiselle, moins vous ferez de commentaires de ce type, plus vite vous serez sortie d'ici. Je fais mon boulot, et j'ai toute la journée pour le faire. Vous avez toute la journée pour répondre à mes questions, vous ?

— Non.

— Alors juste un oui ou un non, OK ? Ça aurait très bien pu être une moto, un fourgon…

— C'était bien une voiture.

— De quelle couleur ?

— Blanche.

— Un modèle ? une marque ?

Elle secoue la tête.

— J'y connais rien.

— Y avait-il l'inscription *police* sur le véhicule ? enchaîne Gabrielle, un gyrophare ?

— Non, rien de tout ça.

— Y avait-il quelqu'un d'autre dans ce véhicule ?

— Non.

— Vous confirmez qu'il n'y avait qu'un seul policier, alors.

— Oui.

Gabrielle suspend son interrogatoire et se tourne vers Zach qui est en train de fournir un bref descriptif de l'homme recherché à Thibault.

— Véhicule blanc banalisé, dit-elle à son attention. On a une caméra sur place ?

— Pas sur les lieux mêmes, non, mais on en a une demi-douzaine autour de la fac. Ça va prendre un peu de temps.

— Il faut mettre d'autres gars dessus. Dis à Thibault que je passe le voir d'ici dix minutes.

— OK.

Puis, se tournant de nouveau vers Louise qui semble s'impatienter et a récupéré son téléphone portable dans son sac :

— Que vous a-t-il dit exactement ?

— Il a voulu voir mes papiers, m'a demandé si c'était bien mon adresse. Je lui ai dit que oui. Puis il m'a posé tout un tas de questions : d'où je venais, où j'allais, si j'avais bu, si j'avais pris des trucs – comme si j'allais lui dire que j'avais fumé de la beuh avant de prendre le volant.

— Vous vous souvenez d'une question en particulier ? Quelque chose qui sortirait de l'ordinaire ?

— Pas vraiment, non. Ça a duré moins de cinq minutes.

— Il ne vous a posé aucune question d'ordre personnel ? A-t-il essayé de… vous faire du charme ?

Nouveau sourire de Louise, aucune provocation dans celui-ci, juste de l'amusement.

— Non, mais c'est vrai qu'il était très souriant.

— Pas de gestes… singuliers ? Il vous semblait inquiet ? Nerveux ? Rien de notable dans sa façon de se comporter ? De vous regarder ? De regarder autour de lui ?

— Comme je vous l'ai dit, il était souriant, calme, détendu. Et professionnel. Rien de notable, non.

Gabrielle se redresse sur sa chaise pour réfléchir. Le type était déguisé, c'est une certitude, mais à part ça, Louise ne lui a donné aucune information déterminante. Reste à espérer que les images de la vidéosurveillance seront plus bavardes.

— C'est votre couleur de cheveux naturelle ?

Les deux femmes se tournent vers Marc qui est sorti de son silence pour poser cette question.

— Plus ou moins, répond Louise.

Le regard de Gabrielle se pose sur les cheveux de la jeune femme. Ils sont soyeux et impeccablement lissés, comme si elle sortait tout juste d'un salon de coiffure.

— Plus ou moins ? relève Marc.

— Si cela vous intéresse tant que ça, je sors du coiffeur. J'ai fait une décoloration il y a quelque temps, mais j'en ai eu marre. Je lui ai demandé de me refaire ma couleur naturelle.

— Donc vous n'aviez pas cette couleur de cheveux la semaine dernière ?

— Non.

— Ils étaient de quelle couleur ?

— Blonds.

Elle soulève une mèche de cheveux entre deux doigts.

— Ça vous plaît ? minaude-t-elle.

Marc, qui peine à réprimer un sourire, donne le change avec une nouvelle question.

— Une dernière chose, mademoiselle : vous vivez seule ?

— Non, je vis avec mon petit ami.

Il enregistre l'information avec un hochement de tête puis retombe dans le silence.

— Merci, mademoiselle Genesio, intervient Gabrielle. Mon collègue va finir de prendre votre déposition et vous pourrez retourner à vos occupations.

Chapitre 26

Il monte dans le bus, prend quelques secondes pour examiner ses passagers – ses passagères plus exactement –, et s'il n'en voit pas une qui puisse convenir, il fait comme si de rien n'était et descend à l'arrêt suivant. Lorsqu'il repère un profil intéressant, il doit contrôler tout le bus. Pour cette raison, il prend le soin de ne jamais monter lorsqu'il y a trop de monde.

Lorsqu'il attend sur le trottoir, son champ de vision lui permet de voir approcher d'autres contrôleurs et, le temps que le bus s'immobilise devant lui, il dispose de quelques secondes pour en observer l'intérieur. Malgré ça, il n'est jamais sûr de ne pas croiser des « collègues » une fois qu'il sera monté.

Mais surtout, lorsqu'il contrôle les tickets, il a l'impression qu'ils le regardent tous. Il se sent exposé, épié, et il n'aime pas ça.

Finalement, il n'est pas sûr que ce soit une si bonne idée. Il hésite à prolonger l'expérience. Mais alors il devra trouver encore autre chose, car son stratagème du policier est éventé.

La veille, il a récupéré deux noms. Lorsqu'il s'est rendu à la première adresse, il ne lui a pas fallu beaucoup de temps pour s'apercevoir que la fille ne vivait pas seule. La seconde habitait à deux pas d'une caméra de vidéosurveillance braquée sur la rue. Impossible d'y échapper.

Les portes s'ouvrent en sifflant juste devant lui. Il monte sur la plate-forme, agrippe une barre et inspecte les lieux. Il y a une vingtaine de passagers, beaucoup d'ados, quelques personnes âgées. Il y a une femme entre deux âges vers l'avant, mais elle ne fait pas l'affaire. Rien encore pour cette fois. Le bus redémarre. Il se tourne vers la porte et regarde les bâtiments défiler à l'extérieur. Il réalise que son cœur bat fort, trop fort. Ça ne va pas. Ça ne marchera pas. Cela lui prend plus de temps, c'est peu productif et il se sent dans la peau d'une petite souris à découvert au beau milieu d'une étendue d'herbe rase scrutée par une nuée de rapaces. Il ne peut pas continuer ainsi.

Le bus ralentit pour faire halte à l'arrêt suivant. Les portes s'ouvrent. Il est sur le point de descendre quand une jeune femme monte à l'avant du bus. Son pouls s'accélère subitement.

Il a l'impression de la revoir. C'est elle – ce serait elle, se corrige-t-il aussitôt, si on lui avait laissé la possibilité de grandir… Elle porte un pantalon blanc et un chemisier moutarde qui laisse deviner des seins menus, mais délicieusement remontés. Elle est peut-être un peu trop grande, mais son visage… C'est le même, avec quelques années en plus…

Il hésite. Les portes se referment. La fille s'assied à quelques mètres de lui sans lui avoir adressé un seul regard. Il déglutit avec peine, réfléchit encore un peu. Tant pis, les passagers trouveront bizarre qu'il n'ait pas commencé les contrôles à la station précédente, mais il ne peut pas, il ne veut pas laisser passer sa chance.

Il se dirige vers le fond du bus.

— Contrôle des titres de transport, s'il vous plaît.

Sur les cinq premiers passagers qu'il contrôle, un seul a une carte. Son identité ne l'intéresse pas, mais à lui aussi, il doit demander un justificatif. Si la fille se rend compte qu'elle est la seule à qui il le demande, elle va trouver ça louche, voire s'insurger.

Encore faut-il qu'il ait l'occasion de le lui demander… Si elle n'a qu'un simple titre de transport et pas une carte, c'est fichu.

Elle aura une carte.

Il rend sa pièce d'identité à l'ado qui lui a présenté son abonnement et se dirige vers la jeune femme. Le sang lui bat les tempes. Ses mains sont moites. Il prend une discrète et profonde inspiration.

— Titre de transport, s'il vous plaît ?

Elle lui tend une carte d'abonnée. Avec le sourire.

Son cœur fait un bond dans sa poitrine. Le sourire qu'il lui adresse pour répondre au sien est l'expression d'une immense félicité, mais ça, elle ne peut pas le savoir.

— Auriez-vous un justificatif d'identité, s'il vous plaît ?

Elle fouille un moment dans son sac, sort un portefeuille duquel elle extirpe une carte d'identité. Il note mentalement le nom et l'adresse.

— Merci, mademoiselle.

— Merci, répond-elle en reprenant sa carte.

— Bonne fin de journée.

Il descend à l'arrêt suivant. Son pouls bat la chamade. Il passe une main sur son front et recueille un peu d'humidité au bout de ses doigts. Il fait chaud et il porte cette saleté d'uniforme depuis des heures, mais il soupçonne que ce n'est pas seulement ça.

Il décide que c'est fini pour aujourd'hui. Et pour les jours d'après également. Il opère avec la peur au ventre, ce n'est pas bon. Demain, il trouvera autre chose.

En attendant, il a un nom et une adresse.

Elle s'appelle Mélissa et elle a l'air d'une déesse.

Il ferme les yeux et prie avec force que, cette fois, toutes les conditions soient réunies.

Chapitre 27

Après sa petite visite au barman sexy du *Bandito*, il n'a dormi que quelques heures. Le soleil à peine levé, il a appelé Ombeline. Il pensait dans un premier temps lui envoyer un SMS, puis il s'est dit qu'elle se méfierait. Il a répété son discours plusieurs fois avant d'appeler, travaillé sa voix, sa respiration, ses émotions. Il devait être sûr de lui et convaincant.

Mais elle n'a pas répondu. Il s'y était préparé bien entendu, et il a laissé un message. Il l'a réécouté, l'a effacé et en a enregistré un autre dont il s'est estimé plus satisfait. Puis il a raccroché.

Dans le message, il prétend être enquêteur à la brigade criminelle et avoir des questions à lui poser sur Erika Steinberg. Il lui laisse son nom, Serge Lopez, un patronyme passe-partout, et un numéro de téléphone.

Il a enregistré celui d'Ombeline de façon à l'identifier immédiatement quand elle le rappellera.

Si elle le rappelle.

En attendant, il doit partir travailler. Il ne sait pas comment il y arrivera, avec dans la tête l'idée que cette fille est l'une des dernières personnes à avoir vu Erika vivante. À avoir vu son meurtrier, aussi. Les flics n'ont pas interrogé le barman, probablement pas Ombeline non plus. Il a une longueur d'avance sur eux. Il sera peut-être le premier à savoir à quoi ce faux flic ressemble. Alors il fera tout pour le retrouver et le punir pour ce qu'il a fait.

En attendant, il doit partir travailler.

Le restaurant est situé en plein cœur de Toulouse. L'emplacement est idéal, avec un petit parc ombragé doté d'une aire de jeux juste devant, et une vaste sélection de commerces branchés dans les rues qui rejoignent la place. Un lieu de passage pour les petits comme pour les grands, pour les étudiants comme pour les familles. Il y a toujours un peu de monde en plein milieu de l'après-midi, y compris en semaine ; avec l'approche des vacances et le beau temps qui se maintient, il n'y a plus beaucoup de places libres. Les étudiants, qui prennent un verre entre deux révisions, sont les plus nombreux. Dès la fin d'après-midi, la terrasse sera prise d'assaut et il ne verra pas le jour. Il espère qu'Ombeline le rappellera avant le coup de feu.

En attendant, il va d'une table à l'autre sans discontinuer et prend les commandes avec sourire et application. Il a le corps et l'esprit occupés, mais pas encore suffisamment. Son téléphone est en mode vibreur dans sa poche, mais il le consulte régulièrement dans la crainte qu'un texto ou même un appel ne lui ait échappé.

À dix-huit heures, Ombeline ne s'est toujours pas manifestée. Comme il l'a prédit, il n'y a plus un seul siège vide en terrasse et l'intérieur du restaurant est lui aussi bien rempli. Des gens commencent à s'installer pour dîner. Les serveurs dont il fait partie n'ont pratiquement pas une seconde à eux. Le stress monte inexplicablement. Il pense à Ombeline. Il pense à Erika, à leurs discussions tardives autour d'un verre de vin ou de rhum, à leurs promenades le long du canal.

Il pense au salaud qui lui a ôté la vie.

Et à ce qu'il lui fera quand il l'aura retrouvé.

Alors il pense à Tom Estebes et la voix de Caïn s'élève dans sa tête. Son cœur s'emballe, sa respiration s'accélère.

Non, pas ici, pas maintenant ! Sors de ma tête !

Son téléphone vibre contre sa fesse. Il plonge une main dans sa poche. C'est Ombeline. Un type à une table regarde dans sa direction et lève le bras. Il y a du bruit tout autour, un flot ininterrompu et cacophonique de paroles, des cris d'enfants. Il y a du bruit dans sa tête, aussi… Il sent la panique monter.

C'est le pire moment pour répondre.

Mais il doit prendre cet appel.

Il fait signe au client de patienter et s'engouffre dans le restaurant. Sans un regard pour ses collègues qui sont trop affairés pour s'inquiéter de sa subite désertion, il se dirige, portable en main, vers le fond de la salle où se trouvent les toilettes et un vestibule où il aura un semblant d'intimité. Il décroche, mais attend d'être à l'abri des regards et au calme pour porter le téléphone à son oreille. Au creux de sa main, la fille essaie désespérément d'établir le contact.

— Oui ! Excusez-moi, un collègue était en train de me parler.

— Pas de problème. Vous m'avez laissé un message…

La sueur perle sur son front. Il ferme les yeux, aspire une grande bouffée d'air avant de reprendre la parole.

— Oui, je suis Serge Lopez, je travaille à la brigade criminelle et j'enquête sur le – le mot reste un instant coincé dans sa gorge – meurtre d'Erika Steinberg.

— En fait, je ne connais personne de ce nom-là, dit Ombeline.

— Si, lui confirme-t-il avec amabilité, vous l'avez rencontrée la semaine dernière à la boîte de nuit *Le Bandito* et elle vous a ramenée chez vous.

La fille réfléchit un moment.

— Oui, Erika ! Mon Dieu, c'est horrible…

Une femme sort des toilettes et lance un regard dans sa direction. Il patiente quelques secondes jusqu'à ce qu'elle ne soit plus à portée de voix.

— Allô ?

— Oui, désolé, je suis là. En sortant du *Bandito*…

— Mais comment avez-vous eu mon numéro de téléphone ? le coupe soudain Ombeline.

Merde. Il a pensé à tout sauf à cette question pourtant évidente. Il ne veut pas parler du barman, lui seul connaît pour l'instant son lien avec Erika et si jamais les flics arrivent d'une façon ou d'une autre jusqu'à Ombeline, ils pourraient de fil en aiguille remonter jusqu'à lui.

— Vous l'avez donné à Erika, improvise-t-il, il figurait dans son téléphone portable.

— Ah bon ?

Tu ne t'en souviens pas. Rappelle-toi dans quel état tu étais. Tu ne t'en souviens pas…

— Je ne m'en souviens pas. Mais… je n'avais plus toute ma tête.

Exactement.

— En sortant du *Bandito*, reprend-il, vous avez été arrêtées par un policier.

— Oui, peut-être, c'est un peu vague. En fait… j'avais pas mal bu, confesse Ombeline avec un mélange d'hésitation et de contrition, comme si cet enquêteur de police était sur le point de la faire souffler dans le ballon.

— Mais vous souvenez-vous de ce policier ?

— J'ai entendu cette histoire de faux policier aux infos, vous pensez que ce pourrait être lui ?

— C'est possible, oui.

— Merde alors…

— Vous souvenez-vous de lui ?

La jeune femme souffle dans le téléphone.

— Je suis désolée, il faisait noir et je dormais à moitié. Je n'ai vraiment pas fait gaffe.

Il ferme les yeux. Ses épaules s'affaissent sous le poids de la déception. Un type passe devant lui et lui adresse un vague sourire. Il lui rend son sourire et attend qu'il ait disparu dans les toilettes des hommes.

— Vous n'avez pas vu son visage ?

— Non, désolée.

— Mais vous l'avez entendu ?

— Oui, mais franchement, je ne me souviens plus de ce qu'il a dit à Erika. Il lui a demandé ses papiers, j'imagine, lui a demandé aussi si elle avait bu. Je ne crois pas qu'il l'ait fait souffler dans le ballon.

— Il n'y a rien qui vous revient ?

Elle cherche un moment, mais il a l'impression que c'est plus pour lui faire plaisir que pour faire remonter un quelconque souvenir à la surface.

— Navrée, je ne me souviens de rien.

Une vague de désespoir le submerge. Il croyait vraiment qu'il tenait quelque chose, qu'il avait entre ses doigts l'extrémité d'un fil qui allait le conduire quelque part, peut-être pas vers celui qu'il cherche, mais au moins sur une piste qui aurait pu l'amener jusqu'à lui. Sa tête s'affaisse et le téléphone se perd dans ses cheveux. Lorsque la voix d'Ombeline s'élève dans le haut-parleur, c'est à peine s'il l'entend.

— Attendez… Si, il y a un truc qui me revient.

Il se redresse et colle le téléphone à son oreille.

— Oui ?

— Il parlait bizarrement. Enfin, c'était pas ce qu'il disait, mais plutôt une espèce de tic. Il faisait un bruit bizarre avec sa gorge à chaque fois qu'il finissait une phrase, un « hum » sonore, mais fort, vous voyez ? Un son qui venait de la gorge, très court, et qui ponctuait systématiquement chaque phrase qu'il prononçait.

— Vous pourriez me l'imiter, ce son ?

— Ben ça faisait un peu comme ça…

Elle émet un son bref et puissant dans le téléphone.

— Ce n'est pas le genre de son qu'on a l'habitude d'entendre dans une conversation, c'est pour ça que ça m'a marqué.

— Oui, c'est sûr.

— À part ça…

Le type de tout à l'heure sort des toilettes et s'éloigne en direction de la sortie. Au même moment, un de ses collègues qui revient de la terrasse le voit, élève ses deux mains en l'air et lui lance une interrogation muette, mais explicite. Il hoche vigoureusement la tête pour calmer le serveur furieux avant de s'adresser de nouveau à Ombeline.

— Merci, mademoiselle, je ne vous dérangerai pas plus longtemps.

— Encore une fois, désolée, je ne vous ai pas été d'une très grande utilité.

— Ne vous inquiétez pas, c'est toujours mieux que rien. Bonne fin de journée.

Il met fin à l'appel et se demande ce qu'il va bien pouvoir faire de cette maigre information.

Chapitre 28

— Qu'est-ce que tu en penses ? demande Gabrielle.

— Très mignonne, répond Marc.

Les épaules de Gabrielle s'affaissent sous le poids de la consternation.

— Oui, évidemment, j'imagine que Zach et toi, vous n'en avez pas perdu une miette. Un peu plus et tu l'invitais à dîner.

— Qu'est-ce que tu racontes ?

— « C'est votre couleur de cheveux naturelle ? », « Vous vivez seule ? ». Tu lui demandais quoi après ? Son numéro de téléphone ?

— Bien sûr que non. J'ai posé ces questions pour comprendre pourquoi elle était passée au travers des mailles du filet. Elle est tout à fait le genre de notre bonhomme, sauf qu'il ne l'a pas… retenue. Soit il a été trompé par sa couleur de cheveux, mais s'en est aperçu d'une façon ou d'une autre, soit quelque chose chez elle lui a déplu.

— Son impertinence ? plaisante Gabrielle. D'autres que moi lui auraient collé une baffe.

— Oui, son impertinence, pourquoi pas ? Mais je pense surtout à son petit ami. Débarquer chez sa future victime et se retrouver face à face avec son copain, je pense que c'est le genre de choses qu'il veut à tout prix éviter, surtout si le copain est un gros balèze.

— Comment aurait-il pu savoir qu'elle en avait un ? Elle nous l'a dit : il ne l'a pas draguée.

— Il lui a peut-être posé la question, mais elle ne s'en est pas souvenue.

— Non, je n'y crois pas.

Marc se mure dans le silence. Gabrielle, qui était assise sur le bord de son bureau, se lève et commence à faire les cent pas. Il est près de treize heures, Zach et Thibault sont passés il y a une dizaine de minutes pour leur proposer de les accompagner pour déjeuner, mais depuis ce matin Gabrielle a une grosse boule à l'estomac qui étouffe toute sensation de faim. Marc, qui n'a pas voulu partir sans elle, attend le bon moment pour lui rappeler que l'esprit exige un peu de carburant pour fonctionner correctement.

— J'ai demandé que deux hommes surveillent de près sa résidence, lui apprend Gabrielle. Elle n'est pas forcément passée au travers des mailles du filet, même si elle n'est pas toute seule dans son appartement. Ce ne pourrait être qu'un sursis.

— Je ne crois pas qu'il s'en prendra à elle.

— Je ne veux prendre aucun risque.

Gabrielle passe une main dans ses cheveux. Un instant, Marc pense que cette main ne parviendra pas à ressortir de l'inextricable fouillis. Il observe la crinière de sa partenaire et se dit une nouvelle fois qu'elle aurait tout à gagner à passer un peu plus de temps devant un miroir avant de débarquer au boulot. Il baisse la tête avant qu'elle ne surprenne son regard et se passe les mains sur le visage. La fatigue le rattrape. Dorian s'est réveillé plusieurs fois dans la nuit, la dernière peu de temps avant que le réveil ne sonne, lui laissant juste le temps de se rendormir.

— Où est-ce qu'on peut se procurer un déguisement de policier ? demande-t-il au bout d'un moment.

Gabrielle laisse échapper un petit rire.

— Où ? Rien de bien compliqué : Internet, magasin de farces et attrapes, certains magasins de jouets… Ne te fais pas d'illusions, on ne remontera pas jusqu'à lui par ce biais-là.

— C'est peut-être un flic. Je veux dire… un vrai.

Elle secoue la tête.

— Je ne pense pas. Ce que nous a dit Louise de ses vêtements : la casquette, le gilet pare-balles, ne correspond pas à une tenue réglementaire. Ça ressemble bien à un déguisement.

— Qu'est-ce que c'est que ce bordel ?

Gabrielle lève la tête. Marc est en train d'examiner l'écran de son téléphone portable ; elle lit la colère dans son regard et voit ses mâchoires rouler sous la peau. Alors qu'elle s'approche pour mieux observer, il dirige l'écran dans sa direction.

C'est une photo le montrant à la terrasse d'un restaurant en sa compagnie. Le soir où ils ont pris un verre ensemble après le Systema. Elle le dévisage sans comprendre.

— D'où ça vient ?

— C'est un mail. Une adresse que je ne connais pas.

— Merde alors.

Un silence suit, que le téléphone de Gabrielle brise net. Le petit écran de l'embase affiche le prénom de Zach.

— Oui, Zach ?

— On a une image. Je suis chez Thibault.

Quand ils débarquent dans le bureau de Thibault, la première chose que voit Gabrielle est le grossissement d'une image de caméra de vidéosurveillance sur l'écran de son ordinateur. Elle montre un homme au volant d'une voiture, moustache et lunettes de soleil. Il n'a pas de casquette sur la tête, ce qui permet de distinguer des cheveux clairs coupés très court. La résolution laisse à désirer, mais ils ont à présent une première idée du visage de leur suspect.

— Cela correspond à la description de la fille, explique Thibault qui a du mal à contenir son excitation, la voiture est un Scénic blanc, on est dans le bon créneau horaire et c'est à cinq cents mètres de là où elle dit avoir été contrôlée.

— L'immatriculation ?

Thibault pose un doigt sur la roulette de la souris et agrandit la photo jusqu'à ce que la plaque apparaisse avec suffisamment de netteté pour qu'ils puissent en déchiffrer l'inscription.

Gabrielle se tourne vers Zach dont le visage s'orne d'un large sourire.

— C'est fait, la devance-t-il. On a un nom et une adresse.

— Elle n'est pas enregistrée au FVV[1] ? demande Gabrielle.

1. Fichier des véhicules volés.

— Non.

— L'adresse, c'est où ?

— Les Trois-Cocus.

— C'est le quartier des Izards, note Gabrielle.

— Oui, confirme Zach. Un HLM.

— Ça peut craindre.

— On s'est rapprochés du commissariat nord et de la mairie pour avoir des infos sur le type. On a déjà interrogé AGRIPPA[1], on n'a rien. On attend les résultats du TAJ.

Gabrielle connaît l'efficacité de Zach, mais elle est toujours aussi impressionnée.

— Ça va prendre combien de temps ?

— On a expliqué la situation, mais il faut quand même compter quelques heures.

Gabrielle consulte l'heure sur son téléphone portable. L'homme peut très bien être en train de déjeuner tranquillement chez lui comme être à l'autre bout de la ville. Il ne se doute bien sûr de rien, mais chaque minute compte. Il a tué par deux fois en l'espace d'une semaine, il est très actif et peut se remettre rapidement en chasse. Elle porte un doigt à ses lèvres et en mord nerveusement le coin de l'ongle. Elle prend quelques secondes supplémentaires pour mûrir sa décision.

— On voit ce que nous sort le TAJ puis on y va.

À quinze heures, le verdict tombe : l'homme n'a pas d'antécédents judiciaires. Son nom n'apparaît donc dans aucun fichier. Gabrielle s'efforce de n'en tirer aucun

1. Application de gestion du répertoire informatisé des propriétaires et possesseurs d'armes.

soulagement : tous les psychopathes ont démarré de zéro…

Dix minutes plus tard, les deux enquêteurs sont en route. Un PSIG les accompagne, six hommes harnachés comme pour partir en guerre et qui savent exactement à qui ils ont potentiellement affaire.

Marc conduit vite, très vite, mais avec une précision redoutable. Il n'a pas sorti le gyrophare et, en l'absence du deux-tons, c'est à coups de klaxon qu'il déjoue les pièges qui lui sont tendus. Il conserve son calme en toutes circonstances ; là où Gabrielle aurait lâché une bordée de jurons – derrière un conducteur scrupuleux qui ne dépasse pas le cinquante, un camion-poubelle en retard sur sa tournée –, Marc ouvre à peine la bouche et c'est la voiture qui hurle aux oreilles des fautifs.

Cette expédition à travers les rues de la ville en rappelle une autre à Gabrielle. C'était alors Axel qui était au volant. Elle ne laisse rien paraître de son angoisse, mais dans sa poitrine son cœur a lui aussi mis le turbo, et sur ses mains sa peau exsude un film moite que le souffle de la ventilation ne parvient pas à assécher.

Le quartier des Trois-Cocus est un mélange de barres, de maisons résidentielles et de petits commerces de proximité. C'est une malencontreuse incompréhension entre soldats napoléoniens et habitants occitans qui est à l'origine de sa dénomination quelque peu irrévérencieuse. L'histoire des Trois-Cocus, c'est son passé maraîcher et la violette de Toulouse, mais aussi Patrice Alègre et Mohammed Merah, sinistres figures originaires du quartier, qui perpétuent encore aujourd'hui cette triste ambivalence.

Valentin Longchamp – le propriétaire du véhicule identifié par le SIV[1] – habite au troisième étage d'un HLM qui a plutôt bien supporté le passage du temps. Le hall est propre, les cages d'escalier préservées de toute dégradation et les portes des appartements font plutôt bonne figure. Deux gendarmes se sont postés au pied de l'immeuble, les autres ouvrent le chemin aux enquêteurs à travers les étages.

Lorsque Gabrielle atteint la porte de l'appartement de Longchamp, le côté gauche de sa poitrine est à deux doigts d'exploser. L'image du visage d'Axel flotte pernicieusement à l'intérieur de son crâne. Elle laisse passer les secondes, intime à son cœur de se calmer, mais rien n'y fait : elle est au bord de la panique et en train de perdre tous ses moyens. En quinze ans de carrière, jamais elle n'a ressenti pareille impuissance. Marc sort son Sig Sauer. Les yeux de Gabrielle se posent sur l'arme et la panique se change en horreur pure. Dans son esprit, l'image de son père rejoint celle d'Axel. Elle ferme les paupières dans l'espoir de chasser les apparitions, mais ses terreurs sont des démons intérieurs qui la suivent partout. Dans le noir, ils prennent même plus de consistance et d'assurance. Dans leurs yeux qui la fixent, elle lit la douleur et le reproche. Elle rouvre les siens pour échapper à leur vindicte. Le visage de Marc se superpose à celui d'Axel. Ils l'observent tous, dans l'attente d'une décision, d'un geste, d'une parole, Marc avec encore plus d'intensité que les autres. Elle hoche la tête pour le rassurer et tend une main pour lui intimer l'ordre de reculer encore un peu. Elle prend

1. Service d'identification des véhicules.

une profonde inspiration avant de donner le signal. Les hommes se tendent, l'atmosphère se fige un bref instant, puis le major à la tête du peloton toque trois coups à la porte.

— Gendarmerie, ouvrez !

Un gros chien se met à aboyer dans un appartement voisin. Gabrielle tend l'oreille, mais avec ce clébard, elle ne peut rien entendre. Le major répète son commandement. Le chien continue d'aboyer furieusement.

Ils n'ont ni bélier ni serrurier sous la main. Ils ne peuvent pas entrer.

Mais pour Gabrielle, il est hors de question de revenir et de revivre cette peur panique.

Elle se décale, prend son élan et balance un grand coup de Rangers dans la porte, puis un second, et un autre encore, sous le regard médusé de Marc. L'acharnement de Gabrielle finit par avoir raison du bois. Les hommes en noir sont les premiers à franchir la porte. Plusieurs voix s'élèvent, dont une, inconnue, qui supplie qu'on ne tire pas. Les hommes se dispersent dans l'appartement, dégageant le champ de vision de Gabrielle qui voit enfin le visage de celui qui se tenait juste derrière la porte au moment de l'assaut.

L'homme a les bras tendus en direction du plafond en un geste éperdu de reddition. Depuis le fauteuil roulant dans lequel il tremble comme une feuille, il adresse un regard terrorisé à la jeune femme.

Ses papiers confirment qu'il s'agit bien de Valentin Longchamp. Il vit seul, ce qu'ont confirmé à Gabrielle les hommes qui ont inspecté les lieux. Grâce aux indications de l'occupant, ils ont aussi trouvé son véhicule stationné dans la rue devant la résidence. C'est une Clio rouge aménagée PMR[1] dont le numéro d'immatriculation est le même que celui de la voiture sur l'enregistrement de vidéosurveillance. La carte d'invalidité présentée par Longchamp et un coup de fil à son médecin traitant mettent un terme aux vérifications. Le jeune homme qui n'a pas trente ans se remet difficilement de sa peur. Les larmes aux yeux, et en dépit de graves difficultés d'élocution, il parle sans discontinuer pour démontrer son innocence, comme s'il redoutait encore de se faire embarquer pour un crime qu'il n'a pas commis. Gabrielle fait de son mieux pour le rassurer, mais elle ne parvient pas à endiguer le flot de paroles. Marc vient à son secours et, à deux, ils réussissent enfin à tranquilliser Longchamp. Alors que la pression retombe, les larmes commencent à couler sur son visage.

Le fiasco est complet.

Lorsque Marc gare la voiture sur le parking de la caserne, Gabrielle n'a toujours pas desserré les lèvres. Le visage fermé, elle regarde fixement un point imaginaire de l'autre côté du pare-brise. Marc ne peut se résoudre à sortir de la voiture sans un mot en abandonnant sa partenaire à sa colère.

— OK, on s'est plantés.

— Je me suis plantée, rectifie aussitôt Gabrielle.

— Peu importe, on a fait ce qui nous a paru le plus logique de faire.

1. Personne à mobilité réduite.

— Je n'avais pas à enfoncer cette porte, il allait nous ouvrir. Il était en fauteuil roulant, putain ! Il était sur le point de nous ouvrir !

— Tu ne pouvais pas savoir.

— Tu veux expliquer ça à Dobey à ma place ?

— Ça va, il ne va pas te sanctionner pour ça, quand même.

— Il aurait bien raison de le faire. Merde !

Gabrielle sort de son immobilité pour balancer un coup de poing dans la portière.

— Eh, du calme, lui enjoint Marc avec un exceptionnel self-control, comme s'il s'était déjà habitué aux coups de sang de sa coéquipière.

Elle contracte les mâchoires, ferme les yeux et émet une longue expiration. Marc se cale contre le dossier de son siège et pose une main sur le volant. Alors que le silence se prolonge, ses doigts commencent à battre la mesure sur le plastique noir.

— Il faut que tu oublies ça et que tu passes à autre chose. On en fait tous, des conneries.

— Tu vas encore me sortir ton histoire d'Eliot Ness et de son Boucher de Seattle ?

— C'était Cleveland.

— Cleveland, oui, on s'en fout.

— Ben, vu ce que tu en as apparemment retenu, je ne suis pas sûr que ça serve à grand-chose de te la répéter.

— Effectivement, lui confirme-t-elle en saisissant la poignée de la portière.

À l'extérieur, la lumière est en train de faiblir. Il n'a pas plu depuis une dizaine de jours, mais les nuées grises qui grossissent à vue d'œil au-dessus des bâtiments de la caserne ne sont pas de bon augure.

Gabrielle lâche une nouvelle expiration et se prend la tête à deux mains.

— Fais chier… Tout va de travers en ce moment.

— N'exagère pas.

Elle laisse échapper un petit souffle de découragement et secoue la tête.

— Ce type qui disparaît et qu'Olivier me renvoie en pleine gueule, mon interprétation complètement bidon de la carte, et aujourd'hui ça… C'est la série noire.

— Si tu t'estimes au creux de la vague, dis-toi que tu ne peux que la remonter.

— Je peux aussi couler à pic.

— Tu es d'humeur pessimiste, il faut que tu te changes les idées. Le dîner de demain soir te fera du bien.

Gabrielle relève la tête.

— Quel repas ?

Il lève un sourcil.

— Tu ne te souviens pas ? Le repas du groupe ? C'est Zach qui a lancé l'idée, il est passé nous voir jeudi dernier, tu lui as dit que c'était OK.

— Oui, oui, ça me revient, confirme Gabrielle qui semble à présent regretter d'avoir accepté l'invitation.

Elle pousse un soupir.

— T'as vraiment envie de faire la fête, toi ?

— Allez, c'est mon dîner de bienvenue.

— Je t'ai déjà souhaité la bienvenue.

— Tu plaisantes, j'espère…

Gabrielle se tourne vers son coéquipier, dont le sourire en dit long sur ce qu'il pense de la façon dont elle l'a accueilli lorsqu'il a passé la porte de son bureau pour la première fois.

Le visage de la jeune femme se déride instantanément.

— Je vais y réfléchir.

— OK.

Il allonge un doigt en direction du ciel dont les couleurs se font de plus en plus lugubres.

— En attendant, on ferait bien de se dépêcher avant de prendre la pluie sur la gueule.

Vers vingt heures, Gabrielle prend sur elle de passer voir Olivier avant de rentrer chez elle. Puisque c'est une journée de merde, autant la conclure comme il se doit. Elle tend le bras vers l'imprimante pour récupérer la copie de l'image capturée par la vidéosurveillance puis se dirige vers la porte.

— Je vais voir Olivier.

Marc commence à se lever. Elle l'arrête d'un geste de la main.

— Pas la peine, j'y vais seule.

Il se rassied, la regarde avec une légère inquiétude. Il a encore en mémoire la dernière passe d'armes entre Olivier et sa partenaire, et il n'est pas sûr que les laisser en tête à tête soit une très bonne idée.

— J'ai cinq minutes, avance-t-il prudemment.

— Ben va prendre un café alors, je serai revenue avant toi.

Sur ces mots, elle sort du bureau. Il a le sentiment que même en l'espace d'une pause-café ses deux collègues sont capables de s'étriper, mais il estime plus avisé de ne pas tenir tête à son capitaine. Surtout, il a encore deux ou trois petites choses à régler, notamment l'histoire de cette mystérieuse photo envoyée par mail.

Il a déjà mis quelqu'un sur le coup, mais les recherches n'ont pas l'air de se présenter très bien.

Gabrielle balance la feuille de papier sur le bureau d'Olivier qui l'arrête d'une main avant qu'elle ne glisse à terre.

— Il ressemble à ton type ? lui demande-t-elle sans préambule.

Il observe un bref instant la photo de l'homme à la moustache factice, puis lève les yeux vers Gabrielle.

— Quel type ?

— Celui qui a disparu, l'ex d'Erika. La moustache est fausse, lui précise-t-elle.

Il fait glisser la feuille en direction de Gabrielle.

— Non.

Elle baisse la tête et soupire bruyamment.

— Tu pourrais regarder attentivement, s'il te plaît ? C'est important.

— C'est pas la peine.

— T'as à peine posé les yeux dessus. Et la photo n'est pas nette.

— Je te dis que c'est pas lui.

Il extirpe une chemise rose de la pile de dossiers qui s'élève dans un coin de son bureau et la laisse tomber sur le bureau devant Gabrielle. Elle ouvre la chemise et découvre la photo d'un homme d'une vingtaine d'années qui pose tout sourire en bermuda et débardeur devant un paysage de mer et de montagne. Elle examine brièvement son visage puis s'attarde sur ses cheveux.

— Et alors ? Il a les cheveux clairs et courts. Le type sur la photo les a clairs et courts également.

— Regarde le front de ce type-là, rétorque Olivier en pointant un doigt en direction du cliché que Gabrielle tient entre les mains.

Elle baisse la tête, regarde plus attentivement. D'abord, elle ne remarque absolument rien, puis elle plisse les yeux, incline légèrement la photo pour mieux capter la lumière en provenance de la fenêtre, et la rapproche de son visage. Une ligne plus claire que la peau barre le front depuis la base du cuir chevelu jusqu'à l'extrémité du sourcil gauche. La ligne est nette et bien marquée, ce n'est pas un défaut optique, mais une cicatrice. Elle récupère l'image de la vidéosurveillance sur le bureau d'Olivier. Aucune marque sur le front du conducteur. Il a raison, ce n'est pas le même homme. Il n'a eu besoin que d'une poignée de secondes pour le vérifier.

Elle hoche la tête, vaincue et agacée. Elle n'ose pas le regarder de peur de voir un insupportable sourire de triomphe sur son visage.

— OK, merci.

— Pas de quoi. Tu t'en prends aux handicapés maintenant ?

Elle s'arrête sur le seuil de la porte et le regarde avec perplexité. Il lui adresse un sourire, ils s'observent en chiens de faïence durant quelques secondes, puis elle saisit l'allusion.

— Va te faire foutre.

— Ton élégance te perdra, lui renvoie Olivier.

Le vent rabat la pluie qui cogne fort contre la porte-fenêtre. L'orage est passé, mais il pleut sans discontinuer depuis plusieurs heures. Elle reporte son attention sur les papiers éparpillés sur la table basse : rapports d'autopsie, procès-verbaux d'auditions, images de vidéosurveillances, notes diverses… Tout y est, ou presque.

Elle se laisse tomber dans le canapé et se masse les tempes du bout des doigts. Elle n'ose plus regarder l'heure. La dernière fois qu'elle a jeté un œil à son téléphone portable, il était plus de deux heures du matin. Elle sent la fatigue, mais elle sent aussi qu'elle la quittera à l'instant où elle s'allongera sur le lit.

Elle incline la tête, contemple les papiers étalés devant elle. Qu'ont-ils jusqu'à présent ? Un faux flic, un semblant de visage, un Scénic blanc, une mise en scène singulière, des cartes à la signification obscure… Que faire de tout cela ? Elle se sent impuissante, avec, bien chevillée en tête, l'idée qu'ils ne seraient pas moins avancés s'ils n'avaient absolument rien.

Elle se lève et va à la porte-fenêtre. Les gouttes impactent le verre comme des balles. Elle aime ce temps. D'abord l'orage, les éclairs qui déchirent le ciel et le tonnerre qui claque comme un coup de fusil, puis le souffle puissant de la pluie et le *toc-toc* hypnotique des gouttes sur les carreaux. Bien sûr, elle ne peut pas sortir sur la terrasse, et l'averse est parfois si forte, comme ce soir, que la ville disparaît derrière un épais rideau d'eau, mais le spectacle en vaut malgré tout la peine. Ses yeux se posent sur la table métallique sur laquelle les gouttes explosent en gerbes humides, puis sur le sol bétonné recouvert d'un mince film liquide. Même Hobo n'a pas trouvé le courage d'affronter ce déluge. Son regard dérive vers les toits de la ville, du moins ce que la pluie lui en laisse entrevoir. Elle sursaute quand retentit le signal sonore lui indiquant l'arrivée d'un texto. Elle fait glisser son portable hors de sa poche.

Alors, ce repas de bienvenue, c'est oui ?

Marc. Elle ouvre de grands yeux sous l'effet de la surprise. Que fait-il debout à cette heure de la nuit ? Et pourquoi lui a-t-il pris l'idée de lui écrire ?

Son pouce se déplace à la vitesse de l'éclair sur l'écran.

Tu dors pas, toi ? Au lit, c'est un ordre !

Le son cristallin de la petite cloche lui répond aussitôt, en même temps que la réponse s'affiche à l'écran :

Je considère que c'est un oui ;p

Elle esquisse un sourire, puis enfouit le portable dans la poche de son short et se tourne vers la nuit. Le visage de Marc s'attarde un moment dans son esprit.

Je t'inviterai un de ces quatre…

Elle secoue la tête pour chasser son partenaire de ses pensées et se dirige vers la cuisine pour faire chauffer un peu d'eau.

Chapitre 29

Marc aperçoit Magali dans le miroir.

— Eh bien ! Tu te fais tout beau…

— N'importe quoi ! Je me donne juste un coup de rasoir.

— Elle sera là aussi ?

Il jette un coup d'œil dans la glace.

— Qui ça ?

Elle sourit, mais ce sourire-là, il ne le connaît que trop bien.

— D'après toi ? Gabrielle, c'est ça ?

— Oui.

— Oui, c'est comme ça qu'elle s'appelle, ou oui, elle sera là ?

Il retient un soupir.

— Oui et oui, répond-il en s'efforçant de se montrer patient. Elle s'appelle Gabrielle et elle sera là.

Elle s'adosse au chambranle de la porte et garde le silence. Il fait glisser une dernière fois la lame le long de sa joue, pose le rasoir, puis fait disparaître toute trace de mousse de son visage avant de rincer le lavabo. Il saisit le parfum et réalise trop tard qu'il est en train de donner de l'eau au moulin de la jalousie maladive de Magali. Tant pis, le mal est fait. Il vaporise deux bouffées de Black XS au creux de son cou et repose le flacon. Lorsqu'il relève la tête, il croise une nouvelle fois le regard de Magali dans le miroir. Il n'y voit aucune hostilité, ce qui est déjà un bon point.

— À quelle heure tu rentres ? lui demande-t-elle.

— Je ne sais pas, je t'envoie un texto quand je quitte le resto.

— Mais ce sera plutôt dix heures ? Minuit ?

Il se retourne, s'avance vers elle et la prend par la taille.

— Dix heures, non, je ne pense pas, lui répond-il en se forçant à sourire, ça ferait vraiment tôt, là. Mais avant minuit, sûrement. Ne t'inquiète pas, ce ne sont pas des fêtards. La plupart ont largement dépassé la trentaine et ils ont la tête sur les épaules.

— Et elle, quel âge a-t-elle ?

Il soupire.

— Mais pourquoi fais-tu une fixette sur Gabrielle ?

— Quel âge a-t-elle ? insiste-t-elle avec une douceur feinte.

— Je ne sais pas, ment-il. Quarante, un peu moins peut-être.

— Elle est mariée ?

— Arrête…

Il dépose un baiser sur ses lèvres et sort de la salle de bains. Sa veste l'attend sur le lit, ainsi que son téléphone portable. Il doit passer prendre Gabrielle dans une demi-heure. Ça, bien sûr, il s'est bien gardé de le dire à sa femme. Mais ce n'est qu'un mensonge par omission. Elle ne lui a pas posé la question, après tout…

Une pensée fulgure dans son esprit. Le mail… La photo de Gabrielle et lui en train de prendre un verre. Serait-il possible que…

Il enfile sa veste en regardant Magali droit dans les yeux. Ça lui ressemble bien. Ce qui lui ressemble moins, c'est le calme qu'elle parviendrait encore à conserver après l'avoir surpris en si bonne compagnie. Elle n'a rien dit, pas une parole, pas une allusion ; il essaie de déchiffrer son regard : rien.

Qu'est-ce que tu prépares, Magali ?

Elle s'approche, rectifie son col et lui passe les bras autour du cou.

— Tu devrais t'habiller comme ça plus souvent.

Une espèce de dossier ? Pour un avocat… Mais non, ça n'a aucun sens, jamais elle ne lui aurait envoyé ce mail.

Il se force à sourire.

— C'est gentil. Tu n'es pas mal non plus.

Et c'est vrai. Elle est même plus que ça. Elle porte un short en jean et un T-shirt moulant en travers duquel est écrit en lettres argentées, et de façon plutôt appropriée, le mot « Awesome ». Elle est récemment passée chez le coiffeur et en est ressortie avec un carré plongeant qui lui donne un petit air mutin lorsque son regard disparaît derrière les mèches blondes.

— Juste « pas mal » ? minaude-t-elle.

— Tu es très belle.

Elle pose les mains sur sa poitrine, puis entreprend de déboutonner sa chemise.

— Dorian est dans sa chambre…

— On s'en fout, on ferme la porte, réplique-t-elle.

Elle approche son visage et l'embrasse avec application.

— Je vais être à la bourre… lui murmure-t-il.

— Tu n'es pas à dix minutes près…

— Ils vont m'attendre, c'est mon repas de bienvenue…

Elle recule, lui adresse un regard contrarié et se détourne de lui.

— Quand je rentrerai…

— Tu parles, le coupe-t-elle, quand tu rentreras, je dormirai.

— Je te réveillerai. Viens…

Il fait un pas dans sa direction et referme une main autour de son bras, à laquelle elle s'empresse d'échapper.

— Tu perds du temps, là. Tu devrais y aller.

— Hé, doucement. C'est juste qu'on a tout le temps pour ça et tu choisis justement ce moment…

— Il faut que je prenne rendez-vous ?

— C'est ridicule…

Elle s'éloigne d'un pas déterminé.

— Où vas-tu ?

— Je descends. Je dois nourrir nos enfants.

Il a l'habitude de ses tentatives de culpabilisation ; il sait qu'il ne doit pas rentrer dans son jeu, mais il tombe systématiquement dans le panneau. Il ouvre la bouche pour répliquer, mais elle est déjà sortie de la pièce. Il la rattrape en haut des marches et la retient par le bras.

— Tu me fais mal ! proteste-t-elle.

— Moins fort, bon sang, chuchote-t-il en retirant sa main. Tu n'as pas besoin de me dire ça comme ça, je fais ma part du boulot.

— Pas en ce moment, non. Tu travailles jusqu'à pas d'heure et quand tu ne bosses pas, tu vas faire la fête avec tes copains. Et ta copine.

— On ne va pas faire la fête, c'est juste un repas. Et c'est la première fois, la prochaine se présentera peut-être dans six mois.

Elle s'appuie sur la rambarde, croise les jambes et le regarde avec férocité.

— Il y en a qui viennent avec leur femme ?

— Je ne crois pas, non. Tu aurais voulu venir ? C'est pour ça que tu me fais la gueule ? On aurait fait quoi de Chloé et de Dorian ?

— Mes parents les auraient gardés.

— Ils sont à presque cent bornes, lui fait-il remarquer.

— Ça t'arrange bien, de toute façon. Allez, barre-toi et va draguer ta pétasse.

Cette repartie qui vient de nulle part le met pour de bon en colère. Il lui saisit de nouveau l'avant-bras, plus fermement qu'il ne l'aurait voulu ; elle proteste par un petit cri de douleur, qu'elle a cette fois une bonne raison de pousser.

— Tu m'as fait mal, putain !

— Qu'est-ce qui te prend ? C'est quoi cette façon de parler ?

— Papa ?

Ils tournent la tête de concert. Dorian se tient debout sur le seuil de sa chambre, un Batman en plastique entre les mains.

— Tu vas partir ? demande le petit garçon.

Magali émet un petit ricanement et profite de la diversion pour dévaler les marches. Marc la regarde s'éloigner d'un air navré, puis se dirige vers son fils pour le prendre dans ses bras.

— Oui, mais je vais revenir et je te ferai un gros câlin quand tu seras au dodo.

— Mais quand ?

Décidément…

— Tout à l'heure, dans pas très longtemps. Tu voudrais que je te fasse un dessin de Batman ?

Dorian hoche vigoureusement la tête.

— OK, demain je te ferai un énorme dessin avec Batman, et le Joker aussi. Allez, je dois partir. Je crois que ta maman va bientôt t'appeler pour le dîner.

Il embrasse le front de son fils et le repose à terre. L'enfant disparaît dans sa chambre au pas de course. Marc regarde un moment dans le vague, puis s'en va.

Lorsque Gabrielle lui ouvre la porte, le cœur de Marc manque un battement. Elle a échangé son jean et ses T-shirts informes pour une robe noire imprimée qui laisse ses épaules à nu et lui arrive juste au-dessus du genou. Surtout, son indomptable crinière est ce soir impeccablement assemblée en un gros chignon qu'une baguette de bois transperce de part en part. Deux boucles brunes se balancent avec grâce de chaque côté de son visage. Elle est maquillée, mais sans outrance. Elle paraît cinq ans de moins.

Les yeux de Marc font un involontaire aller-retour entre le décolleté et le visage de sa partenaire. Elle surprend le coup d'œil mal placé, mais fait comme si elle n'avait rien vu.

— Je n'allais pas débarquer en tenue de boulot, quand même !

— Ben… non, répond bêtement Marc, pas encore remis de sa surprise.

Elle le regarde de haut en bas et fait une moue appréciative.

— Classe !

— Merci. Tu es prête ? Enfin, je suppose que oui…

Elle sourit.

— Bien joué, Sherlock. Je récupère ma veste et on y va.

Toutes les conditions sont réunies.

Mélissa habite une maison sur deux niveaux un peu à l'écart des autres habitations. Elle en est sortie il y a trois heures environ et vient tout juste d'en repasser la porte. Il n'a capté ni lumière ni mouvement dans la bâtisse pendant toute la durée de son absence. Pour l'instant, ça lui suffit pour faire le pari qu'elle vit seule.

Il est vingt-deux heures quarante-sept. L'éclairage public laisse à désirer et la lumière des maisons voisines n'arrive pas jusque-là. Mélissa n'a pas éteint la petite lanterne extérieure suspendue au-dessus de sa porte d'entrée, mais elle peine à faire émerger la façade de l'obscurité. Peu de chances qu'on le repère. Et si quelqu'un se trouve dans les parages, il verra une silhouette, mais certainement pas un visage.

Par contre, il y a un portail. Elle l'a fermé et il n'est même pas sûr qu'il y ait une sonnette. Il a peu de temps pour réfléchir, il doit prendre une décision. Habituellement, il prépare minutieusement le terrain, patiente, observe, enregistre. Réfléchit.

Mais l'occasion est trop belle. Il a la sensation confuse que s'il n'agit pas ce soir, Mélissa lui glissera entre les doigts. Et ça, ce n'est pas possible.

Sa tenue de policier est restée dans le coffre. Tout son… (le mot prend difficilement consistance dans son esprit) matériel s'y trouve aussi, y compris son nécessaire de peinture.

Non, ce soir, tu n'en auras pas besoin…

Non, il n'en aura pas besoin, s'efforce-t-il de se dire. Mais le fait de savoir que tout est là le rassure.

Par contre, il n'a pas de bouquet. C'est un problème.

Ses yeux s'illuminent d'un coup.

Pas de bouquet, non. Mais…

Il baisse la tête vers le tableau de bord. Dans l'une des bouches d'aération est accrochée une espèce d'éprouvette en plastique qui fait office de vase miniature ; à l'intérieur, un cosmos qu'il a coupé le matin même.

Il tend la main, fait glisser la fleur hors de son vase et l'examine durant quelques secondes. Une fleur, une seule.

Mais elle est si belle que cela suffira à Mélissa.

— J'étais tout le temps habillée en noir et je portais des godasses qui feraient passer nos Rangers pour des ballerines.

— Genre Lisbeth Salander ? interroge Marc avec un sourire.

— C'est marrant que tu dises ça, dit Gabrielle en trempant ses lèvres dans le vin, je suis une fan de *Millenium*. J'adore Lisbeth.

Le restaurant est aménagé dans une cave voûtée du XVIIe siècle. L'ambiance est festive, et le groupe y apporte une contribution enthousiaste. En arrivant, Gabrielle et Marc ont eu la mauvaise surprise de voir qu'Olivier était là alors qu'il n'était pas censé être invité. Gabrielle a lancé un regard venimeux à Zach, l'organisateur de la soirée, qui lui a répondu en ouvrant de grands yeux et en lui signifiant d'un mouvement de mains qu'il n'y était pour rien. Olivier n'a pas su résister : lorsque Gabrielle s'est approchée, il lui a adressé un sifflement approbateur auquel la jeune femme a répondu en lui présentant son majeur.

Olivier est installé à l'une des extrémités de la table, Gabrielle à l'autre. Marc, assis à ses côtés, voit ses collègues sous un nouveau jour. Niko, le technicien soupe au lait, se révèle d'une incroyable gentillesse ; en bon militaire, il parle avec clarté et concision et n'ouvre la bouche qu'une fois que chaque mot a été patiemment soupesé. Zach confirme sa réputation de moulin à paroles et de grosse tête du groupe. Pour l'heure, il essaie de convaincre Elena, la compagne de Thibault (Marc découvre qu'il pouvait venir accompagné, ce qu'il se gardera bien de dire à Magali), de la beauté de l'art contemporain et de la puissance des messages qu'il transmet. La petite brune aux cheveux noirs coupés très court et aux oreilles bardées de piercings s'interrompt régulièrement pour rappeler à l'ordre son petit copain qui, passablement éméché, enchaîne les plaisanteries, pas toujours du meilleur goût. Sonia, spécialiste des traces technologiques et seule autre fille du groupe présente ce soir, est calme et effacée. Lorsqu'elle trouve le courage d'ouvrir la bouche, elle parle avec douceur et sans jamais se départir de son sourire. En dehors du travail, elle écume les concerts de métal et pratique le judo, discipline qui lui a valu deux titres de championne de France junior. Ramazan, que tout le monde appelle Ram, est né d'un père turc et d'une mère allemande, et élève seul sa fille de dix-huit ans suite à la disparition de sa femme dans le tsunami de 2004.

Enfin, il y a Gwen, amoureux du Japon et de sa culture, du sumo en particulier. Marc soupçonne qu'il l'est aussi secrètement de Gabrielle, à côté de laquelle il est venu s'asseoir dès qu'elle a choisi sa place.

— Et toi ? lui demande Gabrielle en le fixant de ses grands yeux bleus que les feux de l'alcool illuminent d'un éclat singulier.

— Moi ?

— Ben oui, toi. Comment étais-tu, plus jeune ?

Marc sourit et laisse échapper un petit souffle où se devine l'amertume.

— Sage, travailleur, obéissant. Bref, terne et ennuyeux. Le genre de personnage sur lequel un écrivain ne trouverait pas une seule ligne à écrire.

— Oui, je t'imagine bien comme ça, intervient Gabrielle avec un soupçon d'ironie.

— Eh oui, c'est l'histoire de ma vie, confirme Marc, que le sarcasme de sa coéquipière n'atteint pas, ou qu'il choisit délibérément d'ignorer. Une vie bien rangée, qui file bien droit sur les rails, sans écart. Pas de cuite, pas de fumette, pas de petite amie jusqu'à ce que je rencontre ma femme.

Thibault le regarde avec suspicion.

— T'as jamais pris de cuite ? Arrête tes conneries, je te crois pas une seule seconde.

— Parce que c'est plus intelligent de gerber dans le caniveau à trois heures du mat' ? lui assène Elena.

— C'est pas la question, à vingt ans, tu sors entre potes, tu bois, tu t'en colles une, au moins une dans ta vie, c'est forcé.

— Je sortais pas beaucoup, en fait, explique Marc.

Gabrielle, dépitée, manifeste sa désapprobation en laissant tomber sa tête entre ses épaules.

— C'est pas possible…

Elle s'empare de la bouteille de vin.

— On va remédier à ça, dit-elle en remplissant le verre de Marc.

— Oh doucement, je te rappelle que c'est moi qui te ramène.

— Je prendrai le volant !

— Hors de question, tu as bu deux fois plus que moi.

Elle secoue la tête.

— T'inquiète, je sais par où il faut passer pour pas se faire pincer.

— Non, mais je rêve, c'est un capitaine de gendarmerie qui me dit ça.

Le visage de Gabrielle s'illumine brusquement.

— Hé ! Avec un peu de chance, on se fera contrôler par notre faux flic…

Il y a bel et bien une sonnette juste à côté du portail, sur laquelle il a appuyé une première fois. Elle fonctionne, puisqu'un bruit de carillon a retenti à l'intérieur de la maison. Presque une minute a passé. Elle hésite à répondre bien sûr, n'en a peut-être même pas du tout l'intention. Une allée d'une dizaine de mètres le sépare de l'entrée de la maison proprement dite. Elle file droit entre deux parcelles de jardin où poussent des massifs de fleurs et de petits arbustes. S'il prend l'envie à Mélissa de s'enquérir de l'identité de son visiteur par l'une des deux fenêtres qui encadrent la porte d'entrée, elle ne verra qu'une ombre. Il tourne le dos au portail et met tous ses espoirs sur la bande réfléchissante cousue sur son gilet et qui atteste de son appartenance à la police.

Il sonne une deuxième fois. Il essaie de maîtriser sa respiration, mais son rythme cardiaque se maintient à un niveau anormalement élevé. Il y a un plan d'eau à proximité, car à la stridulation des grillons se superpose le chant de crapauds qui coassent avec obstination. Il tourne la tête à droite, puis à gauche. La rue est déserte.

La maison de Mélissa est d'un côté mitoyenne d'un magasin de peintures, fermé à cette heure-ci ; de l'autre côté, une rue perpendiculaire à celle où il se trouve sépare la bâtisse d'un long bâtiment couleur cendre dont la façade est percée d'une rangée de fenêtres obturées par des volets de bois. Un graffiti court sur le côté du bâtiment. Pas le genre fait à l'arrache entre deux patrouilles de police, mais une fresque d'une très grande qualité. Il y a un visage à chaque extrémité de la scène, bouche grande ouverte. De celle de gauche s'échappe un entremêlement de mots à la connotation négative – colère, haine, guerre, pollution et bien d'autres encore – que le talent de l'artiste métamorphose habilement en silhouettes casquées et armées à mesure qu'ils se propagent vers l'autre visage. De la bouche de celui-ci émergent des mots doux – amour, paix, générosité – qui se changent petit à petit en colombes à l'approche des militaires qu'ils finissent par engloutir entre leurs ailes déployées. En connaisseur, il admire l'ingéniosité et la virtuosité de l'artiste. Toute la scène est peinte dans des couleurs très vives, à l'exception du blanc du plumage des oiseaux.

Le blanc, la pureté. La perfection.

Il photographie mentalement la composition puis reporte son attention sur la maison de Mélissa dans laquelle rien ne semble bouger. L'angoisse et la déception lui nouent les tripes. Il appuie une nouvelle fois sur le bouton. Une dernière fois, se dit-il.

Quelques secondes passent, puis une fenêtre s'éclaire au rez-de-chaussée. Une brusque sensation de froid lui arrache un frisson. Il se redresse, ajuste sa tenue. La porte s'ouvre, Mélissa sort et lui apparaît dans la lueur de la lanterne. Elle est en jogging, mais même le plus informe des survêtements ne lui enlèverait rien de sa beauté. Elle descend les quelques marches qui séparent le perron de l'allée et s'avance dans sa direction. Elle s'arrête à quelques mètres du portail. D'où elle se tient, elle voit forcément son uniforme.

— Oui ? fait-elle avec la plus grande prudence.

— Bonsoir, mademoiselle, je suis désolé de vous déranger à une heure aussi tardive, mais il y a eu un – il marque volontairement une hésitation – incident chez M. Simpère, votre voisin, et nous procédons à une enquête de voisinage. Auriez-vous quelques minutes à me consacrer ?

Simpère est le nom qui figure sur la boîte aux lettres d'une maison située à une cinquantaine de mètres plus bas dans la rue. Il préférerait qu'elle ait déjà entendu parler de ce monsieur, mais si ce n'est pas le cas, elle connaît au moins sa maison, car il a pris le temps de la choisir.

— Simpère ? Ça ne me dit rien.

— Une grande maison flanquée d'une espèce de tour, avec un immense jardin où il y a un bassin et une fontaine avec un petit angelot en pierre.

— Ah cette maison-là ! Oui, elle est gigantesque. Mais je ne connais pas du tout son propriétaire. Il lui est arrivé quelque chose ?

— Je n'ai pas vraiment le droit d'en parler, mais je dois recueillir des renseignements auprès de tout le voisinage.

— Mais je ne connaissais pas ce monsieur, insiste Mélissa.

— Il ne s'agit pas seulement de lui, je prends des renseignements sur le quartier, les personnes qui y vivent.

Il ferme à demi un œil et lui sourit.

— En fait, vous pourriez tout aussi bien être impliquée dans cette affaire…

— Hein ? s'exclame la jeune femme, soudain horrifiée à l'idée qu'on puisse la mêler à un crime sordide. Mais quelle affaire ? Il s'est passé quelque chose de grave ? Je n'étais pas là ce soir, j'étais chez ma sœur.

Il la rassure d'un geste de la main.

— Je ne doute pas une seule seconde que vous n'ayez rien à voir avec ce qui s'est passé, mais si vous me laissez entrer, vous pourrez m'expliquer tout ça. C'est l'histoire de cinq minutes.

Elle hésite. Malgré son uniforme et tout le soin qu'il apporte à son discours, elle se méfie. Il frémit. Et si elle avait entendu parler du faux policier ? Ils parlent de contrôles routiers, mais elle pourrait se mettre en tête de faire le lien.

— Vous ne pouvez pas repasser demain ? J'allais me coucher…

Il se fend de son plus beau sourire.

— Demain, vous pourriez très bien vous être déjà enfuie.

Elle sourit à son tour et secoue la tête.

— Non, je n'ai aucune raison de m'enfuir.

Sa réticence commence à l'ennuyer. Il penche la tête de côté et prend un air désolé.

— J'ai déjà interrogé vos voisins, c'est votre tour, désolé. Cinq minutes, pas plus, promis.

Une moue charmante, puis un regard en direction de la maison comme si elle allait se mettre à courir pour s'y réfugier. Plusieurs secondes passent.

— OK, cinq minutes.

Elle l'installe à la table de la cuisine et lui propose un café, qu'il accepte volontiers. Elle remplit le réservoir d'eau au robinet, met l'appareil sous tension et patiente sans un mot. Il se débarrasse de sa casquette et met un peu d'ordre dans ses cheveux. La pièce est petite, un peu vieillotte : carrelage ancien, faïence vert pâle sur les murs, meubles sombres. Une radio posée sur un four micro-ondes joue du Johnny Cash ; un chat somnole sur l'une des chaises en respirant bruyamment.

Il a déposé la fleur bien en évidence sur la table, mais elle ne semble pas encore l'avoir remarquée.

— Alors qu'est-il arrivé à ce monsieur…

— Simpère. Je suis désolé, mais je ne suis pas autorisé à vous le dire.

— Mais c'est grave ?

— Assez, oui.

— Oh…

Elle se tourne vers la cafetière et appuie sur un bouton. La machine s'ébroue dans une vibration sonore, puis laisse couler un jus fumant dans une tasse *Game of Thrones*. Le parfum suave du café arrive rapidement jusqu'à lui et lui apporte un peu d'apaisement. Elle lui fait de nouveau face, croise ses bras sur sa poitrine comme pour réprimer un frisson et lui adresse un sourire gêné. Il se résout à saisir le cosmos entre deux doigts et l'élève de quelques centimètres au-dessus de la table.

— J'ai trouvé ça devant votre portail.

— Ah ?

— Peut-être un admirateur secret ?

Elle laisse échapper un petit rire et baisse la tête.

— Non, je ne pense pas.

— Je ne peux pas croire que vous n'ayez pas d'admirateur secret.

Elle pique un fard, se tasse un peu plus sur elle-même. Il lui tend la fleur.

— Tenez. C'est pour vous.

Elle s'approche et lui prend la fleur des mains.

— Merci.

— C'est un cosmos, il symbolise l'innocence. Le blanc est la couleur de la perfection. Cela vous va à ravir.

Le sourire de la jeune femme s'élargit, mais sur son visage, il devine un certain malaise.

Peut-être fait-il preuve d'un peu trop de précipitation.

— Elle est mal embouchée, exigeante, têtue et vindicative, déclare Sonia. Mais je l'adore…

C'est de sa supérieure, le capitaine Gabrielle Berthelot, que la jeune femme parle ainsi. Marc éclate de rire. Il n'a pas oublié la petite pique de sa partenaire alors qu'il dressait son propre portrait à ses collègues.

— Oui, c'est exactement ça ! s'esclaffe-t-il. J'ajouterai même : irrespectueuse de la hiérarchie !

— N'importe quoi ! s'insurge-t-elle. J'ai déjà mal parlé à Dobey ? Je n'ai jamais été sanctionnée, que je sache.

— Dobey est le seul pour qui tu aies un peu d'égards, concède Marc.

— Parce qu'il a beau faire toujours la gueule et se foutre en boule pour un oui ou pour un non, il est juste et il respecte ses subordonnés. Ça ne ferait pas de mal à certains de le prendre en exemple…

— À Dobey alors ! crie Thibault qui lève son verre haut en direction de la voûte en briques ; une gerbe de vin en chaloupe et s'écrase sur la nappe avec un bruit humide.

— Fais gaffe ! le fustige Elena. T'es vraiment lourd !

Thibault s'empare de sa serviette et éponge le liquide rubis sous le regard noir de sa petite amie. Marc, qui se régale des échanges des deux jeunes amoureux, manque d'avaler son vin de travers. Tandis que Gabrielle s'immisce dans une conversation entre Gwen et Sonia au sujet du septième art japonais, Niko se tourne vers Marc et le bombarde de questions.

— Elle se fait à son nouveau boulot ? lui demande-t-il au sujet de Magali.

— On dirait, oui. Ses collègues sont sympas, à part la directrice qui a tendance à administrer son école comme un camp de travail soviétique. Elle s'appelle Agnese Mussola, elle est italienne. Ils l'appellent tous Mussolina…

Niko accueille l'anecdote avec un grand sourire, l'équivalent chez lui d'un fou rire.

— Mais pourquoi Mme Darbanville n'est-elle pas ici avec nous ce soir ?

Marc réfléchit à toute vitesse.

— On ne pouvait pas faire garder les enfants…

— Tu as des enfants ? s'enquiert Ram.

— Deux, s'empresse-t-il de dire. Une fille, Chloé, qui a neuf ans, et un petit garçon de trois ans, Dorian.

Il sort son Smartphone de sa poche, le déverrouille et passe en revue les photos qui y sont stockées.

— Tiens, c'est Dorian.

Ram jette un coup d'œil à la photo du petit garçon qui fronce les sourcils face à l'objectif.

— Ouh là, une vraie terreur ! Et là, c'est ta fille ?

— Oui.

— Elle est belle comme un cœur. Elle ne te ressemble pas, c'est peut-être pour ça…

— Salopard ! réplique Marc avec un large sourire.

Ses yeux se posent sur l'heure affichée dans le coin de l'écran.

— Bon, je suis désolé, mais si je ne veux pas que mon carrosse se transforme en citrouille, il va falloir que je rentre…

— Donc, concernant M. Simpère… lui rappelle Mélissa.

— Oui, M. Simpère.

Il récupère un stylo et un bloc-notes dans l'une des poches de son gilet. Mélissa dépose la tasse de café sur la table.

— Merci. Je vous écoute. Vous m'avez dit que vous ne le connaissiez pas.

— Non, je ne sais même pas si je l'ai déjà vu.

— Et vos autres voisins ?

— Eh bien, je connais le couple qui habite juste en face. Ils ont deux enfants et…

Elle s'arrête subitement. Il lève la tête. Elle semble réfléchir à quelque chose.

— Et ?

Elle pose les yeux sur lui. Son visage a la couleur de la cendre. Il capte deux mots à la radio : « faux policier ».

— Heu… Ils… Je…

Elle ferme la bouche, se mord la lèvre inférieure.

— Vous pourriez me montrer votre carte, s'il vous plaît ?

Il lève un sourcil.

— Ma carte ?

— De police.

Il ouvre grand les yeux, lui adresse son plus beau sourire.

— Oui, bien sûr ! Où avais-je la tête ?

Il fouille dans sa poche, en sort une carte qu'il exhibe devant ses yeux. Elle tend la main.

— Je pourrais… ?

Sa pomme d'Adam fait un petit bond dans sa gorge. Jusqu'à présent, personne ne lui a demandé sa carte, mais il a pris le soin d'en confectionner une. Il y a passé du temps ; rigide, plastifiée, avec sa photo, le bandeau tricolore, tous les marquages nécessaires… elle est à l'identique de la vraie et fait parfaitement illusion, à condition de ne pas mettre la main dessus. Certains effets sont impossibles à reproduire.

Pas de chance, il est tombé sur une parano. Il hésite une fraction de seconde, une fraction de seconde seulement, car une plus longue hésitation serait un très mauvais signal à lui envoyer, et cède à sa demande. Elle prend la carte entre ses mains, fait glisser un doigt à sa surface, puis le regarde et lui rend la carte avec un sourire forcé.

— Merci. Donc ce couple… heu… Vous voulez savoir quoi en fait ?

— Eh bien, pourriez-vous me décrire brièvement ces gens pour commencer ?

— Oui, heu…

Elle se redresse, passe une main derrière sa tête.

— Vous permettez ? Il faut vraiment que j'aille au petit coin. J'en ai pour deux minutes.

Il se lève pour lui barrer le passage.

— Attendez… dit-il d'une voix douce.

— Ne vous approchez pas de moi…

Elle fait un pas en arrière, lève les mains comme pour se protéger d'une attaque.

— Que se passe-t-il, mademoiselle ?

— Vous n'êtes pas de la police.

— Qu'est-ce que vous racontez ?

Elle allonge un bras en arrière et pose la main sur la poignée d'un tiroir. Alors qu'il s'avance vers elle, elle se tourne brusquement et l'ouvre avec violence. Il a juste le temps de se jeter sur elle et de refermer sa main sur la sienne. Il parvient à la tirer en arrière, mais elle s'est déjà armée d'un couteau dont la lame mesure près de vingt centimètres de long. Avec l'élan, les deux corps basculent et s'effondrent sur le carrelage de la cuisine.

— Attends ! s'écrie Gabrielle dont une main est enfouie dans le sac à main. Je ne trouve pas mes clefs.

Elle fouille encore un moment et finit par mettre la main dessus.

— Non, c'est bon. J'ai eu peur, c'est le seul jeu que j'ai, Olivier a encore l'autre. Il me fait chier ce con, ça fait trois fois que je lui demande de me le rendre.

— Tu veux aller le lui réclamer avant de partir ? propose Marc.

Elle lève la tête et réfléchit. Son regard est embrumé par un mélange d'alcool et de fatigue.

— Non, se reprend-il aussitôt, vu ton état et le sien, je ne crois pas que ce soit une bonne idée. On y va ?

— Tu te rends compte ? lui dit-elle alors qu'ils se dirigent vers une volée de marches en pierre, un peu plus et tu devais m'héberger. J'aurais dormi entre Magali et toi…

Il affiche un sourire indulgent et lui emboîte le pas dans l'escalier.

À quelques mètres de là, une silhouette attablée dans un renfoncement de la cave les accompagne du regard jusqu'à ce qu'ils disparaissent en haut des marches.

Le chat a bondi de sa chaise et disparu en quatrième vitesse dans le vestibule. Il plaque une main sur la bouche de Mélissa et, de l'autre, serre fort son poignet pour lui faire lâcher prise. Elle l'a fin et fragile, il pourrait en faire deux fois le tour avec ses doigts. Elle tente de se débarrasser de la main qui la muselle et l'étouffe, se révolte, lutte avec force, mais elle ne fait pas le poids ; elle crie, mais ses hurlements ne trouvent aucune issue entre les doigts de son agresseur. Il lui écarte violemment le bras, le couteau s'envole dans les airs et retombe bruyamment dans un angle de la pièce.

Il s'arc-boute, roule sur le côté, passe une jambe au-dessus des siennes pour l'immobiliser. Tout en maintenant sa prise, il libère son poignet et plonge sa main dans l'une des poches de son pantalon.

— Je vous en supplie, calmez-vous, lui intime-t-il d'une voix chargée de désespoir.

Mélissa ne cesse de hurler. Il tire avec rage sur le gros rouleau de scotch coincé dans sa poche en même temps qu'il pèse un peu plus sur le corps de la jeune femme qui ne manifeste aucun signe d'apaisement. Enfin, le rouleau se dégage. Il doit convaincre Mélissa de cesser de se débattre car sans son aide, il ne parviendra pas à la bâillonner. Et il ne peut pas atteindre la seringue mise à l'abri dans une poche de son gilet.

La situation est plus compliquée que prévu…

Marc ralentit le long de la file de voitures garées en bas de l'immeuble de Gabrielle et enclenche les warnings.

— Et voilà, madame est arrivée à destination.

— Tu acceptes un verre en remerciement de la course ?

Marc se tourne vers sa partenaire. De façon assez étonnante, il n'y a plus aucune trace de fatigue sur son visage. Son regard brille encore sous l'effet d'une légère ébriété, mais elle semble avoir retrouvé toute sa lucidité et son sérieux.

— Je suis mal garé, lui fait-il remarquer.

— Je sais où il y a de la place. On marchera un peu, ça nous fera une petite promenade digestive. Le temps est idéal.

En effet. Il a plu une bonne partie de la nuit dernière, mais les nuages se sont enfuis au petit matin. Le soleil a brillé toute la journée et à cette heure-ci il fait encore exceptionnellement doux.

— Tu trouves qu'on n'a pas assez bu ?

— Pas d'alcool, promis, répond-elle avec un sourire.

Il hésite, jette discrètement un coup d'œil à l'heure sur le tableau de bord : vingt-trois heures vingt-huit.

Avant minuit, a-t-il dit à Magali. Il a encore dix minutes à faire en voiture.

— Vite fait alors, dit-il en enlevant les warnings. Je vais où ?

Marc jette un coup d'œil à travers la porte-fenêtre.

— La fameuse terrasse…

— C'est ça.

Elle fait coulisser la baie sur son rail.

— Ma tour de guet.

Elle s'avance jusqu'au garde-corps et s'accoude sur la rambarde en métal. Marc l'y rejoint, fait glisser son regard sur les toits de la ville puis l'élève en direction des étoiles et de la lune qui lui semble ce soir étonnamment proche ; l'image d'une crêpe que l'on aurait passée à l'eau de Javel lui vient subitement à l'esprit. Le moteur d'une moto de grosse cylindrée vrombit quelque part vers la Garonne, reprend un instant son souffle, puis gronde encore quelques secondes avant de s'éloigner en direction de la rocade. Le silence revient, ponctué par un rire féminin qui s'échappe d'une brèche sombre que dessine entre deux îlots de bâtiments une petite rue plongée dans le noir.

— Je crois que j'aurais du mal à quitter cet appartement, dit Gabrielle au bout d'un moment.

— Pourquoi voudrais-tu le quitter ?

Elle hausse les épaules.

— Je sens que je ne suis pas là pour longtemps. Ne me demande pas pourquoi, c'est juste un pressentiment.

Marc n'insiste pas. Quelques secondes passent, puis elle se tourne vers lui et égrène une liste de boissons.

— Un café, commande-t-il, ça me tiendra éveillé jusqu'à la maison.

Gabrielle disparaît dans l'appartement. Il s'attarde un peu sur la terrasse, puis rentre à son tour. Gabrielle est en train de s'activer autour de la machine à café derrière le comptoir de la cuisine américaine. Il tourne la tête. Une grande bibliothèque est adossée au mur, à droite de la porte-fenêtre. Il s'approche et examine les rayonnages. Il ne s'y trouve pas seulement des romans, mais aussi toutes sortes d'objets qui masquent parfois presque entièrement les tranches des livres : une mappemonde miniature, un gros sablier, un mug, un cactus, une scène de tempête assemblée dans une bouteille en verre, divers cadres dans lesquels sont enfermées des photos en noir et blanc, un ours en peluche. Les lectures sont éclectiques : il y a du Stephen King, du Pancol, du Bussi, *Millenium* bien sûr, plusieurs romans d'Arto Paasilinna, *Le Parfum*, de Süskind, *La Voleuse de livres*, et bien d'autres encore. Perdu dans la contemplation des ouvrages, il se rend compte au dernier moment de la présence de Gabrielle à ses côtés.

— J'ai servi le café sur la terrasse.

Il hoche la tête sans vraiment donner l'impression d'avoir enregistré l'information, puis s'intéresse une nouvelle fois aux rangées de livres.

— Tu les as tous lus ? demande-t-il à Gabrielle.

— Il m'en manque peut-être quelques-uns, mais oui, pas loin.

Marc prend un livre au hasard, *Mr. Peanut*, d'Adam Ross. Celui-ci, il l'a lu. Il sait qu'il a aimé, mais il ne se souvient pratiquement plus de l'histoire. Sa mémoire est catastrophique.

— Avec les horaires que tu fais, je ne sais pas où tu trouves le temps de lire.

— Je n'ai pas deux enfants à surveiller comme de l'huile sur le feu, ni un mari pour me donner du boulot en plus.

Il sourit.

— Et je ne dors pas beaucoup, complète-t-elle.

— Pourquoi ?

Elle le regarde sans rien dire pendant plusieurs secondes, puis mime l'incertitude par une petite moue.

— Des cauchemars.

— Quel genre ?

— Le genre qui t'empêche de dormir.

— Ah.

Il repose le livre, puis la regarde. Elle porte toujours sa robe imprimée, quelques mèches brunes se sont ajoutées aux deux autres qui encadraient déjà son visage lorsqu'il est venu la chercher. Ses yeux sont incroyablement clairs. Le charme qu'elle dégage lui monte brusquement à la tête. Il se détourne pour cacher son trouble.

Une douleur aiguë se propage soudain dans son crâne. Il pousse un cri et lâche prise. Mélissa rampe vers le couteau. Il ouvre les yeux, voit les croquettes éparpillées au sol, puis le plat en terre cuite brisé en plusieurs morceaux. Mélissa referme ses doigts autour du manche du couteau, se retourne. Et reçoit un puissant coup à la tête.

Le bol du chat, lui, est resté en un seul morceau. Il est fait d'un pyrex épais. Et douloureux. Il se traîne jusqu'à la jeune femme, couvre son corps avec le sien. Ses yeux sont à moitié fermés, son regard est vague. Elle ne saigne pas, mais le choc a été rude. Des larmes ont coulé sur ses joues.

— Je… vous en prie…

— Ce n'est pas comme ça que ça doit se passer… Pas comme ça…

Lui aussi sent les larmes monter. Il parvient à découper une bande de scotch qu'il dépose sur la bouche de Mélissa avec une infinie douceur. Elle semble K-O ; il n'a plus besoin de l'Haldol pour la faire tenir tranquille. Il déchire encore plusieurs bouts de scotch avec lesquels il la ligote. Une fois qu'il s'est assuré qu'elle ne bougera plus, il approche son visage du sien, la regarde avec tendresse, puis passe une main dans ses cheveux.

— Tu es magnifique, murmure-t-il.

— Alors, qu'as-tu pensé de cette soirée ? s'enquiert Gabrielle.

— Très chouette. Ils sont tous vraiment sympas. Enfin, tous ceux avec qui j'ai discuté. Niko, Thibault, Zach, Ram, Sonia, Gwen…

Il s'arrête, lui adresse un sourire.

— Je crois que Gwen a un faible pour toi.

— Je sais, mais je m'en fous. Il ne m'intéresse pas.

La brusquerie avec laquelle elle a prononcé ce verdict le surprend.

— Pas d'enfant, pas d'homme, observe-t-il, juste un chat qui tape de temps en temps au carreau, si tu es heureuse comme ça…

— Non.

Un silence.

— Mais je préfère prendre mon temps, achève-t-elle.

— Quitte à être malheureuse ?

— Je ne suis pas malheureuse.

— Mais tu n'es pas heureuse non plus…

— La vie est bien plus compliquée que ça. Tu es malheureux, toi ?

— Non, pas spécialement.

— Tu es heureux alors ?

Il esquisse un sourire et se garde bien de répondre. Il y a un nouveau silence, pendant lequel ils ne se quittent pas des yeux. Le cœur de Marc s'emballe. Une grosse boule est en train de se former dans sa gorge contre laquelle viennent s'écraser les paroles que son cerveau embrouillé essaie désespérément d'extérioriser.

— On pourrait débattre de ça pendant des heures, parvient-il enfin à dire, mais je n'en ai pas envie.

— De quoi as-tu envie, alors ?

Le feu monte aux joues de Marc. À présent, ce sont ses poumons qui se sont vidés de leur air. Il ouvre la bouche, mais plus pour reprendre sa respiration que pour répondre à Gabrielle, car il sait que les mots ne trouveront pas le chemin jusqu'à ses lèvres. Doucement, il lève une main et la pose sur le visage de la jeune femme, qui ne bronche pas.

— Je ne sais pas.

Elle approche son visage du sien et commence à l'embrasser. Marc déplace sa main derrière la tête de sa partenaire comme s'il avait peur qu'elle ne se dérobe, puis la plaque contre la bibliothèque. Sa main libre s'insinue sous la robe et agrippe fermement la cuisse de la jeune femme, qui pousse un soupir. Les langues avides des deux amants s'entremêlent à présent furieusement dans leurs bouches. Gabrielle sent la main de Marc s'immiscer sous l'élastique de sa culotte et basculer sur ses fesses. Elle pose les mains sur la ceinture de son partenaire et d'un geste expert, la déboucle avec avidité. L'excitation monte encore d'un cran lorsque Marc fait glisser le haut de sa robe, découvrant un sein qu'il couvre aussitôt de sa main. Gabrielle laisse échapper un petit cri de plaisir.

Mélissa s'efforce de maintenir les yeux ouverts. Sa tête la fait horriblement souffrir, encore plus que sous l'effet de ces migraines qui lui gâchent continuellement la vie. Elle veut ouvrir la bouche, mais ses lèvres ne se desserrent pas ; elle veut bouger, mais elle est comme paralysée. Le visage de l'inconnu a disparu de son champ de vision. Où est-il passé ? Que lui veut-il ? Elle se sent stupide et malheureuse. Elle n'aurait jamais dû le faire entrer, elle aurait dû lui demander sa carte avant d'ouvrir le portail.

Elle sent son pantalon de jogging glisser le long de ses jambes. Puis c'est le tour de sa culotte. La prise de conscience la submerge, comme un tsunami qui s'abat avec force sur les premiers bâtiments du rivage.

Oh mon Dieu…

Elle retrouve instantanément ses esprits, oublie la fatigue, la douleur. Le visage reparaît. Ses larmes recommencent à couler. Elle secoue la tête, impuissante.

L'homme lui sourit, mais son sourire est comme brisé, douloureux. Elle sent ses jambes contre les siennes, le contact chaud de sa peau. Il a relevé le haut de son jogging, elle sent la chair flasque entre ses cuisses.

Pitié, pas ça…

Elle voudrait crier, supplier, l'adjurer de ne pas faire ça, mais ses lèvres restent désespérément closes. Elle ferme les yeux. Un flot ininterrompu de larmes s'en échappe, qui inonde ses cheveux et le carrelage sous sa tête. Les secondes passent, interminables, insoutenables. Elle rouvre les yeux. Le visage de l'homme s'est affaissé. Il pleure.

— Je n'y arrive pas…

Il ferme les yeux à son tour, abaisse la tête. Son corps secoué de sanglots tremble contre le sien.

— Je ne peux pas, chuchote-t-il d'une voix brisée.

Dans les yeux de Mélissa, l'espoir renaît. Il faut qu'elle lui parle. Il doit retirer ce scotch de sa bouche et elle discutera avec lui. Elle le convaincra qu'elle ne dira rien, qu'elle n'ira pas voir la police, elle le laissera partir sans un mot, et jamais plus il n'entendra parler d'elle. Elle ne sait rien de lui, elle oubliera son visage et le son de sa voix, il n'aura jamais existé.

— Je ne peux pas…

Il hoquette des sanglots bruyants qui agitent son corps de puissants spasmes.

Laissez-moi vous parler…

Comme pour répondre à son injonction muette, l'homme plonge ses yeux dans les siens et la regarde avec intensité. Son visage s'éclaire étrangement, comme si dans son cerveau une émotion venait d'en chasser subitement une autre. Sa bouche dessine un sourire tragique.

— Tu es si belle…

Il ponctue son compliment de cet étrange bruit de gorge avec lequel s'achève chacune de ses phrases. Il lui faisait jusque-là l'effet d'une vocalise un peu irritante, mais inoffensive ; associée à ces mots qu'il vient de prononcer, il sonne comme un glas.

Il lui caresse doucement les cheveux.

— Tu es un ange… Une déesse…

L'homme fait glisser ses mains sur ses joues puis en direction de ses épaules. Son visage change une nouvelle fois d'expression. Mélissa sent les doigts se refermer autour de son cou. Une larme perle un instant sur les cils de son agresseur et s'écrase dans le lobe de son oreille. Une pression horrible lui comprime la gorge. Alors elle comprend. La terreur lui révulse les yeux. Il ne lui ôtera pas ce scotch de la bouche, il ne lui laissera pas sa chance, il n'aura aucune pitié. Elle pense à son petit ami qu'elle doit rejoindre le mois prochain de l'autre côté de la Manche, elle pense à ses parents, à sa sœur qu'elle a quittée il y a à peine une demi-heure… Elle a mal, elle étouffe et de petites taches noires se sont mises à danser devant ses yeux.

Elle pleure et il pleure avec elle, dans un silence absolu.

Marc bascule subitement en arrière, fait volte-face et s'éloigne de quelques pas. Gabrielle, d'abord surprise, reprend vite ses esprits et rajuste lentement sa robe.

— Mais qu'est-ce que je fais ? murmure Marc pour lui-même, mais pas suffisamment bas pour que ses mots échappent à Gabrielle.

— Ce que tu meurs d'envie de faire.

Lui tournant le dos, il rajuste à son tour sa tenue et se prend la tête à deux mains.

— Non…

Gabrielle, toujours adossée à la bibliothèque, croise les bras sur sa poitrine.

— Tu refuses de te l'avouer, c'est tout.

Il trouve enfin le courage de se retourner, mais pas celui de la regarder dans les yeux.

— Excuse-moi, c'était stupide.

— Stupide ?

Elle comprend que l'occasion est définitivement passée. Elle se redresse d'une brusque poussée des épaules et se dirige vers la porte-fenêtre.

— Ton café va être froid.

— Il faut que je rentre, dit-il.

Elle s'appuie au montant de la porte-fenêtre et lui adresse un regard belliqueux.

— C'est vrai, ta petite femme t'attend…

— Mes enfants aussi.

— Tes enfants sont couchés depuis longtemps.

— C'est possible, oui.

Il ramasse sa veste sur le canapé et s'avance en direction de la porte d'entrée.

— Merci quand même pour le café.

— Ce n'est pas moi qui ai fait le premier pas, lui lance Gabrielle alors qu'il pose une main sur la poignée.

Il s'immobilise et se tourne à demi.

— Je n'ai jamais dit le contraire. Je suis désolé.

— Tu es désolé…

Il hésite un instant, puis abaisse la poignée de la porte.

— M. Darbanville part retrouver sa lady, persifle Gabrielle. Comme c'est touchant…

— Très amusant. Je vois que tu connais tes classiques, c'est bien.

— Je connais mes classiques, oui, et dans tous les domaines. Je connais, par exemple, le coup du mari fidèle qui saute sur la première venue, puis ne sait plus ce qui lui a pris la seconde d'après.

Ils se défient du regard durant plusieurs secondes. Marc, désemparé, baisse les yeux.

— À demain, Gabrielle.

Il ouvre la porte, se faufile hors de l'appartement et referme doucement derrière lui. Gabrielle fixe un instant la porte fermée, puis ramasse l'une des deux tasses sur la table de la terrasse et l'expédie avec violence en direction de l'entrée de l'appartement. Le petit récipient file droit à travers le séjour en se vidant de son contenu sur le parquet, puis explose en mille morceaux contre la porte.

Il se relève enfin, épuisé et vide. Les yeux de Mélissa se sont fermés. Son visage bleui commence déjà à recouvrer une teinte plus claire ; bientôt, sa peau aura retrouvé son blanc parfait, un blanc presque aussi pur que celui du cosmos dont il lui a fait l'offrande. Elle est belle, divine, elle est parfaite et il ne la méritait pas.

Personne ne la méritait.

Chapitre 30

Gabrielle fait une dernière tentative. L'enceinte de l'ordinateur carillonne durant quelques secondes, puis l'appel échoue une nouvelle fois.

Elle se passe une main sur le visage. Franck est pourtant en ligne, comme l'icône de connexion le lui indique. Connecté, mais peut-être pas à portée de son PC. Elle ferme les yeux et fait la grimace. Elle se sent terriblement lasse, mais ce n'est pas la fatigue qui la terrasse à ce point. Ni l'alcool. Elle a pas mal bu, oui, mais la boisson a plutôt tendance à la désinhiber, pas à l'endormir. Elle a vu le résultat tout à l'heure avec Marc…

Le carillon la fait sursauter. Une petite fenêtre est apparue à l'écran, l'avertissant d'un appel entrant. Elle s'empare de la souris et, d'un clic, matérialise le visage de son correspondant.

— Coucou. J'ai fini par croire que tu dormais.

— Il y a quelques années, ç'aurait été le cas, répond Franck avec nostalgie. Avec l'âge, je deviens insomniaque.

— Eh bien, tu vois, moi, je n'ai pas attendu ton âge pour l'être.

Il lui sourit, et elle se sent tout de suite un peu mieux.

— Très jolie robe, lui fait-il remarquer.

— Merci.

— Tu es sortie ?

— Une soirée entre collègues.

— C'était sympa ?

— Oui, très. Qu'est-ce que tu faisais ? élude-t-elle.

— Je lisais.

Il exhibe la couverture d'un livre.

— *La Maison Golden*, lit-elle. Salman Rushdie. C'est bien ?

— J'ai eu du mal à entrer dans l'histoire, l'érudition de ce monsieur est parfois déconcertante, mais là, l'intrigue prend un peu de consistance et je n'arrive plus à le lâcher. Mais j'imagine que tu ne m'appelles pas pour parler littérature.

— C'est un sujet de conversation comme un autre, non ?

— Bien sûr, mais en plein milieu de la nuit ? Hum… Je te connais trop bien, Gabrielle.

Elle sourit, pose ses coudes sur le bureau et enfouit les mains dans ses cheveux. Sa tignasse est retournée à l'état sauvage depuis le départ de Marc.

— Je suis sur une enquête compliquée, en ce moment.

Pour la première fois depuis bien longtemps, elle déroge à leur règle de ne jamais laisser le travail s'immiscer dans leur vie personnelle et lui fait un rapide résumé de la situation. Elle n'a aucune inquiétude, il ne répétera pas un mot de leur conversation à qui que ce soit, pas même à Laura.

— Tu penses que c'est le prof de sport disparu qui les a tuées ? l'interroge Franck au bout d'une longue série de questions.

— Il pourrait faire l'affaire, mais rien ne le relie à la seconde fille.

— Il a tué la première par vengeance, puis il a pris goût au meurtre.

— Possible, mais son profil ne colle pas avec celui d'un tueur qui aurait la culture suffisante pour savoir ce qu'est une vestale et pour avoir l'idée de cette mise en scène.

— Oui, c'est vrai, admet-il avant de se murer dans le silence pour réfléchir. Ce faux flic dans le Scénic, il a dû en faire des kilomètres dans Toulouse. Avec toutes les caméras de vidéosurveillance qu'il y a dans la ville, vous avez peut-être des images de lui.

Elle ne lui a pas encore parlé de la descente aux Trois-Cocus. Elle ne lui cache jamais rien, mais ce soir elle se sent à ce point mal que la simple idée d'évoquer sa monumentale méprise achève de lui mettre le moral à zéro. Elle hésite durant de longues secondes, puis se dit qu'arrivée à un tel point de déconfiture, lui raconter le fiasco ne fera pas de grande différence.

— Je ne vais pas te dire que tu as eu raison, lui dit Franck une fois qu'elle est arrivée au bout de ses explications, mais si cela avait été votre bonhomme, ils t'auraient donné une médaille. Tout le monde se plante, Gabrielle, même les meilleurs.

Gabrielle arque un sourcil. C'est pratiquement mot pour mot ce que lui a dit Marc devant la résidence de Romane.

— Même Eliot Ness, c'est ça ?

Un sourire se dessine par saccades sur le visage de son père. Saloperie de connexion Internet.

— Oui, sûrement. Pourquoi Eliot Ness ?

— Pour rien…

La conversation marque une pause, puis Franck rompt le silence.

— Tu es un bon flic, Gabrielle, je veux que tu en sois persuadée.

— Je suis gendarme, ironise-t-elle.

— Tu sais très bien ce que je veux dire. Tu as fait tes preuves, tu es le meilleur élément de Dobey.

— C'est lui qui t'a dit ça ?

— Il ne le dira jamais, mais il me l'a fait comprendre lorsque nous nous sommes croisés à un séminaire à Versailles. Dobey est un caractériel, mais il sait reconnaître la valeur d'une personne.

— Hum…

— Tu es sa chouchoute, conclut-il avec un sourire.

Gabrielle laisse échapper un petit rire, puis c'est à nouveau le silence.

— Mais il n'y a pas que ça, n'est-ce pas ? demande tout à coup Franck.

— Comment ça ?

— Il y a autre chose qui te tracasse. Non, pas qui te tracasse, se corrige-t-il aussitôt, qui t'attriste.

— Pourquoi dis-tu ça ?

Il secoue la tête.

— Gabrielle… Tu as déjà oublié que j'ai fait toute ma carrière dans la police ou quoi ? Je lis sur ton visage comme dans un livre ouvert.

— Il n'y a rien à lire sur mon visage.

— Tss-tss-tss… Pas avec moi… Je ne te sens pas… heureuse.

Elle sent sa gorge se nouer. *Je ne suis pas malheureuse. Mais tu n'es pas heureuse non plus.* Quand Marc lui a dit pratiquement la même chose tout à l'heure, ça lui a fait mal, mais elle a encaissé. Que ce soit la personne qui la comprend le mieux et à laquelle elle tient le plus au monde qui le devine et le lui dise, cela lui brise le cœur. Mais elle ne se confiera pas, pas même à Franck. Comment lui dire qu'elle souffre et que cela fait des années que ça dure ? Qu'elle n'est pas bien dans sa tête, qu'elle se sent vide et à bout de forces, qu'elle n'envisage pas la vie à six mois, qu'elle se donne corps et âme à son travail parce qu'elle n'a rien d'autre à quoi se raccrocher ?… À quoi bon lui dire que ses parents biologiques lui manquent, que ses cauchemars l'épuisent un peu plus chaque jour, qu'elle se sent parfois au bout du rouleau et qu'elle n'entrevoit aucune issue ? Comment lui faire comprendre son dégoût de la vie, sa rage, sa haine, son découragement aussi, sa profonde tristesse à la pensée de toutes ces âmes brisées. Erika, Romane, Axel, Laura et Morgane…

Et comment lui parler de Marc et lui faire prendre la mesure de sa solitude ?

Mais si elle ne s'ouvre pas à Franck, à qui le fera-t-elle ? Elle n'a personne d'autre dans sa vie, ni ami proche ni confidente. Les jumeaux seraient capables de tourner sa peine en dérision et Laura… Elle a énormément d'affection pour Laura qui l'écouterait sûrement, mais elle ne s'est jamais sentie aussi proche d'elle que de Franck.

— Gabrielle ?

— Oui…

— Tout va bien ?

Elle ne pleure pas. Il n’en est pas question, surtout pas devant Franck, mais elle doit lutter pour retenir les larmes.

— Oui, tout va bien.

Elle simule un sourire qu’elle sait peu crédible, mais si elle ne change pas rapidement de sujet, elle va s’effondrer. Elle observe le visage inquiet de son père. La connexion n’est pas terrible, mais elle peut tout de même se rendre compte qu’il a une sale mine. Elle lui en fait la remarque.

— C’est ma tête normale, je pourrais me vexer.

— Laura ne te donne pas à manger ?

— Et toi, qui te nourrit ? Tu parles de ma tête, mais la tienne n’est pas mal non plus…

— Je n’ai besoin de personne pour me nourrir, ni pour prendre soin de moi.

Elle quitte un instant l’écran des yeux, voit l’impact laissé par la tasse sur la porte d’entrée. Mais qu’est-ce qui lui a pris de réagir aussi violemment ? Elle choisit de mettre ce stupide emportement sur le dos de l’alcool.

— Je vais te laisser. Il faut que je dorme un peu, sinon je ne tiendrai pas debout demain.

— Oui, repose-toi. Bonne nuit, Gabrielle.

— Bonne nuit, embrasse Laura de ma part.

Elle met fin à l’appel et ferme les yeux. Il faut qu’elle dorme un peu, oui, encore faudrait-il qu’elle en éprouve le besoin. Elle se lève, s’étire et s’approche de la porte-fenêtre. Un mouvement de l’autre côté de la vitre attire son regard. C’est Hobo, le chat SDF.

— Qu’est-ce que tu fous là, toi ?

L'animal ne semble pas avoir faim ; il est figé telle une statue de poils et regarde droit devant lui, les yeux mi-clos, dans l'attente de quelque distraction qui ne vient pas. À un moment, Gabrielle croit qu'il va s'endormir : ses yeux se ferment complètement et sa tête bascule dangereusement vers l'avant. Avant qu'elle ne cogne contre le verre, Gabrielle saisit la poignée de la porte et la tire de côté. Hobo bondit en arrière avant de se réfugier sous la table de la terrasse. Puis il se met à miauler, se frotte aux pieds en métal. Il sait qu'il n'est jamais vraiment le bienvenu dans l'appartement, alors il garde ses distances.

Chat et humain s'observent avec défiance durant de longues secondes.

— Allez, viens.

Le félin, légèrement déboussolé, hésite quelques secondes, puis se rapproche avec circonspection.

— Dépêche-toi, bon sang.

Hobo se décide enfin et fait un petit saut par-dessus le rail de la porte-fenêtre. Gabrielle referme derrière lui et se dirige vers la cuisine pour récupérer un peu de lait dans le frigo.

Ce soir au moins, elle ne dormira pas seule.

Chapitre 31

Elle passe la porte du bureau la tête et les paupières lourdes. Elle n'a dormi que trois heures, et encore en comptant la dernière demi-heure passée à rechercher vainement le sommeil après avoir expulsé Hobo hors de l'appartement, alors qu'il poussait de petits miaulements plaintifs devant la porte-fenêtre. C'est la première et la dernière fois que ce chat passe la nuit dans son appartement, se jure-t-elle.

Elle porte une main à son front sous le coup d'une nouvelle vague de douleur.

OK, ce n'est peut-être pas uniquement la fatigue. Je ne supporte sans doute pas l'alcool aussi bien que je le pensais...

Elle s'assied sans un regard pour Marc qui est déjà arrivé, mais dont elle enregistre difficilement la présence. Dans la brume qui l'enveloppe, elle a à peine conscience du monde qui l'entoure.

— Bonjour, lui lance prudemment celui-ci.

— Salut.

Elle pose les coudes sur le bureau, ferme les yeux et applique le bout de ses doigts sur ses tempes. Tout n'est pas encore bien en place, là-haut.

Lorsqu'elle rouvre les yeux, Marc s'est assis en face d'elle.

— Gabrielle…

Elle l'arrête d'une main.

— Pas ce matin, s'il te plaît.

— Tu ne sais pas ce que j'allais dire.

— Si, je sais parfaitement ce que tu allais dire, et je te le répète : pas ce matin.

— J'ai du Doliprane, si tu veux.

— Ce n'est pas du Doliprane qu'il me faut.

— C'est quoi alors ?

Elle lui adresse un regard las, mais dans lequel brille une petite lumière qu'il soupçonne d'être le feu couvant de sa colère.

Le téléphone de Gabrielle coupe court à la conversation. Dobey.

— Mon colonel ?

— Dans mon bureau, s'il vous plaît. Tous les deux.

Moins d'une minute plus tard, tous trois ont pris place autour de la table de réunion. Le colonel ouvre une chemise et en sort un carton qu'il pose sous le nez de Gabrielle. La vue de la carte dissipe instantanément la brume de laquelle la jeune femme ne parvenait pas à s'extraire. Elle ne peut retenir un juron.

— Elle est arrivée au courrier ce matin, explique Dobey. Notre gars l'a déposée cette nuit ou très tôt ce matin.

Marc se rapproche de Gabrielle et examine la carte. C'est la petite sœur des deux premières, son auteur est sans nul doute le même.

Gabrielle pose un doigt sur le carton.

— Je connais, ça…

Le regard du colonel se courrouce.

— Comment ça ?

— Ce visage, cette bouche qui crache des soldats. J'ai déjà vu ça.

— Où ? lui demande Dobey.

Elle réfléchit un instant, puis son regard s'illumine.

— C'est un célèbre graffeur toulousain.

Elle se lève avec brusquerie de sa chaise et passe derrière le bureau du colonel.

— Vous pouvez déverrouiller la session, s'il vous plaît ?

Dobey se lève sans poser de questions et la rejoint devant l'écran de son ordinateur pour accéder à sa demande. Marc quitte à son tour la table de réunion. Gabrielle, toujours debout, s'affaire un moment entre clavier et souris, puis se redresse, une expression de satisfaction collée au visage.

— *The Hype*, c'est son nom d'artiste. Ça – elle indique à l'écran la photo d'une des œuvres du graffeur –, c'est l'une de ses réalisations. Je ne sais plus où elle se trouve, mais elle est à Toulouse, c'est une certitude, je l'ai déjà vue.

— Ça ressemble étrangement à ce qui est dessiné sur la carte, en effet, note Marc.

Gabrielle plante son regard dans celui du colonel.

— Il faut récupérer l'adresse de ce graff.

Une heure plus tard, ils sont en route vers l'adresse livrée par le journal à l'origine de l'article trouvé par Gabrielle sur Internet. Cette fois, ils ne s'embarrassent pas de discrétion. Le cortège file sirènes hurlantes en direction de la limite septentrionale de la ville. Sur place,

Gabrielle repère rapidement la fresque sur le mur latéral d'un grand bâtiment gris visiblement laissé à l'abandon. Les véhicules s'immobilisent en plein milieu de la route, les portes s'ouvrent à la volée et les militaires débarquent comme pour un assaut. Gabrielle rassemble ses troupes et leur rappelle une dernière fois l'organisation de l'intervention. Accompagnée de trois hommes et d'un employé de la mairie qui est propriétaire de l'édifice tagué, jadis une fabrique de machines-outils, elle se charge de l'inspection de ce qu'elle considère comme l'objectif principal. Les autres équipes, dont celle de Marc qu'elle a pris soin de tenir à distance d'elle, ont pour mission de visiter toutes les maisons voisines.

Après avoir constaté l'absence d'effraction, Gabrielle commande à l'agent de mairie de leur ouvrir les portes de la fabrique. Les lieux consistent en un grand hall désaffecté dont une largeur est surplombée par une plate-forme supportant une poignée de bureaux accessible par un escalier en colimaçon. Les volets des fenêtres qui donnent sur la rue sont fermés et le jour qui filtre par la porte n'apporte que peu de lumière dans le vaste hall. Les faisceaux des torches éclairent un sol couvert de gravats et de poussière, des bacs en béton, des reliefs de métal rescapés des machines disparues, des palettes, des câbles et des tuyaux… Le regard de Gabrielle se pose sur la plate-forme dans le fond.

— Jetez un coup d'œil par ici, je m'occupe des bureaux.

Marc sonne une seconde fois. Rien ne semble bouger à l'intérieur, mais à cette heure-ci, beaucoup de gens sont déjà partis travailler. Il tourne la poignée du portail, qui pivote sans un bruit, et adresse un regard à Gwen.

— On va taper à la porte, dit ce dernier avec un haussement d'épaules.

Les deux gendarmes remontent l'allée qui sépare le jardin en deux. La végétation semble pousser de façon anarchique, mais dans l'exubérance florale, on devine une intervention humaine dosée pour dompter la nature tout en lui laissant un peu de sa liberté sauvage.

Ils montent les quelques marches qui les séparent de l'entrée et Marc frappe à la porte. Quelques secondes passent, puis les miaulements d'un chat s'élèvent à l'intérieur de la maison. Marc lève les yeux ; la lanterne au-dessus de sa tête est allumée. Il toque une nouvelle fois.

— Il n'y a personne, constate Gwen.

Marc se rappelle tout d'un coup la discussion avec l'OPJ en faction devant la porte du studio d'Erika. C'est l'une de ses amies qui avait donné l'alerte, car elle s'inquiétait des miaulements du chat à l'intérieur, leur avait-il expliqué. Il enfile un gant, puis tourne le bouton de porte.

Gabrielle a déjà examiné les trois bureaux les plus proches des marches. Il en reste deux, mais ceux qu'elle a déjà visités sont complètement vides et elle commence à croire qu'elle ne fera ici aucune découverte macabre. La sonnerie de son téléphone la fait sursauter. Tout en continuant à examiner la pièce à la lumière de sa torche, elle extirpe le portable de la poche de son pantalon et prend l'appel sans s'enquérir de l'identité de son correspondant.

— Oui ?

— C'est Marc. On a trouvé.

Marc s'avance sous le porche, suivi de près par Gabrielle. Il est presque midi. La chaleur brûle indifféremment hommes et végétaux. Les feuilles d'un hortensia se sont ratatinées sous la fournaise et les premiers grains d'une vigne sont en train de griller au soleil. De l'autre côté du portail, deux gendarmes en faction surveillent la rue, à présent bouclée.

Marc sent le regard de Gabrielle sur son visage. Il tourne la tête et la voit qui l'observe avec gravité.

— Tu avais raison, dit-elle.

— À propos de quoi ?

— Des cartes. Il nous les fait parvenir après avoir tué ses victimes.

Elle se prend la tête à deux mains.

— Ça ne sert à rien !

Il voudrait la contredire, mais il ne trouve aucun argument pour le faire et choisit de se taire.

— Il n'a pas refermé la porte derrière lui, remarque Gabrielle. Pas à clef, je veux dire. Il ne l'a peut-être pas trouvée, mais j'en doute.

— Moi aussi. Il nous a délibérément laissé la porte ouverte. « Prenez soin d'elle », c'est à nous qu'il adresse ce message ; il veut qu'on la retrouve, donc il nous facilite le travail.

— Il a quand même pris la peine de nous envoyer cette carte. Une adresse aurait suffi.

— Cela fait partie de son jeu.

Gabrielle se tourne vers le jardin. Zach est en train de remonter l'allée dans leur direction.

— On a localisé le graffeur, leur dit-il une fois arrivé au bas des marches. Il est à Birmingham pour une expo. Depuis trois jours. La demoiselle est là-dedans depuis combien de temps ?

La légèreté avec laquelle Zach a posé la question hérisse Gabrielle. La demoiselle, c'était Mélissa, une étudiante en droit de vingt-deux ans assassinée par un fou qui a cru voir en elle une espèce de prêtresse de l'Antiquité. Cela ne fera pas une grande différence à présent, mais elle mérite un peu mieux que de l'indifférence.

— La demoiselle s'appelait Mélissa, lui répond sèchement Gabrielle. Et il y a vingt-quatre heures, elle était encore vivante. Le graffeur est donc hors de cause. Merci pour l'info.

Zach, cueilli à froid, reste un instant muet.

— De rien, fait-il presque aussi sèchement que Gabrielle.

Il échange un regard avec Marc, puis s'éloigne d'un pas décidé en serrant les poings. Gabrielle se tourne vers Marc qui la regarde avec circonspection.

— On rentre, décide-t-elle, on n'a plus rien à faire ici.

La voiture est arrêtée à un feu. Marc se désintéresse un instant de la route pour observer sa passagère qui, un doigt posé en travers de sa lèvre supérieure, regarde sans ciller le ballet des voitures devant elle.

— Gabrielle ?

— Hum ?

— À propos d'hier soir…

Elle baisse la tête et soupire.

— On avait trop bu.

— Non, pas moi, objecte Marc.

— Eh bien, c'était ma faute, alors. Je te présente mes excuses.

— Je me fous de tes excuses. Je voulais juste te dire que tu n'es pas la première venue.

— Qu'est-ce que tu racontes ?

— Le mari fidèle qui saute sur la première venue, c'est bien ce que tu as dit, non ?

Elle reporte son attention sur le pare-brise et se tait. Le feu passe au vert ; Marc prend une profonde inspiration avant de démarrer.

— Peut-être, je ne m'en souviens plus, dit Gabrielle au bout d'un moment.

— Moi, je m'en souviens très bien, et tu te trompes.

Quelques secondes passent. À la radio, un journaliste évoque un gigantesque incendie qui ravage la Lombardie. *Si le temps se maintient*, songe Marc, *c'est tout le sud de la France qui sera prêt à s'enflammer.*

— Elle était debout ?

La question de Gabrielle coupe net le fil des réflexions de Marc.

— Hein ?

— Elle était réveillée ?

— Qui ça ?

— Devine. Magali, bien sûr.

— Oui.

Il émet un petit rire.

— Et bien réveillée. Je lui ai dit que je rentrais avant minuit et j'étais là à minuit, je te jure, mon réveil indiquait minuit pile quand je me suis glissé sous les draps. Eh bien, ça n'a pas loupé, j'entendais presque ses dents grincer sous le coup de la colère.

La discussion marque une pause, puis le visage de Marc s'assombrit d'un coup.

— Je suis en train de me demander si ce n'est pas elle, lâche-t-il.

Gabrielle le dévisage sans comprendre.

— De quoi ?

— Le mail. Avec la photo. Ce serait bien son genre.

— Qu'est-ce qu'ils en disent, à l'informatique ?

— Le message a été envoyé depuis un téléphone, avec une carte prépayée. L'acheteur a réglé en espèces sous une fausse identité, et le vendeur est incapable de nous dire de quoi il avait l'air. Le téléphone a borné tout près, une seule fois, au moment où le message a été envoyé, et n'a plus jamais été tracé. À l'heure qu'il est, la carte doit se trouver dans l'une des centaines de poubelles qui se trouvent dans la zone du relais. C'est mort.

— C'est bizarre… Si elle était en train de nous espionner ce soir-là, tu crois qu'elle aurait pris la peine de prendre une photo et de te l'envoyer ensuite par mail ? Quel est le but recherché ? Je ne comprends vraiment pas, là…

— Oui, je sais, mais à part Magali, je ne vois personne d'autre.

Nouveau silence.

— Elle te parle de moi ?

Marc tourne la tête et bute sur le regard de sa coéquipière. Il a l'impression qu'il y a de l'amusement dans ce regard-là, peut-être même de la malice…

— Si Magali parle de toi ? répète-t-il.

Il expulse un petit ricanement.

— Tu n'as pas eu les oreilles qui ont sifflé, cette nuit ? Je crois qu'elle ne t'apprécie pas beaucoup.

Elle affiche un sourire fataliste.

— Ce n'est pas grave, je peux vivre avec l'antipathie du reste de la terre s'il le faut.

Dobey les convoque dans son bureau dès leur arrivée à la caserne. Gabrielle lui fait un compte rendu détaillé des événements de la matinée : Mélissa, vingt-deux ans, est la troisième victime du tueur. Elle était jolie, avait les cheveux blonds comme Erika et Romane, et sa dépouille a fait l'objet de la même mise en scène : elle a été déshabillée, enveloppée dans un drap reconverti en toge, coiffée d'une tresse vestale, et un cosmos blanc a été glissé entre ses mains. Seule différence avec les deux autres victimes : Mélissa a été frappée au visage. Les marques dans le cou et les pétéchies conjonctivales orientent cependant le légiste vers une mort par asphyxie. Il n'y a pas d'autres traces qui suggéreraient une lutte et le médecin soupçonne que, comme pour Erika et Romane, il n'y a pas eu de violences sexuelles. Gabrielle explique au colonel qu'il n'y a pas eu effraction, constatation à partir de laquelle elle élabore quatre scénarios : la porte de la maison était ouverte dès le début et l'agresseur n'a eu qu'à la pousser ; il avait la clef ; il connaissait suffisamment bien sa victime pour qu'elle le laissât entrer de son plein gré ; enfin, il ne la connaissait pas, mais a recouru à un stratagème qui lui a permis d'endormir sa méfiance.

— On penche pour cette dernière hypothèse, conclut Marc. C'est cohérent avec le déguisement de policier.

Il s'est présenté chez elle en uniforme et lui a raconté je ne sais quel bobard pour qu'elle le laisse entrer.

— Et personne n'a rien vu ?

— On interroge tout le quartier, intervient Gabrielle. La maison est un peu isolée et d'après les premiers témoignages, la rue n'est pas très bien éclairée. Mais quelqu'un a forcément vu ce type.

Elle veut se montrer optimiste. Ils sont depuis trop longtemps dans le noir, elle ne veut pas croire qu'aucune étoile ne brillera dans la nuit.

— Si quelqu'un l'a vu, il y a des chances qu'il nous décrive le même type que sur l'image de la caméra, objecte Dobey. Il avance masqué.

— On ne sait pas, on peut avoir de la chance.

Le colonel s'enfonce dans son fauteuil et fait la moue.

— Le juge d'instruction va venir aux nouvelles, tonne-t-il. Je dois savoir exactement quoi lui dire. Je veux un compte rendu écrit détaillé de tout ce qu'on sait sur cette affaire depuis le début. Vous récupérez tous les P-V rédigés jusque-là, et vous me condensez ça sur quelques pages d'ici la fin de l'après-midi, c'est entendu ?

Les deux gendarmes échangent un rapide coup d'œil.

— Entendu ? répète Dobey.

— Oui, mon colonel.

— Il parle de rien, râle Marc en regagnant son bureau. Il y en a des dizaines, de P-V !

C'est la première fois que Gabrielle entend son partenaire se plaindre, ce qui lui fait immédiatement gagner quelques points dans son estime.

— On va s'y mettre à deux.

— Même à deux… Tu te souviens de tout ce qu'il y a dans les dossiers, toi ?

— Rappelle-moi, ce n'est pas toi, le procédurier ? Tu es censé savoir précisément où se trouve chaque document.

— Oui, mais pas ce qu'il y a dedans.

— On la connaît par cœur, cette enquête, et on n'a pas besoin d'entrer dans les détails.

Tout en parlant, elle épingle trois feuilles de papier sur le tableau en liège fixé au mur.

— Qu'est-ce que tu fais ? l'interroge Marc.

— Je veux avoir les cartes en permanence sous les yeux ; je ne crois pas aux miracles, mais à force de les regarder, on trouvera peut-être quelque chose. Un lien, un schéma, un fil conducteur, j'en sais rien.

— Tu as des nouvelles du SALVAC ?

— Oui, il n'en est rien sorti. On n'a aucun cas similaire ou qui évoquerait même de loin celui-ci.

Marc se lève et s'approche du panneau. Gabrielle a repris sa place devant son écran d'ordinateur et a décroché son téléphone. Tandis qu'elle demande des comptes à Ramazan qui a la charge de collecter l'ensemble des enquêtes de voisinage, Marc étudie avec attention les agrandissements couleur des trois cartes.

— Regarde, dit-il une fois que Gabrielle a raccroché.

Elle le rejoint près du panneau et pose les yeux sur l'endroit que Marc pointe du doigt sur la reproduction la plus récente.

— Une barre de gouvernail, constate Gabrielle. Et ?

— Où en as-tu vu une récemment ?

— En effet, il y en avait une suspendue au mur dans le salon de Mélissa, se souvient-elle. Cela prouve que nous avons correctement interprété la carte, mais ça on le sait déjà puisqu'on l'a retrouvée morte chez elle, ironise-t-elle.

Il lui adresse un sourire pincé.

— OK… Mais alors dis-moi : à quoi sert de dessiner un objet qui se trouve à l'intérieur de la maison pour nous mettre sur la voie, alors que pour faire le lien avec la maison, il faut justement y être déjà entré et donc avoir déjà déchiffré la carte ? C'est un indice qui n'en est pas un.

Il lui montre l'agrandissement de la première carte.

— Même chose pour l'attrape-rêves ; il ne pouvait pas nous aider à trouver le studio d'Erika, car il se trouve justement dans le studio. Lui non plus ne sert absolument à rien.

Gabrielle le regarde avec un intérêt grandissant.

— Ces objets lui plaisent, alors il les rajoute sur son dessin, suggère-t-elle.

— D'accord, mais à quel moment ?

— Comment ça, à quel moment ?

— Il dessine ce qu'il voit, ou ce dont il se souvient.

— Ou ce qu'il a pris en photo.

— OK, approuve Marc. Mais le légiste nous dit que Mélissa a été tuée hier soir, peut-être dans la nuit. Le tueur a laissé cette carte dans notre boîte à lettres dans la nuit également, ou très tôt ce matin ; la peinture a tout juste eu le temps de sécher. Je suis prêt à prendre le pari : le meurtrier réalise ces cartes sur place, juste après avoir tué ; il y dessine des éléments environnementaux qui nous permettront d'identifier les lieux, mais aussi ce qu'il voit autour de lui : l'attrape-rêves chez Erika, la barre de gouvernail chez Mélissa.

Il tourne la tête vers la deuxième reproduction, celle du meurtre de Romane.

— Et je suis également prêt à parier que, sur celle-là, il y a un élément qui nous ramènera à un objet qui se trouve dans l'appartement de Romane, et auquel on n'a pas encore prêté attention.

Gabrielle prend une pose songeuse et commence à se ronger l'ongle d'un doigt.

— C'est possible. Et on fait quoi de tout ça ?

— Je ne sais pas, mais il faut y réfléchir…

— Ça va dans le sens d'un esprit encore plus tordu que ce qu'on pensait, c'est tout.

Elle se frappe la bouche du poing.

— On assemble des pièces du puzzle, mais il y a toujours autant de trous à combler. Merde !

— On va y arriver.

Elle lève les yeux vers son partenaire qui la regarde avec intensité, comme s'il avait voulu lire dans ses pensées. Elle espère qu'il n'a pas ce don, car des images de leur dernière soirée viennent de lui revenir à l'esprit et son cœur s'est mis à battre un peu plus fort.

— Ouais… En attendant, il faut rédiger ce foutu compte rendu pour Dobey.

Gabrielle consulte l'heure dans le coin de son écran. Cela fait trois heures qu'ils ont les yeux rivés dessus sans aucune interruption ou presque. Affalé dans son siège, Marc joue le rôle de dactylo. Elle se redresse et s'étire bruyamment.

— Il faut que je bouge, je vais me chercher un café. Je t'en ramène un ?

— Oui, s'il te plaît. Courage, on n'est pas loin de la fin.

— J'espère bien.

Elle est à peine debout que son portable sonne : c'est Zach. Il l'appelle depuis l'institut médico-légal où il assiste à l'autopsie de Mélissa. Elle s'est déchargée de cette tâche pour consacrer l'après-midi au rapport commandé par Dobey, mais si c'est sur lui que c'est tombé, c'est aussi pour lui faire payer son indifférence affichée pour le sort de la jeune femme. Elle sait qu'il ne pensait pas à mal, mais il se souviendra peut-être de la leçon.

— Oui ?

— C'est Zach, je suis avec le légiste. Il a trouvé des fragments de peau sous un ongle de la victime.

Gabrielle lève le poing et laisse échapper un petit cri de victoire.

— Elle s'est défendue.

— C'est ce qu'il pense, oui.

— L'équipe de Niko n'a trouvé aucune trace de lutte, se rappelle Gabrielle. Et j'ai confiance en eux. S'ils n'ont rien trouvé, c'est qu'il n'y avait rien à trouver. Le meurtrier a dû faire le ménage.

Elle décolle le portable de son oreille pour consulter l'heure.

— Dix-sept heures douze. Ça fait un peu juste pour apporter l'échantillon à Bordeaux, non ?

— En effet, confirme Zach. Même à moto, ça va être chaud. Et il faudrait que la BMO[1] ait un gars dispo.

— Tu peux récupérer l'échantillon et le ramener ici, s'il te plaît ?

1. Brigade motorisée.

— Je m'en occupe.

— Merci, Zach.

Elle raccroche et retranscrit la conversation à Marc.

— Je vais voir Dobey. Il doit discuter avec le juge d'instruction, il en profitera pour lui faire la demande officielle pour Bordeaux.

— Et elle va prendre combien de temps, cette analyse ?

— Toujours moins que si on passe par l'IRCGN[1] ou le labo de la police ; ça a un coût, mais je doute qu'après trois meurtres le juge s'amuse à faire cette économie-là.

— Il faut espérer. Si tu attends cinq minutes, tu pourras donner une impression du rapport à Dobey. Dis-lui que je le lui envoie aussi par mail.

— Merci.

Elle s'assied à son bureau et décroche le téléphone.

— Je vais contacter le labo pour les délais.

— Gabrielle ?

Elle suspend l'appel et se tourne vers son partenaire.

— Quoi ?

— Je t'avais bien dit qu'on y arriverait.

Elle sourit et recompose le numéro du laboratoire.

Lorsqu'ils sortent de la gendarmerie, le bleu du ciel a disparu derrière une épaisse couche de gris. La chaleur reste écrasante et les nuages ne semblent pas disposés à rafraîchir l'atmosphère. Marc accompagne Gabrielle jusqu'à sa voiture. Depuis plusieurs jours, il a calé ses horaires sur ceux de sa coéquipière et Gabrielle songe un instant que leur intimité va finir par exciter l'imagination de certains, Olivier le premier.

1. Institut de recherche criminelle de la gendarmerie nationale.

Chapitre 32

Gabrielle prend son petit déjeuner avec sous les yeux le rapport rédigé pour Dobey qu'elle a pris le soin de transférer sur sa boîte mail personnelle. À mesure qu'elle le lit, elle dresse une liste de mots, pris séparément ou associés en fragments de phrases, prélevés dans le document ou imaginés par son cerveau par association d'idées, qu'elle juge suffisamment pertinents pour figurer au nombre des pistes à explorer : vestale, cosmos, psychopathie, « déguisement de policier », « fabriquer sa propre peinture », et une dizaine d'autres encore. Une heure plus tard, elle réquisitionne le fauteuil, liste en main et ordinateur portable sur les cuisses, et passe le restant de la journée à faire des recherches sur la base des termes clefs ainsi retenus, ne se levant que pour se faire un sandwich au beau milieu de l'après-midi. Elle a lu des dizaines et des dizaines d'articles, écumé les blogs, les forums de discussions et les réseaux sociaux : passionnés d'Antiquité, horticulteurs amateurs, apprentis coiffeurs, adeptes du jeu de société évoqué par Marc et dont le meurtrier s'est visiblement inspiré pour ses cartes. Elle en sait à présent un peu plus sur Vesta et ses disciples, sur la sociopathie et la psychopathie, a constaté avec regret, mais sans surprise, que la cosmophilie n'existait pas, mais a découvert (au moment de sa pause sandwich pendant laquelle elle s'est autorisée quelques minutes de distraction) que les émétoaérosagophiles collectionnaient les sacs à vomi non utilisés.

À vingt et une heures, la tête un peu lourde et les yeux piquants, elle décide de faire une nouvelle pause. Elle glisse un plat de cannellonis dans le four micro-ondes, puis récupère un Doliprane dans la salle de bains. Tandis que les pâtes montent en température dans le four, elle se verse un verre de vin blanc qu'elle accompagne d'une poignée de cacahuètes et de quelques olives, dépose le tout sur la table basse et reprend place dans le canapé. Elle avale le Doliprane avec une gorgée de vin, allume la télé et zappe sur une chaîne d'informations en continu. La deux cent quatrième tuerie de masse de l'année aux États-Unis a fait treize morts à Sacramento, les intégristes religieux soufflent sur les braises au Moyen-Orient, un nouveau glacier vient de disparaître en Islande et, pire que tout à en juger par la mine grave du journaliste, l'équipe de France de foot s'est inclinée au Portugal. La déprime est totale. Elle est assise depuis dix minutes quand Hobo apparaît comme par magie sur la terrasse. Pile-poil à l'heure. Elle se relève et fait entrer l'animal qui a pris un peu d'assurance depuis son incruste de jeudi. Mais ce soir, elle n'éprouve pas le besoin de compagnie et surtout, elle n'a pas l'intention de rejouer au groom pour chats au beau milieu de la nuit. Alors, dès que le matou a ingurgité son comptant de croquettes, elle le met gentiment, mais fermement dehors.

Elle achève son repas alors que la nuit finit de tomber sur Toulouse. Installée en terrasse avec son troisième verre de vin à la main, elle regarde les dernières lueurs du jour s'éteindre derrière la basilique Saint-Sernin. Hobo, pas rancunier, est vautré de tout son long à ses pieds.

Elle cogite depuis plusieurs minutes. Elle pourrait reprendre ses recherches, y passer toute la nuit, mais pour quel résultat ? Qu'a-t-elle appris jusque-là ? Est-elle plus avancée qu'à la même heure la veille ? Elle se sent mentalement et physiquement épuisée et elle n'a ni l'envie ni l'énergie de s'y remettre. Elle sait qu'elle ne trouvera pas le sommeil de sitôt, mais elle peut au moins se reposer le cerveau. Se détendre et se vider la tête, comme le lui a si bien suggéré Marc.

Elle se replie dans l'appartement, referme la porte-fenêtre et se laisse tomber dans le canapé. La dernière saison de *Mindhunter* vient d'arriver sur Netflix. Dix épisodes, à peu près autant d'heures pour en venir à bout, largement de quoi passer la soirée. Et peut-être même la journée de demain.

Essaie quand même de te vider un peu la tête, de te détendre.

Rien de mieux qu'un peu de *binge-watching* pour se vider la tête.

Chapitre 33

La semaine démarre avec un point sur l'enquête auquel participe la quasi-totalité de la section de recherches. La trace génétique prélevée sous un ongle de Mélissa est arrivée au laboratoire de Bordeaux, mais les résultats ne tomberont pas d'ici plusieurs jours.

— D'ici là, on ne néglige aucune piste et on rogne chaque indice jusqu'à la moelle, lance Gabrielle à ses équipes au moment de conclure la réunion.

Avec Marc, elle passe la matinée à relire l'ensemble des procès-verbaux des auditions, analysant chaque mot prononcé par le témoin, chacune de ses attitudes relevée par le gendarme en charge de l'interroger. À l'heure de la pause méridienne, elle croise Olivier qui part déjeuner en compagnie de deux de ses comparses (les deux seules personnes qui constituent ici le cercle de ses amis, à peu près aussi détestables que lui).

— J'ai un témoin, l'interpelle-t-il en ajustant les pans de sa veste Armani d'un geste sec.

Elle s'arrête et le dévisage avec méfiance.

— Tu aurais pu me le dire tout à l'heure, non ?

— Ben, tout à l'heure, je ne l'avais pas, mon témoin, réplique-t-il sur un ton narquois.

Gabrielle prend une profonde inspiration et pince les lèvres pour s'empêcher de céder aux provocations de son collègue.

— Un témoin de quoi ? demande-t-elle patiemment.

— Une fille qui a vu un type discuter avec Tom Estebes le jour de sa disparition. Une discussion animée, apparemment…

— Qu'est-ce qu'elle t'a dit ?

— Doucement, ma grande. Je la vois cet après-midi, je te raconterai ça tout à l'heure.

— C'est à quelle heure ?

— Quinze heures.

— OK, je passerai te voir en fin d'après-midi.

Elle tourne les talons et se dirige gamelle en main vers la salle de pause où l'attend Marc.

— Une sportive ! s'écrie Olivier en dessinant des courbes féminines dans l'air. J'adore ce boulot !

Il ricane, aussitôt imité par ses compagnons. Gabrielle ne prend pas la peine de répondre.

Olivier récupère sa veste sur le portemanteau, puis les trois gendarmes sortent du restaurant et reprennent le chemin de la caserne. Au bout de deux cents mètres, Olivier plonge une main dans une poche de sa veste et s'arrête.

— Merde…

Ses deux camarades s'immobilisent un peu plus loin sur le trottoir.

— Quoi ?

— J'ai pas mes clefs.

Il explore les multiples poches que comptent ses vêtements, constate que son portefeuille et son portable sont toujours à leur place, mais de son trousseau de clefs, nulle trace.

— Passez devant, je reviens.

Il fait demi-tour et s'éloigne d'un pas rapide. Si on lui a piqué ses clefs alors qu'il déjeunait, le patron du resto va entendre parler du pays.

Le numéro qui s'affiche sur l'écran de son téléphone fixe lui est inconnu. Gabrielle fronce les sourcils et décroche.

— Allô ?

— Bonjour, capitaine, Jean-Louis Couderc, de *La Dépêche du Midi*, j'aurais quelques questions à vous poser au sujet des meurtres des étudiantes.

Les yeux de Gabrielle s'ouvrent en grand.

— Pardon ?

— Vous êtes sur la piste d'un tueur en série. Est-il vrai qu'il se fait appeler le « tueur aux cartes » ?

Gabrielle manque de s'étouffer.

— Mais qui vous a donné ce numéro ?

— J'ai appelé le standard et…

— Non ! s'emporte-t-elle, vous n'auriez jamais atterri ici. Qui vous a donné ce numéro, bon sang ?!

— S'il vous plaît, juste quelques questions, cela ne prendra que deux minutes.

Elle raccroche avec violence et jure tout haut.

— Qu'est-ce qui se passe ? demande Marc, que la couleur du visage de sa partenaire commence à effrayer.

— Les journalistes sont au courant, putain !

Elle bondit de son siège qui roule vers une armoire métallique contre laquelle il s'écrase avec fracas.

— Y a que ce trouduc pour avoir balancé l'info ! fulmine-t-elle en se dirigeant vers la porte.

— Où vas-tu ?

— Chez Olivier !

— Attends !

Lorsqu'il passe la tête dans le couloir, elle n'est déjà plus qu'à quelques pas du bureau d'Olivier.

— Tu avais dit en fin d'après-midi, s'étonne celui-ci lorsqu'il voit débarquer sa collègue. Je pars dans cinq minutes…

— Espèce de connard, c'est toi qui as parlé à la presse ?

— Qu'est-ce que tu racontes ?

— Je viens d'avoir un gars de *La Dépêche* au téléphone, il sait des trucs qu'il n'est pas censé savoir, bordel !

— Qu'est-ce que tu veux que j'y fasse ?

— Gabrielle… intervient Marc qui vient de franchir la porte du bureau.

Il lui met une main sur le bras, dont elle se débarrasse d'un geste brusque.

— Arrête tes conneries, t'es le seul assez con pour faire ce genre de coups tordus !

— J'ai rien à voir avec ça, alors me fais pas chier ! se défend Olivier avec véhémence.

— Quand Dobey le saura, je te jure que je me ferai un plaisir de t'enfoncer !

— Je t'ai dit que je sais pas de quoi tu parles, alors m'emmerde pas !

— Gabrielle, calme-toi, s'il te plaît, tente Marc.

— Oui, écoute ton petit copain et baisse d'un ton.

Gabrielle pointe un doigt menaçant dans sa direction.

— Ferme ta gueule, ne dis plus un mot, bordel !

— Allez, tire-toi, j'ai du boulot… fait Olivier avec un geste méprisant de la main.

— Je vais te…

Marc la saisit par le bras et la tire en arrière.

— Gabrielle, viens ! lui ordonne-t-il.

— Oui, c'est ça, mets-lui un petit coup, ça la calmera.

— Putain !

Gabrielle se libère de l'emprise de Marc et se jette sur Olivier. D'une main, elle l'agrippe par le col de la chemise et le plaque contre le mur, puis lève son bras libre et le menace du poing.

— Retire ça tout de suite, pauvre con !

Marc agrippe la main dont les articulations ont pris la teinte blanche du tissu qu'elle emprisonne et oblige Gabrielle à lâcher prise.

— Sors d'ici, Gabrielle ! lui crie-t-il en la fusillant du regard.

Elle le toise méchamment durant quelques secondes, puis détache sans ménagement sa main de son poignet et se rue hors du bureau. Marc, mâchoires serrées, fixe Olivier avec férocité avant de s'éclipser à son tour. Quand il la rejoint dans leur bureau, Gabrielle est en train de tourner comme un lion en cage. Dès qu'elle le voit, elle s'approche et se plante devant lui :

— Tu le défends, maintenant ?

Marc, que la colère de Gabrielle a contaminé, lui répond avec la même animosité.

— Comment sais-tu que c'est lui ?

— Ça ne peut être que lui, personne d'autre n'aurait fait cette connerie !

— C'est comme ça que tu bosses, tu portes des accusations sans avoir de preuve ?

Il voit le feu dans ses yeux prendre un peu plus de vigueur.

— Qu'est-ce que tu insinues, là ?

Marc comprend qu'elle a mal interprété ses propos et s'efforce de se calmer avec l'espoir que la pression retombera également du côté de Gabrielle.

— Je n'insinue rien du tout, je veux juste te dire…

— Ne me parle pas de mon boulot, t'as compris ? s'étrangle-t-elle en levant un doigt juste sous son nez.

— Ne me menace pas comme ça, Gabrielle.

— Je t'emmerde. Ce n'est pas à toi de me dire ce que je dois faire et ne pas faire, lâche-t-elle d'une voix glaciale.

Il lui saisit le poignet et la force à baisser le bras.

— Tu te calmes, s'il te plaît, riposte-t-il d'un ton qui rivalise de fraîcheur avec celui de la jeune femme. Ce n'est pas parce que tu es ma supérieure que tu dois me manquer de respect.

La poitrine de Gabrielle se soulève et s'affaisse avec rapidité. Son visage s'est couvert de plaques rougeâtres et le bleu de ses yeux a pris une teinte sombre où palpite l'écarlate de la braise. Elle donne un coup sec qui lui libère le bras et se tourne vers son bureau sans un mot. Elle y récupère son sac à dos et ses clefs et s'enfuit par la porte.

— Gabrielle !

Chapitre 34

Sa conversation téléphonique avec Ombeline ne lui a apporté aucune piste concrète. Il a eu beau retourner le problème dans tous les sens, il est systématiquement parvenu à la même conclusion : seuls les flics en savent plus que lui sur l'assassinat d'Erika. Il a tenté sa chance auprès de celle qui l'a interrogé juste après le meurtre, le capitaine Gabrielle Berthelot, il n'est pas près d'oublier cette rencontre et le nom de son instigatrice. Sans succès. Mais les conditions n'étaient sans doute pas réunies. Par téléphone, à froid, sur son lieu de travail, elle n'était peut-être pas disposée à lui faire des confidences.

L'idée lui était donc venue de « provoquer » une rencontre avec cette dame, de faire semblant de tomber sur elle par hasard, dans un cadre plus détendu où elle serait plus encline à discuter et à livrer quelques informations à l'une des personnes les plus proches de la victime, surtout si cette personne se montrait très affectée par la disparition de son amie. Il n'est pas au bord du suicide, mais il n'a aucune inquiétude sur sa capacité à simuler la chose le moment venu.

Prendre la décision de filer un gendarme nécessite un certain sang-froid, mais dans ce domaine-là, il n'a rien à apprendre de personne. Il a donc entrepris de suivre le capitaine en se préparant à saisir la première occasion favorable. Elle s'est présentée le soir même. La jeune femme est sortie accompagnée d'un autre flic avec lequel il l'avait déjà vue ; sa tenue suggérait une soirée romantique, ce qui l'a d'abord contrarié, car il s'imaginait mal aborder le couple en pleine parade amoureuse. Il a tout de même décidé de tenter le coup et la suite des événements allait lui montrer qu'il avait pris la bonne décision.

En fait, ce n'était pas un dîner entre amoureux. Les deux tourtereaux avaient pris place à une longue table autour de laquelle était déjà installée une dizaine de personnes. Son cœur s'était légèrement affolé à l'idée que toute la tablée soit exclusivement constituée de gendarmes, mais maintenant qu'il était dans l'arène, il n'était plus question de reculer. Les choses se présentaient cependant sous un jour différent : difficile d'aborder la jeune femme au milieu de toute cette agitation, mais la présence de ses collègues, s'il s'agissait bien de ses collègues, multipliait les chances de glaner des renseignements utiles. Il lui suffisait donc de s'installer et de tendre l'oreille. Mais à la fin de la soirée, les gendarmes n'avaient pas dit un seul mot sur le meurtre d'Erika.

C'est alors que la jeune femme et son cavalier s'étaient levés pour partir. Lorsqu'elle s'était arrêtée près de sa table pour chercher ses clefs, il n'avait pas raté un mot de ce qu'elle avait dit : elle avait évoqué un certain Olivier, qui en avait un double. L'Olivier en question était là aussi, il le savait grâce à l'un des autres convives qui avait interpellé son collègue par son prénom à plusieurs reprises.

Alors il avait eu une idée.

Le lendemain, il changeait de cible.

Et aujourd'hui, il a le trousseau de clefs d'Olivier dans la main et, parmi elles, celle de l'appartement du capitaine Gabrielle Berthelot. Il l'espère en tout cas de tout son cœur.

Un sourire se dessine sur son visage lorsque la troisième clef du trousseau pivote sans difficulté dans la serrure. Il entre, referme la porte derrière lui. Il hésite un instant, puis donne un tour de clef par prudence, même s'il sait que la propriétaire des lieux est à ce moment précis à son poste de travail.

Il entre dans un vaste séjour qui donne au fond sur une terrasse. La pièce, qui fait également office de salle à manger, est spacieuse, lumineuse, décorée avec soin. Il y a une cuisine américaine et un canapé d'angle qui fait face à un grand écran plat sur la gauche, une longue table en bois massif assortie de six chaises sur la droite. Quelques plantes vertes prennent le soleil derrière la baie vitrée côté salle à manger, près d'un lampadaire design dont le pied se courbe avec élégance en direction de la table. Rien à dire, le capitaine a du goût.

Il s'avance droit vers la terrasse. La vue sur les toits de la ville est splendide. À l'exception du bourdonnement du réfrigérateur, l'appartement est silencieux. Madame profite du paysage tout en s'en épargnant les nuisances sonores. Il est un instant tenté d'ouvrir la porte-fenêtre, mais y renonce presque aussitôt : il s'est équipé de gants, mais deux précautions valent mieux qu'une.

Le mur à sa droite est percé de deux portes ; la première laisse entrevoir un lit, la seconde un meuble de salle de bains. Il se dirige vers la plus proche et jette un bref coup d'œil à la pièce : une chambre avec un lit double, un plafonnier fait d'un assemblage de plaques métallisées, un placard intégré, une déco urbaine dans les tons rouge et noir. Il fait une moue admirative. Très classe. À côté de cet appartement, le sien fait figure de taudis.

Il revient sur ses pas et concentre son attention sur le séjour. Son regard est d'abord attiré par la bibliothèque en bois massif, remplie de livres et décorée de petits bibelots. Il caresse le ventre d'un ours en peluche bedonnant, puis examine avec admiration le bateau pris dans la tempête enfermé dans une bouteille en verre. Ses yeux se posent sur une pile de documents soigneusement entassés sur la table basse. Il se penche, soulève le coin d'une chemise entre deux doigts.

Sur la première feuille figure une liste de mots : vestale, cosmos, psychopathie… Les suivantes sont recouvertes de notes qui semblent en rapport avec les termes choisis sur la première page. Il s'assied dans le canapé et parcourt les titres des autres documents. Et comprend rapidement ce qu'il a sous les yeux. Alors il s'empare de son téléphone portable et active l'appareil photo.

Il a à peine photographié la première page qu'il entend un bruit de clefs du côté de la porte d'entrée.

Le trousseau lui échappe des mains et tombe par terre. Gabrielle pousse un juron et le ramasse d'un geste rageur. Elle enfonce la clef dans la serrure avec férocité, comme si elle avait voulu la punir de sa désobéissance, et ouvre la porte.

Elle ne sait pas si c'est l'attitude d'Olivier ou celle de Marc qui la met le plus hors d'elle, mais elle n'arrive pas à faire redescendre la pression. Elle expédie son sac à dos dans la cuisine, envoie balader ses Rangers à l'autre bout de la pièce et se laisse tomber dans le canapé. Une fois à son aise, elle ferme les yeux et essaie de se calmer. C'est le moment idéal pour tirer parti des enseignements du Systema. Elle fait le vide dans sa tête, respire profondément. Son rythme cardiaque commence à ralentir, mais son cerveau a du mal à lâcher prise. Elle se rappelle avoir lu un jour dans une revue scientifique qu'il est impossible de ne penser à rien du tout, tout juste parvient-on à contrôler le flux de ses pensées, ce en quoi excellent les maîtres yogis. Le cerveau fonctionne en permanence, pour le meilleur comme pour le pire. Pour l'heure, c'est sur l'enchaînement d'événements qui l'a amenée dans ce canapé qu'il se concentre. La colère laisse peu à peu la place à la confusion et à la lassitude. Est-ce vraiment l'attitude d'un capitaine de gendarmerie, bon sang ? A-t-elle vraiment fait ça ? Elle a l'impression d'avoir agi comme une gamine de vingt ans. Mais qu'est-ce qui lui est passé par la tête ? Pourquoi a-t-il fallu qu'elle réponde aux provocations d'Olivier ? Il savait où taper pour lui faire mal et elle n'a pas pu s'empêcher de tomber dans le panneau ! Et Marc qui en rajoute une couche juste après en prétendant qu'elle fait mal son boulot…

Mais cela ne peut pas tout expliquer. Qu'est-ce qui lui arrive ? Elle est à fleur de peau en ce moment, elle enchaîne les hauts et les bas de façon inexplicable. Non, plutôt les bas et les très bas… Des montagnes russes qui l'épuisent mentalement.

La mélodie étouffée de son téléphone portable se faufile jusqu'à ses oreilles. Elle soulève une fesse et extirpe l'appareil de l'une des poches arrière de son jean. C'est Marc. Elle évalue brièvement son envie de lui parler, puis décroche.

— Oui ?

— Où es-tu ?

— Chez moi. Cet après-midi, je bosse à la maison.

— Gabrielle… Tu ne peux pas quitter le boulot comme ça. Tu as de la chance que Dobey soit absent.

— Parce que tu crois que ça aurait changé quelque chose qu'il soit là ?

Un soupir.

— Tu n'es pas d'astreinte cette semaine ? demande Marc.

— Et alors ?

— Tu cherches vraiment les ennuis…

— Marc, tu m'appelles pour me faire la leçon ?

— Non, simplement pour prendre des nouvelles. Et te faire des excuses.

Gabrielle s'accorde quelques secondes de réflexion, mais Marc ne lui laisse pas le temps de répondre.

— Même si je ne comprends pas bien pourquoi je suis censé t'en faire.

Un silence.

— Je ne te revois donc pas d'ici demain ?

— Non.

— Tu reviens à la caserne, au moins ?

— Marc, tu me fatigues… Je n'ai pas besoin d'un chaperon, juste d'un peu de calme, OK ?

— OK, OK. Je te laisse, alors. À plus tard.

Elle dépose le téléphone sur la table basse et se frotte longuement les yeux. Elle sent la voix de sa conscience prête à s'élever pour lui dire ce qu'elle pense de son attitude. Non ! Elle n'y est pour rien, bon sang, ce n'est pas elle qui a déclenché les hostilités ! Pourquoi devrait-elle culpabiliser ?

Elle entend un déclic du côté de l'entrée. Elle se redresse et regarde par-dessus le dossier du canapé. Rien. La porte, peut-être ? Elle réalise tout d'un coup qu'elle ne l'a pas refermée à clef et se lève pour réparer son oubli. Elle n'est pas peureuse, mais elle a vu trop de choses dans son travail pour ne pas prendre un minimum de précautions.

Chapitre 35

Vers dix-neuf heures, alors qu'elle parcourt une énième fois les rapports d'enquête, la sonnette brise le silence qui règne sans partage dans l'appartement. Gabrielle se lève avec un soupir et approche son visage de la porte pour jeter un coup d'œil par l'œilleton.

— C'est pas vrai…

Elle fait glisser le verrou et ouvre. Marc risque un sourire.

— Je ne te dérange pas ?

— Je bossais.

— Tu fais une pause ?

Elle s'éloigne sans un mot en direction du canapé, rassemble les documents étalés sur la table basse en une pile précaire dont elle se saisit à deux mains, puis passe à la cuisine où elle ramasse le sac à dos abandonné à terre pour y enfourner sans ménagement son chargement.

— Tu veux boire quelque chose ? lance-t-elle à Marc qui a observé sans bouger le petit manège de sa coéquipière depuis la porte d'entrée.

— S'il te plaît, oui. Quelque chose de frais, si tu as.

Elle sort deux verres et ouvre le frigo. Marc s'approche et croise les bras sur le bar. Gabrielle l'observe d'un œil méfiant tout en remplissant les verres de soda.

— Tu n'es pas censé être à la caserne ? observe-t-elle en faisant glisser un verre sous son nez.

— Merci. Pas toi ?

— Si. C'est pour ça que tu es là, pour m'y ramener ? Tu ne vas pas me passer les bracelets quand même ?

Marc laisse échapper un petit rire.

— T'as vraiment un foutu caractère.

— Arrête, tu vas me faire rougir.

— Et un goût certain pour l'ironie…

— Il en faut une bonne dose pour faire ce boulot.

Il l'observe sans répondre, puis secoue la tête.

— Magali sait que tu es là ?

Il lève un sourcil.

— Qu'est-ce que tu me fais, là ?

— Je m'inquiète pour toi.

— Vraiment ?

— Vraiment.

— Ça t'arrive de t'inquiéter pour les autres ?

Attention, Marc, terrain glissant…

— Pourquoi ai-je l'impression que tu es toujours sur la défensive ?

— Je ne suis pas sur la défensive.

— Non, c'est vrai, plutôt en mode combat.

Elle pousse une longue expiration.

— Marc… Qu'est-ce que tu es venu faire ici, en fait ?

Il a un petit haussement d'épaules.

— Faire la paix.

— Nous ne sommes pas en guerre.

— Tu es sûre ? J'ai le sentiment que tu l'es en permanence, contre tout et tout le monde.

— T'as fait psycho avant l'école de gendarmerie ? Laisse tomber la sollicitude, tu veux bien.

— Ce n'est pas de la sollicitude, je cherche juste à comprendre ce qui s'est passé tout à l'heure. Je n'aime pas le conflit, et quand par malheur j'y suis entraîné, j'aime bien savoir pourquoi.

— C'est tout à ton honneur, mais moi, je n'ai pas envie d'en parler.

— Olivier est un con, enchaîne Marc, il n'avait pas à te dire ce qu'il t'a dit, on est d'accord là-dessus. Ça ne fait pas de lui le responsable de la fuite à *La Dépêche*, mais rien que pour ça, il méritait que tu lui rentres dedans.

— Je viens de te dire que je ne voulais pas parler de ça.

— Mais moi, je n'ai rien fait pour que tu me tombes dessus comme tu l'as fait, poursuit-il sans considération pour la réticence de Gabrielle, tu n'avais aucune raison de t'en prendre à moi.

— J'ai mon caractère, le coupe-t-elle, il n'est pas toujours facile, tu t'y habitueras.

— Je ne suis pas sûr que cela puisse fonctionner comme ça, non. Tu n'as pas le privilège d'avoir un sale caractère, figure-toi, et s'il te reprend l'envie de me parler comme tu l'as fait tout à l'heure, on ne va pas être copains.

Elle ferme les yeux, semble faire un gros effort pour rester maître d'elle-même, puis se dirige vers la porte d'entrée qu'elle ouvre avec une lenteur exagérée.

— Si tu es venu jusqu'ici pour me faire la leçon, tu as perdu ton temps.

— Oui, c'est vrai. Tu ne reçois de leçons de personne, n'est-ce pas ?

— Va-t'en, s'il te plaît.

— Je n'ai pas fini mon verre.

— Marc, laisse-moi seule. Je ne te le dirai pas une deuxième fois.

Il lit sur le visage de sa partenaire qu'il est déjà allé au-delà de ce qu'elle tolère habituellement. Il repose son verre, la rejoint près de l'entrée et referme une main sur le tranchant de la porte. Puis sa main bascule sur le battant qu'il repousse doucement jusqu'à ce que la porte se referme avec un léger déclic.

— Marc, je t'ai demandé de t'en aller…

Il soupire, secoue la tête.

— Je n'ai pas envie de me bagarrer au boulot, Gabrielle. J'ai ma dose à la maison avec Magali.

— Eh bien réjouis-toi, tu ne vas pas la voir pendant une semaine.

Elle saisit la poignée d'une main, qu'il recouvre aussitôt d'une des siennes. Il pose la seconde sur la porte, de l'autre côté de Gabrielle, de sorte qu'il lui fait à présent face, sans possibilité pour elle de s'échapper.

— À quoi tu joues, là ?

— J'ai horreur des conflits.

— Je sais, tu me l'as déjà dit.

— Et je n'ai pas envie de partir comme ça.

— Sors d'ici, Marc… lui commande-t-elle d'une voix étonnamment calme.

— Non.

Il se penche vers elle. Elle l'arrête en posant une main sur sa poitrine.

— Qu'est-ce que tu fais ?

— Qu'est-ce que tu m'as dit, jeudi dernier ? Ce que je meurs d'envie de faire, c'est bien ça ?

— Arrête…

Elle le repousse doucement, sans grande conviction.

— Non, je n'ai pas envie d'arrêter.

— Tu devrais partir maintenant…

— Tu veux vraiment que je m'en aille ?

Il se rapproche au point qu'elle peut à présent sentir le souffle de sa respiration sur son visage. Il ne détache plus son regard du sien. Il y couve un feu encore plus intense que la dernière fois, de ceux qui s'apprêtent à tout engloutir sur leur passage. Le cœur de Gabrielle s'emballe.

— Redis-le-moi, alors, insiste Marc, demande-moi de partir et je m'en irai.

Elle respire à présent comme si elle venait de courir un cent mètres. Ses joues sont en feu, et le sang bat violemment à ses oreilles, une succession ininterrompue de chocs sourds qui se répercutent jusque dans son crâne et menacent de la faire vaciller. De fait, elle crispe sa main sur la poitrine de Marc, car elle se sent déjà partir.

— Marc… souffle-t-elle.

— Oui ?

Elle plante ses yeux dans les siens.

— Ne t'amuse pas à jouer avec mes sentiments, ou tu t'en mordras les doigts.

Il lui semble que son cœur s'arrête de battre au moment où il pose ses lèvres sur les siennes.

La main de Marc suit la courbe de la cuisse de Gabrielle. Elle ouvre les yeux et le regarde sans sembler comprendre où elle se trouve.

— J'ai dormi ? demande-t-elle.

Il confirme de la tête.

— Longtemps ?

— Non, à peine une demi-heure.

Il continue à l'observer et à la caresser sans dire un mot.

— Qu'est-ce que tu regardes ?

— Tes yeux.

— Qu'est-ce qu'ils ont ?

— Ils me font penser à des topazes. En plus beau.

Elle sourit.

— Tu sais que je détestais la couleur de mes yeux quand j'étais ado ?

Il prend un air presque outragé.

— Tu plaisantes ? Ils sont magnifiques.

— Je te jure. J'étais gothique, à l'époque, et j'aurais aimé les avoir noirs comme la nuit. Comme ceux de ma mère…

Une ombre s'étend sur le visage de la jeune femme, dont l'esprit part à la dérive.

— D'où leur vient cette couleur extraordinaire, alors ? se risque à demander Marc qui craint que sa partenaire ne se soit définitivement déconnectée de la réalité.

— De mon père, répond-elle rêveusement. C'est pratiquement tout ce qui me reste de lui.

Les pensées se bousculent dans la tête de Marc. Il aimerait lui dire qu'il sait pour ses parents. Il aimerait lui dire qu'il peut comprendre sa douleur, qu'il sait pourquoi son regard s'assombrit à certains moments, ou se perd à d'autres dans de vastes espaces de souffrance. Il voudrait être celui qui lui donne la force de se confier, avec lequel elle accepte de partager son chagrin, à qui elle sait qu'elle peut tout dire, il voudrait qu'elle n'ait pas peur de pleurer pour pouvoir la serrer fort dans ses bras et la soulager de ses peines.

Mais il ne trouve pas le courage de desserrer les lèvres, et il a la certitude qu'elle non plus ne cédera pas à ses émotions. Gabrielle l'attire irrésistiblement, et ce depuis le premier jour, ce n'est qu'aujourd'hui qu'il le comprend. Elle entretient l'illusion de la force, mais elle peut se briser aussi facilement que le cristal. Les digues n'en peuvent plus de contenir les flots, mais elle ne veut pas verser une larme. Lui sait, il le sent à chaque fois qu'elle se tient à ses côtés : elle est meurtrie au plus profond de sa chair, mais elle s'accroche désespérément à l'espoir que ses blessures finiront un jour par se refermer, et cet espoir seul la fait tenir debout.

Gabrielle est une âme fragile et sensible. Tout le contraire de Magali.

— Je regrette, dit-elle soudainement.

Il fronce les sourcils.

— Quoi ?

— Tout ce que je t'ai dit tout à l'heure à la caserne. Je suis stupide. Irréfléchie et stupide. Je ne suis pas comme ça, ce n'est pas moi. Il y a une autre Gabrielle, la vraie, une femme apaisée et joyeuse, qui essaie désespérément de remonter à la surface…

Marc laisse échapper un petit soupir.

— Elle y parviendra, j'en suis sûr.

Il fait glisser sa main le long du bras de sa partenaire, puis s'aventure jusqu'à ses seins, dont il trace les contours du bout des doigts. Sa peau est douce comme de la soie, d'une blancheur parfaite. Il la parcourt avec patience et attention, comme s'il voulait en connaître le moindre secret. Les minutes passent. Ils n'échangent pas une seule parole, mais ils n'en éprouvent aucune gêne. Gabrielle est allongée sur le côté, nue sous le drap qui la couvre au-dessous des hanches. Sa tête repose sur un oreiller sous lequel elle a passé son bras. Elle a refermé les yeux pour mieux savourer les caresses expertes de Marc. Une mélodie s'élève soudain du tas de vêtements abandonné au pied du lit. Marc se tourne pour repêcher son portable dans l'une des poches de son pantalon, examine brièvement l'écran, puis pose les yeux sur Gabrielle qui l'observe avec attention. Il se mord la lèvre inférieure, se contorsionne pour reposer le téléphone au sol, puis revient sur le côté. Gabrielle déplie le bras pour poser un doigt sur la tempe de son amant.

— Je crois que je n'ai pas envie de savoir ce qui se passe dans cette tête-là.

Il la regarde avec tendresse et passe une main dans ses cheveux.

— Moi, j'ai envie de savoir ce qui se passe dans celle-là.

— Oh non, fais-moi confiance, il vaut mieux que tu l'ignores.

Une série de bips se fait entendre.

— Je crois qu'elle a laissé un message, dit Gabrielle.

— C'est le troisième qu'elle laisse, réplique Marc.

— Elle te tuera pour ça.

— Elle me tue déjà. À petit feu.

Il rejette le drap au bas du lit pour découvrir complètement le corps de Gabrielle, la fait basculer lentement sur le dos et vient se placer au-dessus d'elle.

— Je ne veux pas jouer les rabat-joie, mais on ne peut pas rester ici. On est censés être à la caserne…

— Pas tout de suite… lui répond-elle en refermant ses mains sur ses fesses.

— Quand ?

— Accorde-moi encore quelques minutes.

Il se penche pour embrasser ses lèvres, son cou, le lobe de ses oreilles, puis lui agrippe fermement les cheveux et ajuste doucement sa position. Elle tressaille et laisse échapper un petit gémissement de plaisir.

Chapitre 36

Après l'énorme frayeur de sa première visite, il a commencé par se convaincre qu'il n'était pas question de retourner dans cet appartement. Mais quand il a repensé à la quantité d'informations que contenaient les documents, il a dû se rendre à l'évidence : il lui était impossible de passer à côté d'une telle aubaine.

Il est passé à l'action très tôt ce matin, d'une part pour être sûr de ne pas louper le capitaine, d'autre part pour bien repérer les lieux. Il pensait d'abord faire le guet dans un café avec vue sur l'entrée du bâtiment où elle habite, mais il n'y en a pas un seul à plusieurs centaines de mètres à la ronde. La rue abrite des immeubles résidentiels, une banque, une épicerie, deux ou trois autres commerces alimentaires, dont une boulangerie déjà ouverte à l'heure à laquelle il était sur place, mais où il était impossible de prendre son petit déjeuner. Par contre, il y avait un banc public à une cinquantaine de mètres du bâtiment, sur le trottoir d'en face, un endroit un peu à l'écart de la chaussée abrité par un grand platane et depuis lequel il pouvait observer les allées et venues sans trop se faire remarquer. Après un passage à la boulangerie, il s'est installé à son poste. Il avait de quoi manger, de quoi boire, son téléphone portable et un roman – *Ghost Story* – qu'il avait pris le soin d'emporter avec lui : il pouvait tenir un siège.

C'est en prenant son petit déjeuner sur le banc qu'il est tombé sur l'article de *La Dépêche*. Il y a appris l'existence de deux autres victimes et le nom donné à leur assassin : le « tueur aux cartes ». Le journaliste en disait au final assez peu, mais il en savait déjà plus que lui. « Le meurtrier se joue des gendarmes en leur envoyant des cartes à jouer censées leur révéler les lieux de ses forfaits, expliquait-il. Il y figure des dessins énigmatiques qui sont autant d'indices en rapport direct avec la scène de crime : un objet qui se trouve sur place, un élément du décor, un mot, une inscription, etc. » Le journaliste évoquait le nom d'un jeu de société utilisant un système de cartes similaire, une espèce de Cluedo en plus élaboré dans lequel les cartes permettent aux joueurs de trouver le meurtrier, l'arme et le lieu du crime. Piqué par la curiosité, il a tapé le nom du jeu dans un navigateur Web et a passé plusieurs minutes à en lire les principes et à visualiser les images des cartes, très jolies au demeurant.

À sept heures trente, le capitaine n'était toujours pas sortie de chez elle. Abandonnant son téléphone portable, il s'est emparé de son livre pour reprendre l'histoire là où il l'avait laissée, en levant les yeux à intervalles réguliers pour être sûr de ne pas rater sa cible.

À neuf heures, elle ne s'était toujours pas montrée. Ça, ce n'était pas prévu… Il n'y avait pas trente-six solutions : soit elle se trouvait encore dans son appartement, soit elle en était partie depuis bien longtemps ou n'y avait même pas passé la nuit. Il a refermé son livre et réfléchi. Il ne pouvait pas se présenter à sa porte et sonner avec l'espoir que personne ne répondrait. S'il tombait sur elle, il aurait bien du mal à expliquer comment il avait trouvé son adresse.

Il n'avait pas le choix : il devait s'assurer qu'elle n'était pas là. Il a saisi son portable et cherché le numéro de poste du capitaine Berthelot dans son répertoire. Son pouce en suspens au-dessus des chiffres, il a élaboré sa stratégie. Si elle ne répondait pas, il devait laisser tomber, il ne pouvait pas prendre le risque de se retrouver nez à nez avec elle. Si elle répondait, eh bien… Il improviserait.

Elle a décroché à la troisième sonnerie. Il a feint la surprise – il avait sélectionné le mauvais numéro dans la liste des derniers appels –, s'est confondu en excuses, lui a dit qu'il ne la dérangeait pas plus longtemps, puis a raccroché.

Certainement pas le meilleur épisode de l'histoire de la mystification, mais parfois, seul le résultat compte… Au moins, il avait la certitude qu'elle était au travail. Ça ne voulait pas dire qu'elle allait y rester, sa précédente visite était là pour le lui rappeler, mais le temps qu'elle rapplique, il disposait d'au moins vingt minutes. Il s'est levé et s'est dirigé vers l'immeuble d'habitation le cœur battant.

Sur la table basse où se trouvait la veille la pile de papiers, il n'y avait plus rien. Il a cherché un petit moment dans toutes les pièces, les toilettes y compris, mais les documents n'étaient nulle part. Lorsqu'il est ressorti, bredouille, les vingt minutes n'étaient même pas écoulées.

Il est à présent pas loin de midi, et cela fait deux bonnes heures qu'il rumine sa contrariété dans son appartement. Tous ces risques pour une simple liste de mots dont il ignore le sens. Il y a en effet de quoi être dépité…

Caïn, lui, est très en colère.

Tu avais toutes les cartes en main et tu as tout gâché…

Comment voulais-tu que je sache que la flic allait débarquer ?

Erika crie vengeance et tu ne l'écoutes pas !

C'est faux ! Je fais tout ce que je peux !

Eh bien, ce n'est pas assez. Un justicier ne recule devant rien…

En effet, et Tom pourra te le confirmer.

Tom devait payer, mais il n'était pour rien dans la mort d'Erika. Elle ne trouvera le repos que lorsque son meurtrier aura subi le châtiment qu'il mérite.

Laisse-moi réfléchir ! Je ne veux plus t'entendre !

Et, de façon étonnante, il ne l'entend plus.

Caïn se manifeste de plus en plus souvent à présent, mais bizarrement, cela l'effraie de moins en moins. À cette idée, un frisson le parcourt. Non, il doit lutter, il doit se montrer plus fort que lui. Erika l'a aidé à le faire disparaître de sa vie, il la trahirait en le laissant revenir. Il se prend la tête à deux mains. Comment peut-il d'un côté obtenir justice pour Erika et, pour cela, pactiser de l'autre avec celui qu'elle a aidé à combattre durant toutes ces années ? Il serre les dents et les poings. Il ne sait plus comment s'en sortir, il est en train de perdre pied. Et ce lâche en profite pour lui embrouiller l'esprit et le forcer à faire des choses qu'il s'était juré de ne plus jamais faire !

Il stoppe net le fil de ses pensées et tend l'oreille. Il ne faudrait pas qu'Il écoute, Il est déjà hors de lui.

S'Il l'entendait, qui sait ce qu'Il serait capable de lui faire ?... Il doit se taire, arrêter de penser, se concentrer sur sa mission. Sur Erika. Il peut y arriver, sans son aide à Lui. Il en est parfaitement capable.

Il s'assied à son bureau, avec sous les yeux la photo de la feuille sur laquelle sont inscrits ces mots qu'il ne comprend pas. Il en a tiré une impression qu'il a lue à de nombreuses reprises, comme si ce salmigondis de notes allait à lui seul lui apporter la clef. Mais c'est peine perdue, il n'entrevoit aucune solution.

Il repense à l'article qu'il a lu ce matin. Il en sait un peu plus, certes, mais pas suffisamment encore pour y voir plus clair. Il y arrivera peut-être sans Lui, mais pas tout seul.

Gabrielle Berthelot. C'est elle la clef. Derrière ce regard froid et antipathique, il sent une personne sensible, une personne comme Erika. Elle le comprendra, elle acceptera de l'aider. Il doit persister. Il doit absolument lui parler, et vite.

Oui, elle l'aidera, et Caïn comprendra qu'il n'a pas besoin de Lui. Alors, Il partira.

Marc replie le journal et le laisse tomber sous le nez de Gabrielle.

— Il ne dit pratiquement rien, ne te prends pas la tête pour ça.

Elle s'empare du quotidien et le déplie de façon à en étaler la première page sur son bureau.

— « Qui était Mélissa, la troisième victime du tueur aux cartes ? » lit-elle. Il ne dit pratiquement rien ? Tu plaisantes, j'espère... Et le serial killer qui « s'amuse » avec la section de recherches de Toulouse ? Et les gendarmes qui ne résolvent les énigmes que pour retrouver des cadavres ? Ça te fait plaisir, à toi, de lire ça ?

Il se frotte le visage des deux mains.

— Gabrielle, on s'en contrefout de ce qu'il écrit…

Il s'interrompt subitement, plisse le front dans un intense effort de réflexion, puis prend un air féroce.

— Non, en fait, tu as raison ! s'écrie-t-il avec une nuance d'ironie. Ça devrait même nous mettre encore plus la rage !

Il tambourine sur le gros titre avec son index.

— Oui ! La rage de trouver le « tueur aux cartes » avant que ce scribouillard ne nous raconte tout de la vie de la quatrième victime ! Et c'est exactement ce que je vais faire : oublier cet article débile et me remettre au boulot pour botter le cul de ce taré !

Il laisse Gabrielle à sa colère et s'installe devant son ordinateur pour consulter la vingtaine de messages arrivée sur sa boîte mail durant la pause déjeuner.

— Je suis sûre que c'est Olivier qui a lâché le morceau, grommelle Gabrielle.

— Laisse tomber Olivier, bon sang !

— Il bosse pour moi, comment veux-tu que je laisse tomber ?! Cet abruti ne m'a encore rien dit de son audition d'hier. Il va falloir que je lui arrache les infos par la force !

— Quelle audition ?

— Il a interrogé une fille qui a vu un type s'engueuler avec Tom Estebes le jour de sa disparition.

Elle lâche un juron et se tourne vers son ordinateur.

— Putain, pourquoi a-t-il fallu que Dobey me le foute dans les pattes !

— Tu veux que j'aille le voir à ta place ?

Elle lâche un rire.

— Bien sûr ! Il t'enverra chier en te disant que c'est à moi qu'il doit des comptes et à personne d'autre. Je suis même prête à parier que ce sont exactement les mots qu'il prononcera.

Marc n'insiste pas. Tous deux se replongent dans la lecture de leurs mails et pendant plusieurs minutes, on n'entend plus que le cliquetis des souris et des claviers.

— J'ai la réponse du FNAEG[1] pour l'échantillon prélevé sous un ongle de Mélissa, annonce tout d'un coup Gabrielle.

Marc lève la tête et scrute avec espoir le visage de sa partenaire.

— Et ?

— TNR[2].

— Merde.

— Tout n'est pas perdu. On va faire une perquisition chez Estebes et y récupérer un échantillon de son ADN. Peut-être correspondra-t-il à celui-ci, on n'est jamais à l'abri d'un miracle.

Le silence retombe alors que Gabrielle parcourt plus en détail le rapport d'expertise. Sa lecture achevée, elle pousse un soupir et se tourne vers son partenaire.

— Je pense qu'il faudrait…

Marc, apparu comme par magie à ses côtés, lui met l'écran de son téléphone portable sous le nez. Une photo

---

1. Fichier national automatisé des empreintes génétiques.

2. Une trace non résolue est une trace (ici, génétique) qui n'a pu être rapprochée d'une trace existante déjà enregistrée dans les fichiers de la police scientifique ; elle correspond donc à un individu inconnu des services de police et de gendarmerie.

en occupe tout l'espace, deux personnages qui marchent dans la rue et sur lesquels Marc fait un zoom en s'aidant du pouce et de l'index.

— C'est nous, constate-t-elle d'une voix blanche.

— Quand on est sortis de chez toi hier soir pour revenir à la caserne.

Ils échangent un regard.

— Un mail ? demande-t-elle.

— Oui, pas la même adresse que le premier, mais je suis prêt à parier que c'est le même expéditeur.

— Merde alors… C'est quoi cette histoire ?

— Je ne sais pas, mais il ne faudrait pas qu'elle nous pète à la gueule…

Elle s'enfonce dans son siège, songeuse.

— Magali ?

Il fait une moue dubitative et hausse les épaules. Le regard de Gabrielle s'assombrit subitement.

— Olivier…

Marc secoue la tête.

— Ça n'aurait pas plus de sens que Magali. Pourquoi me faire parvenir les photos ? Tu le connais, il n'aurait pas agi avec autant de… délicatesse.

Ils cogitent un moment chacun de leur côté, puis Marc désigne du doigt les reproductions des cartes épinglées sur le tableau de liège.

— Lui ?

Elle réfléchit un court instant.

— Peut-être, concède-t-elle, même si je ne comprends pas bien la manœuvre. Je pensais que les tueurs en série qui entraient en contact avec les enquêteurs le faisaient de façon plus explicite, généralement pour les narguer et souvent avec des références aux meurtres.

Il n'y a rien de tout ça ici. Des photos de nous deux, sans la moindre explication… Pourquoi ?

La sonnerie du téléphone interrompt les réflexions de Gabrielle. L'inquiétude disparaît de son visage lorsqu'elle prend connaissance de l'identité de son interlocuteur ; elle parvient même à esquisser un petit sourire.

— Pas de faux numéro, cette fois ? demande-t-elle à son correspondant.

— Non, non. Je suis vraiment désolé pour ce matin, je crois que j'ai de trop grandes mains pour un si petit écran ; mon doigt a ripé sur la ligne juste au-dessus de celle que je visais et pas de chance, c'était votre numéro.

— Il n'y a pas de mal.

— Mais c'est peut-être grâce à ça que je me suis souvenu d'une chose. Une dispute.

— Une dispute ?

— Disons plutôt une violente altercation entre Erika et un autre type de sa promotion. C'était quelques jours avant sa mort. Ça n'a pas duré longtemps, mais quand elle m'en a parlé, j'ai vu que cela l'avait vraiment affectée.

— Vous n'y avez pas assisté ?

— Non, mais elle me l'a racontée.

— Quel était le sujet de cette altercation ?

— Il lui reprochait d'être une gosse de riches alors que ses propres parents ne s'étaient jamais occupés de lui, qu'elle était hautaine, méprisante et individualiste.

— C'est Erika qui vous a dit que la scène avait été violente ?

— Oui.

— Il s'en est pris à elle physiquement ?

— Il l'a légèrement poussée, mais ce n'est pas allé plus loin. Par contre, ses paroles n'étaient pas exactement celles que je vous ai retranscrites. Il s'est montré beaucoup plus agressif.

— C'est-à-dire ?

Il lui donne les détails de la discussion, en termes beaucoup plus crus, cette fois-ci.

— Oui, je vois… fait Gabrielle.

— Elle n'a peut-être pas voulu me le dire, mais je pense qu'il était amoureux d'elle et qu'elle avait déjà repoussé ses avances.

— Il y a d'autres témoins de cette dispute ?

— Elle ne m'en a pas parlé, mais je ne crois pas. Cela s'est passé sur le parking de la fac, elle était à sa voiture.

— Cet homme, elle vous a dit de qui il s'agissait ?

— Non.

— Elle vous l'a décrit ?

— Non plus.

Gabrielle accueille la réponse avec une moue contrariée.

— OK. Je vous remercie. Nous allons creuser la piste.

— J'ai appris qu'il a fait deux autres victimes, enchaîne son interlocuteur sans lui laisser le temps de poursuivre. C'est horrible, il faut que cela cesse. Erika était…

La voix se brise.

— Nous étions très proches, elle était pratiquement la seule personne qui comptait pour moi. Je n'ai plus mes parents et…

Son interlocuteur doit s'arrêter une nouvelle fois sous le coup de l'émotion. Gabrielle se rappelle sa rencontre avec cet homme qui lui a laissé l'image d'une personne très sensible anéantie par la disparition de sa meilleure amie. Elle aimerait pouvoir lui dire que le tueur sera bientôt hors d'état de nuire, mais c'est malheureusement loin d'être le cas.

— Nous faisons vraiment tout ce qui est en notre pouvoir, monsieur.

— Oui, j'en suis sûr. J'ai lu cet article dans le journal. Ils parlent des cartes.

— Oui, malheureusement, le coupe Gabrielle d'une voix amère. Ils n'étaient pas censés en parler.

— Ah, je ne savais pas… Mais je connais très bien ce jeu de société, j'y ai joué des dizaines et des dizaines de fois, j'ai même été membre d'un club qui lui était exclusivement consacré. Je pourrais peut-être vous aider si vous recevez d'autres cartes.

— J'espère vraiment que ce ne sera pas le cas.

— Oui, bien sûr, mais si je peux vous être d'une aide quelconque… Je voudrais vraiment…

La douleur contraint son interlocuteur à faire une nouvelle pause.

— Monsieur, nous n'hésiterons pas à vous solliciter si cela s'avère nécessaire. D'ici là, essayez de mettre tout ça de côté, OK ? Quand on s'est vus, je vous ai suggéré de demander une aide psychologique.

— Oui, je me rappelle.

— Vous l'avez fait ?

— Non.

— Vous devriez, peut-être. Toutes les personnes directement ou indirectement victimes d'un tel traumatisme ont besoin de ce genre de soutien, c'est à ça que servent, par exemple, les cellules psychologiques.

— Oui, je sais. Je vais y penser.

— Vous me le promettez ?

— Oui.

Elle s'apprête à mettre fin à la conversation quand elle se fait la réflexion que ce type était le meilleur ami d'Erika et donc son confident. Elle sait déjà qu'il est hors de cause, car ils ont pris le soin de vérifier son alibi, mais jusqu'ici, ils ont négligé de tirer profit de cette proximité avec la victime. Il se pourrait bien que cet homme puisse en effet leur être d'un grand secours. Elle réfléchit une poignée de secondes avant de décider qu'elle n'a rien à perdre à tenter sa chance. Elle ressent en outre de la compassion pour le personnage et se dit que cela lui permettra de se sentir utile, peut-être même cela soulagera-t-il sa peine.

— Monsieur ?

— Oui ?

— Vous connaissiez très bien Erika, n'est-ce pas ?

— Je suis un de ceux qui la connaissaient le mieux.

— Vous discutiez beaucoup avec elle ?

— Énormément. On se disait tout, ou presque.

— Avez-vous connaissance ou vous a-t-elle parlé d'une personne dans son entourage qui aurait été passionnée de… d'Antiquité romaine, ou grecque, des dieux, de la mythologie, de tout ce qui aurait pu avoir un lien avec ces choses-là, aussi – vêtements, accessoires, objets de collection…

— Euh… Comme ça, non.

— Hum… Quelqu'un, un homme plus particulièrement, qui aurait aussi pu avoir un goût pour les fleurs, lui en aurait peut-être offert ?

Il y a un silence à l'autre bout du fil.

— Je ne me rappelle pas. Mais je peux y réfléchir.

— Oui, s'il vous plaît, et si quelque chose vous revient, n'hésitez pas à revenir vers moi, d'accord ?

— Oui, vous pouvez compter sur moi.

— Merci, monsieur.

— C'était qui ? lui demande Marc une fois qu'elle a raccroché.

— Un gars que j'ai interrogé quand je m'occupais encore des auditions.

— Et alors ?

Elle lui rapporte la conversation.

— Je vais rédiger un P-V d'investigation, mais on n'ira malheureusement pas bien loin avec ce témoignage…

Elle marque une pause ; son visage, soudain, s'assombrit.

— Il dit qu'il était le meilleur ami d'Erika, et je le crois. Il devait vraiment l'adorer. Il ne s'en remet pas…

— Une fille n'a pas de meilleur ami, ça n'existe pas.

Elle tourne la tête et lui lance un coup d'œil intrigué.

— Pourquoi ça ?

Marc réfléchit un long moment tout en continuant d'observer sa partenaire, puis a un petit haussement d'épaules.

— Oui, peut-être que certaines en sont capables, après tout.

Et il se remet au travail. Elle a bien conscience qu'il a éludé sa question, mais elle préfère remettre la discussion à plus tard.

Il raccroche. Il espère qu'il n'en a pas fait trop. Il ne pense pas, car il l'aurait senti dans la voix de son interlocutrice. Elle a tout gobé, même son histoire de membre d'un club. Il lui sera difficile de vérifier quoi que ce soit. Il s'en est bien sorti, il est même tenté de dire qu'il a réussi à mettre le capitaine dans sa poche. Il l'aime bien. Cette discussion l'a conforté dans son opinion que c'est une personne sensible et à l'écoute. Oui, par certains aspects, elle lui rappelle Erika.

Mais qu'est-ce que c'est que cette histoire d'Antiquités romaines et de fleurs ? Il fronce les sourcils, fait glisser jusqu'à lui le tirage de l'unique photo ramenée de sa visite à l'appartement du gendarme et commence à parcourir la liste de mots. Le premier, vestale, n'est pas sans rapport avec les dernières questions du capitaine. Le second, par contre, l'intrigue. Qu'est-ce que le cosmos vient faire là-dedans ?

Cosmos.

Quelqu'un, un homme plus particulièrement, qui aurait aussi pu avoir un goût pour les fleurs, lui en aurait peut-être offert ?

Cosmos… Pas *le* cosmos, mais *un* cosmos, une fleur.

Il se rappelle subitement sa discussion avec Ombeline, le tic du faux policier dont elle lui a parlé. Ce son étrange qu'il faisait avec sa gorge…

Son visage se décompose, puis son corps se fige en un bloc de glace brute.

Non, c'est impossible…

Chapitre 37

Sur la photo, Cassandre a quinze ans. Elle est habillée d'une longue robe blanche et chaussée de spartiates semblables à celles qu'elle portait la première fois qu'ils se sont adressé la parole au réfectoire. Sur le cliché noir et blanc, la tresse vestale lui ceint le haut de la tête comme une couronne d'argent. Il a « emprunté » (mais jamais rendu) cette photo dans la chambre des parents de Cassandre un après-midi d'été alors qu'il était monté à l'étage pour se rendre aux toilettes. Durant toutes ces années, il l'a conservée comme un trésor dans une boîte en bois exotique où il range ce qu'il a de plus précieux : une bague sertie d'une pierre de lune qui lui vient de sa mère, la montre à gousset de son arrière-grand-père, un louis d'or de vingt francs de 1876, la médaille que Gizmo, le chat qui l'a accompagné durant toute son adolescence, portait au cou.

Cassandre n'a jamais fêté son seizième anniversaire. Elle a avalé toute une boîte de somnifères quelques semaines après avoir posé pour cette photo, et ne s'est jamais réveillée. Sa mère l'a suivie de près, emportée par un cancer du sein. Le père s'est enfoncé dans une grave dépression dont il n'est jamais complètement sorti.

Elle avait quinze ans. Peut-on à ce point souffrir qu'on en arrive à se dire que la vie ne vaut pas la peine d'être vécue à quinze ans seulement ? Quel mal terrible rongeait le cœur de Cassandre jusqu'à la pousser à cette ultime extrémité ?

La peur de ce que la vie lui réservait, c'est tout ce qu'ils ont trouvé à dire. Associée à des troubles psychologiques trop tardivement détectés. Cassandre n'arrivait pas à se projeter dans le monde des adultes. Elle ne voyait aucune place pour elle dans leur univers égoïste et violent, où chaque individu doit lutter contre tous les autres pour vivre, ou plutôt survivre. Être insensible, arriviste et perfide, ça ne lui ressemblait pas, elle n'aurait pas tenu cinq minutes.

Oui, c'est ce qu'ils ont dit. Mais lui sait. Il sait que le *khal* n'est pas étranger à ce qui s'est passé. À chaque pilule qu'elle avalait, c'est à lui, à son propre frère, qu'elle pensait. Il n'avait que mépris pour sa sœur, lorsqu'il parlait d'elle, ce n'était que pour la rabaisser, la calomnier ou la tourner en ridicule, et répéter, jour après jour, qu'elle était faible et inutile, tout le contraire de lui. Lorsque le *khal* parlait ainsi de Cassandre, il n'avait qu'une envie : lui sauter à la gorge et la lui déchirer en lambeaux pour arrêter le flot de ses atrocités.

Il dépose l'image de Cassandre à l'intérieur de la boîte avec d'infinies précautions, comme s'il craignait qu'elle ne pût à tout instant tomber en poussière, puis replace le coffret au-dessus de la cheminée.

Un coup de tonnerre claque. Cela fait maintenant près d'une heure que l'orage rôde au-dessus de la maison.

Il va jusqu'à la véranda et regarde la prairie au-delà de la vitre. Il ne voit que sur quelques mètres, car le paysage disparaît rapidement derrière un épais rideau de pluie. La scène est grise, terne et déprimante, alors il se tourne vers ses plantations et abreuve ses yeux des couleurs qui jaillissent des bacs alignés devant lui. Il a rassemblé dans ce petit monde miniature auquel lui seul a accès plusieurs dizaines de variétés de fleurs des champs dont il a soigneusement pensé la disposition pour former une polychromie parfaite. C'est à la mort de sa mère qu'il a fait construire ce jardin d'hiver, un vaste espace de quinze mètres de long et de trois de large dont il prend le plus grand soin. Il est le poumon de cette maison dont son atelier de peinture, juste à côté de lui, renferme le cœur. Il est ici à l'abri du regard des autres, de la suspicion, de la haine, de la violence. C'est à chaque fois à regret qu'il se résout à le quitter pour rejoindre le tumulte du monde extérieur, mais la solitude lui pèse trop. Il rêve du jour où il ne sera plus seul pour écouter l'orage descendre de la montagne et s'approcher en grondant comme une bête féroce, de ce jour où il fera découvrir à son âme sœur cet univers de couleurs qui l'émerveillera. Ce jour-là, il n'aura plus peur de ce qui l'attend hors de ces murs et son bonheur sera complet.

L'image de l'immense étendue multicolore derrière la maison de Cassandre jaillit dans son esprit et se superpose à celle qu'il a sous les yeux. Son regard s'embue d'une fine pellicule d'eau. Cassandre aurait pu être celle-là ; ils auraient pu vivre ensemble ici, heureux jusqu'à la fin de leurs jours.

Mais Cassandre est morte.

Son regard s'assombrit, jusqu'à devenir plus noir que le ciel de tempête dans son dos.

Maudit soit le *khal*…

Il baisse la tête et serre les poings. Le choc incessant de la pluie sur les parois de verre fait monter crescendo le vacarme qui s'élève à l'intérieur de son crâne, comme si un être invisible s'amusait à augmenter tout doucement le volume d'une musique discordante jusqu'à faire éclater ses tympans. Le son du fracas dans sa tête devient si puissant qu'il met près d'une minute à capter les coups sourds frappés à la porte de la maison.

Chapitre 38

Impossible. Et pourtant…

Sa conversation téléphonique avec le lieutenant Berthelot l'a maintenu éveillé une bonne partie de la nuit. Le cosmos, ce son de gorge. Erika, le dénominateur commun…

La sidération passée, il s'est mis à réfléchir. Il a commencé par se dire que si c'était bien lui, il ne pourrait jamais le retrouver. Il ne l'a pas vu depuis près de quinze ans et il n'a aucune idée de ce qu'il est advenu de lui. Puis il s'est rappelé que ses parents habitaient une maison isolée sur les contreforts des Pyrénées où il avait été invité à plusieurs reprises lorsqu'il habitait encore la région. Il se souvient du nom du village au-dessus duquel la maison se trouvait, mais il doute de pouvoir retrouver le chemin qui y menait.

Surtout par ce temps, songe-t-il en jetant un coup d'œil par la fenêtre. Le contraste avec les jours qui ont précédé est saisissant. Les températures ont brusquement chuté et le ciel est passé du bleu au noir en l'espace de quelques minutes seulement. La soirée n'est pas commencée qu'il lui semble que le soleil s'est déjà couché. Il lui faudra deux bonnes heures pour se rendre là-bas et alors la nuit sera véritablement tombée.

À moins peut-être de partir immédiatement.

Il observe encore un moment le ruissellement de la pluie sur la fenêtre et les formes grises dans le ciel qui gonflent et s'enroulent sur elles-mêmes comme manipulées par la volonté d'un être maléfique, puis fait volte-face et va décrocher sa veste suspendue au portemanteau près de l'entrée. Au moment de franchir la porte de son appartement, il s'immobilise soudain, revient sur ses pas et ouvre l'un des tiroirs de la cuisine dont il examine le contenu avec soin. Après un moment de réflexion, il y plonge sa main et s'empare d'un couteau dont la lame forme un triangle mortel d'une dizaine de centimètres de long. Il élève l'arme à hauteur de son visage et l'étudie d'un œil expert. L'acier renvoie un éclat froid qui allume une flamme hostile au fond de ses pupilles.

Comme au bon vieux temps…

Il enveloppe le couteau dans un torchon et quitte son antre.

Chapitre 39

Il a attendu la deuxième salve de coups pour ouvrir.

C'est une randonneuse, vraisemblablement surprise par l'orage. Elle s'excuse de ne pas parler français. Elle est hollandaise. Elle est blonde comme les blés, a des yeux très clairs et un visage un peu rond marqué par la fatigue, mais sur lequel il lit un immense soulagement.

— Merci. Merci beaucoup. J'étais à bout de forces.

Il lui adresse un sourire un peu bête pour toute réponse. Il fait partie de cette vaste communauté de personnes qui sauraient tenir une discussion en anglais, mais n'osent pas ouvrir la bouche par peur d'être ridicules.

— Je me suis perdue, déclare la promeneuse.

— Ah. En effet, aucun chemin de randonnée ne passe par ici.

— Avec l'orage, j'ai perdu le balisage.

Elle s'exprime presque sans accent et son anglais est, autant qu'il puisse en juger, parfait. Ils se tiennent tous les deux debout devant la porte, ils n'ont pas bougé depuis qu'elle est entrée. Il pose les yeux sur la mare qui est en train de se former aux pieds de l'égarée.

— Oh, désolée ! fait celle-ci en suivant son regard.

Il agite ses deux mains pour la rassurer.

— Non, non, ce n'est pas grave. Mais vous voulez peut-être vous changer ?

— Eh bien… Je ne sais pas…

— Je peux vous prêter un T-shirt et un short en attendant que vos vêtements sèchent, propose-t-il en devinant l'embarras de la jeune femme.

Le visage de celle-ci s'éclaire d'un sourire.

— Oui, pourquoi pas ?

— Attendez-moi là.

Il l'abandonne au milieu de sa petite flaque d'eau et disparaît dans la chambre. Quand il est de retour, elle s'est débarrassée de sa veste et de son sac à dos et a retiré ses chaussures de montagne. Elle regarde avec dépit son équipement gorgé d'eau et prend un air désolé.

— Je suis désolée, je peux mettre tout ça dehors si vous voulez.

Il secoue la tête.

— Le vent rabat l'eau sur la terrasse, ça ne servira à rien. Ne vous inquiétez pas pour ça.

Il lui tend la petite pile de vêtements qu'il tient entre les mains.

— Comment vous appelez-vous ?

— Anita.

— Venez, Anita, je vais vous montrer la salle de bains.

— J'en mets partout, je suis vraiment désolée, répète-t-elle en lui emboîtant le pas. Il pleuvait si fort que je suis trempée, même avec la veste.

— Oubliez ça.

Elle le suit docilement jusqu'à l'étroite pièce voisine de l'atelier. Il allume la lumière et s'écarte pour la laisser passer.

— Je vous en prie.

— Merci.

Il lui sourit et la laisse seule. Son visage se transforme dès qu'il entend la porte se refermer. C'est la première personne qui pénètre dans cette maison depuis des années. Une jeune femme, plutôt jolie, portant de longs cheveux blonds. C'est la chance de sa vie, il n'a pas le droit de la gâcher. Il tourne la tête du côté de la véranda. C'est par là qu'il va commencer, elle n'en reviendra pas. Il allume la lumière dans l'atelier, le traverse d'un pas rapide et entre dans son jardin d'hiver. Un flash éclaire brièvement la scène, presque aussitôt suivi d'un formidable coup de tonnerre. Il sourit. L'ambiance est irréelle à souhait. Il enfile une paire de gants, se saisit du sécateur et s'attache à nettoyer la terre d'un bac de bleuets dans laquelle il sait déjà qu'il ne trouvera aucune mauvaise herbe. Il porte un soin maniaque à ses plantations et la moindre levée indésirable fait l'objet d'un arrachage immédiat.

Comme il le prévoyait, la jeune femme apparaît bientôt dans l'encadrement de la porte qui donne sur la serre. Le T-shirt est presque à sa taille. Ses seins soulèvent les lettres *N* et *K* de la ville de New York dont un panorama recouvre le tissu, et ses hanches dessinent deux courbes sensuelles dans le short de sport.

— Vous êtes là, dit-elle timidement.

— Oh, excusez mon impolitesse, j'étais en train de jardiner quand vous êtes arrivée et je voulais finir ce que j'avais commencé. C'est à présent chose faite.

Elle fait quelques pas pour s'avancer entre deux rangées de fleurs.

— C'est magnifique. C'est vous qui faites pousser tout ça ?

— Oui, bien sûr, confirme-t-il avec un sourire. C'est une de mes passions. Vous avez sûrement deviné l'autre en traversant l'atelier.

— Oui, en effet. Vous êtes un amoureux des couleurs, en fait.

Il simule un petit rire.

— Oui, c'est exactement ça.

Elle tend une main et touche le pétale d'une fleur du bout des doigts.

— Qu'est-ce que c'est ?

— Des nigelles de Damas, on les appelle aussi « cheveux de Vénus », ou « diable dans le buisson » – c'est ce nom-là que je préfère. J'ai rassemblé toutes les couleurs qu'elles peuvent prendre : bleue, rose, violette, blanche.

Il avance le sécateur au milieu de la végétation et sectionne une tige.

— Tenez.

— Non, il ne fallait pas…

— Mais si, c'est fait pour ça. Je vais vous faire un bouquet, tiens ! Qu'aimeriez-vous y mettre ? C'est vous qui choisissez !

Elle tourne la tête dans tous les sens, une joie presque enfantine illumine son visage.

— Je ne sais pas, il y en a tellement !

— Je sais ce qu'on va faire, je vais vous mettre une fleur de chaque variété !

Il passe d'un bac à l'autre, sécateur en main, lui donnant à chaque fois le nom de la fleur – en français, car il n'en connaît aucun en anglais, lui expliquant comme il peut sa signification, celle de sa couleur, lui révélant ses vertus thérapeutiques ou ses dangereuses propriétés. La jeune femme le suit docilement, écoute sagement son discours, manifeste son intérêt, ou a l'élégance de le feindre, en posant des questions.

— Et celle-ci, c'est un cosmos.

Il referme les lames du sécateur, sépare la fleur de ses congénères et l'ajoute au bouquet déjà bien fourni.

— C'est ma préférée. Symbole d'innocence. En amour, on dit aussi que c'est la fleur qu'il faut offrir à la personne convoitée.

Il ponctue l'information d'un sourire, que la jeune femme lui rend avec un léger embarras, puis revient vers l'entrée de la véranda où se trouve une petite table en bois sur laquelle est posé son nécessaire de jardinage. Il noue le bouquet avec de la corde de coco et le lui tend avec un air triomphant.

— C'est vraiment gentil. Ça me fera un souvenir…

— Tout à fait ! Vous voulez boire quelque chose ?

— C'est-à-dire que… je ne vais pas m'imposer.

— Mais vous ne vous imposez absolument pas ! J'ai rarement l'occasion de voir des gens par ici. Et l'orage n'est pas terminé. Venez.

De retour dans la pièce principale, il fait asseoir son invitée à l'imposante table de bois qui lui renvoie à chaque fois l'image de ses parents épluchant les légumes du jardin dans un silence religieux, et lui fait l'inventaire des boissons qu'il a à sa disposition.

Elle porte son choix sur un café et observe les lieux tandis qu'il s'affaire autour de la cafetière.

— Vous vivez seul ?

— Oui, depuis la mort de mes parents.

— Oh. Ce n'est pas difficile ?

— Si, parfois. D'un autre côté, je suis au calme.

— J'imagine, oui.

Le clapotis de l'eau sur le toit et les roulements du tonnerre meublent un instant le silence.

— Ça va prendre un peu de temps, c'est une cafetière à l'ancienne.

— Pas de problème…

Il se retourne et la voit en train de consulter son téléphone portable.

— Il n'y a pas de réseau, déclare-t-il.

— Non, malheureusement. J'aurais aimé prévenir mon copain.

Il pose deux tasses sur la table et s'assied à ses côtés. Elle laisse tomber son téléphone sur le bois d'un geste agacé et porte une main à sa tempe.

— Je ne sais même pas où je suis !

Elle se tourne vers lui.

— J'ai laissé ma voiture au village.

— Lequel ?

Elle lui donne le nom de celui qui se trouve à quelques centaines de mètres seulement en contrebas.

— Vous savez où c'est ?

Il hésite un instant à lui dire la vérité.

— À peu près, répond-il d'une voix mal assurée. Mais par ce temps…

— C'est loin d'ici ?

— Assez, oui. La nuit va tomber et avec l'orage, ce n'est vraiment pas prudent.

— Il va bien finir par s'arrêter.

— Mais il fera nuit, insiste-t-il. Je peux vous héberger jusqu'à demain matin, ça ne me dérange pas.

Elle se saisit de son téléphone entre deux doigts et l'agite devant ses yeux.

— Ne vous inquiétez pas, j'ai une lampe torche. J'ai encore plein de batterie, j'avais ni GPS ni Internet là-haut.

— Vous êtes sûre ?

Elle sourit et le regarde par-dessous ses mèches blondes qui n'ont pas encore complètement séché. Elle est belle et il a brusquement envie de la serrer dans ses bras, de la toucher, de passer sa main dans ses longs cheveux blonds et de les tisser patiemment pour en faire une couronne de princesse. Il sent qu'Anita est celle qu'il attend depuis toutes ces années. Avec elle, il sera à la hauteur ; avec elle, tout va changer.

Aujourd'hui est un grand jour.

— C'est très gentil, mais ce n'est pas possible. Je suis attendue.

Il secoue la tête.

— Tout de même, ce n'est pas prudent, redit-il en essayant de mettre un peu plus de conviction dans sa voix.

Les yeux fixés sur son téléphone, la jeune femme ne semble pas l'avoir entendu.

— Vous avez Internet ?

— Non, répond-il, plus sèchement qu'il ne l'aurait voulu.

Elle lève la tête. Dans son regard, il lit un mélange de surprise et de doute. Il s'efforce de donner à son sourire toute la sincérité que sa nervosité le lui permet.

— Désolé, je fais partie des derniers récalcitrants.

Elle hoche imperceptiblement la tête, mais ne desserre pas les lèvres.

— Vous êtes en vacances ? lui demande-t-il avec un enthousiasme exagéré.

— En… quelque sorte, oui. En fait, je viens de terminer mes études et j'ai décidé de prendre une année sabbatique pour voyager à travers l'Europe.

— Toute seule ?

— Euh… oui.

— C'est très courageux. Je ne pense pas que je serais capable de me lancer dans une telle aventure. À vrai dire, je suis à peine sorti de la France. Je ne connais même pas les Pays-Bas. Vous vous y connaissez aussi en fleurs, là-bas, et avec de très belles couleurs, en plus.

— Oui, c'est vrai.

— Je crois que le café est prêt.

Il se lève et retire le réservoir de la plaque chauffante. Lorsqu'il s'approche de la table, il jure intérieurement en voyant le nom de son réseau Internet inscrit sur l'écran du Smartphone d'Anita. Il scrute le visage de la jeune femme à toute vitesse : elle a compris que quelque chose cloche, ce n'est pas bon. Il remplit sa tasse, puis la sienne, repose le récipient sur le bois.

— Vous prenez du sucre ? Du lait ?

— Non, noir, merci.

Ils boivent en silence pendant près d'une minute. Il sent qu'il est en train de glisser sur une mauvaise pente, mais il ne sait pas comment freiner sa course.

Elle ne peut pas se connecter sans mot de passe, mais elle sait à présent qu'il lui a menti. Il l'observe du coin de l'œil, son regard est perdu dans le vague, mais il se doute bien de ce qui se passe dans sa tête. Il doit rattraper son erreur, mais comment ? Il aurait pu prétexter que sa box est tombée en panne, mais il s'est privé lui-même de cette chance en lui disant qu'il ne voulait pas d'Internet il y a à peine deux minutes. Il tend le bras et pose une main sur le bouquet de fleurs.

— Il vous plaît, alors ?

— Oui, se contente-t-elle de répondre.

Elle prend une gorgée de café, repose sa tasse. Vide.

Il glisse, encore et encore.

Elle lève les yeux en direction du plafond, puis les pose sur lui. Ses lèvres se courbent pour dessiner un sourire gêné.

— Je crois que ça se calme, je vais pouvoir repartir.

Il tend l'oreille. Elle a raison. La pluie a faibli et l'orage est parti passer sa colère plus bas dans la vallée.

— La nuit est tombée, hasarde-t-il.

— J'ai mon téléphone.

Elle se lève, il l'imite aussitôt. Son cœur est en train de s'affoler. Elle ne peut pas partir, elle n'a pas le droit. C'est aujourd'hui, il en est persuadé.

— Vous n'y verrez pas à trois mètres, et le terrain est glissant.

Comme la pente le long de laquelle il dégringole, de plus en plus vite.

— Ne vous inquiétez pas.

— Je peux vous resservir un café avant que vous ne partiez, propose-t-il.

— Non, merci.

— Vous pourriez dîner pour reprendre des forces ? Je vais vous préparer du saumon au curry vert, c'est ma spécialité.

Elle lui tourne le dos sans prendre la peine de lui répondre. Il la saisit par le bras.

Il peut à présent voir se profiler le précipice au bout de la pente.

Chapitre 40

Il ralentit au moment de passer le panneau annonçant l'entrée du village, puis roule au pas entre les maisons. Malgré l'obscurité et la pluie, il reconnaît les lieux, qui ne semblent pas avoir changé depuis sa dernière visite, il y a quinze ans. Une éternité, lui semble-t-il.

Il se souvient d'une rue perpendiculaire à la route principale qui passe un pont et longe une place dont les quatre côtés sont bordés de platanes, mais dans le noir, il est incapable de la retrouver. Bien sûr, il n'y a pas un chat dans les rues. Il fait demi-tour à la sortie du village, emprunte au hasard une rue qui l'amène dans une impasse, revient sur ses pas, tourne un peu plus loin et débouche sur une placette devant l'église qui se dresse devant lui comme une muraille infranchissable. Il jure tout haut dans sa voiture. Il sait qu'il y a un pont tout près d'ici, il ne devrait avoir aucun mal à tomber dessus. Un cours d'eau qui traverse un village, ça ne passe pas inaperçu ! Il fait une nouvelle fois machine arrière. Au carrefour avec la route départementale, il prend immédiatement en face. Au bout de la rue, il tombe sur un petit parking aménagé le long d'un parapet en pierre. Il s'arrête et plisse les yeux. Il est pris d'un soudain espoir, mais il ne voit absolument rien au-delà de l'alignement des véhicules. Il enfile sa veste et, à contrecœur, quitte le refuge de sa voiture. Un éclair illumine la scène juste au moment où il sort. Il pleut à verse. Il court en direction du muret sur lequel il pose les deux mains et voit la rivière s'écouler en contrebas. Il était persuadé qu'elle était de l'autre côté de la route. Son cerveau a visiblement déformé le souvenir qu'il gardait de la topographie des lieux. Il suit le courant des yeux sur une cinquantaine de mètres et se redresse sous l'effet du soulagement. Le pont est là, un peu plus loin, dont la silhouette se perd dans les nuances grises de la tourmente.

Il revient au pas de course à sa voiture et redémarre. Sur la départementale, il tourne à l'intersection suivante et passe le pont. Conformément à ses souvenirs, le bitume s'efface bientôt pour laisser la place à une bande de terre mêlée de graviers qui suit un moment les ultimes signes de civilisation avant de s'enfoncer au milieu des bois. À mesure qu'il grimpe entre les arbres, le chemin devient de plus en plus chaotique. Il roule si lentement qu'il en vient à se demander s'il n'irait pas plus vite à pied, mais la lumière des phares lui est indispensable, même si l'orage éclaire dorénavant presque en continu le paysage. Le rideau de pluie se resserre. Il passe plusieurs intersections sans s'arrêter. Les feux de la voiture finissent par éclairer une barrière de bois qui stoppe net sa progression. Il pousse un juron. Il se souvient que lorsqu'il l'amenait chez son camarade, son père s'arrêtait juste devant la maison. Ce ne peut pas être la bonne route. Il fait demi-tour et revient sur ses pas. Il double la première fourche où la route croise un chemin un peu trop étroit à son goût, puis s'arrête à la jonction suivante, devant laquelle il est passé cinq minutes auparavant. Le chemin qu'il a ignoré tout à l'heure est assez large, mais semble encore en plus mauvais état que celui qu'il a emprunté en venant. Il pousse un soupir chargé de résignation et braque le volant à fond sur la droite.

Les amortisseurs sont au supplice. Il rebondit dans la voiture comme un pop-corn sur une poêle chauffée à blanc. Il roule ainsi durant de très longues minutes. La pluie faiblit enfin et les flashs qui fixent les ombres de la forêt sur sa rétine s'espacent dans le temps. La route l'amène de plus en plus haut sur la montagne. Il commence à se dire que la barrière qui l'a découragé d'aller plus loin tout à l'heure a peut-être été récemment installée et qu'il était en fait sur la bonne voie, quand une construction de verre lui renvoie la lumière de ses phares.

Il regarde une dernière fois Anita dans les yeux et clôt définitivement ses paupières du bout des doigts. Une larme s'écrase sur l'un des buildings imprimés sur le T-shirt qu'il a prêté à la jeune femme, dessinant une marque sombre qui s'élargit en étoile comme si les carreaux du bâtiment étaient en train de se fissurer sous le choc de l'impact.

Ce ne sera pas aujourd'hui, finalement. Il ne la méritait pas, aucun homme ne la méritait. Qu'est-ce qu'il croyait ? Qu'il était au-dessus des autres ? Un simple mortel convoite-t-il une déesse ? Il n'est même pas un simple mortel, il est en dessous de ça, il est insignifiant et dérisoire, il a la prétention d'être quelqu'un, mais il est invisible aux yeux de tous. Comment a-t-il pu ? Il a eu la folie de vouloir la séduire, et il a été puni pour cela. Elle était pure, innocente, il n'avait pas le droit de la désirer, même pas celui de poser les yeux sur elle.

Il saisit une mèche blonde entre deux doigts et la caresse tout doucement.

— Personne ne te méritait…

Il pleure en silence pendant de longues minutes. Ses larmes gouttent sur la peau de la jeune femme et glissent jusqu'à son nombril qu'elles gorgent bientôt d'un petit cône d'eau. Le flot finit par se tarir, en même temps que cesse le battement de la pluie au-dessus de sa tête.

Erika, Romane, Mélissa, et maintenant Anita… Elles étaient à part, magnifiques, uniques. Inaccessibles, pour lui comme pour le reste des hommes. Mais toutes ne sont pas comme elles, il y en aura d'autres, le jour viendra où il rencontrera celle qu'il parviendra à aimer. Oui, il est capable d'aimer une femme, il le sait, rien ni personne ne pourra le persuader du contraire. Son visage se fige en un rictus de douleur. Il ferme les yeux et se frappe la tête à plusieurs reprises comme pour chasser une mauvaise pensée. Il s'oblige au calme et ouvre la bouche pour mieux reprendre le contrôle de sa respiration. Il reste un moment dans cette position, immobile et silencieux, comme en prière, jusqu'à ce qu'un brusque changement dans l'atmosphère lui fasse rouvrir les yeux. Il lève la tête et voit un homme qui se tient debout juste devant lui.

— Bonsoir, Jeff.

D'abord, il s'étonne d'entendre prononcer son prénom, puis il réalise subitement qu'il est nu et se couvre les parties génitales des deux mains.

— Qui êtes-vous ?

— Tu ne me reconnais pas ?

Il examine attentivement l'inconnu, fouille dans ses souvenirs.

— Je ne vous connais pas, hum…

— Mais si. Fais un petit effort. Nous étions jeunes, une bande de copains dont le QG était une cabane en bois tout au fond d'un champ de fleurs…

— Un champ de fleurs, hum…

L'intrus sourit. S'il lui restait encore l'ombre d'un doute, elle vient de se dissiper avec ce borborygme qui a ponctué les deux dernières phrases de Jeff. Comme Ombeline l'a si bien décrit : *Un son qui venait de la gorge, très court, et qui ponctuait systématiquement chaque phrase qu'il prononçait...*

— Oui, des fleurs à perte de vue, des marguerites, des coquelicots, des cosmos…

Jeff réfléchit encore, mais pas très longtemps. Son visage se décompose.

— *Khal*… souffle-t-il.

Le visiteur, dont le sourire s'est subitement élargi, baisse les yeux sur le cadavre.

— Je pense que tu vas avoir besoin d'un petit coup de main.

Chapitre 41

Ils n'ont reçu aucune carte depuis plus d'une semaine. Gabrielle n'est pas rassurée pour autant. Une caméra thermique est braquée depuis plusieurs jours sur la boîte aux lettres de la gendarmerie, mais elle a le sentiment que si le « tueur aux cartes », puisque c'est ainsi qu'il faut désormais l'appeler, ne fait plus parler de lui, ce n'est pas grâce au dispositif de surveillance.

Il attend simplement son heure.

L'enquête est au point mort. Ils ont enregistré des centaines de témoignages pour rien (celui recueilli par Olivier auprès de la fille de la salle de sport était tellement imprécis qu'ils n'ont même pas osé en tirer un portrait-robot), l'ADN retrouvé sous un ongle de Mélissa n'est pas celui de Tom Estebes, le faux policier a disparu dans la nature, la caméra n'a rien filmé.

Et pour compléter le tableau, Adrien et son équipe ont perdu la trace du meurtrier d'Axel…

C'est le marasme complet.

Et au beau milieu de ce désastre, Gabrielle se sent incompétente et dépassée. Elle s'accroche désespérément aux instants irréels qu'elle passe dans les bras de

Marc, mais même ces brèves parenthèses d'insouciance la rongent. L'illusion de ce bonheur lui est renvoyée après coup avec une telle force qu'elle doit faire un effort surhumain pour s'empêcher de fondre en larmes. Elle sait que c'est dérisoire, inconscient et stupide, elle sait que cela ne l'amènera nulle part, qu'elle va s'en rendre malade et malheureuse, elle s'en veut, elle a honte et elle est en colère, contre Marc, contre sa femme, contre elle-même, mais elle n'arrive pas à lutter. Ce soir, elle retrouve son appartement et sa vue imprenable sur la ville après une semaine d'astreinte, mais pour la première fois de sa vie, elle n'en éprouve aucune joie. L'idée de se retrouver seule entre ces quatre murs la terrifie. Vivre une idylle coupable avec Marc est un vrai défi au sein de la caserne, mais la perspective de ne plus pouvoir trouver le réconfort contre son corps est pire que tout. L'image de Marc faisant l'amour à Magali lui saute au visage et elle se surprend à le détester. À les détester, tous les deux.

Elle repense aussitôt aux photos. Est-ce Magali qui s'amuse à envoyer ces mails à son mari ? Elle a du mal à y croire, mais à choisir, elle préférerait que ce soit elle, en effet, car l'autre hypothèse évoquée par Marc lui plaît encore moins. Si c'est le tueur aux cartes, ils peuvent considérer ça comme une menace, et dans ce cas, ils ont le devoir d'en parler à Dobey. Sauf que lui avouer leur liaison est la dernière chose qu'elle désire faire, et Marc n'en a certainement pas plus envie qu'elle.

Elle se prend la tête à deux mains. C'est un tel chaos là-dedans qu'elle la sent sur le point d'exploser. Si elle ne parvient pas à faire face, les dégâts seront irréparables.

La porte des toilettes s'ouvre et Sonia entre au pas de charge. Le visage de la jeune femme s'illumine lorsqu'elle la voit.

— Gabrielle ! Je te cherchais, justement !

— Ici ?

— Non ! s'esclaffe Sonia. C'est juste que j'avais un problème urgent ! Tu retournes à ton bureau ?

Gabrielle, qui est en train de se balancer de grandes rasades d'eau en pleine face, hoche la tête.

— Il faut absolument que je passe te voir, insiste Sonia.

Gabrielle arrache trois feuilles de papier au distributeur et observe sa subordonnée avec curiosité tout en se frottant le visage. Elle ne se souvient pas l'avoir jamais vue aussi excitée.

— À quel propos ?

— Je t'explique ça dans deux minutes, répond Sonia en se dirigeant à reculons vers le box qui se trouve juste derrière elle.

— Prends ton temps, je ne bouge pas du bureau.

Sonia lui adresse un large sourire et referme la porte, avant de la rouvrir la seconde d'après.

— Ça va, toi ?

Gabrielle lève un sourcil.

— Pourquoi me demandes-tu ça ?

— T'as l'air… complètement naze.

— Non… Enfin, pas plus que d'habitude.

Sonia fait une moue sceptique avant de s'enfermer dans les toilettes, pour de bon cette fois.

Dans le couloir, Gabrielle voit Marc se diriger vers elle un café dans chaque main.

— Je ne savais pas si tu en voulais un, lui dit-il alors qu'elle le rejoint devant la porte du bureau. Dans le doute…

— Oui, c'est pas de refus, approuve Gabrielle, qui évite soigneusement le regard de son coéquipier.

Elle se saisit du gobelet qu'il lui tend, puis franchit le seuil de la porte et va s'asseoir devant son ordinateur. Elle s'y prend à trois fois pour le déverrouiller et constate sans surprise qu'une demi-douzaine de messages est venue grossir sa boîte mail durant le temps de son aller-retour aux toilettes. L'un d'eux, en provenance de la gendarmerie de Tarascon-sur-Ariège, vient ajouter une pierre à l'édifice de sa lassitude. Elle avait oublié cette nouvelle affaire dans la liste de ses préoccupations… Une ressortissante hollandaise partie en randonnée et dont on n'a plus aucune nouvelle. Sa disparition leur a été signalée en raison de la similitude de son profil avec celui des victimes du tueur aux cartes : jeune et plutôt jolie, cheveux longs et blonds. Elle a du mal à croire que le tueur y est pour quelque chose, car la fille a disparu il y a cinq jours et aucune carte ne leur est parvenue. Si, ainsi qu'elle le pense sous l'impulsion de Marc, le meurtrier tient à ce que les corps soient retrouvés au plus vite, il se serait déjà manifesté.

— Tout va bien ?

Elle lève la tête et croise le regard inquiet de Marc qui est resté planté derrière son écran d'ordinateur sans qu'elle s'en aperçoive.

— Mais qu'est-ce que vous avez tous à me poser la même question ? l'interroge-t-elle d'une voix fatiguée.

— Qui d'autre te l'a demandé ?

— Sonia.

— Alors c'est qu'il y a quelque chose qui ne va pas.

Elle pousse un soupir exaspéré.

— Tout va bien, merci.

— OK…

Il s'installe à son bureau et se cale confortablement dans son siège avant de se remettre au travail. Gabrielle ferme les yeux et se pince le haut du nez. Qu'est-ce qui ne va pas chez elle ? Elle se rappelle les mots de Marc : *Pourquoi ai-je l'impression que tu es toujours sur la défensive ?* Non, pas sur la défensive, sur les nerfs. Tendue à bloc, prête à claquer comme un élastique trop tendu.

— Marc…

— Oui ?

Elle lâche un nouveau soupir, puis tourne la tête dans sa direction.

— Je crois que…

Deux coups sont frappés à la porte.

— Je ne vous dérange pas ? demande Sonia.

Gabrielle ouvre la bouche pour lui répondre, mais Marc lui grille la politesse.

— Non, pas du tout. Entre.

Sonia hésite d'abord à entrer sans l'assentiment de sa chef, mais comprenant que celui-ci ne viendra pas, elle s'avance et prend place dans un siège en face de Gabrielle.

— C'est au sujet de cette randonneuse qui a disparu mercredi, commence Sonia.

— Tiens, je viens justement de recevoir un mail du commandant de la brigade de Tarascon.

— Qu'est-ce qu'il dit ? veut savoir Sonia.

— Ils n'ont pas encore retrouvé la voiture de location. Son portable a borné une dernière fois du côté de Tarascon, mais après… Pfft, envolée ! En l'absence de localisation précise, ils ont des dizaines de kilomètres carrés de montagnes à ratisser. Et la météo n'arrange rien.

— Ils ne l'ont pas localisée parce que son portable n'était pas connecté au réseau, déclare Sonia. Mais il n'y a pas que le réseau.

Elle décolle les fesses de son siège et, sans prononcer un mot, dépose sur le bureau de son capitaine une liasse de papiers retenus par une agrafe. Gabrielle observe sans comprendre la photo qu'elle lui a mise sous les yeux.

— Qu'est-ce que c'est ? demande-t-elle.

— Des *probe request*.

Sonia s'efforce de garder un visage impassible, mais Gabrielle peut la voir jubiler intérieurement. Elle retient un sourire. Sa spécialiste en traces technologiques a levé un lièvre et elle veut lui en mettre plein les yeux. Gabrielle le lui pardonne bien volontiers, car ce n'est pas dans les habitudes de la jeune femme de se faire mousser.

— Vas-y, explique, lui intime Gabrielle.

Sonia fait un petit bond avec sa chaise pour se rapprocher du bureau de sa supérieure et pointe du doigt la photo de ce qui ressemble à une succession de lignes de code informatique.

— Votre Smartphone garde la trace de tous les points d'accès Wi-Fi auxquels il s'est connecté, commence-t-elle en regardant tour à tour Gabrielle, puis Marc qui a rejoint les deux femmes et étudie la photo avec perplexité.

La box Internet d'un copain, un hotspot MacDo, celui d'une entreprise ou d'un aéroport, etc. Quand la Wi-Fi est activée sur votre Smartphone, il émet en permanence des trames – voyez ça comme des « paquets » de données stockées sous forme d'octets, dont certaines, les trames de type *probe request*, ont pour but de savoir si autour de vous se trouvent ces points d'accès auxquels vous vous êtes déjà connectés. En gros, votre Smartphone demande autour de lui : « Hey, la box de Gabrielle, t'es là ? » et la box de Gabrielle, si elle est dans le coin, répond : « Ouais, je suis là ! » et votre Smartphone se connecte à la box. Cette question-là, il la pose sans arrêt, n'importe où, à tous les points d'accès qui se trouvent alentour, même à ceux qu'il ne connaît pas et même s'il n'est connecté à aucun d'entre eux. Seulement, il ne se contente pas de poser cette question, il dit aussi qui il est, parce que parmi toutes les données contenues dans la *probe request* qu'il balance, il y a son MAC, un identifiant unique, l'équivalent d'un numéro de sécu pour un être humain. Et tous les points d'accès autour de lui vont alors enregistrer le MAC de votre Smartphone. En gros, si vous vous trouvez chez quelqu'un qui a une box Internet et si la Wi-Fi est activée sur votre Smartphone, cette box va rapidement connaître votre MAC, qui vous identifie de façon unique, et il est théoriquement possible pour le gestionnaire de la box de savoir où votre MAC a été capté, puisqu'il connaît la position de la box, et aussi à quel moment, donc de savoir précisément où vous vous trouvez à un instant donné…

— Tu dis « théoriquement » ? intervient Gabrielle.

— Parce que dans la pratique, l'opérateur n'est pas censé le faire.

Sonia reprend le document donné à Gabrielle, en tourne plusieurs pages.

— Mais si c'est le ministère de l'Intérieur qui le lui demande gentiment, il te dit que tu as une sacrée chance parce qu'il se trouve que, par hasard, il a l'information que tu cherches…

Elle repose le document sur le bureau et pose un doigt sur une ligne au bas de la dernière page : une adresse dans le département de l'Ariège.

— Il y a une maison à cette adresse, avec une box Internet. Et il se trouve que cette box a reçu des *probe request* en provenance du téléphone de notre randonneuse le soir de sa disparition.

Gabrielle lève la tête et regarde la jeune femme avec de l'admiration dans les yeux. Son moral vient subitement de remonter en flèche.

— Sonia, tu es un petit génie.

Chapitre 42

Il est tout juste six heures quand les gendarmes garent les véhicules sous le couvert des arbres. Le maire de la commune et l'un de ses adjoints sortis du lit pour témoigner de la perquisition ne semblent pas très rassurés au milieu de cette vaste démonstration de force.

Sur l'ordre de Gabrielle, le PSIG repère les lieux puis verrouille le secteur. Les deux élus reçoivent l'instruction de rester en arrière, consigne à laquelle ils se plient avec docilité. Deux hommes restent à leurs côtés tandis que le reste de la troupe se met en mouvement en direction de sa cible.

La maison est construite sur un replat verdoyant à l'orée d'une forêt de hêtres et auquel il n'est possible d'accéder que par la piste qu'ils viennent de remonter. Le village à quelques centaines de mètres en contrebas est invisible derrière la végétation. L'endroit est idéal pour qui recherche le calme et la solitude.

Les premiers rayons du soleil qui fusent au-dessus des arbres couvrent le toit d'un vernis mordoré et se brisent en éclats aveuglants contre le verre d'une grande véranda qui prolonge la maison dans leur direction. Arrivés à son niveau, les gendarmes se déploient en silence de chaque côté du bâtiment. Des nuées grises filent à toute vitesse au-dessus de leurs têtes, laissant entrevoir des taches indigo dans lesquelles sont en train de disparaître les dernières lumières de la nuit. Les militaires, qui subissent depuis plusieurs jours la chaleur étouffante de la ville, accueillent à bras ouverts la fraîcheur matinale qui descend des sommets.

Gabrielle et Marc échangent un regard lorsqu'ils repèrent le Scénic blanc garé près de la terrasse qui flanque la façade à l'avant de la bâtisse. Il n'y a pas un bruit. Les deux enquêteurs et une demi-douzaine de gendarmes se massent près de l'entrée, fermée par une porte vitrée. Marc, qui a sorti son arme, constate que celle de sa partenaire est toujours dans son étui. Gabrielle risque un œil à travers le carreau, puis pose une main sur la poignée de la porte, qui pivote sans un bruit sur ses gonds. Elle lance un nouveau coup d'œil à Marc, puis sans crier gare, se précipite dans la maison. Marc n'a pas le temps de se remettre de sa surprise ; il franchit à son tour le seuil de la porte, suivi de ses collègues tout aussi pris de court que lui.

La pièce dans laquelle ils viennent de pénétrer fait office de cuisine et de salle à manger. Elle est vide, tout comme les deux chambres attenantes qu'ils investissent presque simultanément. Un peu plus loin se trouve la salle de bains, elle aussi déserte. L'arrière de la maison est occupé par une deuxième grande pièce, autrefois un salon à en juger par le mobilier, aujourd'hui un atelier de peinture. Une porte-fenêtre permet d'accéder à l'annexe de verre ajoutée à la maison. Les yeux de Gabrielle s'arrondissent de stupéfaction lorsqu'elle en franchit le seuil. Elle n'a jamais rien vu de tel, même dans une pépinière ou un jardin botanique. Ce n'est pas tant les dimensions de la véranda qui l'impressionnent – elle semblerait même plus petite que l'idée qu'elle s'en faisait depuis l'extérieur – que l'incroyable profusion de couleurs qu'elle abrite. Bleu, blanc, jaune, rose, mauve, orange, rouge… Il y a là des milliers de fleurs, cultivées dans de longs bacs en plastique alignés en rangs serrés sur presque vingt mètres de long. Le contraste avec l'austérité et la grisaille qui règne dans le reste de la maison est saisissant. L'écart de température l'est tout autant ; il fait ici presque aussi chaud que dans les bureaux étouffants de la caserne.

Elle s'accroupit et balaie du regard le sol bétonné sur toute la longueur de la pièce. Marc, qui est entré juste après elle, l'a imité inconsciemment. Personne ici non plus. Elle se relève, croise le regard de Marc et avance entre les fleurs. Elle parvient à identifier des coquelicots, des marguerites, un plant de pissenlit, mais toutes les autres variétés lui sont inconnues. Près du fond, elle s'immobilise devant ces fleurs dont elle ne connaissait pas le nom il y a encore quelques semaines : les cosmos. Il y en a des blancs, mais aussi des bleus, des roses, et même quelques-uns couleur lie de vin. Elle se penche et approche son nez de l'un d'entre eux.

— Ça sent le chocolat, dit-elle à Marc qui vient de la rejoindre près du bac.

— Tu es suicidaire ? lui demande-t-il de but en blanc.

— Pourquoi ?

— Tu aurais pu prévenir tout à l'heure. Tu es entrée comme une folle sans savoir ce qu'il y avait derrière la porte.

— J'ai regardé à travers la vitre.

— À peine, oui. Comment pouvais-tu savoir qu'il n'y avait pas un type planqué dans un coin de la pièce qui t'aurait mis une bastos dès qu'il t'aurait vue ? Tu n'étais même pas armée…

Le souvenir d'un coup de feu claque dans sa tête, puis l'image d'Axel qui s'écroule à terre lui saute au visage.

— Fous-moi la paix, jette-t-elle à la face de Marc.

Il pose une main sur son bras alors qu'elle tourne les talons pour revenir vers la maison.

— Tu aurais pu te faire tuer, dit-il.

— Et alors ? Ça aurait changé la face du monde ?

— Du mien, oui.

Gabrielle le regarde dans les yeux sans dire un mot, puis baisse la tête. Marc fait glisser sa main loin de son bras au moment où la voix d'un gendarme s'élève à l'autre bout de la véranda.

— Capitaine ? Il n'y a personne ici.

— OK.

Elle se tourne vers Marc.

— Je vais prendre l'air.

Il lui emboîte le pas sans un mot.

— Restez à l'intérieur, commande-t-elle dans l'atelier au major qui commande le peloton d'intervention. Et faites-vous discrets. Il est peut-être dans le coin, parti se balader dans la forêt, chasser, cueillir des champignons, j'en sais rien. Nous deux, on retourne aux véhicules.

— Bien, capitaine.

— On reste en contact.

Une fois sur la terrasse, elle s'arrête et examine les alentours. La lumière est à présent plus vive, mais elle ressent encore la fraîcheur de la nuit. Face à elle, des sommets dénudés s'élèvent au-dessus des arbres. Quelques taches blanches sont encore visibles au creux de la roche. Gabrielle prend un air ennuyé et commence à se ronger le coin d'un ongle.

— Alors qu'est-ce que tu en penses ? lui demande Marc dans son dos.

— Et toi ? lui retourne-t-elle entre deux mâchonnements.

— Un Scénic blanc, une plantation de cosmos blancs, un atelier de peinture… Si tu n'appelles pas ça un faisceau d'indices concordants…

— Reste à savoir où il est.

— On l'a prévenu ? suggère Marc.

— Non, ça m'étonnerait. Ce genre de meurtriers agit généralement seul. Et il a peu de soutien autour de lui.

— Il nous a vus arriver, alors.

Elle se retourne et le dévisage. Il lit le doute au fond de ses yeux.

— Peut-être, concède-t-elle.

Elle lance un dernier regard aux pentes pelées qui dominent au loin le paysage, puis descend les marches qui mènent à la terrasse.

— Mais ce n'est pas l'hypothèse que je privilégie, conclut-elle en se dirigeant vers le Scénic.

Marc saute au bas de la terrasse et se glisse dans son sillage. La terre est détrempée et ses Rangers sont déjà noirs de boue.

— Et quelle hypothèse privilégies-tu alors ?

— Aucune, je préfère juste ne pas envisager celle-ci.

Elle avance tête baissée tout en examinant le sol à ses pieds.

— Il y a des traces de pas un peu partout, observe-t-elle, et pas les nôtres. Il va falloir éviter de foutre la merde, sinon Niko va nous tuer. Je vais l'appeler. Je crois qu'il va avoir du boulot.

Elle s'arrête près du Scénic et opère une rapide inspection visuelle de l'habitacle.

— En tout cas, il n'a pas pris sa voiture.

Elle s'accroupit derrière le véhicule dont elle examine avec attention les traces de pneus, se redresse, s'accroupit un peu plus loin et indique du doigt les empreintes imprimées dans la terre.

— Il y avait un autre véhicule.

Marc s'approche et se baisse à ses côtés.

— Gros malin, se murmure-t-elle à elle-même.

— Qu'est-ce qu'il y a ?

— Regarde !

Elle désigne un sillon courbe qui se détache des traces à côté desquelles elle se tient pour rejoindre celles qui conduisent au monospace.

— Ça, ce sont les traces des pneus du Scénic. Ces mêmes traces ont été laissées ici – elle lui montre cette fois la terre qui donne l'impression d'avoir été labourée à ses pieds –, au-dessus de traces plus larges dans le but de les camoufler.

Elle se relève et suit sur plusieurs mètres l'entrelacs des traînées qui s'éloignent du replat en direction de la forêt.

— Un petit malin a pris le Scénic et a roulé à plusieurs reprises sur les autres traces pour les effacer.

— Tu t'es reconvertie en TIC ?

— Non, lui répond-elle en prenant un air rusé, mais Niko sera là tout à l'heure et il te dira exactement la même chose que moi. Viens.

Ils redescendent la pente côte à côte en marchant dans l'herbe qui borde le sentier. Sur le chemin du retour, Gabrielle essaie désespérément de trouver un peu de réseau pour joindre le colonel pendant que Marc garde un œil sur les traces creusées dans la terre humide. Elles sont tellement confuses qu'elles rendent vraisemblablement toute identification impossible. Il admire la perspicacité de sa partenaire, car il ne serait jamais parvenu seul à la même conclusion.

Arrivée aux véhicules, Gabrielle fait un rapide compte rendu de la situation aux deux élus qui font grise mine lorsqu'elle leur annonce qu'ils vont devoir patienter encore un peu avant d'être amenés sur les lieux. Elle constate une dernière fois l'absence de réseau, s'assure que personne n'est plus chanceux qu'elle, puis se dirige vers la voiture dans laquelle elle a fait le voyage avec Marc.

— Tu m'emmènes ? lui demande-t-elle en ouvrant la portière côté passager.

— On va où ?

— Au village, en espérant y trouver du réseau.

Chapitre 43

La voiture redescend lentement la côte en bringuebalant sur les roches qui tapissent la piste. Après quelques minutes de ce pénible tangage, Marc atteint une intersection et fait halte pour observer un réseau de traces imprimé sur la route à sa gauche. Gabrielle, elle aussi, les a immédiatement repérées.

— On est arrivés par là, dit-elle en tournant la tête vers la route qui se poursuit en décrivant une longue courbe sur la droite.

— Oui, je sais.

Il y a un petit moment de flottement.

— Reste là, fait-elle en ouvrant sa portière.

Il la regarde se diriger vers les empreintes et se baisser pour les étudier durant quelques secondes. Puis elle se relève et rebrousse chemin jusqu'à la voiture.

— Ce sont celles du Scénic, dit-elle en se rasseyant. Suis-les.

Il appuie sur la pédale d'accélérateur et tire le volant sur la gauche. La voiture fait un bond en avant et reprend sa lente progression. Après plusieurs centaines de mètres, Gabrielle, qui regarde la forêt défiler derrière sa vitre sans dire un mot, desserre subitement les lèvres :

— Combien de temps crois-tu que ça va durer ?

Marc quitte brièvement sa trajectoire des yeux.

— Quoi, « ça » ?

— Nous, répond-elle sans oser tourner la tête.

Il reporte son attention sur la route, roule sur quelques mètres encore sans prononcer la moindre parole, puis relâche la pédale d'accélérateur. La voiture ralentit doucement avant de s'immobiliser complètement.

— Qu'est-ce que tu cherches exactement ? demande encore Gabrielle qui, cette fois, le regarde droit dans les yeux.

— Ce que je cherche ? Rien. Pourquoi voudrais-tu que je cherche quelque chose ? J'ai juste envie de passer du temps avec toi, de t'avoir entre mes bras, de te sentir contre moi. Je ne me pose pas de questions…

— C'est ça le problème. Moi, je m'en pose en permanence.

Elle pousse un soupir et secoue la tête.

— Enfin quoi, qu'est-ce qu'on fait, là ? On s'amuse ? On prend du bon temps ? On s'éclate un peu et le reste, on s'en balance ?

— Je n'aime pas que tu dises ça.

— Pourquoi ? Parce que c'est exactement ce qui se passe ? À la limite, je m'en fous. Tu prends ton pied, je prends le mien, mais j'aimerais que ce soit clair dès le début. Je t'ai déjà prévenu : ne joue pas avec mes sentiments.

— Je ne joue pas avec tes sentiments.

Gabrielle arbore un sourire narquois.

— Surtout ne me sers pas les conneries habituelles, que c'est plus fort que ça, que tu m'aimes vraiment, que tu te sens bien avec moi…

— C'est interdit de se sentir bien avec quelqu'un ?

— Disons que quand ce quelqu'un est marié et père de deux enfants, ça peut être très dangereux. Qu'est-ce que tu vas dire à Magali en rentrant chez toi ce soir ? Tu vas l'embrasser et faire comme si de rien n'était ? Pareil demain ? Et après-demain ? Puis la semaine suivante, on remettra ça tous les deux ? Mais enfin, Marc, tu vas tenir combien de temps comme ça ?

Elle tourne la tête et cale son menton dans le creux de sa main. Son regard se perd entre les arbres de l'autre côté de la vitre.

— Mais peut-être as-tu l'habitude, dit-elle d'une voix désabusée. Je ne suis peut-être pas la première…

Le visage de Marc se tend.

— Arrête ! Je n'ai jamais…

Il cherche ses mots, mais ne les trouve pas. Gabrielle lui fait de nouveau face. Un sourire un peu triste orne son visage.

— Tu vois… Tu n'y arrives pas. Tu te sens tellement mal que tu ne parviens même pas à le dire.

Il fait une grimace et se passe une main sur le visage.

— Ça ne m'est jamais arrivé… se résout-il à dire. Tu es la première.

Un long silence suit cet aveu.

— Je sais exactement comment ça va se passer, dit enfin Gabrielle. Jour après jour, tu te sentiras de plus en plus mal. La culpabilité grandira jusqu'à peser comme une grosse bille de plomb dans ton estomac. Chaque moment que nous passerons ensemble te hantera et te rongera de l'intérieur. Tu ne pourras plus regarder Magali en face, et quand tu prendras tes enfants dans les bras, tu te diras quel mauvais père tu fais et les larmes te monteront aux yeux. Puis rapidement, c'est pour moi que tu éprouveras du ressentiment, parce que tu me verras comme celle par la faute de qui tu te sens si malheureux ; quand je serai dans tes bras, l'étendue de ta monstruosité te sautera aux yeux. Je serai l'image même du désastre, tu te persuaderas que tu n'as pas le droit de leur faire ça, de les rendre tristes et malheureux. Et moi, je verrai la haine dans tes yeux et je ne le supporterai pas.

— Jamais ça ne se passera comme ça…

— Alors tu te résigneras et tu me diras que tout est fini, conclut Gabrielle en ignorant sa remarque. C'est exactement ainsi que cela se passera.

— Non, tu te trompes. Tu ne sais rien de Magali et moi, tu ne sais rien du gouffre qui nous sépare et qui s'agrandit jour après jour entre nous. Même les enfants s'en rendent compte. Plus rien ne le refermera.

— Tu l'as aimée, de la même façon que tu m'aimes, ou penses m'aimer aujourd'hui.

— C'est faux, je n'ai jamais ressenti pour elle ce que je ressens pour toi aujourd'hui. Avec toi, je me sens compris, respecté et aimé. Je suis moi, apaisé et vivant. Avec Magali, je suis un autre homme, atrophié, coupé en deux, tu comprends ? Chloé et Dorian me donnent la force de continuer, mais jusqu'à quand ? Tu me demandes combien de temps ça va durer entre nous, mais combien de temps crois-tu que ça va durer entre Magali et moi ?

— Tu es encore dans cette période merveilleuse où tu m'idéalises. Je ne sais rien de Magali et toi, mais tu ne sais rien de moi. Tu apprendras à me connaître, et tu repenseras alors avec amertume à ce que tu as dit aujourd'hui.

Il tend le bras pour poser une main sur la sienne.

— Je me suis déjà fait une bonne idée de ce qui se trouve là-dedans.

Il n'ose pas toucher la poitrine de Gabrielle, alors il pose sa main sur son propre cœur.

— Tu peux te construire la carapace la plus épaisse du monde pour le cacher, moi, je le vois. Et l'idée que tu trouves un jour la force de le partager avec moi a transformé ma vie.

Elle secoue la tête.

— C'est tombé sur moi, mais ça aurait tout aussi bien pu être une autre.

— Tu dis n'importe quoi…

Elle regarde au loin à travers le pare-brise et fait glisser sa main hors de la sienne, doucement, espérant peut-être qu'il ne s'en apercevrait pas.

— Roule, s'il te plaît, je veux savoir jusqu'où ces traces mènent.

Le trajet se poursuit encore quelques minutes dans un silence de mort, puis une barrière apparaît au bout du chemin. Marc s'en approche le plus près possible, puis immobilise le véhicule.

— Et maintenant ?

— Coupe le moteur, lui commande-t-elle.

Elle sort de la voiture et examine le sentier qui prolonge la route au-delà de la barrière. La voie n'est plus carrossable ; les traces s'arrêtent net à l'endroit où eux-mêmes se sont arrêtés. Elle entend la portière de Marc s'ouvrir dans son dos. L'instant d'après, il apparaît à ses côtés et scrute à son tour l'étroite percée qui file droit dans la forêt.

— Alors ?

— Alors il n'y a pas d'empreintes de pas derrière la barrière, observe-t-elle. Le conducteur est arrivé jusqu'ici, puis il a fait demi-tour.

Elle pivote sur elle-même et inspecte le sol à ses pieds.

— Je ne suis même pas sûre qu'il soit sorti de la voiture.

— Pourquoi aurait-il fait ça ?

— Je n'en sais absolument rien.

— Il s'est trompé ?

— J'en doute.

Marc examine les alentours et pousse un long soupir.

— Qu'est-ce qu'on fait ?

— On fait demi-tour.

Le silence se prolonge sur le chemin du retour. Gabrielle n'arrive pas à penser à autre chose qu'à leur conversation de tout à l'heure. Marc ne se pose pas de questions, lui a-t-il dit, mais elle se doute qu'à cet instant, des pensées identiques aux siennes sont en train de tourner en boucle dans sa tête.

Elle se retient des deux mains au tableau de bord quand Marc donne un soudain coup de frein.

— Qu'est-ce que tu fais ?

Il fait marche arrière sur quelques mètres et se penche vers elle pour lui montrer le bord de la route de son côté.

— Regarde, la voiture a fait un demi-tour ici.

Gabrielle plisse les yeux et repère les deux balafres qui témoignent de la manœuvre sur le bas-côté. Marc descend de la voiture, aussitôt imité par Gabrielle. Ils identifient rapidement les empreintes de pas tout autour de celles des pneus du Scénic.

— Je dirais qu'ils étaient deux, dit Marc.

— Oui, on dirait bien.

— Le gars et la randonneuse ?

Gabrielle fait flotter l'un de ses pieds au-dessus des deux empreintes.

— Si c'était elle, alors elle avait de sacrés panards.

Les deux gendarmes, têtes baissées, suivent la piste jusqu'à la lisière de la forêt. Arrivé là, Marc passe un petit fossé et s'enfonce dans le sous-bois en gardant les yeux rivés au sol.

— Elles continuent par là, dit-il sans cesser de progresser au milieu de la végétation.

Gabrielle le rejoint sous le couvert des arbres. Ils atteignent bientôt un petit espace déboisé qui dessine un cercle grossier de cinq à six mètres de diamètre. Ils repèrent immédiatement la tache plus sombre au milieu de la clairière, mais continuent malgré tout d'avancer, comme hypnotisés par ce qu'ils voient.

La terre a été retournée sur quelques mètres carrés ; la géométrie de la trace laisse peu de doute sur les raisons qui justifient un tel terrassement.

— J'ai bien peur que nous n'ayons retrouvé notre randonneuse, dit Marc.

Chapitre 44

Ils ont bel et bien retrouvé la randonneuse. Seulement, elle n'était pas seule dans la tombe.

La maison appartient à un certain Geoffrey Malmaison. Ils ne savent pas encore si c'est lui qui est allongé sur la table d'autopsie, car aucune pièce d'identité n'a été retrouvée, ni sur le corps ni dans la maison. Un échantillon de son ADN est déjà parti au laboratoire d'hématologie médico-légale de Bordeaux. En d'autres circonstances, tout ce qui aurait importé à Gabrielle aurait été le résultat de l'analyse de ce prélèvement et la confirmation de la correspondance de son ADN avec celui de la trace retrouvée sous un ongle de Mélissa. Seulement, si c'est bien lui leur meurtrier, il ne s'est pas jeté lui-même au fond de ce trou et recouvert ensuite de terre. Une troisième personne était à ses côtés dans cette forêt et y a enterré les deux victimes. Mais qui ? Et pourquoi ? Elle a le sentiment de s'enliser. Lorsque des questions sont en passe d'être élucidées, d'autres, peut-être plus insolubles encore, surgissent.

Mister Fantastic, qui est devenu malgré lui le légiste attitré du tueur aux cartes et était encore présent à l'exhumation des deux cadavres dans la forêt, a temporairement passé la main au professeur d'université Jean-Claude Bozon, un imposant sexagénaire qui dépasse Gabrielle de vingt bons centimètres et fait preuve de ce franc-parler qu'elle tient en si haute estime, et qu'elle-même pratique assidûment depuis l'adolescence. Il porte des lunettes à monture jaune vif, qui ressemblent étrangement à la paire bon marché qu'elle se rappelle avoir achetée à PortAventura[1] en dépannage de celle cassée juste avant d'arriver au parc d'attractions. Elle s'en souvient comme si c'était hier, c'était à l'occasion d'un bref, mais merveilleux séjour à Barcelone en compagnie de Franck, Laura et des deux jumeaux.

Un employé de l'hôpital, incidemment affublé du nom Morbidoti, est là pour accomplir les basses besognes : c'est notamment lui qui sera chargé des incisions et qui refermera le corps. Niko complète la liste des participants ; les fesses calées contre le rebord d'une longue paillasse légèrement en retrait de la table d'autopsie, il procède aux derniers réglages de son appareil photo. Gabrielle, qui a horreur de rester à ne rien faire, a proposé de le décharger de la tâche des scellés, offre qu'il s'est empressé d'accepter.

Les murs sont d'un blanc immaculé, l'inox rutile tout autour d'eux, et la lumière que projettent les plafonniers surexpose la scène. Et au beau milieu de celle-ci, le visage verdâtre d'un mort que le médecin se prépare à mettre à nu.

Les quelques jours que le cadavre a passé sous terre laissent planer une forte odeur de viande pourrie contre

1. Parc d'attractions situé au sud-ouest de Barcelone.

laquelle Gabrielle s'est prémunie en frottant la base de son nez avec du baume du tigre. Sa peau est en feu, mais malgré ça, des relents de charogne s'immiscent à intervalles réguliers dans ses narines.

Cela fait à présent dix bonnes minutes qu'elle se met en condition. Le principe est le suivant : déposséder la victime de la moindre trace d'humanité, oublier qu'elle se tenait sur ses deux jambes, qu'elle se déplaçait, qu'elle parlait, qu'elle respirait, que ses yeux étaient jadis grands ouverts, qu'elle réfléchissait, ressentait des émotions. C'est un amas de chairs inertes et d'organes hors d'état de fonctionner, un agglomérat de cellules mortes qui achèvent leur lent pourrissement, une chose amorphe et inutile. C'est cruel, presque barbare, mais il n'y a aucune autre alternative. Si elle laisse émerger la moindre image ou la moindre pensée, des vacances en famille au bord de la mer, une partie de foot avec les enfants ou les copains, un visage rayonnant de bonheur quand ces mêmes enfants déballent leurs cadeaux de Noël, c'est fichu. Gabrielle essaie de rendre l'exercice un peu plus facile en se persuadant que cette chose qu'elle a sous les yeux est bien le tueur aux cartes qui a fauché quatre femmes qui n'en étaient encore qu'au tout début de leur vie.

Comme préambule à l'autopsie, Gabrielle précise les circonstances de la découverte du corps et l'environnement dans lequel elle est intervenue, aidée en cela par Niko qui fait passer au médecin de nombreux tirages des photos prises sur place. Le légiste, satisfait de la présentation liminaire des deux gendarmes, enclenche son dictaphone et entame à son tour un long monologue : identité et fonction des personnes présentes, sexe de la victime, taille, poids, aspect général, description des vêtements. Il examine la tête sans s'arrêter de parler, puis le cou au-dessus duquel il devient subitement muet. Il fait signe à Gabrielle de s'approcher.

— Regardez.

Il lui indique de son doigt ganté les ecchymoses qui marquent la peau au niveau de la gorge.

— Il a été étranglé, observe Gabrielle.

— En tout cas, on a essayé de l'étrangler, rien ne dit pour l'instant que ce soit la cause du décès. Mais ce n'est pas ça que je voulais vous montrer. Regardez bien.

L'extrémité de son doigt se rapproche pour s'immobiliser tout près du col du pull de la victime. Une tache mate, difficilement repérable sur le tissu sombre, s'étale sur quelques centimètres carrés de fibres.

— Qu'est-ce que c'est ?

— Je penche pour du sang, mais ce sera à vous de le confirmer.

— Le sien ?

— Je ne pense pas. Il n'y a aucune blessure dans le cou, ni à la tête, ni sur les mains.

— Celui de l'autre victime qui était avec lui, alors.

— Peut-être. Peut-être pas. Vous en avez vu sur son corps ?

— Je n'ai pas vraiment regardé…

— On verra ça tout à l'heure.

Le praticien poursuit l'examen externe du corps, puis commence à le déshabiller. Il se fige une nouvelle fois près de l'épaule gauche qu'il examine d'un air pénétré. Gabrielle, encore concentrée sur la tache imprimée sur le pull, porte son attention sur l'objet de sa soudaine curiosité : un réseau de lignes rouge pâle rappelant les branches d'un corail, qui s'étend sur la peau de l'homme depuis l'épaule jusqu'à sa poitrine. Elle croit d'abord à un tatouage, mais la finesse et la transparence des traits la laissent perplexe. Le médecin lève la tête et lui lance un regard par-dessus le verre de ses lunettes.

— Vous savez ce que c'est ? demande-t-il.

— Non.

— Ce sont des lignes de Lichtenberg, elles portent le nom du physicien allemand qui les a découvertes. Elles sont caractéristiques d'un foudroiement. Ce monsieur a semble-t-il eu un coup de foudre, et pas pour la jeune femme qui l'accompagnait.

— Il sera facile de vérifier s'il y avait de l'orage au moment de sa mort, avance Gabrielle qui apprécie moyennement la plaisanterie du médecin.

— Bah, si vous avez du temps à perdre, oui, mais il n'y a aucun doute : il a été frappé par la foudre.

Il tend un doigt en direction de l'abdomen de la dépouille, le long duquel descend une ligne écarlate.

— Ce trait rouge sur la poitrine est également caractéristique.

— Ce ne peuvent pas être des cicatrices ?

— Non, les lignes de Lichtenberg disparaissent au bout de quelques jours. Et puis…

Il lui montre le pull de la victime, déchiqueté et brûlé au niveau de l'épaule gauche.

— Oui, je vois… capitule Gabrielle.

Le médecin se dirige vers les pieds de la victime, la débarrasse de ses chaussures, l'une après l'autre. Après avoir longuement étudié le pied droit, il fait signe à Gabrielle de s'approcher et met le doigt sur les contours calcinés d'un trou qui décore la chaussette.

— La foudre est ressortie par là – son doigt passe de la chaussette à la chaussure – et par là.

Gabrielle avance son visage jusqu'à dix centimètres du soulier, fronce les sourcils. Le légiste, lisant la perplexité sur son visage, extrait un stylo de la poche de sa veste et en appuie la pointe sur la semelle.

— Ici, répète-t-il.

Gabrielle voit enfin la marque à la base du stylo, un petit trou de la taille d'une tête d'épingle.

— Par là ?

— Oui, confirme-t-il.

— Ce n'est pas censé être isolant, ça ?

— Pas suffisamment pour ce genre de courant, non. Vous m'avez dit que la tombe avait été creusée au milieu d'une clairière ?

— Oui, c'est ça.

— Elle est grande comment, cette clairière ?

— Je dirais cinq mètres de diamètre.

— Et il y avait des arbres tout autour, c'est bien ça ?

— Oui.

— De quelle hauteur ?

Gabrielle fait une moue et échange un regard avec Niko.

— Moins de dix mètres, dit celui-ci.

— Dix mètres… répète le légiste. Hum… Il n'a pas dû être directement frappé par la foudre, mais plutôt par un éclair latéral.

— Un éclair latéral ?

— La foudre choisit le chemin de moindre résistance pour atteindre le sol. Elle est vraisemblablement tombée sur un arbre, le long duquel elle a commencé à descendre, mais si cet homme en était suffisamment proche, a jugé qu'il était plus facile de passer par lui que par la base du tronc pour finir sa course. Elle a donc bifurqué vers lui, par l'intermédiaire d'un éclair latéral.

— C'est ce qui l'a tué, alors ?

Le praticien secoue la tête.

— Pas nécessairement, non.

— Pas nécessairement ? s'étonne Gabrielle. C'est combien de volts, un éclair ?

— Plusieurs millions.

— Et il y a des gens qui survivent à ça ?

— Tout le courant véhiculé par la foudre ne passe pas à travers le corps. Je ne vais pas vous faire un exposé, mais il y a un certain nombre de mécanismes physiques, dont l'arc de contournement, qui font que seule une petite partie de ce courant, moins de dix ampères, ce qui est déjà énorme, traverse le corps. Finalement, environ neuf personnes sur dix survivent à un foudroiement. Certaines s'en sortent presque sans une égratignure, d'autres sont marquées à jamais, sur le plan psychologique notamment, jusqu'à des changements de comportement ou même des atteintes hystériques.

— S'il n'en est pas mort, il ne s'est pas enterré tout seul… observe Gabrielle avec ironie.

— Finement observé, jeune fille, réplique le professeur Bozon, mais vous m'avez dit qu'il y avait vraisemblablement une troisième personne sur les lieux.

— On a relevé deux empreintes différentes sur place, explique Niko, l'une d'elles provient de ces chaussures – il pointe un doigt en direction des souliers retirés au cadavre. L'autre ne correspond pas à celle de la randonneuse. Donc oui, il y avait une autre personne.

— Celle-là même qui a enterré cet homme. Mort… ou vif. Et ça, c'est ce que je vais m'efforcer de savoir.

Le corps est soigneusement lavé après complet déshabillage. Le bien nommé Morbidoti pratique alors une longue incision du menton jusqu'à l'aine (*rappelle-toi, un agglomérat de cellules mortes, une chose amorphe et inutile*), puis se sert d'écarteurs pour épanouir la cage thoracique. Un bruit d'os de poulets que l'on brise rompt un instant le silence dans lequel la salle était plongée. Le médecin examine d'abord les organes noyés dans le magma immonde, puis les extrait un par un de leur hôte (*un amas de chairs inertes et d'organes hors d'état de fonctionner…*). Il parle sans discontinuer, rendant compte de toutes ses observations d'une voix forte et presque décontractée. Niko, paparazzi de la mort, n'en manque pas une miette. L'assistant pèse, entaille, met en bocal, les scellés s'accumulent dans la chambre froide.

Le professeur d'université indique ne pas pouvoir se prononcer sur l'accident cardiaque sur la base du simple examen macroscopique du cœur, mais une intuition subite le fait immédiatement s'intéresser au système respiratoire. L'esprit entièrement tourné vers ses délicates manipulations et analyses, le médecin a interrompu sa logorrhée savante. Enfin, il se redresse, l'air satisfait, et son regard chevauche une nouvelle fois la monture de ses lunettes pour se poser sur le visage de Gabrielle.

— Bon… je crois qu'on a notre réponse…

Il ménage une pause dans l'espoir que son auditoire le supplie de bien vouloir lui faire part de ses conclusions. Gabrielle s'empresse d'exaucer ses vœux, histoire de gagner du temps.

— Il y a des particules de terre dans les voies respiratoires supérieures et les poumons, explique le médecin. Notre homme a été enterré vivant.

Il retire l'un de ses gants et se gratte le lobe de l'oreille avec le petit doigt.

— Échapper à la foudre pour être asphyxié sous deux tonnes de terre juste après, c'est vraiment pas banal.

Chapitre 45

L'*Undersound* est une boîte de nuit de la banlieue toulousaine montée quasiment de toutes pièces par un couple de lesbiennes. Aménagée dans ce qui était autrefois un magasin de pièces détachées pour automobiles, elle fait salle comble du mardi soir à l'aube du dimanche. À l'origine, les propriétaires ne ciblaient pas une clientèle précise. La communauté gay et lesbienne connaît la valeur des mots tolérance et ouverture d'esprit et toutes les populations étaient les bienvenues à la discothèque, pourvu qu'elles fussent branchées rock indépendant, garage, underground, punk ou bien hardcore. Mais, le pedigree des deux propriétaires et leur indéniable charisme aidant peut-être, la boîte de nuit est devenue avec le temps le lieu de rassemblement de toute la communauté LGBT toulousaine.

Il n'a jamais mis les pieds à l'*Undersound*, et ce pour deux raisons. La première est son rejet de toute sorte de mode : comme c'est souvent le cas, tous ceux qui s'élèvent contre l'insoumission et l'anticonformisme finissent fatalement par trahir leurs principes à l'heure où vient la notoriété. L'*Undersound* n'a pas dérogé à cette règle : leurs propriétaires, qui voulaient en faire un lieu emblématique de la culture underground, l'ont sans le vouloir transformé en l'un des endroits les plus branchés de Toulouse et même de toute la région, *the place to be* de la Ville Rose. Ce n'était pas le but recherché, mais la discothèque a malgré elle basculé dans le genre de snobisme pseudo-bobo qui a le don de lui hérisser le poil.

La seconde raison est que la tentation aurait été trop grande. Malgré toute sa volonté, il était hors de question de donner la moindre chance à ses démons de sortir de l'ombre…

Mais aujourd'hui, les choses ont changé.

Accoudé à une table haute, seul au milieu d'une foule compacte et surexcitée, il observe les danseurs à l'abri de son cocktail. Ici, personne ne le connaît. Ici, pas question de musique suave ni de danse lascive, les sonorités, sauvages et révoltées, transmettent aux participants extatiques des contorsions épileptiques que catalyse le jeu de lumière des spots.

Mais dans ce pandémonium halluciné, une ombre, à quelques mètres de lui, ne le quitte pas des yeux. C'est la troisième fois qu'il croise son regard, un regard de braise qu'il prend un malin plaisir à attiser. Le jeune homme qui l'observe ainsi est grand et efflanqué, tout de noir vêtu. Son corps s'agite par saccades sur un morceau de hardcore aux côtés d'un autre type qui s'évertue à lui parler par-dessus le vacarme et auquel il répond par des sourires enjôleurs.

Un changement de rythme annonce le morceau suivant. Il y a une brève accalmie, puis l'agitation reprend de plus belle. Il quitte un instant la piste des yeux et perd sa cible de vue. Il tente vainement de la repérer au milieu de la nuée ; il a tourné la tête durant quelques secondes seulement, mais il y a tellement de monde. Il ne peut pas être bien loin. À moins qu'il ne soit parti ? La soirée commence à peine… De la façon dont ce type le regardait, il lui plaisait, c'est évident. Il était trop loin pour qu'il pût distinguer précisément son visage, mais sa silhouette était pleine de promesses.

Pas de chance…

— Tu ne danses pas ?

Il se tourne. Le jeune homme est là, tout près de lui. Il a posé un verre empli d'un liquide bleuté sur la table et le fixe, les yeux mi-clos… regard empli de mystère probablement soumis à de longues séances d'entraînement devant le miroir de la salle de bains. Ses cheveux noirs sont séparés par une raie élaborée avec le plus grand soin et savamment plaqués sur chaque côté du crâne. Son nez est long et étroit, ses lèvres très droites, et ses mâchoires forment un « V » qui impose le respect. Si Neo et Trinity[1] avaient fusionné, c'est peut-être à ce personnage qu'ils auraient donné naissance. *NeoTrinity*. Ça sonne bien.

— Ce n'est pas vraiment mon genre de musique, répond-il à *NeoTrinity*.

— Ce n'est pas le genre de boîte où il faut venir, alors…

— Je ne viens pas ici pour la musique.

Le jeune homme esquisse un sourire et aspire un peu de bleu à l'aide de sa paille.

---

1. Personnages principaux de la trilogie *Matrix*, interprétés respectivement par Keanu Reeves et Carrie-Ann Moss.

— Je ne t'ai jamais vu ici, remarque *NeoTrinity*.

— Je ne suis pas trop sorti, ces derniers temps. J'ai eu besoin de… me ressourcer. De me tenir à l'écart de l'agitation extérieure.

— Et te revoilà parmi nous, ressourcé et prêt à affronter l'enfer qu'on nous impose jour après jour. Rien n'a changé, tu sais, c'est peut-être même pire.

— Moi, j'ai changé.

Entre la musique et le brouhaha des conversations, c'est à peine s'ils s'entendent. Ils se penchent tour à tour l'un vers l'autre pour s'assurer que les mots franchiront sans encombre la distance qui les sépare. Il quitte un instant *NeoTrinity* des yeux pour regarder les danseurs convulser sur la piste. Ce n'est pas son genre de musique, non, mais bizarrement, ce morceau lui plaît.

All that we have is just slipping away,
and I don't believe that it's gonna be okay.

— Moi aussi, parfois, j'aimerais disparaître dans un trou et ne plus entendre parler de ce monde de requins, réfléchit *NeoTrinity*. Tout plaquer, partir à l'autre bout du monde et vivre auprès de ceux qui se prennent pas la tête à acheter une bagnole pour aller au boulot ou un putain de Smartphone pour scroller sur Insta. Ils mangent pas de la bouffe de merde, eux, ils respirent de l'air pur, un peu plus pur qu'ici en tout cas, et ils prennent soin les uns des autres.

— Qu'est-ce qui t'en empêche ?

— Le courage, bien sûr. Tu es parti où, toi, pour te ressourcer ?

Il ne répond pas immédiatement, ne sait même pas s'il a vraiment envie de répondre. Où est-il parti ? Est-il réellement revenu ? Qu'importe où il était ou ce qu'il était, il ne veut pas revenir en arrière, il a tourné la page. Le passé est un mauvais souvenir, l'avenir lui ouvre les bras et il a bien l'intention d'en profiter à fond. Sur la piste, le groupe continue de chanter :

Your time is up, they're out for blood.

— Ton ami t'a abandonné ? élude-t-il.
— Quel ami ?
— Celui avec lequel tu dansais tout à l'heure.
Le jeune homme émet un petit rire.
— C'est mon ami, oui, mais peut-être pas au sens où tu l'entends.
Il fait un geste vague en direction de la piste.
— Il doit être quelque part là-dedans, il ne s'arrête jamais.
Il observe *NeoTrinity* avec intensité. Ce garçon a un charme indéniable. Le timbre de sa voix est envoûtant, son regard subjuguant.

Secrets kept, a thin disguise,
empty threats are full of lies.

Il remarque une petite balafre en forme de chevron qui marque la peau du jeune homme tout près de son œil droit.
— Accident de meuleuse, confie celui-ci en lisant le questionnement dans son regard.
— Bricoleur ?

— Non, artiste. Je sculpte le métal.

— Oh… Habile de tes mains.

Les lèvres de *NeoTrinity* s'approchent pour chuchoter à son oreille.

— Et pas seulement avec le métal.

Il lui répond par un sourire entendu qu'il fait aussitôt disparaître derrière son verre d'alcool.

— Je ne sais pas comment tu t'appelles, demande subitement le jeune homme.

Il a une petite hésitation avant de répondre.

— Caïn.

— Caïn… Ce n'est pas courant, comme prénom. C'est Abel ou Caïn qui tue son frère ?

— Caïn.

— Ah… Tu as un frangin ?

— J'ai failli.

L'autre lève un sourcil, mais il a déjà détourné la tête en direction de la piste de danse, signifiant ainsi qu'il ne répondrait à aucune question. *NeoTrinity* a bien saisi le message et ne cherche pas à en savoir plus.

Silence, they don't hear you calling.

— J'en ai marre de tout ce bruit, ça te dirait pas de faire un tour ? propose *NeoTrinity* au bout d'un moment.

— J'attends la fin de la musique.

— Je croyais que ce n'était pas ton genre ?

— Celle-là me plaît bien.

You can't stop the bleeding, it's almost too late,
You're leaving this all behind with hell to pay.

Chapitre 46

— À ton avis, qu'est-ce qui s'est passé dans cette forêt ?

Gabrielle soulève les épaules.

— Je ne sais pas.

— Je m'attendais à tout sauf à ça, confie Marc. J'ai l'impression de repartir de zéro.

— Comme tu dis, oui…

Elle se pince le haut du nez et grimace.

— Ça va ? s'inquiète Marc.

— J'ai mal au crâne depuis hier soir.

— Les autopsies ?

La question parvient à arracher un sourire à Gabrielle.

— Non. Généralement avec les autopsies, c'est plutôt au niveau de l'estomac que ça se passe, et l'effet ne se fait pas attendre. Et je ne me souviens pas m'être déjà sentie mal à une autopsie.

— Quoi, jamais ?

— Jamais.

— Tu es une force de la nature, alors. Ça m'est arrivé trois fois, la dernière c'était à l'autopsie d'un type qui est mort d'une crise cardiaque chez lui.

Son corps n'a été découvert que dix jours plus tard, et son chien qui crevait la dalle avait commencé à le dévorer.

— Beurk !

— Je croyais que tu avais le cœur bien accroché ?

— Oui, mais j'aimerais autant que tu ne me coupes pas l'appétit. Déjà que je n'ai pas très faim…

Ils déjeunent en tête à tête dans un restaurant indien qui ne figure pas dans le carnet d'adresses de la SR. Après la réunion avec Dobey, Gabrielle était bien partie pour sauter un repas, mais l'insistance de son partenaire l'a ramenée à la raison, la condition imposée par la jeune femme étant qu'ils évitent les lieux où ils auraient pu tomber sur des collègues. Aujourd'hui, la seule présence que Gabrielle se sent capable de supporter est celle de Marc. À cause de ces maux de tête, elle a eu un mal de chien à trouver le sommeil – il était deux heures treize lorsqu'elle a jeté un dernier coup d'œil à son réveil – puis elle a très mal dormi, avec un affreux cauchemar à la clef. Après deux nuits seulement loin des bras de Marc, la sensation de manque devient difficilement supportable. Elle s'est réveillée épuisée et abattue, avec le sentiment qu'elle allait passer une très mauvaise journée. Jusque-là, il n'y a pas eu de mauvaise surprise, mais elle est douée pour sentir les ennuis arriver et son petit doigt lui dit que le destin peut encore lui jouer un sale tour.

Le serveur pose les plats sur la table. Marc en profite pour lui demander s'il aurait quelque chose contre les maux de tête.

— Ce n'était pas la peine, lui reproche Gabrielle une fois que le garçon s'est éloigné.

— Pas la peine ? Tu as vu ta tête ? On dirait un zombie.

— Je te remercie, fait-elle d'une voix fatiguée.

À cet instant, Marc n'a qu'une seule envie : la prendre dans ses bras et voir son visage s'apaiser sous la sensation de leurs corps qui ne font qu'un. Mais il sait que c'est impossible. Depuis le début de la semaine, c'est avec Magali qu'il doit passer ses nuits, et contrairement à ce que Gabrielle a prédit, ce n'est pas la culpabilité qui le ronge, mais la rancœur et la privation, la privation du contact de la peau de sa partenaire, de son odeur, de ses mains qui le touchent. Elle lui est inaccessible et la perspective de devoir attendre encore plusieurs jours avant de la serrer contre lui est insupportable.

Faute de mieux, il songe à avancer une main pour la poser sur celle de Gabrielle, mais il n'en fait rien. Même si personne ici n'est censé les connaître, il sait que sa coéquipière, elle, ne se posera pas la question et se dérobera aussitôt.

— Je plaisantais, s'excuse-t-il lorsqu'il prend la mesure de la lassitude qui assombrit le visage de la jeune femme.

— Je sais bien.

La voix de Gabrielle est exceptionnellement douce, même sa hargne légendaire semble l'avoir abandonnée. Elle lorgne sans envie son poulet Korma et regrette d'avoir accepté l'invitation de Marc. Le serveur est de retour. Il dépose en souriant un cachet auprès de l'assiette de Gabrielle.

— Merci.

— Tu vois, il suffisait de demander.

Elle ne répond pas, avale le comprimé avec un demi-verre d'eau, puis s'empare de ses couverts avec résignation.

— Qui est ce troisième homme ? se demande Marc entre deux bouchées de riz.

— Avec un peu de chance, on le saura avec l'échantillon prélevé sur le pull.

— Ce n'est peut-être pas le sien, ce n'est peut-être même pas du sang.

— Je suis sûre que c'en est.

— Celui de la randonneuse, alors…

— Non, j'étais présente à son autopsie, il n'y avait pas une goutte de sang sur son corps.

— D'accord. Et si l'échantillon ne renvoie aucun *HIT*[1] ?

Gabrielle ébauche un sourire.

— C'est moi qui joue les pessimistes, en temps normal.

— Il faut croire que ton pessimisme est contagieux, plaisante-t-il.

Il hésite un instant.

— Et tant qu'on est dans le pessimisme, ajoute-t-il prudemment, j'ai réfléchi aux photos de nous deux que j'ai reçues. Tu ne crois pas que… qu'il faudrait en parler à Dobey ?

Le sourire sur le visage de Gabrielle s'évanouit aussitôt.

— J'y ai réfléchi, en effet, et la réponse est non.

---

1. Toute trace génétique prélevée sur une scène de crime est envoyée pour analyse au FNAEG, qui renvoie un *HIT* lorsqu'il y a correspondance avec une trace déjà enregistrée dans le fichier.

— Si ce n'est pas Magali, c'est peut-être l'enfoiré qui tue ces filles et…

— Alors c'est Magali.

— Gabrielle…

— Marc, s'il te plaît, n'insiste pas. Qu'est-ce que tu lui dirais, à Dobey ? Tu seras obligé de lui expliquer ce qui se passe entre nous, et ça, je n'y tiens pas. Tu n'as rien reçu depuis une semaine, alors pour l'instant, on laisse filer.

— Mais…

Elle l'arrête d'une main.

— Marc, vraiment, j'ai pas la tête à ça.

Il expulse un soupir par le nez et, résigné, baisse la tête. Ils mangent sans dire un mot durant plusieurs minutes, Marc avec appétit, Gabrielle avec une lenteur extrême et une mine un peu dégoûtée.

— Ce n'est pas bon ? finit-il par demander.

— Si, au contraire.

Il pointe sa fourchette en direction de l'assiette de sa partenaire qui triture sa nourriture sans se décider à la porter à sa bouche.

— Si tu n'y touches pas, c'est moi qui finirai.

— C'est peut-être bien ce qui va se passer.

— Mange, tu n'as même pas pris de petit déjeuner.

Elle se retient de lui dire qu'elle n'a pas non plus dîné la veille.

— Ce n'est pas le mercredi que tu vas au Systema ? Tu ne tiendras pas debout si tu as le ventre vide.

— Je n'y vais pas.

Pas ce soir, non, car elle a prévu de passer voir Claire et Morgane. Cela fait ce qui lui semble une éternité qu'elle ne leur a pas rendu visite. Elle se sent coupable, elle a l'impression d'avoir abandonné la petite fille, d'avoir abandonné sa mère.

D'avoir abandonné Axel…

— Je crois que je vais rentrer, m'allonger sur le canapé et fermer les yeux en attendant que ça passe.

— Que ça passe ? Ton mal de crâne, tu veux dire ?

— Non, tout.

Le silence retombe.

— C'est dommage, dit enfin Marc, je serais bien venu faire une nouvelle séance avec toi.

— Vraiment ?

— Oui !

Elle examine attentivement son visage, n'y voit aucune trace d'ironie.

— Qu'est-ce que tu aurais dit à Magali ?

— Magali fête la fin de l'année scolaire avec ses copines profs.

— Et les enfants ?

— Ils passent la nuit chez des amis ; leurs gamins ont le même âge que les nôtres, ils s'entendent comme larrons en foire.

Gabrielle secoue la tête.

— Désolée, mais ce soir je ne m'en sens vraiment pas la force. Peut-être une autre fois.

Il la regarde dans les yeux tout en se mordant la lèvre inférieure.

— Je pourrais peut-être… rester un peu avec toi après le boulot. Histoire de m'assurer que tout va bien.

Elle a un sourire morose. Son portable vibre sur la table au moment où elle ouvre la bouche pour répondre. Le prénom de Laura est affiché à l'écran. Laura ? Elle ne l'appelle jamais. Le changement d'expression sur le visage de Gabrielle est si brutal que Marc se fige instantanément. Elle saisit son téléphone et manque de renverser sa chaise en se levant.

— Allô ?

Marc suit sa coéquipière des yeux jusqu'aux portes du restaurant. Il la perd brièvement de vue dès qu'elle est sortie, puis elle réapparaît derrière l'une des fenêtres de l'établissement. Il la voit s'arrêter, porter une main à sa bouche et, l'instant d'après, elle n'est plus là. Elle a disparu comme par magie du cadre de la fenêtre, comme si le sol s'était ouvert sous ses pieds. Il bondit de sa chaise et se précipite vers la sortie.

Il la retrouve à genoux sur le trottoir, une main passée dans les cheveux, l'autre crispée sur son téléphone qu'elle tient plaquée contre son oreille. Elle lui tourne le dos, il ne voit pas son visage.

Elle ne bouge pas, ne dit pas un mot.

— Oui, je suis là, l'entend-il enfin glisser dans le micro de son portable.

Sa voix est brisée. Elle pleure. Elle échange encore quelques mots avec son interlocutrice, puis la conversation est terminée. La main qui tient le téléphone glisse à son tour dans les cheveux. Gabrielle sanglote doucement ; Marc n'ose pas faire un geste, il est comme pétrifié. La scène reste ainsi suspendue dans le temps durant une longue minute. Mal à l'aise devant cette souffrance terrible qu'il ne comprend pas et à laquelle il se sent coupable d'assister, Marc décide de sortir de son silence.

— Gabrielle…

La jeune femme redresse la tête, mais ne semble pas encore prête à lui faire face. Il s'approche et reste planté à ses côtés sans savoir trop quoi faire. Elle a posé les mains sur ses genoux et tourné son visage légèrement de côté pour le soustraire à sa vue.

— Que se passe-t-il, Gabrielle ?

Elle se remet sur ses jambes, lève les yeux au ciel et laisse passer quelques secondes avant d'oser affronter son regard. Son visage est rouge, baigné de larmes.

— Je savais…

Elle s'interrompt, pose les doigts sur sa tempe comme si, par ce simple geste, elle se sentait capable de remettre ses idées en place.

— … que cela allait être une journée de merde.

La phrase s'achève dans un sanglot.

— Qu'est-ce qu'il y a ?

— Ce qu'il y a ? Il y a que…

Les mots restent une fois de plus coincés dans sa gorge. Elle serre les lèvres, crispe sa main sur le téléphone au point de donner une coloration inquiétante à ses articulations.

— C'est Franck… parvient-elle à dire dans un souffle.

— Franck ?

— Il m'a recueillie à la mort de mes parents. Il est… comme un père pour moi.

Elle appuie les mains sur les côtés de sa tête et la secoue avec véhémence.

— Ce n'est pas possible, je ne peux pas y croire…

Il attend la suite, mais elle est incapable de la moindre parole, comme choquée.

— Que s'est-il passé, Gabrielle ? insiste-t-il.

Les larmes ont recommencé à couler, des flots d'eau ininterrompus qui se précipitent le long de ses joues et cascadent sur son T-shirt en y dessinant de petites traînées sombres qui grossissent jusqu'à se fondre les unes dans les autres. C'est la première fois qu'il la voit pleurer, elle qu'il pensait invulnérable, qui s'évertuait en tout cas à donner au monde cette impression d'invulnérabilité, et il ne peut rien faire pour éviter le naufrage.

— Il est mort.

Et elle s'effondre sur lui. Les bras de Marc restent un instant suspendus en l'air sous l'effet de la surprise, puis il les referme lentement sur Gabrielle, posant d'abord une main au bas de son dos puis passant l'autre derrière sa tête pour l'amener contre le haut de sa poitrine. Elle pleure sans retenue et à grand bruit, il n'y a plus aucune place pour la pudeur ; c'est un trou béant qui s'est ouvert dans sa poitrine et l'a engloutie tout entière, ne laissant derrière lui que le vide et le désespoir. Il la laisse s'épancher sans dire un mot ni bouger, se contentant de la serrer très fort contre lui et honteux de savourer le plaisir égoïste de sentir son corps contre le sien.

Il relève légèrement la tête pour mieux caler celle de Gabrielle sous son menton et c'est à ce moment qu'il la voit. D'abord, il se dit que ce n'est pas possible, qu'elle n'aurait pas fait ça, mais il se rend rapidement à l'évidence. Il ne connaît pas par cœur la plaque d'immatriculation, mais il n'a aucun doute sur la silhouette qui est assise derrière le volant. C'est bien la voiture de Magali qui est garée le long du trottoir à cinquante mètres à peine, et c'est bien elle qui l'observe fixement depuis le siège conducteur.

— C'est pas vrai… Attends, je reviens tout de suite, dit-il à Gabrielle.

Il se détache d'elle et s'avance en direction de la voiture. Gabrielle oublie un instant son chagrin pour essayer de comprendre ce qui a subitement retenu l'attention de son partenaire.

Magali démarre dès que Marc met un pied sur la route.

— Magali ! crie-t-il.

La voiture bondit en avant et s'éloigne en rugissant. Marc, désemparé, reste debout au milieu de la chaussée. Il suit le véhicule des yeux jusqu'à ce qu'il disparaisse au coin de la rue, puis passe une main dans ses cheveux en poussant un juron. Il se repasse les dernières minutes dans sa tête. Qu'a vu Magali ? Gabrielle qui se précipite dans ses bras, puis lui qui la serre contre lui et lui caresse les cheveux. Rien de dramatique, mais pour Magali, cela sera amplement suffisant. Qui sait ce qu'elle a maintenant dans la tête ?…

Il revient vers Gabrielle, qui n'a pas besoin d'explications pour mesurer l'ampleur des dégâts.

— Il faut que tu lui expliques, lui dit-elle.

— Qu'est-ce que tu crois ? Elle ne me répondra pas.

— Pas au téléphone, il faut que tu y ailles, maintenant.

— On est venus avec ma voiture, je te rappelle.

— Et alors ? Vas-y, je te dis, je me débrouillerai pour rentrer.

Il lui adresse un regard incertain.

— Tu es sûre ?

— Vu ce que tu m'as dit d'elle, si tu ne vas pas lui parler sur-le-champ, elle va péter un câble et tu te retrouveras dans une situation dont vous ne sortirez pas indemnes. Alors oui, j'en suis sûre.

— On n'a même pas fini de manger. Et la note ? Et… toi ?…

— Marc ! Fiche le camp, bon sang !

Il la regarde un long moment dans les yeux puis se détourne d'elle pour regagner le restaurant au pas de course.

Ah. À l'évidence, l'épouse a découvert le pot aux roses. Il va peut-être falloir songer à changer de stratégie…

Le véhicule est garé à cent mètres du restaurant. La silhouette encapuchonnée assise au volant sait que personne là-bas n'aura l'envie subite de tourner la tête dans sa direction. Elle a tout le temps de réfléchir.

Trouver un moyen d'entrer en contact avec un gendarme n'est pas chose facile. Ils sont absents des réseaux sociaux, évitent de faire parler d'eux sur Internet, encore plus d'y laisser traîner un numéro de téléphone.

Mais ils ne peuvent pas penser à tout.

Gabrielle n'a laissé aucune trace, mais Marc, lui, a commis l'erreur de faire traîner une adresse mail sur le site du club de volley dont il était le trésorier. Le club a disparu, mais l'adresse, elle, est restée. Le concept du droit à l'oubli n'est pas entré dans toutes les têtes. C'est une chance.

Oublions donc Gabrielle pour le moment. Oublions les photos, si la femme est au courant de la liaison de son mari, elles ne servent plus à grand-chose. Les rouages, sous la capuche, tournent à plein régime. Terminés les mails, donc, mais il existe un tas d'autres façons d'instiller la peur dans l'esprit d'une personne.

Un peu plus risquées, certes, mais tout aussi efficaces. Peut-être même plus.

Un sourire se dessine sur le visage noyé dans l'ombre de la capuche. Si on lui avait dit que cela serait aussi excitant…

Chapitre 47

Le trajet jusqu'à la maison lui laisse le temps d'échafauder à peu près tous les scénarios. Il connaît Magali, il sait qu'il peut se préparer au pire d'entre eux. Dans l'un de ses accès de rage, elle est capable de n'importe quoi, comme d'avaler toute une boîte de Lexomil au retour d'un week-end désastreux en Provence. C'était quelques mois après la naissance de Chloé, mais il s'en souvient comme si c'était hier. Il s'était alors rangé à l'avis des médecins qui avaient mis ça sur le compte d'une dépression post-partum, mais les mois puis les années qui suivirent allaient montrer que l'arrivée de leur premier enfant n'expliquait peut-être pas totalement le geste de Magali, et encore aujourd'hui, il s'interroge sur la source profonde de ces imprévisibles déchaînements de colère.

La voiture de Magali est garée sur le parking aménagé sur la petite place qui marque l'entrée de la zone pavillonnaire où réside la famille Darbanville. C'est un premier soulagement de constater qu'il a vu juste en misant sur le retour de sa femme à la maison. Le véhicule s'immobilise avec un soubresaut près de celui de Magali. Marc en descend à peine le moteur coupé et fait le reste du chemin en courant.

Il trouve sa femme assise dans le canapé, bras repliés contre le corps, extrémités des doigts posées sur les tempes. Lorsqu'elle le voit, elle se lève d'un bond et commence à faire les cent pas dans le salon. Il referme doucement la porte derrière lui et ne bouge plus. Dans toute la panoplie des comportements de Magali, c'est l'un de ceux qu'il redoute le plus. Il signifie que la soupape de sécurité est sur le point de sauter. C'est une chance que leurs amis aient justement choisi ce jour pour récupérer Chloé et Dorian, eux au moins échapperont à l'orage.

— Magali… se risque-t-il.

Elle se fige et tend un doigt menaçant dans sa direction.

— Prends le temps de réfléchir à ce que tu vas dire, Marc.

— Je n'ai pas à réfléchir, je vais juste te dire en toute honnêteté ce qui s'est passé, et j'aimerais que tu prennes le temps de m'écouter sans me hurler au visage.

— Je te hurlerai au visage si je veux ! vocifère-t-elle.

Elle lâche un juron et joint les mains vers le ciel comme pour prendre Dieu à témoin.

— Mais je sais même pas pourquoi je me mets dans des états pareils ! Merde, c'était évident ! Ta distance, ton indifférence, vous fonctionnez tous de la même façon ! Vous n'avez même pas l'intelligence de faire semblant !

Il s'avance dans sa direction.

— Je ne vois pas de quoi tu parles. Tu as à l'évidence assisté à toute la scène, tu sais donc pourquoi

Gabrielle s'est réfugiée dans mes bras : on vient de lui annoncer un décès, celui de la personne à laquelle elle tenait le plus au monde, et elle s'est effondrée – dans mes bras, oui, parce que c'étaient les seuls qu'elle avait à disposition.

Magali laisse échapper un rire narquois et secoue la tête avec véhémence.

— Mais tu crois vraiment que je vais gober ça ? Jamais je ne me serais jetée dans les bras d'un collègue de cette façon ! Même si j'avais perdu mon propre fils, putain !

Sa phrase s'achève dans un cri et avec un coup de poing sur la table. Le vase qui en occupe le centre fait un petit bond sur place. Marc jette un regard inquiet sur cette arme en puissance juste à portée de main de Magali.

— Gabrielle ne va pas bien en ce moment, tente-t-il d'expliquer, ça a été la…

— ET MOI ! hurle Magali, tu crois que je vais bien, moi ?

Sa bouche s'affaisse brusquement, elle couvre le haut de son visage d'une main et laisse échapper un sanglot. Marc hésite. Elle n'aime rien de plus que de le culpabiliser et a appris à saisir la moindre occasion pour se poser en martyre, à tel point qu'il ne croit plus en la sincérité de ses émotions. Il s'approche et tente de poser une main sur son épaule. Elle écarte son bras doucement, mais fermement.

— Un mois, pleurniche-t-elle, c'est tout ce qu'il t'aura fallu pour briser notre couple.

Cela fait des années que nous nous efforçons tous les deux de le briser, Magali. Il n'y a plus d'amour entre nous, juste de l'affection dans les meilleurs moments, et plus souvent du mépris et de la haine. Combien de temps crois-tu que l'on puisse encore tenir ainsi ?

C'est ce qu'il aurait dû lui dire. Il aurait dû tout lui avouer ici et maintenant, avoir enfin cette discussion que ni l'un ni l'autre n'a trouvé jusque-là le courage d'engager. Mais une fois de plus, les mots restent piégés dans sa tête. Il essaie de se convaincre qu'il se tait parce qu'il a encore l'espoir qu'ils peuvent s'en sortir, que c'est son devoir d'y croire et de tenter de réparer les dégâts, mais au fond de lui, il sait qu'il est simplement lâche et égoïste.

À cet instant, ce n'est même pas à Magali qu'il pense, mais à Gabrielle. C'est son visage qu'il a à l'esprit, c'est son amour dont il a besoin, et pas celui de sa femme.

Lâche et égoïste.

— Ne dis pas n'importe quoi, Magali. Rien n'a changé entre nous…

— Tout a changé, le coupe-t-elle, la voix rendue soudain plus rauque par la rage. Il y a encore quelque temps, je sentais encore un peu de tendresse, un minimum d'affection, mais aujourd'hui, il n'y a plus rien, pas un geste, pas un regard… Tu es froid comme la pierre, Marc !

— Je te retourne le compliment.

— C'est ça, oui, tout est ma faute.

— Ce n'est pas ce que j'ai dit.

Elle se remet en mouvement, part à l'autre bout de la pièce, revient sur ses pas tête baissée, s'éloigne de nouveau. Elle s'est retirée dans sa bulle, l'a oublié, elle se parle à elle-même, se reprochant sa bêtise et son aveuglement, se répétant que c'est sa faute, qu'elle n'a que ce qu'elle mérite, elle pleure et rit à la fois, secoue la tête, serre les poings pour se donner de petits coups dans le ventre. Marc ne sait pas s'il préfère ça à une franche explosion de colère. Il n'en peut plus de ses manifestations hystériques ; détresse réelle ou mise en scène tragi-comique, il ne sait plus quoi penser, mais il est obligé de rentrer dans son jeu. Avec Chloé ou Dorian, la meilleure réponse à une crise est l'indifférence. Avec Magali, c'est la pire des choses à faire.

Il la saisit par le bras à la faveur d'un nouveau virage qu'elle effectue sous son nez. Elle se dégage sans ménagement et lui assène un violent coup à l'épaule.

— Lâche-moi ! lui crache-t-elle au visage, je ne veux pas que tu me touches !

— Mais tu es malade ou quoi ?!

— Oui, c'est ça, je suis malade !

Elle plaque la paume de ses mains sur ses oreilles et reprend ses allées et venues. Sur son visage marbré de plaques rouges, les larmes continuent à couler.

— Calme-toi, Magali, calme-toi, se sermonne-t-elle.

— Oui, en effet, je crois que ce serait une bonne idée…

— Du calme, respire…

— Est-ce que tu pourrais m'écouter cinq minutes, s'il te plaît ?

Elle secoue la tête, inspire, expire longuement.

— Tout va bien, ce n'est qu'un cauchemar…

— Tu ne crois pas que tu en fais un peu trop ?

— Il faut que je sorte, il faut que je prenne l'air…

— Magali…

Elle saisit son sac posé sur la table et se dirige vers la porte.

— Où vas-tu ? lui demande Marc.

— Loin d'ici.

Elle claque la porte et disparaît. Marc songe un instant à lui courir après, puis mesure le risque de s'engager en pleine rue dans une dispute dont il est incapable de prévoir l'issue.

Non, le jeu n'en vaut pas la chandelle.

Il baisse la tête et lâche un soupir. Il connaît la punition : elle ne donnera aucun signe de vie de tout l'après-midi en espérant bien que lui, de son côté, le passera à se ronger les sangs et à culpabiliser.

Mais ce qu'elle n'a pas calculé, c'est qu'à présent Marc n'est plus très sûr de vouloir encore s'inquiéter de son sort.

Il se laisse tomber dans le canapé et se prend la tête à deux mains. La bonne nouvelle, c'est que ce n'est pas Magali qui a envoyé les photos : elle n'aurait pas manqué l'occasion de lui en parler, et vu la violence de sa réaction, il est évident qu'elle ne savait encore rien de ce qui se passait entre Gabrielle et lui.

Enfin, à bien y réfléchir, il n'est pas sûr que ce soit une si bonne nouvelle.

Il est sur le point d'entrer dans le bâtiment de la gendarmerie lorsqu'il voit Gabrielle se diriger droit vers sa voiture garée sur le parking. Il dévie aussitôt de sa trajectoire pour la rejoindre avant de la perdre définitivement de vue.

— Gabrielle !

Elle s'immobilise, une main sur la portière. Son visage est encore humide de larmes.

— Magali ? l'interroge-t-elle.

— Ne t'inquiète pas, je gère, ment-il. Tu t'en vas ?

— Oui, j'ai mis Dobey au courant, il m'a accordé une permission.

Il ne sait pas comment aborder le sujet. Il connaît la vérité à propos de son père et de sa mère, mais il n'a qu'une partie de l'histoire. Elle n'avait alors que quatorze ans, il s'en est écoulé vingt depuis. Il en sait à présent un peu plus avec ce drame qui la touche, mais il aurait tant de questions à lui poser, des questions qu'il ne se sent à présent plus le courage de lui infliger. Ne connaissant rien ou presque du passé de sa partenaire, il est incapable de la réconforter, de l'aider à faire face à cette épreuve. Elle est seule avec sa douleur.

Gabrielle détourne la tête tandis qu'il cherche ses mots.

— Tu… vas le voir ? lui demande-t-il enfin avec douceur.

C'est la seule question qui lui est venue à l'esprit. Elle en comprend immédiatement le sens et y répond par un hochement de tête. Le visage toujours tourné, elle écrase une larme avec le bout d'un doigt.

— Le temps de passer à l'appart, puis je pars.

— C'est indiscret de te demander où tu vas ?

— À Auvers-sur-Oise, c'est là qu'ils habitent.

— Tu prends l'avion ? Le train ?

— J'y vais en voiture.

— Toute seule ?

Elle se tourne vers lui et lui adresse un regard fatigué.

— Tu veux m'accompagner ?

Au ton de sa voix, il comprend que sa question n'en est pas vraiment une.

— Alors oui, toute seule, complète-t-elle aussitôt.

— Ça fait de la route.

— Ça me donnera le temps de réfléchir. Il n'y a rien de mieux que la solitude pour un peu d'introspection.

— L'introspection, c'est comme les sables mouvants : plus on y dépense d'énergie, plus on s'enfonce. Si tu ne comptes que sur toi, c'est perdu d'avance.

Elle ferme les yeux, s'essuie le visage d'un geste las.

— Il faut que j'y aille, Marc.

— Sois prudente, s'il te plaît.

— Oui.

— Envoie-moi un texto quand tu seras arrivée.

— J'essaierai d'y penser, promet Gabrielle.

La commissure de ses lèvres se relève pour former un sourire triste qui lui donne une fragilité insoupçonnée. Elle monte dans la voiture, démarre le moteur et quitte le parking après lui avoir fait un dernier geste de la main au travers de la vitre.

Chapitre 48

Gabrielle passe les cent premiers kilomètres à pleurer, des sanglots lourds qu'elle expulse à grand bruit dans l'intimité de sa voiture jusqu'à s'en donner mal à la tête. S'ensuit un état de profonde déprime peuplé d'images de Franck qui font épanouir au coin de ses yeux de grosses larmes qui sillonnent ses joues avec empressement comme si elles s'étaient trouvées en terrain ennemi. De guerre lasse, Gabrielle allume l'autoradio et active le Bluetooth sur son téléphone portable. Le premier morceau de sa playlist est *Heavydirtysoul*, de Twenty One Pilots. Elle pousse le volume à fond et murmure les paroles de la chanson comme pour conjurer les souvenirs pénibles auxquels son esprit s'accroche depuis son départ de Toulouse.

Elle conduit durant trois heures avant de faire une pause café après Limoges. Il règne déjà un parfum de vacances sur l'aire d'autoroute. Les files de voitures s'allongent entre les pompes et les conversations se nuancent d'accents étrangers. Après avoir attendu son tour à la porte des toilettes pour femmes, elle doit refaire la queue pour prélever au distributeur de café un cappuccino fadasse dont elle rehausse le goût avec trois sachets de sucre.

Dehors, l'air s'est considérablement rafraîchi et un front sombre commence à obscurcir le ciel vers l'ouest. Gabrielle vide son gobelet en observant les nuages d'un œil inquiet, puis l'expédie dans une poubelle avec une grimace de dégoût avant de reprendre le volant.

Les masses obscures chargées de pluie semblent avancer aussi vite que la voiture avale les kilomètres. Gabrielle les regarde à présent avec fascination. Elles lui font penser à une entité apocalyptique venue dévorer la surface de la terre. La lumière faiblit rapidement et de grosses gouttes commencent à s'écraser sur le pare-brise avec un claquement sonore. Le crépitement s'intensifie très vite et, bientôt, ce sont des trombes d'eau qui s'abattent sur la route. L'orage oblige la jeune femme à ralentir l'allure jusqu'à moins de quatre-vingts kilomètres par heure. Les nuées au-dessus de sa tête s'éclairent par moments d'une lumière intérieure qui fait surgir de l'obscurité leurs sinistres circonvolutions. Il fait presque nuit noire, il n'y a plus que les feux des voitures qui la précèdent pour lui indiquer le chemin à suivre. Elle se redresse sur son siège et agrippe le volant plus fermement. La conduite accapare pour un temps toute son attention et le déluge emporte l'image de Franck loin de ses pensées.

L'orage ne dure pas, mais la pluie l'accompagne jusqu'à son entrée en région parisienne. Elle cesse bientôt complètement, mais c'est à présent la densité de la circulation qui l'oblige à lever le pied. Elle la force aussi une nouvelle fois à la concentration et continue de tenir à distance les souvenirs qui lui perceraient autrement le cœur.

C'est en passant au-dessus de l'Oise à l'entrée d'Auvers que les forces de Gabrielle l'abandonnent brutalement. Chaque fois qu'elle revenait ici après une trop longue absence, l'apparition de l'église Notre-Dame au bout de la route était comme un petit avant-goût du bonheur à venir. Aujourd'hui, elle fait voler son cœur en éclats. Le souvenir des quelques années qu'elle a passées ici, entourée de l'affection de Laura et Franck, aussi heureuse qu'elle pouvait l'être malgré les blessures jamais cicatrisées, la submerge avec brutalité, un kaléidoscope d'images qui défilent en accéléré et auxquelles se superpose avec insistance celle du visage de Franck figé dans la mort. Les larmes coulent avec une intensité renouvelée. Elle tourne à gauche sans un regard pour l'église et traverse la ville en direction du château. Juste avant celui-ci, elle bifurque une nouvelle fois et poursuit son chemin entre des maisons cossues dont le charme la laisse complètement indifférente. Une zone de travaux un peu plus loin l'oblige à un détour par la rue Gachet et lui offre quelques minutes de répit. Elle passe la maison du fameux docteur au bout de la rue, prend un dernier virage et ralentit inconsciemment l'allure sur les trois cents derniers mètres. Mais rien ne peut désormais retarder l'échéance ; après une dernière manœuvre, elle immobilise définitivement le véhicule dans un petit espace gravillonné aménagé devant un pavillon protégé par un muret de pierre.

C'est la fin du voyage.

Elle coupe le moteur et observe les lieux d'un regard embué. Dans cette maison qui est devenue la sienne il y a vingt ans et où elle s'est reconstruite aux côtés de ceux qui l'y ont accueillie comme leur fille, règne aujourd'hui la mort. Le gouffre dans sa poitrine s'élargit d'un coup pour devenir une plaie béante, une plaie en réalité restée toujours à vif, mais dont elle était parvenue avec le temps à oublier le douloureux élancement.

Il y a une autre voiture à côté de celle de Franck, qu'elle ne parvient pas à identifier. De la famille, probablement. Elle laisse passer plusieurs minutes dans l'espoir de retrouver visage humain, puis s'oblige à quitter son abri pour aller sonner au portail.

C'est Valentin qui lui ouvre. La surprise la cloue sur place.

— Valentin ?

Il lui adresse un sourire circonspect. Il se tient devant elle, immobile, une main figée sur la poignée du portail, espérant peut-être qu'elle tombe dans ses bras, partagée entre la joie de le revoir et la tristesse que ce soit dans ces circonstances. Mais elle n'esquisse pas le moindre mouvement, se contente de le dévisager avec un mélange de stupeur et d'incompréhension. Sa surprise contamine Valentin et le décourage de tout geste d'affection.

— Entre, se résout-il à dire, les autres sont à l'intérieur.

Elle passe sous son nez et se dirige droit vers la maison sans l'attendre, réfléchissant à l'identité de ces « autres ».

Laura l'accueille dans le hall d'entrée. Chose extrêmement rare chez elle, elle n'est pas maquillée. Son visage, débarrassé de tout artifice et marqué par la fatigue et les larmes, est celui d'une femme qui semble avoir vieilli de dix ans en l'espace de quelques semaines. Elle prend Gabrielle dans ses bras et la serre avec chaleur contre elle.

— Où est-il ? demande immédiatement Gabrielle.

— Dans le salon.

Elle tourne la tête vers le couloir et fixe la porte à son extrémité comme si la pire des monstruosités se cachait derrière elle. Elle entend la voix d'Eliott quelque part dans la maison ; une autre voix lui répond, qu'elle pense appartenir à Myriam, la belle-sœur de Laura. Dominant la rumeur lointaine de cette conversation, les pulsations de son cœur battent impatiemment à l'intérieur de son crâne.

— J'aimerais y aller seule, dit-elle sans quitter la porte du salon des yeux.

— Bien sûr.

Gabrielle remonte le couloir, referme ses doigts autour de la poignée, hésite un long moment. Enfin, elle incline sa main, pousse la porte et la referme doucement derrière elle.

Le cercueil a été placé tout au fond de la pièce. Son couvercle est relevé et semble l'inviter à s'avancer. Mais elle est incapable de bouger. L'image de Franck occupe toutes ses pensées, elle veut le voir, ce sera peut-être la dernière fois qu'elle contemplera son visage avant qu'il ne disparaisse à tout jamais de la surface de la terre, mais elle est comme paralysée. Elle a une peur panique de sa réaction, elle sait qu'elle ne supportera pas la vue de son corps allongé dans cette boîte funèbre, elle ne tiendra pas le choc, elle va s'effondrer. Déjà, son cœur bat à cent à l'heure et son estomac s'est recroquevillé sur lui-même comme un lapin apeuré au fond de son terrier. Qu'en sera-t-il alors, arrivée là-bas ?

Elle n'entend plus aucun son, c'est comme si la maison s'était subitement tue et observait la scène en retenant son souffle.

Approche, semble lui dire le cercueil.

Elle a subitement l'impression de suffoquer, sa poitrine se soulève et s'affaisse avec rapidité pour se caler sur le rythme des vagues de panique qui se fracassent contre les parois de son crâne. Elle est en train de perdre pied. Elle n'a qu'une seule envie : s'enfuir.

***Approche, et regarde**…*

Elle baisse la tête pour échapper à cet œil morbide qui l'observe avec gourmandise et essaie de retrouver la maîtrise de sa respiration. Lorsqu'elle se sent capable d'affronter la vue du cercueil, elle jette un coup d'œil circulaire pour s'assurer qu'elle est toujours seule dans la pièce, puis fait un premier pas en avant.

Tu y es presque.

Elle contourne la table du salon. Son cœur s'affole de plus belle, mais elle garde la tête haute et continue d'avancer.

Deux pas pour inspirer, deux pour expirer.

Elle n'est plus qu'à quelques mètres du cercueil. À présent, elle peut voir le capitonnage rose qui en tapisse les faces intérieures.

Deux mètres.

Un mètre cinquante.

Un mètre.

Le visage de Franck.

Elle laisse échapper un gémissement qui lui semble comme un hurlement dans le silence qui enveloppe la pièce, puis plaque une main sur sa bouche. Le choc est si violent que ses jambes se dérobent instantanément sous elle, et elle doit agripper le rebord du cercueil pour ne pas tomber. Les larmes coulent sans retenue le long de ses joues, mais elle se fiche bien d'inonder le carrelage. Dévastée, elle capitule et laisse libre cours à ses émotions, une puissante bouffée de désespoir l'asphyxie, une détresse telle qu'elle n'en a jamais connu.

Si, deux fois déjà, à quelques semaines seulement d'intervalle. C'était à l'enterrement de sa mère d'abord, puis à celui de son père.

Et c'est maintenant au tour de celui grâce à qui elle est restée debout alors que tout s'effondrait autour d'elle. Et tout s'effondre à nouveau, comme il y a vingt ans, elle est au milieu d'un champ de ruines. Elle serre les dents pour tenter de reprendre le dessus, mais c'est peine perdue, tout juste parvient-elle à étouffer les sanglots qui contractent violemment le haut de son corps. Les secondes, puis les minutes passent. Elle entend vaguement la porte s'ouvrir, puis se refermer. Elle sèche ses larmes à la hâte. Elle ne veut voir personne, encore moins partager ce qu'elle a sur le cœur – pourquoi doivent-ils se persuader qu'elle a besoin de leur réconfort ?

— Gabrielle ?

C'est la voix de Laura.

— Tout va bien ?

Elle prend quelques secondes pour réfléchir à la question, puis se retourne pour lui faire face.

— Tu ne m'as rien dit…

Laura baisse la tête.

— On en a discuté avec Franck, il ne voulait pas te le dire.

— Depuis quand, Laura ? Depuis quand était-il malade ?

— Ils ont repéré la tumeur en fin d'année dernière et…

— En fin d'année dernière, répète Gabrielle d'une voix tremblante. Pendant tout ce temps, vous ne m'avez rien dit…

— Je te l'ai dit, il ne souhaitait pas…

— Eh bien, il ne fallait pas l'écouter ! crie soudain Gabrielle.

Laura, abasourdie, prend d'abord un air effrayé, mais elle se ressaisit rapidement pour adresser à la jeune femme un regard plein d'indignation.

— C'était sa volonté, dit-elle d'une voix froide, je ne pouvais pas aller à son encontre.

— Je ne lui ai même pas dit au revoir ! La dernière fois que je l'ai appelé…

Elle est obligée de s'interrompre sous le coup de l'émotion.

— Je n'ai rien trouvé de mieux que de lui parler de mes problèmes de boulot, poursuit-elle, en larmes. Je m'apitoyais sur mon sort alors qu'il était en train de mourir à petit feu !

Elle fait une grimace et plaque la base de ses pouces sur ses paupières dans l'espoir d'endiguer le flot de larmes. Laura approche une main pour la poser sur son épaule, mais Gabrielle se dérobe.

— Vous m'avez volé mes derniers moments avec lui…

— Quoi ? fait Laura, interloquée.

— Si j'avais su, je serais restée près de lui, j'aurais profité de la moindre petite seconde à ses côtés, et à cause de vous, je ne lui ai même pas adressé un mot d'adieu.

— Je suis désolée, Gabrielle. Je regrette, vraiment. On aurait peut-être dû te le dire, j'aurais dû convaincre Franck, mais…

— Oui ! hurle Gabrielle. Tu aurais dû !

— Calme-toi, s'il te plaît, je ne suis pas sûre que ce soit l'endroit idéal pour…

Gabrielle désigne le cercueil d'un mouvement du menton.

— Tu crois que ça va le déranger ?

Les mâchoires de Laura se crispent sous le coup de la colère, mais au prix d'un effort prodigieux, elle parvient à conserver son calme. Tout au bout de la pièce, la porte s'ouvre une nouvelle fois. Valentin entre le premier, suivi de près par Eliott. Gabrielle leur accorde un bref regard puis repose les yeux sur Laura en tendant un bras dans leur direction.

— Et eux, ils ont débarqué comme ça, à l'improviste ? Depuis combien de temps étaient-ils au courant ?

— Est-ce vraiment si important ?

— Oui. Pour moi, c'est important.

— Que se passe-t-il, Gabrielle ? intervient Eliott.

Elle se tourne vers le nouveau venu et le fusille du regard. Son chagrin s'est subitement volatilisé pour laisser la place à une colère froide et déraisonnée, dont Eliott est provisoirement la cible.

— Quand êtes-vous arrivés ? lui demande-t-elle.

— Depuis quelques jours…

Gabrielle se mord la lèvre inférieure.

— De moi, vous n'en aviez rien à foutre…

— C'est faux, réplique Valentin.

— Vous, vous aviez le droit d'être près de lui, mais moi, non. Vous, vous aviez le droit de savoir, mais moi, non. Vous m'avez tenue à l'écart, délibérément, jusqu'au dernier moment. Vous avez attendu qu'il soit…

Son visage s'affaisse, elle plaque le poing devant sa bouche et le serre fort jusqu'à ce que sa main soit secouée d'irrépressibles tremblements.

— … jusqu'à ce qu'il soit mort… C'est… injuste…

— La santé de papa s'est dégradée tout d'un coup, explique Eliott, il ne voulait pas que tu le voies comme ça… Il t'aimait énormément, Gabrielle, et il avait peur que tu ne le supportes pas.

Elle secoue la tête.

— Je ne te crois pas…

— Je t'en prie, Gabrielle, écoute-moi…

— Il m'aurait au moins appelée…

— Et tu serais venue, complète Valentin.

— Oui, je serais venue ! Mais vous ne m'avez rien dit, vous êtes restés entre vous, en famille, parce que moi, je ne suis qu'une étrangère…

Laura prend une mine horrifiée. Elle agrippe le bras de Gabrielle et s'adresse à elle d'une voix dans laquelle ne subsiste plus la moindre trace de ressentiment.

— Non, Gabrielle ! Qu'est-ce que tu racontes ? Tu es de la famille, tu l'as toujours été !

— Ce sont des conneries, tout ça…

Elle retire la main de Laura avec douceur et s'éloigne en direction de la porte, la colère et les larmes au visage.

— Gabrielle ! crie Laura. Où vas-tu ?

Un claquement de porte lui répond.

Gabrielle croise Myriam et son mari dans le hall d'entrée. La belle-sœur de Laura a juste le temps de prononcer son prénom.

— Désolée, Myriam, s'excuse Gabrielle, mais je ne peux pas rester.

Et elle sort de la maison sans un mot de plus. Le jardin est plongé dans l'obscurité. Une pluie fine fait bruisser la végétation. Gabrielle couvre les quelques mètres qui la séparent du portail au pas de course. Au moment d'en saisir la poignée, la crainte que Valentin l'ait refermé à clef lui fait avoir une brève bouffée de stress, il est hors de question qu'elle retourne sur ses pas et subisse une nouvelle fois leurs absurdes justifications. Mais le portail n'offre aucune résistance. Elle le referme plus fort qu'elle ne l'aurait voulu et le choc du battant métallique résonne violemment dans sa tête.

Elle s'engouffre dans la voiture et quitte les lieux sans se retourner.

Plutôt que de revenir vers le centre-ville, elle choisit de prendre la direction de Pontoise pour s'éloigner le plus rapidement possible d'Auvers. Sitôt passé le panneau marquant les limites de la commune, elle s'arrête sur le bas-côté et s'écroule sur le volant pour verser les larmes que seule la colère était parvenue à refouler.

Chapitre 49

Lorsque Marc rentre chez lui, comme il s'y attendait, il n'a toujours aucune nouvelle de Magali. Bien décidé à ne pas entrer dans son jeu, il fait le mort lui aussi. Mais il doit se rendre à l'évidence : l'inquiétude commence à le gagner. Il laisse donc passer dix-neuf heures, heure à laquelle doit débuter la soirée de Magali, puis écrit un message à Héloïse, l'une de ses copines qu'il sait à ses côtés. Il s'oblige à y mettre un peu de sentiment :

Bonsoir Héloïse, nous avons eu une discussion
un peu tendue avec Magali tout à l'heure
et elle a claqué la porte… Je n'ai pas de nouvelles
depuis et je commence à m'inquiéter.
Pourrais-tu me dire
si elle est avec toi, stp ?

Le message parti, il se demande ce que Magali a bien pu raconter à ses collègues au sujet de cette fameuse « discussion »… D'un côté, elle ne raterait pas cette merveilleuse occasion de le faire passer pour un monstre à leurs yeux, mais de l'autre, sa fierté pourrait la dissuader d'avouer à ses copines que son mari est en train de chercher le réconfort dans les bras d'une autre femme… Un son bref en provenance de son portable lui indique que la réponse d'Héloïse est arrivée :

Coucou, Marc, pas d'inquiétude, elle est avec nous,
tout va bien :-) Grosses bises !

Il la remercie et repose son téléphone sur le bar. Il n'est pas sûr que tout aille aussi bien qu'Héloïse le prétend, mais au moins, il sait où sa femme se trouve et il a l'assurance qu'elle est entre de bonnes mains.

De Gabrielle par contre, il n'a aucune nouvelle. Il pressent que la soirée va être longue.

Lorsqu'il va au lit, il est un peu plus de vingt-trois heures. Un sommeil alcoolisé (une pinte de bière, suivie de deux – ou peut-être de trois, il ne se rappelle plus très bien – shots de rhum) a pris possession de son corps. Le regard un peu hagard, il pose une main mal assurée sur son téléphone et envoie un nouveau message à Héloïse qui lui répond dans la foulée :

Nous sommes toujours au restaurant,
Magali est avec nous,
tout se passe bien ! Bises !

Il aime bien Héloïse, mais serait-elle capable de ne pas lui dire toute la vérité si sa copine Magali lui en faisait la demande ? Les filles sont-elles vraiment encore au restaurant ? Héloïse est-elle même toujours avec Magali ? Il fronce les sourcils, s'efforce de déchirer les lambeaux de brume qui encombrent son esprit pour se rappeler quels vêtements portait sa femme quand elle est sortie de la maison. Ce n'était pas une tenue de soirée, ça, c'est à peu près certain. Est-elle repassée à la maison ? A-t-elle fait les magasins pour se trouver une tenue affriolante ? Ce n'était qu'un restaurant et à cette heure-ci, elle devrait déjà être rentrée – il connaît toute la bande des copines de Magali, pas vraiment des fêtardes. Mais elle a bien le tempérament à les persuader de prolonger la soirée, en boîte de nuit, par exemple. Qu'est-ce qu'elle a dans la tête ? Magali est encore une très belle femme, elle pourrait attirer le regard de n'importe quel type qui chercherait une aventure d'une nuit. Héloïse n'est pas mal non plus, à elles deux, elles pourraient attirer les hommes comme des lucioles autour d'un réverbère. Il se redresse dans le lit. Un marteau s'est subitement mis à cogner très fort dans sa tête. Il jette un coup d'œil à l'écran de son téléphone portable et au message d'Héloïse. Il le trouve tout d'un coup très enjoué, trop enjoué. Il a l'impression qu'elle se moque de lui, qu'elles se moquent toutes de lui. Où sont-elles ? Qu'est-ce qu'elles manigancent ? Magali veut se venger, lui faire du mal, et elle a embarqué ses copines dans sa sale petite machination.

Saloperie de mal de tête.

Il se lève, va chercher un antalgique dans la pharmacie et remplit un grand verre d'eau au robinet. De retour dans le lit, il récupère avec réticence son portable sur la table de nuit et lui lance un regard mauvais.

Il réfléchit. Il lui suffit de demander à Héloïse où elles sont. Non, ça ne servira à rien, elle lui racontera n'importe quoi, il est sûr qu'elle est de mèche avec

Magali. Elles doivent bien se marrer en ce moment, ils les imaginent en train de danser sur les tables, enhardies par l'alcool, lascives et provocantes. Il peut presque voir le sourire de triomphe sur le visage de Magali alors qu'elle pense à lui. Ou peut-être n'a-t-elle pas une seule pensée pour lui. Comme Gabrielle, qui n'a même pas pris la peine de lui écrire qu'elle était bien arrivée à Auvers-sur-Oise.

Pourquoi ne réponds-tu pas à mes messages, Gabrielle ?

Il se sent brusquement très seul. Il ne lui a même pas demandé quand elle revenait. Il regarde une nouvelle fois son portable. Vingt-trois heures trente-quatre. Toujours pas de Magali. Toujours pas de Gabrielle. Il a deux femmes dans sa vie, mais il est incapable de dire où elles se trouvent et ce qu'elles font à cet instant précis. À croire qu'elles se sont concertées pour lui imposer cette affreuse torture mentale. L'image de Magali avec un autre homme lui traverse l'esprit – non, ce n'est pas le visage de Magali, mais celui de Gabrielle dont la bouche s'arrondit pour expulser un cri de plaisir au moment où l'homme fait tressaillir son corps d'un coup de hanches. Mais non, c'est bien Magali, elle est nue, et cet inconnu dont il n'arrive pas à voir clairement le visage est étendu sur elle et referme ses mains sur ses seins. Puis Gabrielle est de retour, aussitôt remplacée par Magali, et encore Gabrielle, avec un autre homme cette fois, puis Magali de nouveau et un troisième homme qui la pénètre avec violence.

Marc ferme les yeux et balance son portable à l'autre bout de la pièce.

Va te faire foutre, Magali. Va te faire foutre, Gabrielle. Allez toutes vous faire foutre.

Il éteint la lumière et s'allonge dans le lit. Son mal de tête est finalement bienvenu, il préfère la douleur physique à la tourmente psychologique, et il est heureux de s'être trouvé un ennemi, bien réel celui-là, contre lequel jeter toutes ses forces.

Les élancements se calment en même temps que le poids de la fatigue se fait de moins en moins supportable. Son cerveau lâche peu à peu prise et il finit par sombrer dans un sommeil léger dont il émerge sans raison par intermittence avant de se rendormir presque aussitôt.

Il se réveille au beau milieu de la nuit, moite de sueur et frigorifié à la fois. Il commence par constater qu'il est seul dans le lit, puis se rend compte que le drap-housse est mouillé de transpiration et que celui qui le couvrait se trouve à présent au pied du lit. Il déteste cette sensation conjuguée de chaud et de froid. Il tend une main vers la table de nuit, mais ne trouve pas son téléphone. Après un intense effort de réflexion, il se rappelle l'avoir expédié à l'autre bout de la chambre. Il se met avec difficulté sur ses jambes et titube vers l'endroit où il se souvient vaguement de l'avoir vu atterrir. Dans l'obscurité, il repère la forme plus sombre du Smartphone contre le parquet et se penche pour le ramasser. Il le réveille d'une pression du doigt, tourne la tête sous l'assaut de la lumière et laisse passer quelques secondes, le temps pour ses yeux de se faire à l'éclairage de l'écran. Deux messages sont arrivés. Le premier a été envoyé par Héloïse à minuit quarante-sept

(*Coucou, Marc, Magali a décidé de dormir à la maison. On s'appelle demain ? Bises*), le second par Gabrielle à une heure quarante-quatre :

Désolée, Marc, j'ai complètement oublié de t'écrire… Je pense très fort à toi. Je voudrais que tu sois près de moi.

Elle aura mis le temps. Au moins, il peut se recoucher avec l'assurance qu'elle est bien arrivée à destination.

Je voudrais que tu sois près de moi…

Il se dirige vers le lit et se fige en entendant le bruit étouffé de deux objets que l'on entrechoque doucement. Il tend l'oreille, mais le silence est revenu. La porte d'entrée ? Magali aurait-elle finalement changé d'avis ? Non, ça ne lui ressemble pas…

Il sort de la chambre et descend sans un bruit au rez-de-chaussée. Lorsqu'il est au pied de l'escalier, il s'immobilise et balaie le salon du regard. Il a oublié de baisser le volet roulant et la clarté de la lune est suffisante pour qu'il puisse vérifier qu'il est seul dans la pièce. Il s'avance d'une démarche encore mal assurée et la tête lourde. Il se prend à regretter son excès de boisson de la veille : si un voleur sort de sa cachette pour lui sauter dessus, il ne fera pas le poids ; le temps qu'il comprenne ce qui lui arrive, il sera par terre en train d'achever sa nuit. Dans le meilleur des cas.

Il s'assure que la porte d'entrée est bien fermée puis traverse le salon pour se saisir de la poignée de la porte-fenêtre. Le battant glisse doucement sur son rail. Il lève un sourcil. Il n'oublie jamais de fermer ; à l'évidence, il n'avait pas toute sa tête au moment de se coucher. Et ne l'a peut-être pas encore maintenant.

Il verrouille la porte-fenêtre, actionne l'interrupteur du volet et rebrousse chemin en direction de l'escalier en essayant de se persuader qu'un autre cachet mettra un terme définitif à ce maudit mal de crâne.

Chapitre 50

Elle se réveille dans un sursaut. Le jour s'est levé, mais un ciel bas engloutit la lumière du soleil. Une clarté grise filtre à travers le pare-brise que constellent de petites gouttes de pluie. Gabrielle tend un bras pour récupérer son téléphone portable abandonné sur le tableau de bord et grimace lorsque son dos lui signifie qu'il n'a pas apprécié la nuit passée dans la voiture.

Huit heures dix-sept.

Son dernier repas remonte à près de vingt heures et elle n'en garde pas un très bon souvenir… Elle a faim. Il faut qu'elle avale quelque chose, un café serait déjà un bon début.

Elle finit de se redresser et pousse un soupir de satisfaction lorsqu'elle parvient à faire craquer ses vertèbres. Les images de la veille remontent une à une à la surface, comme des bulles dans une coupe de champagne. Mais ce champagne-là est acide, il lui donne la nausée et lui retourne l'estomac. La question de la pertinence de sa réaction s'impose sournoisement à elle, mais elle la refoule sans ménagement au plus profond de sa conscience.

Elle ranime du pouce l'écran de son Smartphone pour constater une seconde fois l'absence de messages. Marc ne lui a pas répondu, Laura n'a pas écrit, pas plus que les jumeaux. Marc avait l'excuse de dormir au moment où son message lui est parvenu, mais elle s'attendait à ce qu'il lui donne un signe de vie ce matin. Quant à Laura… Elle lui fait payer sa brusque disparition, c'est certain, et elle a convaincu ses enfants de faire de même.

Ses enfants… Elle réalise tout à coup qu'elle parle d'Eliott et de Valentin comme s'ils étaient deux parfaits étrangers. C'est peut-être ce qu'ils sont, finalement, plus exactement c'est peut-être ainsi qu'ils la considèrent, elle : une étrangère, une orpheline que le destin a mise entre leurs pattes, mais sans laquelle ils auraient vécu tout aussi heureux, peut-être même plus.

Les traits de son visage se durcissent subitement. Qu'ils aillent tous au diable ! Elle n'a pas besoin de leur amour ni même de leur compagnie, elle a vécu seule la moitié de sa vie et ne s'en est pas plus mal portée ! Ils n'éprouvent pas le besoin de se manifester et c'est très bien ainsi, car elle non plus n'a pas envie de perdre son temps à s'expliquer. Elle tourne la clef dans le contact et boucle sa ceinture. La priorité du moment est d'abreuver son organisme de caféine.

Elle s'arrête au premier bistrot qu'elle trouve sur sa route, un bar-tabac qui occupe le rez-de-chaussée d'un immeuble dont le crépi est incrusté de pollution. Les clients accoudés au comptoir tournent à peine la tête lorsqu'elle pousse la porte de l'établissement ; une fois la nouvelle venue vaguement détaillée, ils reposent les yeux sur le vieux poste de télévision calé dans un coin de l'unique pièce qui constitue les lieux et l'effacent instantanément de leur mémoire. L'endroit est austère, les habitués ont l'air triste comme le teint jaune des murs qui les entourent, mais la propriétaire, une petite Asiatique proche de la retraite, l'accueille avec un grand sourire et se révèle d'une redoutable efficacité. Ses gestes sont vifs et précis, ses bras et ses jambes jamais au repos, elle semble avoir des mains surnuméraires. Le café qu'elle lui sert est divin et à peine plus cher que la boisson insipide qui sort du distributeur de la gendarmerie. Elle en commande un second ainsi qu'un pain au chocolat et reprend un peu de force en se mettant au fait des dernières calamités qui ont encore écourté l'espérance de vie de la planète. Une fois l'addition réglée, elle rejoint la voiture sous la bruine. À peine installée derrière le volant, elle hésite. Elle pensait descendre droit sur Toulouse, mais l'image de ses parents s'est subitement interposée entre sa destination et elle. Depuis combien de temps ne s'est-elle pas rendue sur leur tombe ? Au début, elle passait systématiquement par Morency quand elle montait à Auvers-sur-Oise, puis elle a fini par se convaincre que cela n'avait pas grande utilité. Tout ce qu'il lui reste de ses parents est à présent enfermé dans l'un des caveaux du cimetière de cette ville sinistre dont son père disait qu'elle n'attirait même pas les délinquants. À quoi sert de se recueillir au-dessus d'une dalle de pierre grise sous laquelle ne subsistent plus qu'un amas d'os désarticulés que le temps finira par réduire en poussière ? Elle ne croit pas en une quelconque manifestation de vie après la mort. L'âme, l'esprit, l'énergie vitale, toutes ces conneries sont imaginées pour donner de l'espoir à l'homme et éviter qu'il ne passe sa vie dans l'angoisse de son trépas.

Ses parents sont auprès d'elle, dans son cœur et dans sa tête, et pas dans une caisse de bois posée au fond d'un trou creusé dans la terre. Aujourd'hui cependant, elle a besoin de retourner sur les lieux où ils ont définitivement disparu de sa vie, elle veut voir leurs noms gravés dans le marbre et raviver le souvenir de leur présence pour mieux se rappeler à quel point ils lui manquent. Elle sait qu'elle va se faire du mal, que ce sera difficile et douloureux, mais l'envie est irrépressible, comme l'est celle de gratter une croûte à la surface de la peau même si cela devait se terminer en hémorragie de sang.

Sa décision est prise. Puisque ce voyage doit être marqué du sceau de la mort, autant aller jusqu'au bout de la souffrance. De toute façon, le détour ne rallonge son trajet que d'une petite heure ; elle a toute la journée, et même celle de demain.

Elle quitte son emplacement de parking, rejoint la route qui traverse le village et prend la direction de Morency.

Une pluie fine mouille le cimetière. Les tombes scintillent sous une mince pellicule d'eau ou disparaissent dans la brume qui s'échappe de la terre. Un monticule de bouquets défraîchis s'élève près du mur d'enceinte : les fleurs ont aussi leur cimetière. Un peu plus loin, un parapluie noir protège une silhouette sombre courbée auprès d'une sépulture. Le paysage est une toile de tons gris et noirs, piquée çà et là de petits points de couleur là où des bouquets à demi fanés ornent les dalles. On ne peut rêver atmosphère plus propice au désespoir.

La tombe de Sarah et Séverin Berthelot est faite de marbre noir. La stèle est gravée en lettres d'or, que le temps a partiellement effacées. Ce sont Franck et Laura qui ont réglé l'intégralité du coût des obsèques, et ils tenaient à ce que les parents de Gabrielle aient une sépulture digne de ce nom, qui refléterait tout l'amour et le respect qu'ils avaient pour eux. Gabrielle ne voyait pas quelle différence cela pouvait faire – elle ne le voit toujours pas, à vrai dire –, mais Franck voulait leur rendre ce dernier hommage et elle respectait sa volonté.

Sarah et Séverin Berthelot, unis par-delà la mort, qui l'eût cru ?… Deux êtres épris l'un de l'autre dont l'amour s'est accompli en la naissance d'une petite fille. Puis un beau jour, le ressort s'est cassé. Cet amour qui semblait indestructible s'est fendillé avant de voler en éclats, laissant la place à la haine et au ressentiment. Du moins, c'est ce qu'elle croyait. Ses parents n'ont en fait jamais cessé de s'aimer, mais ils s'en sont rendu compte trop tard. Leur amour était finalement bel et bien indestructible, ils n'ont simplement pas eu la présence d'esprit de le voir. Elle ne croit pas qu'il y ait quelque chose après la mort, non, et c'est bien dommage, parce que cela lui permettrait de se dire qu'ils sont à présent heureux ensemble, et que, désormais à l'abri des pièges de cette vie terrestre, ils le resteront pour toujours.

Si elle croyait en la vie après la mort, elle aimerait être à leur place.

Son regard se pose sur le nom de ses parents, puis sur la surface noire humide de pluie. Une douleur subite lui transperce le cœur. De quelle couleur sera la tombe de Franck ? L'abandonnera-t-elle de la même façon qu'elle a abandonné celle de ses parents ? Ira-t-elle à son enterrement ?… Elle serre les mâchoires en prévision de la montée des larmes, mais rien ne vient. La source s'est tarie, il n'y a que la pluie pour lui mouiller le visage.

Elle lève la tête ; une petite silhouette a rejoint la première sous le parapluie, une enfant aux longs cheveux raides qui lui tombent jusqu'au bas du dos. Une petite fille, peut-être une autre Morgane. Est-ce son papa qui repose à ses pieds ? Est-ce son nom qu'elle lit sur le marbre ? Ce bouquet de fleurs qu'elle tient à la main est-il pour lui ? Gabrielle se rappelle que la première fois qu'elle a acheté des fleurs pour son père, c'était pour les déposer sur sa tombe. Ses mâchoires se crispent une nouvelle fois, mais cette fois-ci sous le coup de la colère. Combien de vies ont été prématurément enfouies ici ? Combien d'existences ont été injustement brisées – son père, sa mère, Franck, Axel, Erika, Romane, Mélissa, Anita, la liste n'en finira jamais de s'allonger. Elle pose les yeux sur les deux silhouettes qui sont en train de s'éloigner sous la pluie ; son regard dérive vers la forme sombre de l'église qui garde l'entrée du cimetière, puis s'élève vers les nuages auxquels elle adresse un regard hostile.

Et toi, qu'est-ce que tu fabriques, là-haut ? Le spectacle est-il à ton goût ? Ta conception de la justice divine m'échappe quelque peu...

Elle baisse la tête et essaie de se concentrer sur la raison qui l'a poussée à venir jusqu'ici. Elle n'est pas là pour se mettre en colère, mais pour penser à ses parents. Un son bref la prévenant de l'arrivée d'un SMS viole le silence du cimetière. Gabrielle extrait le téléphone de sa poche et fait apparaître le message d'une pression du pouce.

La cérémonie se déroulera lundi à 10 h.
J'aimerais que tu sois là.
Nous t'aimons tous très fort. Laura

Chapitre 51

Marc ramasse son trousseau de clefs et se dirige vers la porte. Gabrielle manque de le percuter au moment où il en franchit le seuil.

— Gabrielle ? Mais qu'est-ce que tu fais là ?

— Ben c'est mon bureau…

Marc prend un air dépité.

— Ce n'est pas ma question. Qu'est-ce que tu fais là si tôt ? Tu ne devais rentrer que lundi.

— Si tu avais répondu à mon message, j'aurais peut-être eu l'occasion de te dire que je serais là aujourd'hui.

— Il n'y avait pas de question, dans ton message.

Elle esquisse un sourire aigre et laisse échapper un petit souffle de dédain.

— Oui, en effet. J'aurais dû te demander comment s'est passée ta soirée, la mienne a été inoubliable.

— Celle que j'ai passée n'était pas mal non plus.

— On peut comparer si tu veux…

Marc pousse un long soupir.

— Je suis désolé, Gabrielle, j'aurais dû te répondre. Tu t'en sors ?

— Très bien, lui répond-elle d'un ton sec. Tu allais où, comme ça ?

Marc, pris à froid par le ton de sa partenaire, garde le silence.

— Où vas-tu ? répète Gabrielle.

— On a retrouvé une ancienne prof de Geoffrey Malmaison, se décide-t-il enfin à répondre. Je vais voir ce qu'elle a à nous apprendre sur lui.

— Je viens avec toi.

— Gabrielle ?

Elle se retourne et contemple la mine renfrognée de Dobey.

— Ne me dis pas que tu as fait l'aller-retour entre hier et aujourd'hui ?

— Si, mon colonel.

Il secoue la tête.

— Ce n'est pas ici que l'on a le plus besoin de toi.

— Moi qui me croyais indispensable…

— Pourquoi es-tu revenue ? lui demande-t-il sans prêter attention à son sarcasme.

— Le café de la gendarmerie me manquait.

Un soupir.

— On en reparlera. En attendant, puisque tu es là…

Il plie et déplie son index en direction de ses deux subordonnés.

— Suivez-moi.

Ils se glissent dans le sillage de leur supérieur et l'accompagnent sans un mot jusqu'à son bureau. Dobey les invite à s'asseoir puis referme la porte sans un bruit. Gabrielle repère aussitôt la feuille de papier pliée sur la table de réunion. L'un des coins porte l'inscription *#4, 28/06*. Elle est saisie d'un subit pressentiment dont elle espère que le colonel va la débarrasser. Celui-ci s'assied à son tour à la table et regarde Gabrielle avec un air grave.

— Je te présente une nouvelle fois mes condoléances. Je connaissais un peu Franck, pas autant que je l'aurais souhaité, mais j'ai eu l'occasion de le rencontrer. Je savais que c'était un très bon flic, mais il m'a aussi laissé l'image d'un homme juste et généreux. Je ne savais pas qu'il était malade, je suis vraiment navré.

Gabrielle déglutit avec peine. Depuis toutes ces années, elle a appris à connaître son colonel : il économise ses paroles et quand de tels propos sortent de sa bouche, elle en mesure toute la sincérité et la valeur.

— Merci, mon colonel.

Il fait une moue compatissante, puis pose trois doigts sur la feuille de papier et l'avance dans leur direction.

— Je suis désolé, mais ce ne sont pas de bonnes nouvelles que j'ai à vous annoncer. La première et celle qui nous concerne au premier chef est celle-ci.

Gabrielle prend le document en main, le déplie et pousse un long soupir.

— Je m'en doutais, commente-t-elle sur un ton consterné.

Elle repose le papier sur la table et le fait glisser sous le nez de Marc.

— C'est une copie, l'informe Dobey. La carte et l'enveloppe qui la contenait sont parties au labo. Il n'y avait absolument aucune inscription, ni sur l'enveloppe ni sur la carte. Le message « Prenez soin d'elle » ne figure plus au verso du dessin.

Marc examine la carte avec attention. Le fond en est uniformément bleu nuit, des rails de chemin de fer la traversent en diagonale, du coin supérieur droit au coin inférieur gauche. Il y a très peu de détails, juste quelques notes de musique suspendues dans les airs et un panneau indicateur planté près des traverses : un cercle rouge sur fond blanc barré d'un rectangle bleu.

— Quand est-elle arrivée ? demande Marc.

— Ce matin, répond Dobey.

— La caméra ? interroge Gabrielle.

— Notre homme apparaît sur les images vers trois heures du matin, il entre dans le champ de la caméra de dos, dépose l'enveloppe dans la boîte aux lettres, repart aussitôt tête baissée. Il ne s'est quasiment pas arrêté. Il porte un pantalon sombre, un manteau sombre, une capuche, des gants. On va travailler sur l'enregistrement, mais ça risque d'être compliqué. Les images vont nous donner une idée de sa taille et c'est à peu près tout. Il faut croire qu'il savait qu'il était filmé. Ce qui me chagrine…

Il avance son corps massif jusqu'à ce que son embonpoint déplace légèrement la table dans leur direction et s'empare de la feuille de papier.

— … c'est que cette histoire de cartes n'est pas terminée.

— On s'en doutait, non ? intervient Gabrielle. Il y avait une troisième personne dans la forêt, celle qui a enterré les deux corps.

— Sauf que l'ADN prélevé sur le corps de l'homme enterré aux côtés d'Anita correspond à celui retrouvé sous l'ongle de la troisième victime, Mélissa Fontanel. Et il s'agit bien de Geoffrey Malmaison, le propriétaire de la maison, on en a eu la confirmation auprès des habitants du village.

— Les résultats de l'analyse sont tombés quand ? demande Gabrielle.

— Hier. Je n'ai pas eu le temps de t'en parler, lui répond Marc.

— J'ai un téléphone portable… fait-elle remarquer.

— Je pensais que tu avais autre chose en tête, se défend-il.

— Et il a bien fait, lui vient en aide le colonel.

— Ce n'est quand même pas une info anodine, râle Gabrielle. Il y a autre chose que j'ai manqué ?

Marc se frotte le bas du visage. Ses doigts produisent un son râpeux au contact de sa peau mal rasée.

— L'ADN trouvé sur le pull de Malmaison est inconnu, lui apprend-il avec précaution, comme s'il redoutait un nouvel assaut.

Gabrielle lâche un soupir.

— Je vais commencer à croire que les choses avancent plus vite sans moi…

— Tu sais très bien que non, réplique Dobey d'un ton tranchant. Et puis un ADN inconnu, je n'appelle pas ça une avancée déterminante. En tout état de cause, c'est ce Malmaison qui a tué Mélissa, et peut-être bien les deux autres étudiantes, et tout porte à croire que c'est lui qui nous envoyait ces saloperies de cartes. Sauf qu'il y a ça.

Il écrase l'extrémité de son majeur sur la carte.

— La priorité numéro un aujourd'hui est de savoir qui est l'auteur de ce dessin.

— Le complice de Malmaison, avance Marc.

— Je n'y crois pas, objecte Gabrielle. Tout indique qu'on a affaire à un tueur en série, ils sont peu nombreux à opérer en binôme.

Dobey agite la feuille de papier au-dessus de la table.

— Alors ça, c'est quoi ?

— Le dessin n'a pas été exécuté par Malmaison, c'est une certitude.

— En effet, un mort ne dessine pas, ironise le colonel.

— Il aurait très bien pu faire ce dessin avant sa mort. Mais ce n'est pas lui, le style n'est pas le sien. Je suis prête à parier que son auteur, le type qui a enterré Anita et Malmaison, et celui qui a été filmé sont une seule et même personne. Un homme qui évoluait dans l'entourage de Malmaison, qui avait de bonnes raisons de lui en vouloir, et qui est aussi fêlé que lui, au point de jouer aujourd'hui au *copycat*.

Elle pointe un doigt vers la feuille que le colonel tient toujours entre ses mains.

— Et ce qu'il ne faut pas oublier, c'est ce que signifie cette carte : il y a une nouvelle victime, et celle-ci n'est pas de Geoffrey Malmaison.

— Vous me trouvez tous ceux qui ont échangé ne serait-ce qu'un mot ou même un seul regard avec Malmaison, réplique Dobey.

— Il semblait assez solitaire, observe Marc. Aucune trace de lui sur les réseaux sociaux ou sur Internet, pratiquement aucun contact sur son portable, à part des numéros à usage purement pratique, un garagiste, un ophtalmo, un livreur de fioul. On fouille partout où on peut, dans sa vie, dans l'ordinateur retrouvé sur place, dans ses papiers, dans ses comptes. Des auditions sont en cours, on partait justement pour interroger l'un des professeurs qui l'a eu pour élève.

— C'est qui, *on* ?

Marc affiche une mine interloquée.

— Eh bien… Gabrielle et moi.

— Gabrielle ne sort plus de son bureau avant d'être passée par le stand de tir.

— Quoi ?! s'insurge l'intéressée. Mais je suis inscrite, j'y vais mercredi prochain !

— Juste pour ton retour de permission, parfait.

— Quelle permission ?

— Celle que tu prends jusqu'à mercredi.

— Mais je ne veux pas de permission !

Le colonel lâche un long soupir.

— Gabrielle…

Il prend un temps de réflexion pour choisir les mots justes.

— Quand aura lieu l'enterrement ?

— Lundi.

— Profite de ces quelques jours pour passer du temps avec ta famille, ça te fera du bien, et eux aussi seront heureux de t'avoir auprès d'eux.

Le visage de Gabrielle se ferme.

— Je ne suis pas sûre… répond-elle sur un ton amer.

— Et moi, je suis sûr du contraire.

— Mon colonel, vous ne pouvez pas m'obliger à prendre cette permission, élude la jeune femme.

— Exact. Par contre, je peux t'obliger à ne pas sortir de la gendarmerie jusqu'à ce que tu sois passée au stand de tir.

— C'est injuste !

Le colonel prend une profonde inspiration tout en se redressant sur son siège à une vitesse calculée pour faire comprendre à son interlocutrice qu'elle a consommé ses dernières réserves de patience.

— Gabrielle... L'unique raison qui me fait garder mon calme est l'estime que je te porte et la compassion que m'inspire l'épreuve que tu traverses. Ne surestime cependant pas mon empathie... Vous pouvez disposer.

Marc se lève, imité avec retard par Gabrielle qui prend le temps de soutenir le regard brûlant de son supérieur pour lui signifier tout le bien qu'elle pense de son commandement.

— Une dernière chose, aboie Dobey alors que les deux gendarmes se dirigent vers la porte.

Le binôme s'immobilise.

— J'ai eu un coup de fil hier, lâche-t-il d'une voix adoucie.

Il hésite ; ses doigts tambourinent nerveusement sur la table, il semble légèrement mal à l'aise.

— Mme Darbanville a demandé à me parler.

Les traits du visage de Marc s'affaissent brusquement.

— Magali ?

— J'ai l'impression qu'elle ne t'apprécie pas beaucoup, dit le colonel en regardant Gabrielle droit dans les yeux. Elle m'a pour ainsi dire ordonné de t'expédier loin d'ici, de préférence à l'autre bout de la France.

Gabrielle siffle entre ses dents. Marc se tourne vers elle et lui adresse un regard qui lui coupe instantanément l'envie d'ajouter un commentaire à sa première réaction.

— Je ne veux rien savoir de ce qui se passe entre vous… poursuit le colonel.

Marc ouvre la bouche pour protester, mais Dobey le fait taire d'un geste de la main.

— Je répète : je ne veux rien savoir de ce qui se passe entre vous, tant que le boulot est fait correctement et qu'un civil ne s'amuse pas à me donner des ordres dans ma propre gendarmerie. La prochaine fois que je reçois un coup de fil de Mme Darbanville, j'en expédie un à un bout de la ville et le second à l'autre bout, c'est compris ?

Marc acquiesce d'un mouvement de tête, Gabrielle serre les dents.

— Dehors, conclut le colonel.

— J'y crois pas ! fait Marc dans le couloir. Je ne l'aurais jamais crue capable de faire ça.

— On peut dire qu'elle a de la suite dans les idées, ta femme. Finalement, tu as effectivement dû passer une soirée encore plus pourrie que la mienne.

— À vrai dire, elle a été plutôt calme. Magali n'est pas rentrée, elle a dormi chez une copine.

— Ah… Ça lui arrive souvent ?

— C'est la première fois.

Ils échangent un regard, puis Gabrielle dit :

— C'est ma faute.

— Ne dis pas n'importe quoi.

— Si, c'est ma faute, mais ça ne se reproduira pas.

Marc plisse les yeux.

— Qu'est-ce que tu veux dire ?

Gabrielle lance un coup d'œil en direction de l'escalier.

— Tu n'as pas une audition à faire ?

Ils s'observent sans un mot durant quelques secondes.

— Qu'est-ce que tu vas faire, toi ? demande Marc.

Gabrielle émet un léger reniflement.

— Est-ce que j'ai le choix ? Tu as entendu Dobey… La même chose que toi, mais depuis le bureau.

Marc opine de la tête.

— OK. Je te tiens au courant.

— J'y compte bien.

Marc compose le numéro de Magali dès qu'il a refermé la porte de la voiture. C'est la messagerie qui lui répond. Il raccroche en marmonnant un juron et laisse passer une minute avant de rappeler. De nouveau, la messagerie. Il jure encore, à pleins poumons cette fois. Il démarre et se dirige vers la sortie du parking. Il franchit l'enceinte de la gendarmerie, tourne la tête pour s'assurer que la route est dégagée et aperçoit Gabrielle qui lui fait signe sur le trottoir d'en face, une vingtaine de mètres plus loin. Il rejoint la route et s'arrête à sa hauteur. Gabrielle s'engouffre dans la voiture et lui ordonne de démarrer.

— Tu es sortie à pied ?

— Il valait mieux, oui. Ta bagnole était garée juste sous le bureau de Dobey, je mettrais ma main à couper qu'il était à sa fenêtre.

— Je ne suis pas sûr que c'était plus discret de passer par le portillon. N'importe comment, Dobey s'assurera que tu es à ton bureau, et quand il comprendra que tu as joué les filles de l'air, il va te tuer, et moi avec.

— Je lui dirai que je t'ai menacé avec mon flingue.

Marc quitte la route des yeux un instant pour observer sa passagère. Un sourire est apparu sur son visage.

— Je me demande parfois si tu as toute ta tête, déclare-t-il.

— Si un jour tu trouves la réponse, dis-moi, ça m'intéresse.

Chapitre 52

Mme Loumagne a quitté l'Éducation nationale depuis bien longtemps. À près de quatre-vingts ans, l'ex-professeur de français ne sort plus que très rarement de chez elle. Sa silhouette potelée chaloupe avec difficulté à travers le grand appartement du centre-ville où elle vit seule depuis la mort de son mari. Son chignon a entièrement viré au blanc, mais sur son visage subsistent les vestiges d'une grande beauté et dans ses yeux gris brille encore une lumière pétillante à peine délavée par un début de cataracte.

Elle a insisté pour préparer du café aux deux gendarmes qu'elle a installés dans un canapé usé recouvert d'une tenture à motifs floraux. Le salon est petit, ou donne l'impression de l'être à cause de la profusion de meubles et de décorations. La pièce maîtresse du mobilier, sombre et massif, est un grand coffre de bois bardé de ferrures qui occupe tout l'espace libre du mur du fond, entre les deux fenêtres qui donnent sur les boulevards. Une grande tapisserie est suspendue au-dessus du coffre ; une scène de chasse y est brodée, où des personnages richement habillés accompagnés de leurs chiens traquent un cerf au milieu d'une végétation touffue. Des gravures aux couleurs criardes sont accrochées sur les autres murs, encombrées de soldats se livrant à des batailles où pas une seule goutte de sang n'est versée. Sur ces dessins exécutés à une époque où les artistes ne s'embarrassaient pas des notions de perspective ou de proportions, les silhouettes alignées le long des créneaux d'un château sont presque aussi grandes que les remparts qu'elles protègent et les tentes des assaillants dépassent les tours des assiégés.

Gabrielle croise le regard perplexe de Marc.

— Originale, la déco, commente-t-elle.

— Mais un peu passée de mode.

La propriétaire des lieux reparaît avec un plateau entre les mains. Ses pas sont étouffés par l'immense tapis étalé sur pratiquement toute la surface de la pièce. Du plancher, il ne reste pratiquement aucune trace. Mme Loumagne dépose le plateau sur la table basse placée devant le canapé, seul meuble qui pourrait mériter le qualificatif de moderne. Elle est protégée par une plaque de verre sous laquelle a été glissée la reproduction d'un parchemin enluminé. Les tasses sont accompagnées d'une assiette de biscuits que Marc identifie aussitôt comme les petits gâteaux fourrés à l'orange qu'il mangeait chez sa grand-mère lorsqu'il était enfant. C'était la seule friandise qu'elle semblait connaître et à l'heure du goûter, il n'avait d'autre choix que d'ingurgiter ces biscuits dont la simple vue le remplit aujourd'hui d'écœurement.

La vieille dame s'assied dans un petit fauteuil face à eux et leur tend à chacun une tasse.

— J'aime beaucoup la décoration de votre salon, déclare Marc.

Gabrielle se retient de tourner la tête vers son coéquipier.

— Mon mari était médiéviste, leur apprend leur hôte, il n'avait que ça en tête : le Moyen Âge. Sa passion débordait un peu de son travail…

— C'est le propre d'une passion d'être dévorante, adhère Marc avec un sourire.

Mme Loumagne saisit l'assiette de biscuits et l'élève juste sous le nez de Marc.

— C'est gentil, merci, mais je viens de prendre mon petit déjeuner, décline-t-il poliment.

Gabrielle, qui a encore sauté un repas, se laisse facilement tenter.

— Donc. Vous vouliez me poser des questions sur l'un de mes anciens élèves, c'est bien ça ?

— Oui, tout à fait, confirme Gabrielle.

La vieille dame sourit et approche une main hésitante de sa tête.

— Ça ne fonctionne plus très bien, là-dedans, mes idées s'embrouillent un peu avec l'âge. Je ne suis pas sûre de pouvoir vous aider.

Gabrielle lui tend la copie d'une photo du visage de Malmaison prise sur la table d'autopsie.

— Il s'agit de Geoffrey Malmaison. D'après ce que nous avons compris, il a été votre élève au collège Lakanal, à Foix.

Mme Loumagne chausse une paire de lunettes à écailles pour étudier le cliché.

— Mon Dieu…

— Je suis navrée, c'est la seule photo dont nous disposons.

— Que lui est-il arrivé ?

— C'est ce que nous cherchons à comprendre. Vous le reconnaissez ?

— C'est-à-dire que… Sur cette photo, c'est difficile… Et cet homme a bien une trentaine d'années. Le visage de ces gamins ne change pas tant que ça, mais c'était il y a si longtemps…

— Pourriez-vous examiner attentivement son visage, s'il vous plaît ?

Le professeur obtempère, s'excuse presque aussitôt d'être incapable de se souvenir. Marc, qui pour l'heure en sait plus que sa coéquipière sur Malmaison, essaie d'activer la pompe : il commence par une rapide biographie du personnage, décrit la bâtisse habitée par la famille au pied des sommets, livre tous les renseignements dont il dispose sur les parents de Geoffrey. La vieille dame l'écoute avec attention sans cesser d'examiner la photo. Une fois le stock d'informations de Marc épuisé, le silence s'installe. Les deux gendarmes, en accord parfait, se gardent bien d'ouvrir la bouche pour éviter d'interrompre la lente reconstruction mentale du souvenir. La retraitée relève la tête.

— Je suis navrée, j'essaie vraiment de me rappeler…

— Nous en sommes convaincus, la rassure la jeune femme.

Elle se tourne vers son coéquipier, qui lui renvoie un discret haussement d'épaules. Gabrielle réfléchit une poignée de secondes, s'avance sur le canapé et pose une main sur le rebord de la table basse.

— En fait…

Mme Loumagne lève la tête.

— Geoffrey Malmaison… n'était peut-être pas totalement sain d'esprit, poursuit Gabrielle sur le ton de la confession. Plus jeune, il présentait peut-être déjà des signes… distinctifs. Des difficultés de communication ou d'intégration, peut-être une certaine agressivité ou même de la violence. Vous ne vous souvenez pas d'un élève qui aurait pu correspondre à une telle description ?

La vieille dame pose le coude sur un accoudoir du fauteuil et s'abîme dans une profonde réflexion.

— Agressif…

— Oui, l'aide Gabrielle. Solitaire aussi, renfermé. Inquiétant, peut-être ?…

Le professeur lève une nouvelle fois la tête et plonge ses yeux clairs dans ceux du gendarme. Son regard brille d'un nouvel éclat.

— Si… dit-elle dans un murmure. Je me souviens d'un jeune homme…

Les deux gendarmes se redressent.

— Grand et maigre. Pas costaud, mais plus grand que tous les autres. Et avec un sacré caractère. Assuré et audacieux, gonflé, pour ainsi dire. Il donnait l'impression de n'avoir peur de rien, et les autres se méfiaient de lui, sauf ceux de sa bande, parce qu'il avait une petite bande à lui, dont il était le chef. Mais même eux, je ne suis pas sûre qu'ils étaient très rassurés…

Elle fait une pause, se gratte la tempe comme pour décrocher d'autres souvenirs de son esprit récalcitrant.

— Oui, ça me revient maintenant… Il a posé des problèmes… D'abord, c'étaient des petites bêtises, des inscriptions sur les murs, des tirs au pistolet à plomb sur les panneaux du village, des petits larcins sans grande valeur. Il entraînait les autres avec lui et c'était plus souvent eux que lui qui se faisaient attraper. Puis les choses ont pris une autre tournure, d'abord avec un départ de feu sur le camping municipal, puis il y a eu cette histoire d'attouchements…

— Des attouchements ? Sur qui ? interroge Gabrielle.

— Sur au moins l'un des membres de la bande.

— Un autre garçon ?

— Oui.

Gabrielle prend une mine songeuse.

— Malmaison avait quel âge, à ce moment-là ? demande-t-elle.

— Il était encore au collège, peut-être au lycée, je ne sais plus… Le garçon devait avoir à peu près le même âge que lui.

Marc manifeste sa surprise en expulsant une bruyante expiration.

— Des ados…

— Vous avez dit « au moins », la reprend Gabrielle, il y a eu plusieurs victimes ? Les témoignages ont-ils été vérifiés ?

— En fait, l'un des garçons a parlé, puis un autre s'est à son tour plaint auprès de ses parents. Mais ensuite, ils se sont rétractés. Seulement, ces garçons-là, malgré toutes les bêtises qu'ils ont pu faire, ils étaient dignes de foi. Ils n'auraient pas pu inventer ces choses-là, vous comprenez ? Il y avait forcément quelque chose, mais ils ont pris peur. En tout cas, c'est ce que je pense.

— Mais qu'est-ce qu'il s'est passé pour Geoffrey ? Il en est sorti indemne, de cette affaire ? Je ne peux pas croire que tout a continué comme si de rien n'était.

— Geoffrey et ses parents ont quitté le village à la fin de l'année scolaire, et je vous garantis que ça a été un soulagement pour tout le monde.

— Ils ont quitté le village ? Vous voulez dire qu'ils sont partis vivre dans cette maison dans la montagne ?

— Je ne me rappelle pas de cette maison. Non, ils ont quitté la région, mais ne me demandez pas où ils sont allés, je n'en sais absolument rien.

Gabrielle fronce les sourcils et se pince la lèvre inférieure entre deux doigts.

— Je ne comprends pas. Geoffrey habitait encore dans cette maison. Il serait parti puis s'y serait réinstallé par la suite ?

— Là, vous m'en demandez trop… se lamente la vieille dame.

— Ils sont partis, mais n'ont pas vendu la maison, suggère Marc. Peut-être qu'ils avaient dès le départ l'intention de se mettre quelque temps au vert jusqu'à ce que l'affaire s'efface de la mémoire des gens du coin, puis de revenir après.

— Tu crois que les habitants d'un petit village comme celui où ils vivaient oublient facilement une telle histoire ? Ça me paraît improbable.

— Je ne sais pas s'ils sont revenus après, intervient Mme Loumagne, mais ce qui est sûr, c'est qu'ils ont quitté la région. Je pense qu'après la mort de leur fille, cette histoire a définitivement décidé les parents de Geoffrey à partir. Ils avaient besoin de changer d'air.

Les deux coéquipiers échangent un regard intrigué.

— Leur fille ? demande Gabrielle à son partenaire. Geoffrey n'était pas fils unique ?

— Ah non, il avait une sœur ! réplique immédiatement la vieille dame, soudain offensée qu'on puisse ainsi mettre en doute sa mémoire. De ça, je suis certaine !

Elle prend une mine songeuse.

— Je me demande même s'il n'a pas eu un frère, mais qui n'a pas survécu… En tout cas, je me souviens très bien de sa sœur. La pauvre petite… Elle s'est suicidée alors qu'elle n'avait que quinze ans. Ça a été un drame, dans le village. Au contraire de son frère, cette enfant était un ange.

Marc consulte Gabrielle du regard et se jette à l'eau à son tour.

— Vous êtes sûre que l'on parle de la même personne ?

— Oui ! Geoffrey Malmaison.

Elle se penche en avant pour récupérer la photo posée sur la table.

— C'est bien de ce jeune homme dont vous êtes venus me parler ?

— Oui, mais… Ce n'est peut-être pas la personne que vous évoquez, objecte prudemment Marc.

— Je ne vois pas de qui d'autre il pourrait s'agir.

Son regard s'éveille brusquement.

— Bon sang ! J'ai tout un carton de photos de classe dans ma chambre, peut-être y en a-t-il une dans le lot où figure ce jeune homme. Attendez un instant.

Elle se met debout en grimaçant et s'éloigne cahin-caha en direction du couloir obscur qu'ils ont emprunté pour venir jusqu'ici.

— Je me demande si on ne fait pas fausse route, souffle Marc.

Gabrielle soupire.

— Je n'en sais rien. Comme tu dis, j'ai l'impression qu'elle ne nous parle pas de la même personne. On est sûrs que Geoffrey n'avait pas de sœur ?

— Certains, assure Marc.

— Geoffrey n'était pas non plus spécialement grand. Pas petit, mais pas au point de sortir du lot.

— Il a peut-être eu une poussée de croissance au collège, puis n'a plus grandi après.

— Oui. Enfin, ça fait beaucoup de discordances.

Gabrielle vide sa tasse et pioche un biscuit à l'orange dans l'assiette.

— Tu aimes ça ? s'étonne Marc en affichant une mine légèrement dégoûtée.

— Ben ouais, c'est super bon.

Deux bips sonores retentissent. Les deux équipiers portent instinctivement leur main à leur poche.

— C'est le mien ? demande Gabrielle.

— Non, le mien.

Marc étire sa jambe pour extraire le téléphone portable de sa poche de pantalon.

— C'est Magali.

Il lit le message en silence.

— Elle va chez ses parents avec les enfants.

— C'était prévu ?

— Pas vraiment, non.

— Voilà, tout est là !

Mme Loumagne se rassied dans son fauteuil avec un nouveau rictus de douleur. Un carton ouvert tient en équilibre sur ses genoux.

— Vous voulez que je débarrasse la table ? suggère Gabrielle.

— Non, non, ne vous dérangez pas.

Tandis que la vieille dame exhume un à un les témoignages de son passé de professeur, Gabrielle observe du coin de l'œil son équipier qui pianote sur le clavier de son Smartphone. L'inquiétude qui le ronge a fait naître des ombres menaçantes sur son visage. Elle pressent qu'il ne sera désormais plus d'une très grande efficacité.

— Ah ! s'écrie Mme Loumagne. J'ai trouvé.

Elle s'empare une nouvelle fois de la photo prise lors de l'autopsie. Son regard fait quelques va-et-vient entre le visage du défunt et le cliché qu'elle vient d'extraire du carton.

— Hum… Je me demande en effet si je n'ai pas confondu…

— Vous permettez ? demande Gabrielle en tendant le bras.

— Tenez. Dernier rang, vous ne pouvez pas le rater, il fait une tête de plus que ses camarades.

La photo de classe passe d'une main à l'autre. Marc, qui s'est arrêté de textoter, rapproche sa tête de celle de sa partenaire. Gabrielle se fige. Une vague de froid se propage tout le long de son corps. Un juron lui échappe.

— C'est pas possible…

— Quoi ?

— Je connais ce type…

Marc considère l'élève sur lequel l'index de Gabrielle s'est posé. Sa tête ne lui dit absolument rien.

— Ce n'est pas Malmaison, en tout cas, constate-t-il.

— Non, c'est le type que j'ai interrogé tout au début de l'enquête, le meilleur ami d'Erika. Il m'a appelée à plusieurs reprises, il suit l'enquête de près, il m'a même proposé son aide.

Gabrielle secoue la tête.

— Ce n'est pas parce que Erika était sa meilleure amie, il y a autre chose. Ça ne peut pas être une coïncidence…

Mme Loumagne vient d'extirper un second cliché du carton.

— Oui, ça me revient, maintenant, se manifeste alors Mme Loumagne. Celui dont je vous ai parlé s'appelle Abel.

— Oui, c'est ça, confirme Gabrielle. Je ne me rappelle plus de son nom, mais le prénom m'est resté, on ne l'entend pas tous les jours.

La vieille dame tourne la photo qu'elle tient entre les mains vers Gabrielle.

— Lui, c'est Geoffrey, dit-elle en indiquant le jeune garçon du doigt. C'était l'un des membres de la bande d'Abel. Quand vous avez parlé d'un jeune homme inquiétant, j'ai aussitôt pensé à ce dernier, mais c'est le visage de Geoffrey que je lui ai associé. Je suis vraiment confuse, tout se mélange là-dedans, s'excuse-t-elle en posant une main sur sa tête.

Gabrielle se saisit de la photo de classe. Les années ont passé, peut-être le regard aurait-il pu la mettre sur la voie, mais les yeux de Malmaison étaient déjà fermés lorsqu'il s'est présenté à elle… Difficile de faire le lien entre ce garçon et l'homme sur la table d'autopsie, elle ne peut que s'en remettre à la mémoire de la vieille dame.

— Ce n'est pas grave, madame. Serait-il possible de vous emprunter ces deux photos ?

— Bien sûr.

— Merci. Vous avez eu ces deux hommes comme élèves, donc ?

— Tout à fait, oui.

— Malmaison faisait-il partie des garçons dont Abel a abusé ?

— Je ne me rappelle plus… Ce dont je me souviens, c'est que Geoffrey lui aussi était un enfant à part. Mélancolique, taciturne, secret… Comme je vous ai dit, il faisait partie de la bande d'Abel, lui aussi était sous sa coupe, lui aussi se faisait embarquer dans ses coups tordus, et avec le recul, de tous les membres de sa bande, c'était peut-être finalement lui le plus inquiétant.

— Vous voulez dire, plus inquiétant encore qu'Abel ?

La vieille dame secoue la tête. De là où elle se trouve, Gabrielle pourrait jurer que ses yeux ont changé de couleur de manière quasi surnaturelle, passant du gris acier à un noir funèbre.

— Oh non… Abel était de loin le plus inquiétant. Geoffrey n'inspirait pas confiance, mais Abel, lui, faisait vraiment peur. Il y avait quelque chose de foncièrement mauvais chez ce garçon.

Chapitre 53

La voiture s'engage sur le périphérique à vive allure. Waze estime à neuf minutes le trajet jusqu'à la résidence dont Gabrielle a récupéré l'adresse dans le compte rendu d'audition d'Abel. Si Marc continue à cette allure, ils y seront dans moitié moins de temps.

— Finalement, ma théorie sur le duo de psychopathes n'était peut-être pas si débile, observe celui-ci.

— Possible, lui répond Gabrielle tout en faisant jouer ses pouces sur l'écran de son Smartphone, mais il y a peut-être une autre hypothèse.

— Laquelle ?

— Erika était la meilleure amie d'Abel, c'est en tout cas ce qu'il nous a dit. Il peut très bien nous avoir menti, mais je ne vois pas bien dans quel but il l'aurait fait. Sa douleur semblait sincère, j'en avais presque mal pour lui. J'ai comme dans l'idée que, pour une raison que j'ignore, Geoffrey s'en est pris à Erika et Abel s'est vengé.

— Et la dernière carte ? Ta théorie ne l'explique pas, la mienne, si : ils étaient complices et Abel continue à tuer, seul.

Gabrielle lève les yeux de son téléphone pour regarder la route. Les petites fourmis ouvrières de la Ville Rose ne se sont pas encore engagées sur le sentier du week-end ; la circulation est idéalement fluide et la célèbre application de navigation GPS n'arrive pas à suivre le rythme imposé par Marc.

— Mais dans ton scénario, pourquoi Abel s'est-il débarrassé de son complice ?

— Tu as entendu ce que nous a raconté la prof, il y avait vraisemblablement quelque chose de pas normal chez eux. Tu imagines, deux sociopathes qui font équipe ? Dans une meute de loups, il n'y a la place que pour un seul alpha… Si tu étais une psychopathe, tu ferais confiance à une autre psychopathe, toi ?

— Alors ton scénario ne tient pas, conclut Gabrielle. Jamais ils n'auraient fait équipe.

— Tu sais quoi ? On va parier. Celui qui a vu juste paie le resto à l'autre.

— Je ne suis pas sûre de vouloir parier sur ce genre de choses.

Ils quittent la rocade ; la circulation s'intensifie aussitôt. Gabrielle met le point final à son message et presse la touche « Envoi ». Le texto qu'elle vient d'expédier au juge en dit long sur la confiance qu'elle-même accorde à sa propre théorie : elle préfère le mettre devant le fait accompli que lui expliquer de vive voix ce qui la pousse à mettre un citoyen lambda en garde à vue au simple motif que son instinct lui fait rarement défaut.

— Tu as prévenu le juge ? demande Marc avec à-propos.

— Oui, j'espère juste qu'il lit ses textos.

— Et si ce n'est pas le cas ?

— Eh bien, j'espère qu'Abel nous aura déjà tout avoué au moment où il me demandera des comptes.

Marc jette un coup d'œil à son Smartphone : dans moins d'un kilomètre, ils seront arrivés à destination. Son visage se tend.

— On aurait dû demander du renfort. Si ce type est lié aux meurtres, il est dangereux. Comment comptes-tu t'y prendre ?

— T'inquiète, tout se passera bien.

Marc jette un bref coup d'œil à Gabrielle dont le regard reste fixé sur la route. Il fait confiance à sa partenaire, mais à cet instant précis, son laconisme ne lui inspire rien de bon.

L'entrée de l'immeuble est gardée par un interphone. Gabrielle sonne chez les voisins jusqu'à ce que l'un d'entre eux daigne leur ouvrir. L'appartement d'Abel se trouve au deuxième étage. La résidence n'est pas très récente et l'entretien visiblement régulier ne parvient pas à effacer les premiers signes de déliquescence : traces et chocs sur les murs, carrelage ébréché, portes à la peinture écaillée et couvertes de multiples balafres. Celle d'Abel n'échappe pas au déclin général. Gabrielle appuie une oreille sur le bois verni et écoute avec attention durant quelques secondes : pas un bruit. Elle se redresse et fait signe à son coéquipier de se mettre légèrement en retrait. Marc, main sur son arme, fait un pas en arrière. La jeune femme sent subitement la sienne peser contre sa hanche. Elle était presque parvenue à l'oublier… Elle s'efforce de dissocier son corps de cette excroissance honnie que son métier lui impose, et c'est alors que le visage d'Axel lui saute au visage. Elle sait que dorénavant, à chaque fois qu'elle devra appréhender un suspect à son domicile, la même peur la saisira. Tous les exercices de respiration et de lâcher-prise n'y feront rien : le son de la détonation et l'image de la tache pourpre qui s'élargit en accéléré sur le torse d'Axel sont comme des marques gravées au fer rouge sur sa peau.

Dorénavant, c'est elle qui se présentera à la porte la première ; si une balle doit partir, c'est dans son corps qu'elle s'enfoncera et dans aucun autre.

Marc, inquiet de l'hésitation de sa coéquipière, l'interroge du regard. Gabrielle laisse passer un frisson et sonne. Deux notes aiguës s'élèvent de l'autre côté de la porte, mais rien ne bouge dans l'appartement. Elle fait une nouvelle tentative, puis encore une autre. La quatrième est la bonne : des bruits de pas répondent à son insistance. Marc crispe la main sur la crosse de son Sig Sauer, Gabrielle résiste à l'envie d'approcher la sienne de sa hanche.

Abel ouvre ; il est en caleçon, ses paupières se rapprochent pour filtrer le trop-plein de lumière que l'entrebâillement fait jaillir dans son repaire. La coiffure élaborée à coups de gomina a laissé la place à une confusion d'épis qui se redressent en tous sens au-dessus des agglomérats de cheveux que la pommade maintient encore tant bien que mal plaqués au sommet du crâne.

— Oui ?

— Gendarmerie nationale, vous me reconnaissez ?

Les yeux s'étrécissent encore un peu plus, puis s'ouvrent aussi grands que la lente accoutumance à la clarté du monde extérieur le leur permet. Un sourire accompagne la transformation.

— Oui, nous nous sommes vus à la gendarmerie.

— Exact. J'aurais besoin de compléter votre témoignage.

Le sourire s'affaisse imperceptiblement.

— C'est-à-dire que je me reposais avant de reprendre le boulot ce soir. Aujourd'hui, j'assure les deux services. C'est urgent ?

— Disons que nous aimerions faire ça le plus rapidement possible.

— Tout de suite ?

— Ce serait préférable, oui.

Une poignée de secondes passe, puis Abel ouvre la porte en grand et s'efface pour laisser passer Gabrielle. Le sourire sur son visage disparaît complètement lorsque Marc s'avance à son tour pour pénétrer dans l'appartement. Les deux hommes échangent un hochement de tête en guise de salut. *La mémoire du professeur ne l'a pas trahie, pour le coup*, songe Marc, *ce gars fait dix bons centimètres de plus que moi*.

Abel referme la porte sous le regard attentif de ses visiteurs.

— Que voulez-vous savoir exactement ?

— Je préférerais prendre ce nouveau témoignage à la gendarmerie.

D'un large mouvement du bras, Abel balaie la pièce qui tient lieu de salon et de cuisine.

— Mais ça ne me dérange pas de répondre à vos questions ici, déclare-t-il d'une voix affable.

— À la gendarmerie, plutôt, insiste Gabrielle.

Le gendarme et le serveur échangent un regard.

— Je suis obligé de vous suivre, c'est ça ?

— Pour l'instant, non, mais je peux faire en sorte que vous le soyez.

Abel baisse la tête et fait mine de constater son dénuement.

— Vous permettez que je m'habille ?

— Bien sûr.

Le jeune homme se dirige vers une porte au fond de la pièce. Le regard de Gabrielle se pose sur son dos que recouvrent de multiples marques brunes, formant à certains endroits de larges nævi ou des constellations de grains de beauté, et à d'autres des formes plus surprenantes – volutes inachevées, réseaux d'arabesques qui s'enroulent sur elles-mêmes et se dispersent en complexes nébulosités. Elle tourne la tête vers son partenaire qui ouvre grand ses yeux pour lui exprimer son propre étonnement.

Le binôme ne quitte pas Abel d'une semelle. Une fois dans la chambre, celui-ci leur signifie par un regard appuyé qu'il se passerait bien de leur présence pour se vêtir, mais capitule devant l'indifférence délibérée que les deux représentants de l'ordre manifestent à l'endroit de son désir d'intimité. Il passe un T-shirt, enfile un pantalon slim moutarde et une paire de chaussettes basses, puis rejoint les gendarmes qui ont suivi des yeux chacun de ses gestes.

— Vous avez mon numéro, fait remarquer Abel, vous auriez pu m'appeler, ça vous aurait évité le déplacement.

— On passait dans le coin, réplique Gabrielle.

Le serveur affiche une moue sceptique pour signifier au gendarme que le mensonge est un peu gros.

— Je ne suis pas sûr de pouvoir vous en dire plus que la dernière fois.

— Vous m'avez offert vos services, lui rappelle Gabrielle avec un sourire, et c'est bien volontiers que j'accepte votre proposition.

— Il y a une nouvelle carte ?

— Oui, mais on dirait bien que notre artiste a fait des émules.

Gabrielle a l'impression de revivre la même scène qu'il y a près d'un mois. Un mois, cinq victimes (quatre, se corrige-t-elle aussitôt, car il est hors de question de faire de Geoffrey une victime) et des heures et des heures d'investigations qui n'ont abouti sur aucune piste concrète.

Jusqu'à aujourd'hui. C'est du moins ce que lui souffle très fort son instinct. L'attitude d'Abel lui met cependant le doute : il n'a pas opposé la moindre résistance, il est calme et détendu, intrigué, peut-être légèrement inquiet, mais pas plus que ne le serait un innocent convoqué pour déposer un témoignage. Ses gestes sont mesurés, mais naturels, il ne dit rien, pas parce qu'il est déterminé à garder le silence, mais simplement parce qu'on ne l'a pas encore invité à parler. Ce n'est pas le premier qu'elle voit ainsi garder une telle maîtrise de ses émotions, mais avec Abel, c'est différent : elle ne capte pas cette duplicité que ses suspects habituels laissent transpirer malgré eux. Elle pourrait presque croire qu'il ne se comporterait pas autrement s'il était chez lui, tranquillement assis dans son canapé devant son poste de télévision.

Cette fois, Gabrielle n'est pas seule face à Abel. Marc est assis auprès d'elle et tous deux regardent avec insistance le jeune homme qui attend sur sa chaise qu'on lui explique les raisons de son retour dans cette sinistre salle d'audition. Il a pris le temps de se recoiffer, mais quelques mèches rebelles érigées comme de petites antennes en direction du plafond ont échappé à la domestication pileuse.

C'est Gabrielle qui prend la parole la première.

— Pourriez-vous nous donner votre emploi du temps de ces dix derniers jours ?

Abel lève un sourcil.

— Dix derniers jours ? Vous voulez dire, mon emploi du temps exact ?

— Si possible, oui.

— Il n'a rien de bien excitant, s'excuse-t-il presque. Je suis au restaurant tous les matins, du mardi au dimanche. Le dimanche, je travaille jusqu'à quinze heures. J'assure aussi le service les soirs du jeudi au samedi, entre vingt heures et minuit. Le reste du temps, je le passe chez moi devant la télé, à lire ou à écouter de la musique. Et c'est exactement ce qui s'est passé ces dix derniers jours. Ah si, je suis allé au cinéma la semaine dernière voir le dernier Nolan.

— Quel cinéma ?

— Labège.

— C'était quand ?

— Mercredi soir.

— Vous y êtes allé seul ?

— Oui.

Gabrielle fait une pause pour noter les premières réponses d'Abel sur un petit cahier à spirale.

— Vous vivez seul, monsieur Gantz ?

— Oui.

— Quel âge avez-vous ?

— Trente et un ans.

— Et donc vous ne sortez jamais ?

— Rarement. Quand vous avez passé votre temps debout et parcouru plusieurs kilomètres au pas de course dans le bruit et le stress, vous n'avez qu'une seule envie en rentrant chez vous : vous allonger et vous reposer. Christopher Nolan est l'un des seuls réalisateurs pour qui je suis prêt à ressortir de chez moi.

— Et vous comptez faire ça longtemps ?

— Serveur ?

— Oui.

— Malheureusement aussi longtemps que j'aurai besoin d'argent pour payer mon loyer et acheter de quoi me nourrir et m'habiller. Mais je croyais que j'étais là pour compléter mon témoignage ?

— Et c'est précisément ce que vous êtes en train de faire, rétorque Gabrielle.

— Mais quel est le rapport avec ce que j'ai fait ces dix derniers jours ?

— Nous y venons. Si j'appelle votre employeur, il pourra me confirmer que vous avez assuré tous vos services sur les deux dernières semaines ?

— Absolument.

— Par contre, d'après ce que je comprends, il n'y aura personne pour témoigner que vous avez passé toutes vos soirées, à l'exception de celle du mercredi de la semaine dernière, et vos nuits chez vous ?

— J'ai bien peur que non.

— À ce propos, vous avez peut-être encore votre ticket de cinéma ?

Abel déplie le bras pour saisir le portefeuille qu'il a déposé sur la table et l'explore brièvement. Puis, sans un mot, il tend un petit carré de papier à Gabrielle. La jeune femme se penche en avant pour s'emparer du ticket et l'examine un moment d'un air détaché.

— C'était bien ?

— J'ai adoré. Je suis un fan absolu de Nolan.

Gabrielle dévisage Abel tout en faisant pivoter le carton entre ses doigts.

— Vous avez parlé d'une nouvelle carte… hasarde Abel, que le regard de Gabrielle commence à mettre mal à l'aise.

— Vous lisez les journaux, monsieur Gantz ?

— Non.

— Mais vous regardez la télé, vous consultez Internet.

— Lorsque j'allume la télé, c'est pour Netflix ou la VOD, je ne regarde jamais les infos, encore moins les autres programmes crétinisants qu'elle propose aujourd'hui, croit-il bon d'ajouter en prenant un air navré. De temps en temps, je jette un œil aux dernières actualités sur Internet, oui, mais sans plus.

— Alors vous savez peut-être que deux corps ont été retrouvés dans les Pyrénées.

Abel secoue la tête. Gabrielle entrouvre une chemise cartonnée posée sur la table devant elle et fait glisser un agrandissement de la photo de classe de Malmaison jusque sous le nez d'Abel.

— Ce visage vous dit-il quelque chose ?

Abel étudie le portrait durant quelques secondes. Ses lèvres s'affaissent pour mimer une moue de perplexité.

— Non.

— Vous êtes sûr ? Regardez plus attentivement.

Le serveur fait un nouvel effort.

— Je suis désolé, non.

Un long silence.

— Le nom Malmaison vous évoque-t-il quelque chose ?

Abel réfléchit un instant sans quitter le capitaine des yeux.

— Oui.

Gabrielle jure intérieurement. Ce n'est pas la réponse qu'elle attendait.

— Vous pouvez m'en dire plus ?

— J'ai un ami d'enfance qui porte ce nom : Geoffrey Malmaison.

— Maintenant, regardez encore une fois la photo.

Abel s'exécute.

— Oui, c'est peut-être lui, en tout cas il lui ressemble. Je ne suis pas sûr, ça fait quinze ans qu'on ne s'est pas vus.

Il relève la tête.

— C'est lui ?

— C'est à vous de me le dire.

— Comme je vous ai dit, on s'est perdus de vue au collège, c'est difficile de vous répondre catégoriquement.

— Pourquoi ?

— Pourquoi quoi ?

— Pourquoi vous êtes-vous perdus de vue ?

Abel se tourne vers Marc, de la bouche duquel pas un mot n'est encore sorti, comme s'il s'attendait à ce qu'il lui donne plus d'explications sur cette question qu'il ne semble pas comprendre. Mais le gendarme ne semble pas disposé à sortir de son silence obstiné.

— Eh bien, nous avons déménagé.

— Qui, « nous » ?

— Mes parents et moi.

— Pourquoi ?

Gabrielle voit la pomme d'Adam de son suspect faire un soubresaut dans sa gorge.

— Ma sœur s'est… suicidée. Mes parents ne se sentaient plus capables de vivre dans la maison où elle s'est donné la mort.

Abel s'est tassé sur sa chaise. Un voile trouble s'est posé sur ses yeux qui fait frémir son regard. Gabrielle revoit à présent le jeune homme perdu recroquevillé sur lui-même à la première audition. Mais cette fois, elle n'a pas l'intention de s'apitoyer.

— C'est l'unique raison qui les a poussés à déménager ? demande-t-elle d'une voix privée d'émotion.

Les sourcils d'Abel se rapprochent sous l'effet de l'incompréhension.

— Je trouve que c'est une raison suffisante.

— Je n'ai pas dit qu'elle ne l'était pas, je vous ai simplement demandé si c'était la seule.

— Oui.

Abel ne parvient plus à contenir sa nervosité. *L'armure commencerait-elle à se fissurer ?* se réjouit Gabrielle intérieurement. Elle ouvre la chemise cartonnée et en extrait une impression couleur qu'elle dépose sous le nez d'Abel. Une autre photo de Geoffrey, montrant cette fois-ci son visage sale juste après que son corps a été exhumé de sa sépulture profane excavée dans la montagne. Les traits d'Abel se figent.

— Mon Dieu…

— Et ce visage-là, le connaissez-vous ?

— C'est Geoffrey ?

— Je ne sais pas…

Abel relève la tête. Gabrielle l'observe, le visage impassible. Les traits du serveur se décomposent brusquement.

— Je ne suis pas là comme simple témoin… Vous ne croyez tout de même pas que j'ai tué cet homme ?

— Dites-moi, Abel, cette photo vous fait-elle de la peine ?

Le jeune homme secoue la tête.

— Je ne comprends pas…

— Provoque-t-elle en vous les mêmes émotions que celle-ci ?

Une troisième photo passe d'un côté de la table à l'autre ; sur celle-ci, Erika semble dormir paisiblement, mais l'extrême pâleur de son visage et les marques dans son cou ne laissent pas la place au doute. Abel a retourné le cliché dès que ses yeux se sont posés dessus. Des larmes se sont mises à couler sur ses joues.

— Je n'ai rien à voir avec tout ça. J'aimais Erika comme ma propre sœur.

— Et Geoffrey ?

— C'était mon ami.

— Vous avez à l'époque été accusé d'attouchements sexuels envers des garçons de votre âge…

Abel, sous le choc, se redresse sur son siège.

— Non…

— Ces garçons faisaient-ils aussi partie de vos « amis » ?

— Ce n'était qu'un tissu de mensonges…

— Deux garçons vous ont formellement accusé…

— Oui, à l'instigation de leurs parents !

— Puis ils se sont rétractés, car ils ont eu peur… poursuit Gabrielle.

— C'est faux ! s'indigne Abel. Je n'étais pas un ange, c'est vrai ! J'ai fait un tas de conneries que je regrette aujourd'hui, mais ça ? Non ! Jamais je n'aurais fait une chose pareille, c'est répugnant ! Une poignée de personnes qui me détestaient ont inventé cette histoire de toutes pièces pour me détruire !

— Êtes-vous attiré par les hommes, Abel ?

— Pardon ?

Gabrielle répète sa question. Abel lui décoche un regard vipérin.

— Sincèrement, je vous croyais au-dessus de ça.

— Ne me faites pas passer pour ce que je ne suis pas, se défend Gabrielle, et répondez à ma question.

— Je suis homosexuel, oui, ne pouvez-vous pas poser la question clairement ? Le simple fait de prononcer ce mot vous dégoûte-t-il à ce point ?

— Encore une fois, monsieur Gantz, je n'ai que faire de vos orientations sexuelles.

— Pourtant, elles devraient vous permettre de conclure que je n'aurais jamais touché à un seul cheveu de ces filles…

L'émotion étouffe la fin de sa phrase.

— Jamais je n'aurais levé la main sur Erika, finit-il dans un souffle.

Gabrielle se penche au-dessus de la table.

— Je vous crois, Abel, mais il y a Geoffrey. Geoffrey est mort. Il a tué Erika, et à présent il est mort.

Abel écarquille les yeux et prend un air outragé.

— Non, c'est impossible ! Geoffrey n'aurait pas fait de mal à une mouche !

Gabrielle tend le bras et retourne la photo d'Erika.

— C'est Geoffrey qui a fait ça ! dit-elle en martelant le visage de la jeune femme du doigt, c'est lui qui l'a étranglée, c'est lui qui a tué votre meilleure amie, Abel !

Le jeune homme secoue la tête avec véhémence.

— Non, vous vous trompez…

— Pourquoi, Abel ? Pourquoi ? Pourquoi l'avez-vous tué ?

Le poing de Gabrielle s'abat sur la table. Même Marc est surpris par le subit débordement de colère de sa partenaire.

— Je n'ai rien à voir avec la mort de Geoffrey !

— Alors dites-nous ce que vous savez ! hurle le capitaine.

— Je ne sais absolument rien ! Je ne sais même pas pourquoi je suis ici !

Abel enfouit son visage dans ses mains et se met à pleurnicher comme un enfant. Gabrielle pousse un soupir et commence à rassembler les photos éparpillées sur la table.

— Je vous place en garde à vue pour le meurtre de Geoffrey Malmaison, monsieur Gantz…

— Comment ?…

— Vous avez le droit d'être examiné par un médecin, d'avoir recours dès à présent à un avocat, qu'il vous appartient de choisir ou qui vous sera commis d'office, de faire prévenir un membre de votre famille ou…

— Erika était ma seule famille…

Gabrielle s'interrompt net.

— Alors dites-moi qui a tué Erika, Abel, et qui a tué son meurtrier.

— Je vous l'ai déjà dit, je n'en sais absolument rien…

— Si le meurtrier d'Erika, votre seule famille, votre sœur, se tenait devant vous à cet instant précis, insiste Gabrielle, que feriez-vous ?

— Je ne sais pas… répond Abel d'une voix lasse.

— Que feriez-vous, Abel ? insiste-t-elle.

— Je suis fatigué…

— Geoffrey a tué Erika et vous l'avez retrouvé. Vous l'avez retrouvé et vous vous êtes vengé…

— Geoffrey n'aurait jamais fait ça…

Gabrielle jette un dernier regard sur Abel et referme le rabat de la chemise sur le visage opale d'Erika.

— Vous devriez prévenir votre employeur que vous ne pourrez pas assurer le prochain service de son restaurant, monsieur Gantz, car vous n'aurez peut-être pas l'occasion de le faire après.

Sa chaise racle bruyamment contre le carrelage lorsqu'elle se lève.

— Je vous suggère de profiter de cette petite pause pour bien réfléchir à ce que vous comptez nous dire.

Chapitre 54

Gabrielle tombe sur Dobey devant la porte de la salle d'audition. Le colonel la considère avec un mélange de curiosité et de méfiance.

— Alors ? demande-t-il sèchement.

— Rien pour l'instant, mais je suis persuadée qu'il sait quelque chose. Et s'il ne nous dit rien, c'est la fouille de son appartement ou le prélèvement buccal qui répondra à nos questions. Si son ADN correspond à celui trouvé sur le pull de Malmaison, il faudra bien qu'il s'explique.

— Je fais confiance à ton instinct, Gabrielle, mais demain, ce sera à toi de t'expliquer devant le juge d'instruction et, les mains vides, il te faudra beaucoup d'imagination si tu veux le convaincre de prolonger la garde à vue.

— Ce ne sera pas nécessaire, parce qu'on aura quelque chose.

Le colonel émet un grognement, puis son visage se ferme subitement. Il écarte les doigts d'une main devant les yeux de sa subordonnée.

— Cinq.

— Pardon, mon colonel ?

— Cinq jours d'arrêt.

La mâchoire de Gabrielle s'affaisse.

— Mon…

Dobey la fait taire en la menaçant de son index monumental.

— Pas un mot, Gabrielle, sinon je double la sanction. Tu es sortie avec ton arme, sans être autorisée à le faire, et ça c'est une faute grave. Maintenant, puisque tu as refusé ma proposition de prendre cette permission, je veux te voir dans ton bureau et nulle part ailleurs durant toute la durée de ton service, c'est compris ?

Gabrielle serre les dents.

— Est-ce que c'est compris ? répète Dobey en insistant sur les deux dernières syllabes de sa phrase.

— Oui, mon colonel, acquiesce-t-elle du bout des lèvres.

Son supérieur la dévisage longuement comme pour s'assurer que le message est bien passé, puis, pas forcément convaincu que ce soit le cas, mais ayant vraisemblablement d'autres chats à fouetter, il tourne les talons et s'éloigne d'un pas étonnamment leste au regard de sa corpulence.

— Merde ! lâche Gabrielle une fois son supérieur hors de portée de voix.

Elle tourne la tête et surprend la mine fataliste de Marc.

— Ne dis rien, s'il te plaît.

Il lève les mains en signe de reddition et grimace son indifférence. Gabrielle fulmine. Elle vient de recevoir un camouflet de la part de son supérieur sous les yeux de son coéquipier dont le silence, loin de l'apaiser, fait battre le sang à ses tempes. Elle tourne la tête et fait mine de s'intéresser aux panneaux d'affichage qui décorent le couloir le temps de retrouver un semblant de calme et d'oublier l'incident. Après une minute, jugeant que les traits de sa partenaire se sont suffisamment détendus, Marc demande :

— Alors ? Ton opinion ?

Le regard de Gabrielle glisse des visages des personnes disparues jusqu'à celui de son binôme.

— Je vais te dire la même chose qu'à Dobey : il sait quelque chose, mais il est très intelligent et il va falloir l'être beaucoup plus que lui pour le faire parler.

Marc pousse un soupir ennuyé.

— Il était au cinéma lorsque Malmaison a été tué, lui rappelle-t-il.

— Arrête, tu ne vas pas gober cette histoire de ticket ? Il est simplement allé en ramasser un du côté du ciné de Labège.

— Il serait allé jusque-là ? Commençons par vérifier que la transaction a bien été enregistrée.

— On le fera, bien sûr, mais je peux déjà te le dire : on ne trouvera rien et il nous dira qu'il a payé en liquide. Je te le répète : Abel est quelqu'un de très intelligent.

— Tu pars du principe que Malmaison a tué toutes ces filles et qu'Abel l'a tué à cause d'Erika. Mais tu oublies que l'ADN de Malmaison ne le relie qu'à un seul des meurtres, et pas celui d'Erika, comme tu oublies que la dernière carte est peut-être de la main d'Abel… Tu dois envisager d'autres possibilités dans ta façon de mener l'interrogatoire.

Le regard de Gabrielle se durcit. Marc réalise aussitôt qu'il est peut-être allé trop loin dans ses propos.

Il connaît à présent suffisamment bien sa partenaire pour savoir qu'elle n'est pas très encline à se faire donner la leçon sur sa façon de travailler.

— D'autres possibilités ? Comme celle que tu envisages toi-même, ton duo de psychopathes ?

— Pourquoi pas ?

— Possibilité qui ne l'affranchirait pas du meurtre de Malmaison.

— Non, mais qui ferait partager les responsabilités des meurtres des filles.

Gabrielle désigne du pouce la porte de la salle d'audition derrière elle.

— Ben, tu sais quoi ? C'est toi qui prends la suite. On verra bien qui de nous deux a raison.

— Tiens ? Finalement, tu relèves mon pari ? ironise Marc.

— Il est hors de question de parier sur le dos de ces filles, mais si tu tiens tant que ça à me payer un resto, j'accepte avec grand plaisir.

— Vendu, dit-il en tendant une main.

Gabrielle ignore son geste et, sans un mot de plus, le laisse seul avec sa main suspendue dans le vide.

La dernière audition prend fin peu après minuit. Gabrielle, assise à son bureau, a le visage fermé. Ses traits sont tirés et des demi-lunes grises sont apparues sous ses yeux. Abel tient bon. S'il craque par moments, c'est avant tout à l'évocation du souvenir de sa sœur Cassandre et à celui d'Erika. La mort de sa jeune sœur semble l'avoir bouleversé, il parle d'elle pendant de longues minutes la voix tremblante et le visage baigné de larmes, et s'il avoue avoir souvent eu des relations conflictuelles avec elle, il lui vouait à l'évidence un amour sans limites qu'il regrette de n'avoir jamais su lui témoigner.

Mais ces longues confidences ne leur servent à rien. Sur les meurtres des jeunes femmes, sur celui de Malmaison, il reste inébranlable : il ne sait absolument rien. À peine a-t-il confessé que s'il s'avérait que Geoffrey était bien l'assassin d'Erika (ce qu'il se refuse à croire malgré le faisceau des preuves rassemblées contre lui), il ne sait pas ce qu'il aurait été capable de lui faire subir s'il l'avait eu en face de lui.

Gabrielle cale ses coudes sur son bureau et enfouit son visage dans ses mains. Elle voudrait réfléchir encore, rembobiner la bande et se repasser tout le film de l'enquête depuis le début, mais elle n'a plus la force de penser.

Il faut qu'on se repose.

Elle pense d'abord que c'est sa petite voix intérieure qui lui a suggéré ce bon conseil, puis réalise que c'est Marc qui s'est ainsi adressé à elle.

— Qu'est-ce que tu as dit ?

— Il faut qu'on se repose, répète-t-il. On est à plat.

— Oui, possible… Et toi ?

— Moi ? Quoi, moi ?

— Tu as des nouvelles de Magali ?

Marc, surpris par la question, ne sait dans un premier temps que répondre.

— Elle a récupéré les enfants à l'école puis est partie avec eux chez ses parents, lui apprend-il finalement. Elle a enfin daigné décrocher son téléphone tout à l'heure.

— Qu'est-ce qu'elle t'a dit ?

— Pas grand-chose, elle m'a raccroché au nez au bout de trente secondes.

Gabrielle pousse un léger soupir.

— Je ne sais pas ce que tu fais encore ici… souffle-t-elle. À ta place, je serais déjà là-bas pour m'expliquer avec elle.

— Tu n'es pas à ma place.

Le ton cassant de Marc sort Gabrielle de sa léthargie.

— Tu ne sais rien de Magali, encore moins de ses parents. Dès que j'aurai passé la porte de leur maison, ils se défouleront. Je suis en territoire ennemi là-bas, je n'ai aucune chance de m'en sortir. Il est hors de question que mes enfants assistent à un tel massacre.

— Tu n'exagères pas un peu, là ?

Il se contente d'un sourire qui en dit long sur ce qu'il pense de sa question.

— Tu ne vas pas les voir de tout le week-end ? insiste Gabrielle. Je suppose qu'ils vont réclamer leur père, non ? Que va-t-elle leur dire ?

— Tu sembles beaucoup te soucier de cette histoire, dis-moi…

— Ça te surprend ? C'est à cause de moi, tout ça.

— C'est surtout à cause de Magali qui voit le mal partout.

— En effet, oui, ce n'est pas comme s'il s'était passé quoi que ce soit entre nous.

Un silence pesant suit la repartie de Gabrielle, que Marc brise après un long soupir.

— Ce n'est pas ce que je voulais dire.

— Laisse tomber, ce n'est ni le lieu ni le moment pour discuter de ça.

Elle s'empare de son courrier qui traîne sur la table depuis le début de la matinée et qu'elle n'a pas pris le temps d'ouvrir, décachette la première enveloppe sans ménagement.

— Je suis crevée, je vais rentrer, déclare-t-elle sans ambages. Et je te suggère d'en faire autant, chez toi, chez tes beaux-parents, je m'en moque, mais rentre, on a tous les deux besoin de repos.

Marc ne prend pas la peine de répondre. Gabrielle se plonge dans l'examen d'un dépliant publicitaire vantant les qualités de matériel d'écoute dernier cri ; elle s'efforce de se convaincre que son coéquipier a déjà quitté le bureau en dépit de la sensation tenace de son regard posé sur son visage, qui lui enflamme la joue aussi efficacement que l'aurait fait une claque.

Marc, en effet, ne la quitte pas des yeux. Au bout d'un moment, lassé de son indifférence, il fait pivoter son siège et se frotte le visage des deux mains.

— Tu as raison, je vais rentrer. Et tu as raison une seconde fois : j'irai voir mes enfants. Demain, dès qu'on en aura fini avec Abel, j'irai m'expliquer avec Magali. Ses parents prendront sa défense, Dieu sait quel portrait de moi elle leur aura brossé, mais je trouverai peut-être le courage de les envoyer se faire foutre. J'espère juste qu'elle n'aura pas raconté n'importe quoi à Chloé et à Dorian, elle est capable de tout… Chloé est suffisamment intelligente pour faire la part des choses, mais sa mère pourrait retourner son frère comme un gant. Tu sais qu'une fois, alors que Chloé avait trois ans et qu'elle nous faisait comédie sur comédie, elle est allée lui dire que j'avais une maison secrète – elle faisait allusion au CNAS[1] – et que si j'y allais si souvent, c'était à cause d'elle et de tous ses caprices ?

Marc, inquiet du silence de sa partenaire, tourne la tête. L'inquiétude fait instantanément place à l'angoisse. Gabrielle s'est figée, pâle comme la mort. Dans ses yeux, fixés sur le bout de papier qu'elle tient entre les mains, il lit un incommensurable effroi.

— Gabrielle ?

Pas de réponse. Il se lève, s'approche de son bureau. La jeune femme, paralysée, reste sans réaction.

— Gabrielle, que se passe-t-il ?

Le bout de papier qui semble à l'origine de sa soudaine tétanie est une carte, semblable à toutes celles qui leur sont déjà parvenues. Sur le fond uniformément noir, une aiguille de couleur dorée est positionnée à la verticale comme pour indiquer midi, ou plus vraisemblablement minuit au vu de la couleur de la carte ; dans le coin inférieur gauche, ce qui ressemble à un brin d'ADN est représenté au centre d'une flaque de lumière projetée au sol par un réverbère, tandis que dans celui de droite sont alignés trois petits dessins : une flamme jaune et rouge, un flocon de neige et un pistolet.

Marc quitte la carte des yeux et observe le visage de sa partenaire. L'arrivée de cette nouvelle carte n'est pas une bonne nouvelle, mais de là à provoquer un tel émoi ?

Non, le mot est bien trop faible, songe-t-il aussitôt en observant Gabrielle, *ce n'est pas un simple émoi, mais un véritable choc.*

---

1. (Logement) Concédé par nécessité absolue de service : logement de fonction des gendarmes.

— Gabrielle ? répète Marc plus fort, espérant peut-être qu'elle ne l'a tout simplement pas entendu.

Elle pose le bout de carton sur son bureau avec délicatesse, comme s'il s'agissait d'une mince feuille de verre.

— Cette carte… murmure-t-elle.

Marc observe une nouvelle fois le dessin.

— Elle est différente de toutes les autres, remarque-t-il. Différente des trois premières, mais aussi de la quatrième. C'est encore une autre personne qui l'a réalisée, avec moins de talent que les précédentes.

— Elle en a d'autres…

— Pardon ?

— Je sais qui a envoyé cette carte.

Gabrielle trouve enfin la force d'affronter le regard de Marc, qu'un frisson saisit à la vue de ce qu'il lit dans les yeux de sa coéquipière : elle a peur, un sentiment qu'il ne la pensait pas capable d'éprouver.

— Qui ?

Gabrielle pose une main sur l'image, comme si ce geste pouvait suffire à la faire définitivement disparaître de la réalité.

— Celle qui a tué mes parents : la sœur jumelle de ma mère.

Chapitre 55

Nathalie… Gabrielle ne peut pas y croire. Vingt ans qu'elle s'est évanouie dans la nature. Vingt ans qu'elle pense à elle jour et nuit, qu'elle se répète inlassablement le réquisitoire qu'elle prononcera lorsqu'elle l'aura retrouvée, et qu'elle se demande si après cela, elle trouvera le sang-froid nécessaire pour ne pas exécuter de ses propres mains celle qui lui a enlevé ses parents.

— La sœur jumelle de ta mère ?

— Oui.

La perplexité creuse deux petits plis au sommet du nez de Marc.

— Je peux ? s'enquiert-il en désignant la carte d'un doigt.

Gabrielle fait glisser sa main en arrière. Marc saisit un coin du dessin entre le pouce et l'index et l'examine avec plus d'attention.

— Comment peux-tu en être si sûre ?

— L'autre fois, lorsque je suis allée voir Franck et Laura à Étretat, je suis partie faire un tour avec Eliott et Valentin, leurs jumeaux. C'était la nuit. J'ai eu l'impression que quelqu'un nous observait. J'ai vu d'abord une silhouette sur la plage, puis exactement la même, plus tard, juste avant de rentrer. Alors que je m'apprêtais à passer la porte de la résidence où ils habitent, elle se tenait un peu plus loin, dans la lumière d'un réverbère, exactement comme l'ADN sur la carte, référence à la gémellité de ma mère et de ma tante. L'aiguille qu'elle a dessinée est évidée : elle fait allusion à *L'Aiguille creuse*, le roman de Maurice Leblanc, qui se passe à Étretat. C'était elle, là-bas.

Marc étudie une nouvelle fois le dessin.

— Il y a les trois symboles aussi, poursuit Gabrielle qui devance la question de son coéquipier. Ma mère a failli brûler vive dans un incendie et mon père est mort sous la neige, abattu par arme à feu.

Marc se garde bien de lui dire qu'il connaissait déjà une partie de l'histoire.

— Je suis désolé.

— C'est Nathalie qui les a tués. Elle les a tués, puis elle a disparu.

Un silence suit, qui laisse s'immiscer dans le bureau un bruit de pas dans le couloir et le ronronnement de la machine à café dont un collègue de nuit tire le breuvage qui le maintiendra éveillé jusqu'au petit matin.

— Pourquoi t'envoyer cette carte ?

Elle secoue la tête pour exprimer son impuissance à le comprendre. Marc repose le bout de carton sur le bureau, avec la même délicatesse que Gabrielle quelques minutes auparavant.

— Rentre et essaie d'oublier tout ça, lui suggère-t-il au bout d'un moment. Demain, il faudra être d'attaque pour reprendre les auditions.

Oublier… Elle s'est montrée incapable de le faire tout au long de ces vingt dernières années, comment pourrait-elle y parvenir maintenant que Nathalie s'est inexplicablement rappelée à ses bons souvenirs ? Vingt ans qu'elle rêve de retrouver sa trace, et à présent que l'occasion de le faire se présente, elle est incapable de faire face. Son cerveau est comme paralysé.

Paralysé par la peur.

Elle lance un regard paniqué en direction de son collègue.

— Marc ?

— Oui ?

Elle hésite un instant.

— Tu ne voudrais pas boire quelque chose avant de rentrer ?

Il lève un sourcil.

— Maintenant ? Il est minuit passé, et la journée de demain va être longue…

Gabrielle semble complètement perdue. Nathalie a ressurgi dans sa vie à l'improviste, il y a quelques semaines à Étretat, aujourd'hui à travers cette lettre. Où était-elle entretemps ? Où est-elle aujourd'hui ? Peut-être tout près, à l'observer, à l'épier, à attendre le bon moment pour… Pour quoi ? Achever la vengeance qu'elle a juré de prendre sur sa sœur jumelle dont elle jalousait l'existence en effaçant le dernier souvenir qu'il reste d'elle sur cette terre, à savoir sa propre nièce ? Vingt ans après ? Pourquoi avoir attendu tout ce temps ? Pourquoi aujourd'hui ? C'est incompréhensible, mais une chose est sûre : elle est revenue, et elle a tenu à le lui faire savoir de la plus sournoise des façons.

Vingt ans qu'elle brûle du désir d'anéantir cette psychopathe, et aujourd'hui c'est son sang à elle qui se glace…

Tout près, à attendre le bon moment... Peut-être même ce soir...

— Juste un café ou une dernière bière, dit-elle précipitamment. Chez moi…

Marc passe une main sur son visage. Une barbe naissante fait crisser la peau sous ses doigts.

— OK…

Gabrielle trouve la force de sourire.

— Merci.

Aussitôt arrivée à l'appartement, Gabrielle s'éclipse dans la salle de bains et se met en quête de Lexomil dans la pharmacie. À force de volonté et de Systema, elle est parvenue à se désintoxiquer de cet anxiolytique dont pas même l'inefficacité ne la convainquait de se priver, mais ce soir, elle sent que seul un sédatif puissant sera capable de la soulager de son angoisse. Depuis l'apparition de cette carte, elle est sur le qui-vive. À peine sortie de la gendarmerie, elle s'est mise à jeter des coups d'œil furtifs tout autour d'elle, s'attendant à tout moment à ce que Nathalie surgisse de derrière l'un des véhicules encore présents sur le parking. La peur lui serrait toujours les tripes dans le vestibule de l'immeuble en dépit de la présence de Marc à ses côtés, et devant la porte de l'appartement, un bref moment de panique lui a fait tourner la tête pour s'assurer que Nathalie n'était pas subitement apparue sur le palier derrière eux.

Elle n'avait pas besoin de ça. Elle était déjà au bord de la rupture, elle ne tiendra pas longtemps dans un tel état de stress. Elle maudit Nathalie, elle se maudit, elle, et sa foutue faiblesse.

Elle passe de l'autre côté du bar pour mettre de l'eau à chauffer. Le silence règne tout le long du lent processus d'ébullition, qui s'achève enfin avec un petit bip.

— Attention, c'est chaud, dit Gabrielle en tendant à Marc un mug fumant décoré d'une armée de Minions.

— Merci. Comment arrives-tu à boire ça ? s'étonne Marc. C'est bouillant.

— L'habitude.

Elle reprend une gorgée du liquide brûlant pour illustrer son propos.

— Et je suis gelée, ajoute-t-elle ensuite.

— Hein ? Il fait super chaud, observe-t-il.

— Eh bien, moi, je suis frigorifiée.

Il pose sa tasse sur la table basse et s'assied de biais pour lui faire face. Ils s'observent sans un mot durant une demi-minute, puis Marc incline la tête et examine distraitement la paume de ses mains, se gratte ensuite le dessous des ongles pour en retirer des salissures imaginaires, entreprend finalement de se masser les doigts l'un après l'autre… Gabrielle attend patiemment qu'il se décide à exprimer les pensées qu'elle le devine en train de ruminer.

— Tu peux me raconter ? ose-t-il enfin demander. Tes parents, Nathalie…

Elle sent son cœur s'emballer dans sa poitrine. Il n'y a que Dobey qui sait. À part à lui, elle n'a rien raconté à personne. Elle ne sait même pas pourquoi elle s'est confiée à lui. En fait, si, elle sait. Sous le costume d'un bulldog bête et méchant se cache un homme profondément sensible et doué d'une empathie sincère. Il est le seul à lui avoir inspiré la confiance nécessaire à une telle confession.

Le seul, jusqu'à aujourd'hui.

— Maintenant ? Ça risque de prendre du temps. Comme tu l'as si bien dit tout à l'heure, la journée de demain va être longue.

— Tu n'as qu'à me faire un résumé.

Le regard de Gabrielle se fige sur les volutes de fumée qui s'étirent paresseusement au-dessus de son mug. Lorsque Marc ouvre la bouche pour s'assurer que l'esprit de la jeune femme n'a pas définitivement déserté son enveloppe corporelle, elle revient à la vie dans un battement de cils et laisse s'échapper un premier mot d'entre ses lèvres.

— D'accord.

Alors elle lui raconte tout. Comment sa grand-mère maternelle a un jour choisi d'abandonner l'une de ses filles, Sarah, la mère de Gabrielle, et de ne garder auprès d'elle que sa sœur jumelle, Nathalie. Comment, contre toute attente, Sarah vécut heureuse au sein d'une famille aimante alors que Nathalie fut élevée par une mère à moitié folle et un beau-père incestueux. Longuement et sans laisser paraître la moindre émotion, elle décrit le bonheur et la réussite de l'une, le destin qui s'acharne sur l'autre, et la jalousie de Nathalie qui se transforme en ressentiment, puis en haine, et enfin en folie meurtrière.

— C'est moi qui ai tiré, dit Gabrielle après le récit de la mort de son père.

Marc, qui peine à se remettre de l'incroyable témoignage de sa coéquipière, ne saisit pas le sens de cette dernière confession.

— Comment ça ?

— Nathalie m'a mis le pistolet entre les mains, les a enserrées avec les siennes et a pointé le canon droit sur la tête de mon père. Puis elle m'a forcée à appuyer sur la détente.

Marc reste sans voix. À présent, il comprend mieux la réaction de Gabrielle lorsqu'elle a compris qui lui avait adressé cette carte.

— Je comprends ta phobie des armes à feu… dit-il après une minute de silence.

— Je n'ai pas la phobie des armes à feu, c'est juste que… Disons que je me tiens à distance d'elles…

La conversation marque une nouvelle pause.

— Je ne sais pas quoi te dire, souffle Marc.

Elle soulève les épaules. Puis laisse échapper un petit rire.

— À l'évidence, elle ne tient pas à ce que je tourne la page.

— Mais qu'est-ce qu'elle te veut, bon sang ? s'interroge Marc qui a du mal à contenir sa colère. Pourquoi se manifeste-t-elle après toutes ces années ? Et pourquoi de cette façon ?

— Elle a forcément entendu parler du tueur aux cartes, l'idée ne pouvait que lui plaire. C'est tout à fait le genre d'humour qu'elle affectionne.

— De l'humour…

Le visage de Gabrielle se vide d'un seul coup de son sang. Marc a l'impression d'avoir devant lui l'une de ces poupées dont Chloé raffolait quand elle était toute petite, une créature gothique à la peau couleur porcelaine et aux cheveux noirs comme la nuit, à qui un Frankenstein moderne aurait donné vie.

— Elle était à Étretat, elle sait qu'ils habitent là-bas. Laura…

Marc l'agrippe par le bras lorsqu'elle fait mine de se lever.

— Où vas-tu ?

— Chez Laura. Elle est en danger.

— Tu ne peux pas partir maintenant, tu es crevée.

Elle se lève, et vacille. Marc a juste le temps de se lever à son tour pour l'empêcher de s'effondrer.

— Les jumeaux… souffle-t-elle encore.

— Gabrielle, tu es blanche comme un linge. Tu ne peux pas continuer dans cet état. Dobey avait raison, tu aurais dû partir en permission.

Elle le regarde sans le voir. Une larme roule sur sa joue. Marc l'assied dans le canapé et s'agenouille à ses pieds.

— Gabrielle, tu es à bout de forces. Il faut que tu te reposes. Tu dois dormir.

Elle pose une main sur celle que son partenaire a inconsciemment placée sur sa cuisse et plante son regard dans le sien.

— Ne me laisse pas seule.

L'image de Magali s'impose à lui. Il la sait capable de lui tendre un piège et de débarquer dans la nuit à l'improviste, ou même de l'appeler en *visio* sur le portable et de lui demander de filmer autour de lui pour s'assurer qu'il est bien à la maison. Mais le visage de sa femme s'efface bien vite pour laisser la place à celui de Gabrielle que le désespoir a changée en adolescente fragile et déboussolée.

Il incline lentement la tête.

— Je reste là, à condition que tu dormes. Allonge-toi, je vais te chercher une couverture.

Gabrielle se couche sur le canapé. Marc se remet debout et s'éloigne en direction de la chambre. Lorsqu'il revient avec le plaid emprunté au lit de Gabrielle, la jeune femme, assommée par la substance anxiolytique qui a finalement trouvé son chemin jusqu'à ses neurones, a fermé les yeux et sombré dans un sommeil comateux.

Gabrielle est à table avec ses parents. Franck, Laura et les jumeaux sont là aussi. Nathalie également. Elle sait que c'est dans son appartement qu'ils se trouvent, bien que les lieux soient légèrement différents de ce qu'ils sont dans la réalité, subtile altération du réel dont seuls les rêves ont le secret. Le repas est animé, joyeux, personne ne semble s'inquiéter de la présence à table de la meurtrière. Elle sort certainement un moment de son rêve car, dans la scène suivante, elle se retrouve sans transition dehors, sous la neige. Il fait nuit. Eliott se tient à ses côtés. Son visage est tendu, son regard cherche quelque chose dans l'obscurité. Elle tourne la tête et s'aperçoit qu'il tient une arme à bout de bras. *Je crois qu'elle a trouvé Valentin*, l'entend-elle dire. Puis ils se mettent à courir. Ils traversent un parking désert et parviennent à une voiture garée devant un petit muret de pierre. Elle entend le souffle des vagues qui s'abattent sur la plage. En une fraction de seconde, ils ont voyagé jusqu'à Étretat ; elle n'a aucun doute qu'il s'agit bien de la célèbre station balnéaire normande, même si, là encore, son cerveau endormi se plaît à lui renvoyer une image exotique des lieux : l'immense boulevard sur lequel est stationné le véhicule a été créé de toutes pièces. Ils ouvrent les portières avant du véhicule en parfaite synchronisation, Eliott s'installe derrière le volant et démarre le moteur. Les phares illuminent brusquement la nuit ; Nathalie se tient juste devant le capot de la voiture. Elle pointe un pistolet dans leur direction. Il y a une énorme déflagration et la tête d'Eliott éclate comme un fruit trop mûr.

Gabrielle sursaute sur le canapé. Elle a du mal à respirer, ses tympans lui renvoient le son sourd de son sang que son cœur aux abois fait pulser dans ses veines. Il fait nuit noire. Il lui faut une bonne minute pour comprendre où elle se trouve et se rappeler pourquoi elle dort dans le canapé. Elle baisse la tête et aperçoit une forme allongée à terre. Marc a repoussé la table basse un peu plus loin et s'est installé pour la nuit au pied du canapé. Le souffle de sa respiration trahit un sommeil profond. Il s'est enveloppé dans un drap qu'il a remonté jusque sous son aisselle et posé sa tête et ses mains sur un oreiller récupéré sur le sofa. De là où elle se trouve, elle pourrait presque imaginer qu'il a glissé un pouce dans sa bouche. À mesure que ses yeux s'habituent à la pénombre, Gabrielle distingue plus nettement son visage. Elle est persuadée d'avoir crié en se réveillant, mais elle n'en est à présent plus très sûre en voyant l'expression d'absolue sérénité qu'affiche Marc.

Elle se tourne sur le côté et étend un bras jusqu'à ses cheveux. Elle soulève une mèche, la fait glisser entre ses doigts et la laisse reprendre sa place avec délicatesse. Ses cheveux sont doux et fins comme ceux d'un enfant. Elle ramène son bras sous la couverture, effleurant au passage le visage de son partenaire du bout des doigts. En d'autres circonstances, cela aurait pu être l'un des plus beaux moments de son existence.

Ses paupières filtrent une clarté intense. Il ouvre prudemment les yeux, les referme, les ouvre de nouveau, papillonne ainsi pendant une minute pour s'accoutumer à la lumière du jour qui coule à flots par la porte-fenêtre. Une nouvelle minute s'écoule, qu'il passe à réfléchir dans la plus parfaite immobilité.

Ça y est, il se souvient. L'appartement de Gabrielle.

Il se tourne, voit le canapé. Vide. Il repousse le drap et se redresse.

— Gabrielle ?

Pas de réponse.

Il se lève, grimace quand son dos meurtri se réveille à son tour, puis fait quelques pas hésitants dans le salon. L'appartement est silencieux. Il passe la tête par la porte de la chambre ; à la vue du lit mis à nu – il se souvient avoir déménagé drap et couverture dans le salon – il ressent une brusque sensation de vide. Il inspecte l'ensemble des pièces sans trouver âme qui vive. Dans la cuisine, il pousse un juron en lisant l'heure affichée sur le four micro-ondes : sept heures treize, il n'est pas à la bourre, mais il ne tardera pas à l'être s'il ne se bouge pas les fesses. Il revient à son point de départ au pas de course et trouve le mot déposé près de son téléphone portable sur la table basse :

Bonjour, Marc,

Je n'ai pas osé te réveiller, tu dormais comme un bébé… Je serai de retour mardi, j'espère que tu ne m'en voudras pas de te laisser poursuivre la garde à vue. Je suis passée à la SR te faire le transfert, tu auras juste à signer et à faire signer Abel.

Surtout, tiens-moi au courant.

Merci

Gabrielle

P-S : claque la porte de l'appart, elle se verrouille toute seule

Chapitre 56

C'est Laura qui vient lui ouvrir le portail. Gabrielle ne lui laisse pas le temps de se remettre de sa surprise.

— Je suis désolée, j'ai été stupide. C'était son choix de ne rien me dire de sa maladie et je n'ai pas le droit de le lui reprocher, pas plus que je n'ai celui de vous en vouloir pour avoir respecté sa volonté. C'est pas la grande forme en ce moment, tout va de travers, je n'arrive à rien, je suis à cran et je réagis au quart de tour. J'ai l'impression d'être… complètement inutile.

Laura s'approche et pose ses mains sur les joues de la jeune femme.

— Je t'interdis de dire ça, Gabrielle, tu m'entends ? Je t'aime comme ma propre fille, et je suis très fière de ce que tu es devenue ; Eliott et Valentin t'aiment comme leur propre sœur, et eux aussi sont très fiers de ce que tu es devenue. Tu es intelligente, déterminée et respectée, exactement comme l'était Franck. Et s'il t'entendait douter ainsi de toi, je te jure qu'il te botterait le cul.

Gabrielle rit et pleure à la fois.

— Il avait horreur de ça, se souvient-elle. Il se mettait dans ces colères quand je disais que je n'y arriverais pas…

— Et il avait raison parce que tu y es arrivée, Gabrielle, tu es la meilleure dans ce que tu fais.

Les deux femmes tombent dans les bras l'une de l'autre, et Laura laisse à son tour couler quelques larmes.

— Rentrons, souffle celle-ci en s'écartant doucement de Gabrielle. On crève de chaud, ici.

Gabrielle referme une main sur son bras.

— Laura, il y a quelque chose que je dois te dire.

Laura pose deux doigts sur sa tempe. Sa mine soucieuse renforce Gabrielle dans l'idée que ses craintes sont partagées. Après avoir l'un après l'autre accueilli Gabrielle avec une chaleur à laquelle elle n'était plus habituée, Eliott et Valentin ont rejoint les deux femmes autour de la table de la salle à manger.

— Je n'aurais pas dû vous parler de cette carte, se fustige Gabrielle en se prenant la tête à deux mains. Ce n'est vraiment pas le moment, je suis en dessous de tout.

Laura la rassure d'un geste de la main.

— Ne dis pas de bêtises, tu as bien fait. Hors de question que tu gardes ça pour toi.

Gabrielle les enveloppe d'un regard fiévreux.

— Nathalie n'est pas du genre à faire des menaces en l'air, on doit la prendre très au sérieux.

— Et tu es sûre que c'est bien elle ?

— Certaine.

— Elle avait une quarantaine d'années à l'époque, réfléchit Eliott tout haut, elle en a soixante aujourd'hui. Elle n'est plus toute jeune…

— Eliott, redescends sur terre, le sermonne Gabrielle. Nathalie est une psychopathe, tu crois que c'est le genre d'« activité » dont on prend à sa retraite ?

— On n'a pas entendu parler d'elle depuis vingt ans.

— Ce qui ne veut pas dire qu'elle est restée inactive…

— Elle ne t'a donné aucun signe de vie, en tout cas.

— Eh bien, à présent, c'est chose faite.

— Merde, on ne peut pas s'arrêter de vivre ! intervient Valentin.

— Et on ne peut pas faire comme si cette carte n'existait pas, réplique Gabrielle.

— Tu veux poster un de tes collègues jour et nuit devant la porte ?

— Je crains qu'un simple dessin ne suffise pas à justifier une telle mesure, même avec l'historique qui se cache derrière.

— Qu'est-ce que tu suggères alors ?

Gabrielle se met à se ronger le coin d'un ongle avec voracité. Ce qu'elle suggère… Que le loup soit sorti du bois n'est pas une si mauvaise chose. Cette carte est peut-être l'occasion de remonter la piste, reprendre la traque, espérer un faux pas de la part de Nathalie, la débusquer et lui faire payer le prix fort…

Sauf qu'il n'y aura pas de faux pas et que c'est elle qui les trouvera avant qu'ils ne la trouvent.

— Je suggère d'abord qu'on garde bien à l'esprit que Nathalie est revenue et qu'on se tienne sur le qui-vive.

— On se met en mode paranoïa, alors ? raille Valentin.

— Je préfère me mettre en mode paranoïa qu'allonger la liste de ses victimes, riposte sa mère.

Réalisant aussitôt la réaction que ses propos pourraient faire naître chez Gabrielle, elle referme une main sur celle de la jeune femme et la serre fort entre ses doigts.

— Excuse-moi.

— Ce n'est rien, la rassure celle-ci.

Un silence tendu s'installe autour de la table. Gabrielle aimerait croire, tout comme les jumeaux semblent le penser, qu'il existe un moyen de se débarrasser définitivement de cette épée de Damoclès suspendue au-dessus de leurs têtes, mais elle n'entrevoit pour l'heure aucune solution.

— Et si tu en parlais au colonel ? propose Laura. Peut-être pourrait-il relancer l'enquête, mettre du monde dessus ? Il sait ce qui s'est passé, il prendra la mesure du danger et engagera les moyens nécessaires.

Bien sûr, Gabrielle a envisagé cette possibilité, mais elle sait que si l'enquête est relancée, elle en sera écartée pour des raisons évidentes.

— Je lui en parlerai à mon retour, ment-elle tout en mesurant les risques auxquels elle s'exposerait et exposerait Laura et les jumeaux en ne le faisant pas. D'ici là, tout le monde doit être sur ses gardes.

— En mode parano, donc ?

Gabrielle se tourne vers Valentin ; nulle trace de malice dans son regard. L'envie de plaisanter lui est visiblement passée et sur son visage se lit une profonde détermination. Elle hoche la tête.

— En mode parano, oui.

— Tu crois qu'elle serait capable de venir, lundi ?

C'est Laura qui vient d'émettre cette hypothèse effrayante que Gabrielle n'avait même pas envisagée.

Ils seront tous rassemblés à l'enterrement de Franck, l'occasion en or pour Nathalie…

— Je ne sais pas, répond Gabrielle en toute sincérité.

Elle est venue accompagnée de son Sig Sauer et l'idée de le dissimuler sous ses vêtements lors de la cérémonie lui effleure l'esprit. Mais elle supporte déjà très mal la compagnie de son arme, et l'imaginer à portée de main de Nathalie lui donne par avance des sueurs froides.

Mais il s'agit de se protéger, et par-dessus tout protéger Laura et les jumeaux.

Les traits de Gabrielle se durcissent.

— Mais si elle s'invite, je l'accueillerai comme il se doit.

Chapitre 57

Les préparatifs occupent l'esprit de Gabrielle une bonne partie de la journée de dimanche. Un repas est prévu juste après l'enterrement, qui doit rassembler près de cinquante personnes dans le jardin. Les prévisions météorologiques annoncent une journée splendide. Une garden-party sous un grand ciel bleu pour clôturer l'enterrement, la journée s'annonce singulière…

Jean-Marc, le frère de Franck, et sa femme Myriam les ont rejoints pour les aider à tout mettre en place. Geneviève est là aussi. À quatre-vingt-sept ans, la mère de Franck et de Jean-Marc n'a plus la force de leur prêter main-forte, mais elle a la tête encore bien vissée sur les épaules et, contrairement à son visage, son entêtement n'a pas pris une ride ; Jean-Marc a tenté de la persuader de se tenir à l'écart de la chaleur extérieure, mais la vieille dame s'est montrée intransigeante : c'est dans le jardin à leurs côtés qu'elle allait passer l'après-midi.

Installée dans un fauteuil en osier à l'ombre d'un tilleul, elle complète sa grille de mots fléchés en jetant de temps en temps un œil sur l'installation du barnum qui protégera les convives du soleil.

Gabrielle prend une pause et la rejoint sous le tilleul. Si la vieille dame qu'elle considère naturellement comme sa grand-mère peut se montrer par moments acariâtre, son indéfectible bonne humeur est d'une redoutable efficacité pour soigner les coups de blues.

Aujourd'hui cependant, son sourire rayonne bien moins que d'ordinaire, et cette nouvelle épreuve a porté un coup de griffe supplémentaire à son visage. Comment surmonte-t-on la mort de son propre fils ? Comment parvient-on à ne pas haïr le destin qui se joue ainsi du cours logique du temps en arrachant un enfant à sa mère ?

Gabrielle débarrasse le second fauteuil d'une pile de magazines et s'assied près de Geneviève.

— Tu t'en sors avec ces mots fléchés ?

— Tu viens me donner un coup de main ?

— Non, je suis nulle à ces trucs-là.

— On ne peut pas être bonne partout.

— Il faudrait déjà que je sois bonne quelque part.

Geneviève lui assène une petite tape sur la cuisse.

— Eh !

— Depuis que je te connais, tu n'arrêtes pas de dire ce genre de conneries.

— Une dame respectable comme tu l'es ne devrait pas employer un tel langage, se moque Gabrielle.

— J'ai passé l'âge de me soucier de mon langage et toi celui de jouer à la jeune fille effarouchée. Et ne détourne pas la conversation. Ce n'est pas parce que Franck n'est plus là que tu dois te croire permis de déblatérer ce genre d'inepties. Désormais, c'est moi qui te rappellerai à l'ordre.

Sur ces paroles, elle baisse la tête et tourne une page pour entamer une nouvelle grille.

— Tu étais au courant, toi ?

Le crayon de Geneviève se fige.

— De quoi ?

— Que Franck était malade, bien sûr.

L'aïeule repose la main sur la cuisse de la jeune femme, avec une infinie douceur cette fois.

— Laura m'a expliqué. Tu ne dois pas te sentir exclue, Gabrielle. Tu fais partie de cette famille, tu es la seule petite fille que j'ai et que j'aurai sûrement jamais, et si Franck ne t'a rien dit, c'est parce qu'il voulait que tu sois heureuse à ses côtés jusqu'au bout.

— À Eliott et Valentin, il leur a dit, à eux…

— Parce qu'il savait qu'ils ne réagiraient pas comme toi. Tu as beaucoup de qualités, Gabrielle, mais tu es une vraie éponge à émotions. Tu ne t'en serais pas remise et la dernière chose qu'il voulait, c'est partir en te voyant malheureuse.

— Je le suis, à présent…

— Comme je le suis aussi, mais ça ne durera pas. Tu seras à nouveau heureuse, peut-être plus que tu ne l'as jamais été.

Le visage de Gabrielle se fend d'un sourire maussade.

— J'aimerais être aussi philosophe que toi.

— Tu apprendras à le devenir avec l'âge, je te le conseille en tout cas. La vie ne s'embarrasse pas de délicatesse, il faudra que tu choisisses : être philosophe ou malheureuse.

La cruciverbiste se remet à l'ouvrage. Gabrielle regarde la grille par-dessus son épaule.

— « Caténaire », propose-t-elle au bout d'un moment.

— Chut ! souffle Geneviève avec colère.

La sonnerie du téléphone interrompt les réflexions de Gabrielle.

— « Ronchon », dit-elle en mettant un doigt sur la grille avant de se lever pour prendre l'appel.

Elle s'éloigne en souriant tandis que Geneviève donne libre cours à son mécontentement. Son sourire disparaît dès qu'elle voit le nom de Marc affiché sur le petit écran. Elle était presque parvenue à oublier le boulot…

— Bonjour, Marc.

— Bonjour, Gabrielle. Comment ça va ?

— On fait aller.

— C'est demain, c'est ça ?

— Oui.

— J'aurais aimé pouvoir t'accompagner.

— Ne t'inquiète pas, je suis bien entourée. Comment ça se passe là-bas ?

— Abel est libre.

— Merde.

— On n'avait rien. Le juge d'instruction n'a pas prolongé la garde à vue.

— Fais chier.

— On a également reçu les résultats de l'analyse ADN, poursuit Marc. Le prélèvement sur Abel ne correspond pas à la trace trouvée sur le pull de Malmaison. Les deux profils sont inconnus du fichier.

— Impossible.

— Pardon ?

— Je ne peux pas croire qu'il n'ait rien à voir avec tout ça, c'est impossible.

— Que veux-tu que je te dise ? Il n'y a rien qui l'incrimine, mis à part le fait qu'il connaissait Erika et Geoffrey. C'est un étrange hasard, je te l'accorde, mais un hasard tout de même. La piste s'arrête là. On va continuer à fouiller dans le passé de Geoffrey, on va dénicher chacune de ses connaissances, puis chacune des connaissances de ses connaissances, et on continuera comme ça jusqu'à ce qu'on trouve quelque chose. Oublie Abel, on a fait fausse route.

Elle n'en démord pas. Son instinct s'est mis en alerte et continue de lui crier qu'Abel sait quelque chose. Elle ne dit rien, car elle sait que Marc ne la suivra pas dans cette voie-là.

— Très bien, on oublie Abel, concède-t-elle pour clore la discussion. On fera un point mardi. Où es-tu, là ?

— Devant la maison des parents de Magali.

— Ah…

Elle entend Marc prendre une longue inspiration à l'autre bout du fil.

— Je verrai vite dans quelles dispositions elle est, confie-t-il avec fatalisme. Comme tu dis, elle ne peut pas m'empêcher de voir mes enfants.

— Qu'est-ce que tu vas lui dire ?

— Je ne sais pas encore. Tu as une suggestion ?

— Ne me demande pas ça, s'il te plaît. La diplomatie et moi, ça fait deux.

— La diplomatie ne marche pas avec Magali.

— Tu la connais mieux que moi. Simplement, ne dis pas des choses que tu pourrais regretter par la suite.

— C'est-à-dire ?

Gabrielle choisit soigneusement ses mots.

— L'honnêteté a ses limites, Marc, et elle peut faire beaucoup de mal. Parfois, un gros mensonge est préférable à une vérité dévastatrice. Vous traversez une mauvaise passe, mais il y aura des jours meilleurs. Vous avez tout pour être heureux, ne gâche pas tout en lui racontant ce qui s'est passé entre nous.

— Qui te dit que c'est ce que j'allais faire ?

— Je crois que tu en es capable, et je te demande de ne pas le faire. Pas pour moi, mais pour Magali, Chloé et Dorian. Ce sont eux qui en souffriraient le plus.

— Tu peux préciser le message, s'il te plaît ?

— Il me semble suffisamment clair.

Un ange passe.

— Il faut que je comprenne qu'on arrête là ?

À nouveau, le silence.

— Oui, c'est préférable.

— Et si je te dis que je tiens à toi ?

Nouvelle pause.

— Je tiens à toi aussi, Marc. Mais… dans cette vie-là, ce n'est pas possible.

Les secondes s'égrènent, lourdes de regret et de désillusion.

— Très bien.

— Il faut que j'y aille, Marc. Il y a pas mal de boulot ici. Pour demain…

— Oui, je comprends. C'est à quelle heure ?

— Dix heures.

— OK. Je… J'aurai une petite pensée pour toi… Courage.

— Merci. À mardi.

— À mardi.

Elle raccroche et fixe son portable jusqu'à ce que le nom de Marc s'efface de l'écran. Son bras retombe, entraîné par le poids du téléphone qui lui semble soudain peser une tonne. Elle n'avait pas prévu que la conversation prenne une telle tournure. Elle ne sait même pas comment elle a trouvé le courage. Elle vient tout simplement de mettre fin à leur relation. Naturellement, sans aucune émotion.

Une grosse boule est en train de se former au creux de son estomac. Cela aurait pu être une si belle journée… Son refuge d'Auvers, un soleil radieux, la compagnie d'Eliott et de Valentin qu'elle voit si peu, celle de Geneviève dont la mauvaise humeur un brin exagérée l'amuse toujours autant. Ça aurait dû être une journée magnifique, oui, mais c'est l'une des pires de son existence. Elle lève les yeux au ciel. L'immensité bleue envahit son champ de vision, un espace infini dont est absente toute trace de vie qui lui inspire un brusque sentiment de solitude. Sa vue se trouble légèrement. Elle baisse la tête et sursaute lorsqu'elle découvre la présence de Geneviève à ses côtés. Elle se tourne l'air de rien pour essuyer les larmes qui ont coulé sur ses joues.

— Tu m'as fait peur…

Elle sent les doigts de la vieille dame s'engouffrer au creux de sa main. Ce geste d'affection inattendu lui fait monter de nouvelles larmes aux yeux.

— Qu'est-ce qui ne va pas, Gabrielle ?

Elle se retourne pour faire face à sa grand-mère et grimace un sourire.

— Il faut vraiment que tu m'enseignes ta philosophie.

Marc se tient immobile derrière le volant de sa voiture, téléphone en main, regard absent rivé sur la maison de ses beaux-parents. La gifle est douloureuse. Méritée, se dit-il après coup, mais douloureuse. Le plus dur va être maintenant de se convaincre que c'est mieux ainsi, que Gabrielle et lui se sont laissé bercer par l'illusion de trouver dans les bras l'un de l'autre l'affection dont ils avaient si cruellement besoin. Ils se sont fait avoir comme des gamins. Gabrielle l'a compris avant lui et elle a eu la présence d'esprit de l'aider à redescendre sur terre. Avec délicatesse, mais sans détour.

Qu'avait-il vraiment prévu de dire à Magali ? Il ne sait plus très bien, sa conversation avec Gabrielle lui a passablement embrouillé les idées. Il croit se souvenir qu'il était prêt à tout lui dire, à commencer par cette implacable vérité : il n'y a plus d'amour entre eux. Il lui aurait alors posé cette question : deux êtres peuvent-ils passer le restant de leurs jours ensemble sans affection l'un pour l'autre ? Elle lui aurait ri au nez bien sûr, elle lui aurait dit que l'apparition de Gabrielle coïncidait de façon surprenante avec cette brusque révélation, et elle aurait eu raison.

Cela n'aurait cependant rien enlevé à la justesse du constat.

À présent, il est revenu au point de départ. C'est même pire qu'avant, puisque Magali s'est encore un peu plus éloignée de lui après la scène à laquelle elle a assisté. Autant alors s'en tenir à sa première idée et tout avouer à Magali. Il a toujours envisagé le divorce comme un échec terrible auquel seuls les autres étaient exposés, une décision égoïste dont ils imposaient les tragiques conséquences à leurs enfants, mais il doit se rendre à l'évidence : il n'a rien fait de mieux que ses semblables. Quant à Chloé et Dorian, ils sont déjà pris dans la tourmente.

Il est donc peut-être temps de crever l'abcès. Il a perdu Gabrielle, elle l'a presque supplié de ne rien dire de leur liaison, mais il ne peut plus faire semblant. Il souffre trop de cette situation, et même si elle ne se l'avouera jamais, Magali en souffre tout autant que lui.

C'est aujourd'hui ou jamais.

Chloé et Dorian aperçoivent Marc dès qu'il se présente au portail.

— Papa !

La jeune fille accourt pour se pendre au cou de son père tandis que son frère, trop petit pour en faire autant, trépigne d'impatience à ses côtés. Dès que Chloé a relâché son étreinte, Marc passe les bras au-dessus du portail pour soulever Dorian de terre.

— Comment ça va, les Gremlins ?

— Maman a dit que tu voulais rester tout seul à la maison ce week-end.

— Ben tu vois, elle s'est trompée. Qu'est-ce que vous avez fait hier ?

— On a fait les courses avec maman, puis on est allés visiter un château.

— Ah oui ? C'était joli ?

— Oui, il y en avait plein ! s'extasie Dorian. Ce sont les tatares qui les ont construits !

— Les cathares, crapaud. T'as vraiment rien écouté.

— Maman, elle a dit que c'étaient les tatares.

— Non, elle a pas dit tatares, elle a dit cathares, soutient la grande sœur. T'as qu'à mieux te laver les oreilles, t'entendrais pas n'importe quoi.

— C'est toi qui entends n'importe quoi.

Lorsqu'il voit sa femme descendre les marches du perron, Marc repose le garçon à terre et essaie sans grand succès de calmer les esprits. Magali s'arrête à quelques mètres du petit groupe agglutiné au portail et croise les bras sur sa poitrine.

— Ça vous dit un peu de trampoline ? demande Marc aux deux enfants qui stoppent net leur joute verbale pour approuver en chœur. Partez devant, je vous rejoins.

La marmaille s'égaye en direction du jardin.

— Tu peux m'ouvrir, s'il te plaît ? demande Marc à sa femme une fois que Chloé et Dorian ont disparu au coin de la maison.

Magali s'approche sans un mot, trousseau en main. Sur le point d'insérer la clef dans la serrure du portail, elle suspend son geste et le regarde droit dans les yeux.

— Tu sais, j'ai réfléchi.

Marc prend un air méfiant.

— Ah oui ? Et à quoi donc ?

— Je crois qu'on devrait faire une pause, tous les deux.

Il s'efforce de cacher sa surprise. Sa désinvolture était suspecte, il y avait forcément quelque chose de louche derrière ce calme de façade.

— Tu as réfléchi ou tu as laissé tes parents le faire à ta place ?

— Tu vois, c'est typiquement ce genre de remarques qui me fait dire que j'ai raison.

Marc laisse échapper un petit rire. Une pause… Il est bien tenté de lui dire qu'il n'y a qu'au cinéma qu'on entend ce genre de conneries, que les couples ne font pas *une pause*, mais qu'ils restent ensemble et se supportent à leur cœur défendant, ou se séparent définitivement pour continuer leur chemin chacun de leur côté. Quand on en est arrivé au stade de se dire qu'il est temps de faire une pause, il est déjà trop tard pour espérer retomber dans les bras l'un de l'autre après une brève séparation, comme si le temps et la distance allaient miraculeusement guérir les blessures. Au mieux, il y aura une petite rémission, mais les plaies se rouvriront inéluctablement.

Il est tenté de lui dire tout cela, mais il garde ses réflexions pour lui, car il sait que Magali les prendrait pour un aveu de sa part, aveu qu'il était bien parti pour lui faire, mais dont il ne voit opportunément plus la nécessité.

Je te demande de ne pas le faire. Pas pour moi, mais pour Magali, Chloé et Dorian. Ce sont eux qui en souffriraient le plus.

Eh bien non, Gabrielle. Tu vois, Magali n'en souffrirait peut-être pas tant que ça…

— Tu en as parlé aux enfants ?

Elle glisse la clef dans la serrure et tire le portail à elle.

— Puisque tu es là, on va pouvoir leur en parler tous les deux.

Chapitre 58

Gabrielle se dit qu'elle ne s'habituera jamais à l'étrange succession de rites qu'un enterrement semble imposer.

Il y a d'abord la cérémonie et la mise en terre proprement dite, les costumes sombres, les visages graves, la sidération et les larmes impossibles à retenir, puis tout ce petit monde endeuillé se rassemble pour un grand repas et essaie de faire comme s'il né s'était rien passé. Et à entendre les conversations frivoles et les rires, à voir les mines réjouies et la vitesse à laquelle le buffet se dégarnit, on pourrait en effet croire qu'il ne s'agit là que d'une fête d'anniversaire pour laquelle on aurait mis les petits plats dans les grands.

Le temps, magnifique, ajoute à l'insouciance.

Eliott lui a dit que près de quatre cents personnes ont assisté à la messe. Elle ne sait pas comment il est parvenu à ce chiffre, mais ce qui est sûr, c'est que l'église était pleine à craquer. La veille, Laura lui a demandé si elle voulait dire quelques mots au cours de la cérémonie. Elle regrette aujourd'hui d'avoir décliné la proposition. Elle aurait tant aimé leur dire à tous à quel point Franck comptait pour elle, elle aurait tant voulu leur dire, à eux, ce qu'elle n'a jamais osé lui dire en face… Mais elle savait qu'elle ne trouverait pas la force de prendre la parole, ou que si elle y parvenait, il lui serait impossible d'aller jusqu'au bout de son éloge funèbre. La journée s'annonçait suffisamment éprouvante pour ne pas en plus s'imposer une crise de larmes en public.

Laura, elle, a trouvé le courage. Elle s'est exprimée avec force et dignité, sans trembler, pendant de longues minutes, dressant le plus beau des portraits de l'homme avec qui elle a partagé plus de trente ans de son existence : un mari amoureux de sa femme comme au premier jour, un père présent et dévoué, un flic opiniâtre, désintéressé, juste et généreux, comme l'a si bien dit Dobey.

C'est au moment où Laura a évoqué le policier que Gabrielle a craqué. Son discours lui en rappelait trop un autre, il y a vingt ans de cela. C'était alors Franck qui était au micro et son père qui était allongé dans le cercueil.

Gabrielle fait disparaître discrètement une larme du bout du doigt. Elle observe la fête depuis le seuil de la porte-fenêtre, une coupe de champagne qu'elle n'a pas encore touchée à la main. Ils sont une cinquantaine à être restés pour « honorer » la mémoire de Franck. Elle connaît la plupart des visages, mais tout à l'heure, à l'église, il lui aurait été impossible de repérer Nathalie parmi la foule des inconnus. Elle n'aurait eu aucun mal à s'approcher d'elle, de Laura ou des jumeaux, pour poursuivre son œuvre…

Mais elle n'était pas là. Ou alors, si elle était parmi eux, elle ne s'est pas manifestée. Elle va à présent vivre avec la crainte perpétuelle que Nathalie ne frappe. Elle aimerait se persuader qu'elle n'a d'autre but que de se jouer d'elle, de la rendre paranoïaque ou même folle, mais elle ne se fait aucune illusion. Nathalie est revenue achever ce qu'elle a commencé. La question n'est pas de savoir si elle frappera, mais où et quand.

Et surtout qui.

Elle chasse Nathalie de ses pensées et trempe ses lèvres dans le champagne. C'est peut-être ça, la solution : boire jusqu'à l'ivresse, noyer son cerveau dans l'alcool et faire cesser ce flot ininterrompu de questions sans réponses. Mais elle n'a même pas la force de se soûler. Elle se demande comment ils ont tous le cœur à boire, à manger et à rire. Elle ne leur en veut pas, elle parvient même à se dire que ce sont eux qui ont raison, que la vie continue malgré les accidents, la maladie, malgré la mort.

Elle, cependant, n'y arrive pas.

Gabrielle repère Laura dans la foule ; elle est en grande conversation avec un homme en qui elle pense reconnaître un ancien directeur de la DRPJ de Paris. Les regards des deux femmes se croisent et le visage de Laura se pare d'un sourire, que Gabrielle lui renvoie immédiatement. Elles n'ont pas besoin de se parler, chacune sait précisément ce qu'il y a dans la tête de l'autre à ce moment précis ; elles se disent exactement la même chose, ressentent les mêmes émotions, mais Laura, elle, doit faire bonne figure. C'est ce soir, lorsque tous seront partis et qu'elle se retrouvera seule dans son lit, qu'elle s'effondrera.

Gabrielle cherche Eliott et Valentin des yeux, sans succès. Au moment où elle se tourne pour explorer le salon, Valentin apparaît à la porte à l'autre bout de la pièce et lui fait un geste de la main pour lui signifier de le rejoindre. Elle pose sa coupe sur la table et s'éloigne de l'agitation extérieure.

Sans un mot, elle suit Valentin jusqu'à la pièce qui était autrefois sa chambre et où se trouve déjà Eliott.

— J'ai pris l'initiative d'une petite réunion de famille, déclare Valentin.

Valentin est celui des deux qui prend toujours les devants, c'est lui qui donne l'exemple, pas toujours le bon, mais qu'Eliott se fait un plaisir de suivre. Il tient la place de l'aîné, ce qui est dans la logique des choses puisqu'il a vu le jour une poignée de minutes avant son frère jumeau.

Une bouteille de whisky et trois verres à liqueur sont posés sur le bureau où Valentin avait l'habitude de faire ses devoirs, parfois aidé de Gabrielle quand il perdait patience avec les maths.

— Un instant de recueillement, juste entre frères et sœur, ajoute-t-il en s'emparant de la bouteille de whisky.

À ses mots, Gabrielle sent sa gorge se serrer. Elle se mord la lèvre inférieure pour s'empêcher de pleurer, mais sa vision se trouble inexorablement. Arrive le moment fatidique où elle sait que les larmes accumulées au creux de sa paupière n'auront pas l'élégance de rebrousser chemin. Une goutte bascule et roule sur sa joue.

— T'as gagné, espèce de traître, dit-elle en écrasant du poing la larme coupable.

Elle ne se souvient pas avoir jamais pleuré devant les jumeaux. Même aujourd'hui, elle était parvenue jusque-là à leur cacher son chagrin. Valentin la serre fort contre lui.

— Hé, chacun son tour, proteste Eliott, qui écarte son frère sans ménagement pour prendre à son tour Gabrielle dans ses bras.

— Je propose qu'on porte un toast à cette saloperie de cancer, dit Valentin, histoire de lui montrer qu'on la lui met bien profond.

Il remplit les trois verres à ras bord, en distribue deux à Eliott et Gabrielle, puis lève le sien haut au-dessus de sa tête.

— Va te faire foutre, enfoiré de merde.

Ils vident leur verre d'une traite.

— La vache ! s'exclame Gabrielle avec une grimace, il envoie.

— Ouais, celui-là en principe, on se le boit entre hommes, réplique Valentin.

Gabrielle exhibe son majeur. Les deux frères s'esclaffent. Le regard de la jeune femme est attiré par une forme repliée dans un recoin de la pièce.

— Tu es là, toi…

Elle s'approche et s'agenouille près de Cannelle qui s'est couchée sur une pile de coussins amassée entre le lit et la fenêtre. Le boxer ouvre à peine les yeux lorsqu'elle entend prononcer son nom.

— Elle y passe quasiment toutes ses journées, explique Valentin. Depuis que papa n'est plus là, il faut presque la menacer pour qu'elle sorte.

Gabrielle observe l'animal qui lui adresse en retour un regard triste. Inutile de s'interroger sur ce soudain changement d'attitude : Cannelle était la chienne de

Franck et il n'y a pas que dans le cœur des hommes que sa disparition laisse un grand vide.

— À toi aussi, il te manque, hein ?

Cannelle est-elle en mesure de comprendre ce qu'il est advenu de son maître ? Oui, se dit aussitôt Gabrielle, bien sûr qu'elle le comprend. Les bêtes sentent ce genre de choses, à leur façon à elles, grâce à ces étonnantes perceptions dont elles sont douées ; de la même façon qu'elles sentent le danger venir, elles savent que la mort a frappé autour d'elles, qu'elles ne sentiront plus l'odeur de cette main qui se posait sur leur tête et leur caressait le flanc.

— Je te récupérerais bien, moi, lui confie Gabrielle à mi-voix, mais Laura va avoir besoin de toi, tu sais. Tu verras, c'est une maîtresse formidable.

La chienne se met sur ses quatre pattes et enfouit son museau dans le giron de la jeune femme qui prend la tête de l'animal à deux mains et fait glisser ses doigts sur le poil lisse.

— Tu crois qu'elle a compris ? s'interroge Valentin en écho aux pensées de Gabrielle.

— J'en suis persuadée, lui répond celle-ci.

— C'est marrant, observe Eliott, j'ai l'impression qu'elle n'a pas le même regard qu'avant. Je sais que c'est très con, mais son expression a changé depuis la mort de papa.

— Et pourquoi pas ? Elle a compris et elle est triste, comme nous tous. Qu'on vienne me dire que les animaux ne sont pas capables de sentiments…

Elle sourit à la chienne, referme ses mains autour de son cou et caresse l'étroite bande de couleur qui décore le plastron de l'animal.

Le sourire de Gabrielle se fige, puis disparaît complètement.

Je me demande même s'il n'a pas eu un frère, mais qui n'a pas survécu.

Non, impossible…

Elle se remet debout, se tourne et lance un regard effaré aux jumeaux.

— Qu'est-ce qu'il y a ? demande Valentin, soudain très inquiet.

Gabrielle ne répond pas, baisse la tête et se déconnecte momentanément de la réalité.

— Gabrielle ?

La voix de Valentin la ramène dans la chambre.

— Je viens d'avoir un horrible pressentiment…

Laura est en grande conversation avec Myriam lorsqu'elle entend crier son prénom. Elle a à peine le temps de tourner la tête que Gabrielle est déjà sur elle.

— Il faut que je parte, lui annonce-t-elle sans ménagement.

Laura ouvre de grands yeux.

— Quoi ? Maintenant ?

— Oui, c'est très important.

Laura prend Gabrielle par un bras pour l'amener à l'écart des convives.

— Nathalie… fait-elle d'une voix inquiète une fois que le brouhaha de la réception s'est estompé.

— Non, il ne s'agit pas d'elle, la rassure Gabrielle. Ne t'inquiète pas. C'est le boulot, je dois partir, je suis vraiment désolée.

Le visage de Laura se charge de mélancolie.

— Si tu savais combien de fois Franck m'a dit ça…

Gabrielle se réfugie derrière un pauvre sourire.

— Je sais, oui. Je reviens le week-end prochain, je te le promets.

— Fais ce que tu as à faire, Gabrielle, et ne fais pas tous ces kilomètres pour moi. Je ne suis pas seule, Eliott et Valentin restent là encore quelque temps.

— C'est ce qu'ils m'ont dit, oui, et je serai là aussi le week-end prochain.

— Tu n'en fais toujours qu'à ta tête… Mais pour une fois, ça me ferait plaisir que tu ne m'écoutes pas.

Gabrielle prend Laura dans ses bras et l'étreint pendant un long moment.

— Je t'aime très fort. À vendredi.

Chapitre 59

Marc observe Magali à la dérobée tandis qu'elle finit d'habiller Dorian. Elle porte une jupe en jean et un débardeur taille S incrusté de strass qui fait ressortir sa poitrine. Il sait qu'elle a choisi cette tenue exprès. Cela fait plusieurs jours qu'ils ne se sont pas touchés et il pressent qu'elle a la ferme intention de prolonger cette période d'abstinence, peut-être même de ne jamais y mettre fin.

Magali est une belle femme. Il sait qu'elle n'aura aucun mal à trouver un autre homme. À la seconde où elle aura mis ses photos sur un site de rencontres, sa boîte mail s'allumera comme un sapin de Noël. Il aimerait se dire qu'il s'en fout, mais il lui suffit de l'imaginer chevauchant le corps d'un autre que lui pour que ses mâchoires se crispent et que la colère lui fasse battre le sang aux tempes.

Tu n'as à t'en prendre qu'à toi-même...

La mélodie de son portable le détourne à point nommé de ces pensées nauséabondes. Il plonge une main dans la poche de son pantalon pour s'informer de l'identité de son correspondant : Gabrielle. Il lance un bref coup d'œil en direction de Magali et s'éloigne de la salle de bains.

— Oui ?

— C'est moi. Où es-tu ?

— Chez mes beaux-parents…

— Hein ? Magali n'est pas rentrée ?

— C'est… compliqué… Ça va, toi ?

— Oui. Tu peux être chez Abel dans une heure ?

— Quoi ? Chez Abel ?

— Oui, je crois savoir… moi… net… analyse… Marc ?…

— Je ne t'entends pas bien, où es-tu ?

— … route… Cahors… passe pas bien… pu… de réseau… tends ?

— Gabrielle ?

Il examine l'écran et lâche un juron, puis rappelle le numéro à la hâte. Lorsqu'il lève la tête, il croise le regard noir de Magali. Il aura beau lui donner les meilleures explications du monde, il sait qu'il sera difficile de se justifier.

La situation ne va pas aller en s'arrangeant.

Gabrielle lance un regard de biais vers son Smartphone abandonné côté passager, sur l'écran duquel s'affiche le nom de Marc. Elle décroche, active le haut-parleur, puis repose le téléphone sur le siège.

— Marc, tu m'entends ?

— ……… peu près.

— Tu peux y être ?

— ………

— Marc ?

— Oui, je t'entends !

— Chez Abel, dans une heure ?

— Hein ?

Elle jure, saisit son téléphone et approche le micro tout près de ses lèvres.

— Il faut que tu me rejoignes chez Abel ! J'y suis dans moins d'une heure !

— Pourquoi ?

— Je t'entends mal, ça va être compliqué, là. Dans une heure, OK ?

— Une heure ?

— Oui !

— ....

— Marc ?

La communication prend prématurément fin pour la seconde fois. Gabrielle manifeste son mécontentement par un nouveau juron et balance son téléphone sur le siège passager, sur lequel il rebondit avant de finir sa course dans un recoin invisible du plancher de la voiture.

Elle passe le péage de Toulouse juste avant vingt et une heures. Moins d'un quart d'heure plus tard, elle quitte le périphérique en direction de la résidence d'Abel. Elle espère que Marc a bien saisi le message. Il n'y a aucune raison que cela se passe mal, mais si c'est le cas, elle préfère pouvoir dire qu'elle n'était pas seule au moment de l'interpellation d'Abel. L'impression de n'avoir appelé Marc que pour s'en servir de caution lui traverse vaguement l'esprit. Il ne manquerait plus qu'elle l'ait arraché aux bras de Magali dans un grand moment de tendresse retrouvée…

Une silhouette sur le bord de la route attire son attention. Son pied enfonce instinctivement la pédale de frein. Avant que la voiture ne s'immobilise complètement, elle donne un grand coup de volant pour la ranger le long du trottoir, puis jette un coup d'œil dans le rétroviseur intérieur. Peine perdue, une rangée de voitures lui bouche la vue.

Elle a peut-être rêvé, mais si ce n'est pas le cas…

Elle ouvre la portière, descend du véhicule et repère la silhouette à une cinquantaine de mètres. L'homme lui tourne le dos et s'éloigne sans se presser en direction du carrefour qu'elle vient de dépasser. Gabrielle claque la portière et lui emboîte le pas.

Elle le rejoint alors qu'il s'apprête à monter dans sa voiture. Le doute n'est alors plus permis.

— Bonsoir, Abel.

Elle a à peine le temps de surprendre l'étonnement sur son visage. Lorsque Abel la salue à son tour, il a déjà retrouvé toute son assurance et la gratifie d'un large sourire dont elle pourrait presque croire qu'il est sincère.

— Eh bien pour une surprise… Vous passiez dans le coin ?

Gabrielle ne peut réprimer un sourire à l'évocation de cette petite phrase qu'elle lui a adressée lors de leur dernière rencontre.

— Quelque chose me dit que j'arriverai difficilement à vous convaincre, cette fois-ci.

— Pour être tout à fait honnête, vous n'y êtes pas tout à fait parvenue la première fois.

Le sourire de Gabrielle s'élargit. Elle admire l'aplomb d'Abel. Elle baisse la tête vers le petit sac plastique qu'il tient en main.

— Vous revenez de courses ?

Il désigne le bout de la rue du menton.

— Il y a une petite épicerie à cent mètres, ouverte tous les jours jusqu'à vingt-deux heures. Idéal quand vous vous apercevez que votre frigo est vide à la tombée de la nuit.

— J'ai connu ça, oui…

— Mais j'imagine que vous n'êtes pas là pour me demander le menu de mon repas de ce soir, n'est-ce pas ?

— Non, en effet.

Gabrielle prend délibérément appui sur la portière qu'Abel a entrebâillée. Celui-ci, beau joueur, lâche la poignée sans se départir de son sourire et la laisse se refermer sans protester.

— Savez-vous ce qu'est une chimère, Abel ?

Il lève un sourcil.

— Une chimère ?

— Une chimère, oui.

Il la fixe durant quelques secondes, espérant peut-être que son silence l'incite à s'expliquer sur cette étrange question. Mais le capitaine reste elle aussi obstinément muette.

— Eh bien je crois me souvenir qu'il s'agit d'une espèce de créature mythologique, répond-il enfin.

— Exact, mais je ne pensais pas à la chimère de la mythologie. Celle dont je veux parler existe bel et bien. Elle est rare, mais elle existe.

Abel penche la tête de côté.

— Hum… Je dois vous avouer que je ne vous suis pas…

— Parfois, au cours d'une grossesse gémellaire dizygote – vous voyez ce dont il s'agit ?

— Les sciences de la vie n'ont jamais été mon fort…

— « Di » pour « deux », « zygote » pour « œuf », c'est une grossesse due à la fécondation de deux ovules et qui produit deux œufs – des faux jumeaux donc –, par opposition à une grossesse monozygote qui produit un seul œuf et donne naissance à des vrais jumeaux, explique Gabrielle sur un ton professoral.

— Ma parole, vous êtes également médecin ?

Gabrielle sourit à la petite pique d'Abel.

— Non, mais des circonstances anciennes ont fait que je me suis intéressée de très près aux jumeaux. Aux jumelles, plus précisément… Parfois donc il arrive que les deux embryons dizygotes fusionnent à un stade précoce de la grossesse pour ne plus en former qu'un qui continue d'évoluer normalement. Certains parlent de « jumeau fantôme » pour désigner celui des deux qui n'a pas, en quelque sorte, survécu. Là où cela commence à devenir très intéressant, c'est que la fusion des deux embryons fait que le jumeau survivant porte des cellules issues de l'un des œufs, mais également des cellules issues de l'autre, celui qui a disparu, et la grossesse étant dizygote, ces cellules ne portent pas le même ADN.

Elle s'autorise une pause pour observer la réaction d'Abel, mais le visage de son élève reste de marbre.

— À l'âge adulte, nous nous retrouvons alors avec un individu dont certaines parties du corps portent un ADN, et d'autres… un autre ADN.

— Fascinant. Je vous remercie sincèrement pour ce cours, mais je dois vraiment rentrer pour préparer mon dîner. Comme je vous l'ai déjà dit, mon boulot n'est pas de tout repos et je préfère démarrer la semaine frais et dispos.

— Je n'en ai plus pour très longtemps. Une chimère n'est pas repérable au premier coup d'œil, mais certaines « marques » sont révélatrices, comme les lignes de Blaschko. On les trouve aussi chez certaines espèces animales, chez les boxers par exemple. C'est cette bande de couleur qui s'étend sur leur poitrine au-dessous du cou. J'en avais justement un en face de moi ce matin même.

— Écoutez, capitaine, tout ça est en effet vraiment passionnant, mais…

— Chez l'homme, l'interrompt Gabrielle, elles peuvent prendre la forme d'un réseau de taches brunâtres sur le corps, la poitrine ou le dos notamment. Cela vous évoque-t-il quelque chose ?

L'expression d'Abel s'est légèrement modifiée. Pour quelqu'un qui ne serait pas entraîné à détecter ces subtiles altérations du visage, la métamorphose serait passée inaperçue, mais elle n'a pas échappé à l'œil entraîné de Gabrielle.

— Absolument rien.

— Allons, Abel, vous ne me ferez pas croire que vous ne vous êtes jamais posé de questions sur ces étranges marques sur votre corps.

— Bien sûr que je m'en suis posé, mais je n'ai jamais entendu parler de ces lignes de…

— Blaschko.

— Blaschko, oui. Si vous êtes convaincue qu'il s'agit bien de cela, grand bien vous fasse, mais franchement, moi, ça ne m'intéresse pas plus que ça.

Il tend une main vers la poignée de la porte. Gabrielle appuie aussitôt le plat de la sienne sur la carrosserie.

— Comme beaucoup, il m'arrive de courir après des chimères, lui confie-t-elle, mais moi, je n'ai pas couru en pure perte. Vous portez deux ADN, Abel, et celui que nous sommes allés chercher dans votre bouche n'était pas le bon. S'il le faut, nous prélèverons chaque cellule de votre corps, mais cette fois, nous aurons le bon ADN, exactement le même que celui trouvé sur le pull de Geoffrey.

— Celui trouvé sur le pull de Geoffrey ?

Gabrielle réalise aussitôt son erreur. Livrer ce genre d'information à Abel est une très mauvaise idée.

— Et vous êtes persuadée que c'est le mien ?

— C'est bien ce que j'ai l'intention de vérifier.

Il tend un bras au-dessus de l'épaule de Gabrielle, dans la direction où il devine que sa voiture est garée.

— Eh bien, allons-y. Je n'ai rien à cacher. Tant pis, je dînerai plus tard. Je vous suis.

Oh oui, tu vas me suivre, mais certainement pas libre de tes mouvements...

Lorsque Abel capte l'éclat métallique des menottes, il comprend que le plan qu'il venait tout juste d'imaginer va être difficile à mettre en œuvre.

Heureusement, il excelle dans le domaine de l'improvisation.

Gabrielle ne voit pas le coup venir. Le sac plastique l'atteint à la tempe. Elle s'effondre sur la route et sa conscience vacille dangereusement vers les abîmes. À l'évidence, c'est une boîte de conserve qu'Abel avait prévue pour le dîner... Elle lutte un court instant contre la douleur et parvient à reprendre ses esprits, mais son agresseur est déjà au volant de sa voiture. Le temps qu'elle se remette sur ses jambes, il l'a démarrée et propulsée sur la route dans un crissement de pneus.

Elle a cent mètres à faire jusqu'à son véhicule, et seulement une poignée de secondes pour retrouver toute sa lucidité et se mettre en chasse.

Marc est à moins de deux kilomètres de la résidence d'Abel quand l'écran de son portable s'illumine.

— Changement de plan ! crie la voix de Gabrielle dès qu'il a décroché. Abel s'est fait la malle ! Je lui colle au train en bagnole !

— Hein ?! Mais où es-tu ?

— Route de Narbonne, direction centre-ville !

— Gabrielle, pas de risques inutiles ! Il te faut du renfort !

— Oui, et c'est exactement pour ça que je t'appelle !

Gabrielle porte une main à sa tempe et observe avec résignation la tache de sang qui s'étale sur la pulpe de ses doigts. Ce salopard n'y est pas allé de main morte. Elle lâche un juron et reporte son attention sur la route.

Elle croit avoir définitivement perdu sa cible lorsqu'elle la voit au loin s'engager sur la bretelle d'accès à la rocade. Elle écrase la pédale d'accélérateur et resserre ses mains sur le volant.

La fluidité de la circulation joue en faveur d'Abel, mais les compétences de Gabrielle en matière de conduite sportive sont largement au-dessus des siennes. En revanche, le moteur de sa C3 montre rapidement ses limites. Malgré un gymkhana d'une redoutable précision, elle ne gagne pas un seul centimètre sur l'Audi d'Abel. Celui-ci fait un soudain écart vers la droite qui oblige le conducteur de la voiture qu'il vient de doubler à piler.

— Putain !

La gomme des pneus de la C3 tartine le bitume. Gabrielle donne à son tour un violent coup de volant vers la droite, puis un autre vers la gauche pour rétablir le véhicule qui oscille dangereusement sur ses appuis, avant d'aborder le virage qui s'écarte du périphérique. Une fois de nouveau en ligne droite avec Abel en point de mire, Gabrielle retire une main du volant pour déverrouiller son téléphone et rappelle le numéro de Marc.

— Il a quitté le périph, il se dirige vers Pech-David, t'es où ?

— J'arrive sur la rocade, je fais aussi vite que je peux, figure-toi !

— Reste en ligne !

Elle dépose le portable sur le siège passager et reprend le volant à deux mains. L'aiguille du compteur de vitesse s'approche du cent vingt. Deux cents mètres devant elle, elle voit les feux arrière d'Abel passer au rouge lorsqu'une camionnette le contraint à freiner. Une fois la voie opposée libre, il bondit sur la gauche puis disparaît devant l'utilitaire. Gabrielle, pied au plancher, fond sur la camionnette et la dépasse à son tour.

À la faveur d'un nouveau traînard qui ralentit provisoirement l'Audi, elle refait son retard sur Abel.

— Resto *Le Clapotis* ! hurle-t-elle en direction du téléphone au moment où elle dépasse ledit restaurant installé sur les berges de la Garonne.

Puis, deux cents mètres plus loin :

— À droite, le long de la Garonne !

Abel n'est plus qu'à une dizaine de mètres. La peur semble avoir repris le dessus sur l'instinct de survie : à près de cent trente kilomètres par heure sur la départementale qui serpente entre fleuve et forêt, il n'ose plus repousser les limites de son intrépidité.

Gabrielle, elle, se sent pousser des ailes. Une ligne droite se présente devant elle ; pas une voiture à l'horizon. Elle fait rugir le moteur, se jette sur la gauche. Elle sait que la manœuvre est dangereuse, mais elle en a assez de ce jeu du chat et de la souris. Le pare-chocs de la C3 vient toucher l'arrière de l'Audi, qui se met de biais et se déporte sur la gauche. Ses feux arrière s'empourprent brièvement, Abel redresse et poursuit sa route ; Gabrielle pousse un juron, accélère encore et percute la berline. L'Audi fait un nouvel écart ; le temps que son conducteur corrige sa trajectoire, Gabrielle l'a dépassée par la droite et, d'un coup de volant, l'envoie droit en direction du bas-côté. Un nuage de fumée s'échappe des pneus arrière alors qu'Abel fait une dernière tentative pour maintenir son véhicule sur la route, puis l'Audi s'enfonce avec fracas dans la végétation.

— Gabrielle, où es-tu ?

Marc n'entend que le souffle précipité d'une respiration.

— Gabrielle ?

— Fais chier ! Je l'ai envoyé dans le décor, mais il s'est enfui. Je continue à pied. Je l'aurai, ce fumier !

— Où es-tu, bon sang ?

— Suis la route, tu ne pourras pas nous rater !

Elle zigzague entre les fûts d'un petit bosquet noyé dans la pénombre. La silhouette enténébrée d'Abel sautille une vingtaine de mètres devant elle. Son mètre quatre-vingt-dix lui donne l'avantage d'une longue foulée qu'elle peine à suivre.

Ils sortent du sous-bois, traversent un sentier au pied duquel s'amorce un petit dévers, qu'Abel commence à gravir après avoir risqué un bref coup d'œil en arrière. Il n'a pas souffert de sa sortie de route et ne montre aucun signe de fatigue – à l'évidence, la profession de barman exige une sacrée condition physique. Un autre sentier les attend au sommet, qui conduit à un ensemble de bâtiments dont les murs sont couverts de graffitis. Abel, à présent ombre parmi les ombres, a déjà rejoint l'édifice le plus proche. Gabrielle sait exactement où ils se trouvent. À l'origine un établissement médico-social, ce complexe abandonné est aujourd'hui l'un des terrains de jeu des urbexeurs[1] toulousains. Elle connaît bien l'endroit : le corps d'un jeune infirmier y a été retrouvé il y a plusieurs années, lardé de coups de couteau. Mais si elle a l'avantage du terrain, la nuit est à présent tombée et il n'est pas question d'utiliser la lampe torche de son Smartphone qu'Abel n'aurait aucun mal à repérer. Elle ne doit plus compter que sur la lumière de la lune.

Elle doit être rapide et prudente à la fois, car Abel aura vite fait de disparaître dans ce labyrinthe de béton.

---

1. Néologisme qui désigne les pratiquants de l'exploration urbaine (*Urbex*, pour *Urban Exploration*, en anglais), activité qui consiste à explorer des lieux construits puis abandonnés par l'homme. Parmi les plus célèbres d'entre eux, la ville de Pripyat, en Ukraine, à trois kilomètres de la centrale nucléaire de Tchernobyl.

Elle se saisit avec réticence de son arme alors qu'elle se jette dans la gueule noire qui vient d'engloutir Abel. Elle est persuadée qu'il n'est pas armé, mais le souvenir de la boîte de conserve lance encore le côté de son crâne.

Le sol est jonché de débris qui crissent sous ses Rangers comme du verre pilé. Elle s'arrête, tend l'oreille et perçoit un son identique à celui qui vient de s'échapper de sous les semelles de ses chaussures. Elle situe la source du bruit droit devant elle, au bout du long couloir qui lui fait face. Elle s'avance avec précaution, aux aguets, mais la peur de perdre la trace de sa proie lui fait mettre un pied devant l'autre plus vite qu'elle ne le souhaiterait. À chaque pas, c'est comme si le silence se faisait cribler de balles. Le corridor l'amène jusqu'à une grande salle dont le plafond est supporté par deux alignements de poutres.

Elle capte un nouvel écho sur sa droite, un crépitement sec à quelques pas seulement de l'endroit où elle s'est figée pour sonder le silence. Oubliant toute prudence, elle se précipite dans une coursive dont elle devine les parois bombées de graffs, saute par-dessus un monceau de décombres et atterrit dans une autre salle baignée d'un faible clair de lune. Les deux fenêtres qui laissent passer la lumière nocturne sont toujours en place, aucune issue de ce côté-là. Un autre passage s'ouvre face à elle et une volée de marches s'enfonce dans le sol sur sa droite. Elle se met à la place d'Abel et se dit qu'elle ne se risquerait pas à trouver refuge dans une cave plongée dans le noir et ne lui laissant aucune échappatoire. La perspective de descendre dans ce coupe-gorge ne l'enchante pas spécialement non plus. Elle se tourne vers l'ouverture cernée de graffitis. Le prénom *Lewis* s'étale en lettres bleues sur le mur de droite tandis qu'un lapin blanc armé de deux longues incisives semble garder l'accès sur celui de gauche. Au-delà de la béance, il fait noir comme dans un four, comme si la lumière elle-même était effrayée par l'idée de s'aventurer plus profondément dans la bâtisse. Elle aussi hésite ; ce couloir semble plus long que tous les autres qu'elle a empruntés jusque-là, elle n'en distingue même pas la fin.

Un bruit de carreau que l'on brise surgit de la nuit devant elle. Si Abel ressort du bâtiment, les choses vont sérieusement se compliquer. Elle se précipite en avant, sprinte sur quelques mètres, puis le sol se dérobe sous ses pieds.

Elle se réveille dans l'obscurité la plus profonde. Elle tente de se redresser et pousse un cri lorsqu'une douleur aiguë remonte le long de sa colonne vertébrale. Sa tête retombe lourdement au sol. Elle grimace et referme les yeux. Une odeur de moisi flotte dans l'air. Il n'y a pas un bruit. Elle rassemble ses esprits ; son visage se crispe sous l'effort de concentration. Elle courait, puis il y a eu cette impression de tomber dans le vide. Un trou. Il y avait un trou en plein milieu de ce putain de couloir.

Elle essaie de bouger, mais son dos la rappelle une nouvelle fois à l'ordre.

T'as raison, oui, je ne suis finalement pas si mal que ça dans cette position…

Une lumière explose dans le noir. Ses paupières se contractent encore un peu plus.

— Il faut faire attention où vous mettez les pieds, capitaine Berthelot.

La voix d'Abel résonne comme dans une grotte. Il y a un silence, puis un écho de pas et le bruit d'un objet que l'on racle contre un sol dur.

— Avez-vous une idée de l'endroit où nous nous trouvons ?

Elle ne répond pas, s'efforce de combattre cette lueur aveuglante derrière laquelle se cache son adversaire. Sa tête tourne, exactement comme tout à l'heure, après que la boîte de conserve à l'intérieur du sac plastique s'est écrasée contre sa tempe.

— C'est un ancien établissement de soins qui accueillait des enfants souffrant de handicaps intellectuels.

Elle grogne une réponse inaudible.

— Pardon ?

— Je… sais…

— Ah, bien. Mais savez-vous comment il s'appelait ?

Elle déplace légèrement son bras gauche qui s'ankylose sous son poids, laisse échapper un petit gémissement de douleur. Elle parvient à présent à distinguer les jambes de celui qui la harcèle de questions inutiles. Elle a froid et elle est fatiguée, mais elle trouve la force d'ouvrir la bouche dans un sursaut d'énergie.

— Allez vous faire foutre…

— Non, vous n'y êtes pas du tout. Il s'appelait *Le Lapin d'Alice*. Amusant, non ? Vous êtes Alice, je suis votre lapin, et vous êtes tombée dans mon trou…

Le genou d'Abel émet un bref craquement lorsqu'il s'accroupit à ses côtés. Il tient un pistolet entre les mains. Elle commence par se dire qu'elle s'est trompée en ne le pensant pas armé, puis reconnaît son Sig

Sauer. Une immense torpeur l'envahit. Cela se présente décidément très mal.

— Vous aviez raison, capitaine. Enfin, presque. Mon jumeau n'est pas tout à fait mort, il est là, quelque part en moi. Et à cet instant précis, il me dit que vous l'avez déçu.

C'est maintenant que tu dois débarquer, Marc. Dans les films, c'est à ce moment-là que tu surgis et que tu te jettes sur le meurtrier qui perd son temps à déblatérer sur lui-même au lieu d'en finir définitivement avec l'héroïne.

— Abel aurait pu avoir de la miséricorde pour vous. Mais à moi, vous ne m'inspirez que de la pitié. La miséricorde et la pitié sont deux choses bien différentes, capitaine.

Où es-tu, Marc ? C'est à toi de jouer, là...

— La miséricorde est le sentiment qu'éprouvent les faibles, la pitié celui qu'ils inspirent. Erika a bien failli faire d'Abel un faible, elle l'a presque convaincu qu'il était quelqu'un de bien.

— C'est pour ça… que vous avez tué Geoffrey, articule-t-elle avec difficulté. Parce qu'il l'a assassinée… Erika…

— C'est pour ça qu'Abel l'a tué, rectifie-t-il. Geoffrey refusait son homosexualité, il voulait se prouver qu'il était un homme en possédant ces femmes. Mais il n'y parvenait pas, et cet abruti essayait de se convaincre que c'était parce qu'elles n'étaient tout simplement pas faites pour lui, qu'il ne les méritait pas ; il était aveugle à sa nature véritable. Et s'il ne les méritait pas, personne d'autre ne les méritait. Peut-être même pensait-il leur faire une faveur en leur ôtant la vie… Par un malheureux coup du sort, Erika a croisé le chemin de Geoffrey. Ce détraqué a payé son crime de sa vie.

Il penche la tête en avant comme pour lui faire mieux assimiler ses explications.

— Et vous savez quoi ? Geoffrey a prétendu que c'était ma faute. Que s'il était incapable d'aimer une femme, c'était à cause de moi et de ce que je lui avais fait subir quand nous étions plus jeunes.

— Les attouchements sexuels… Vous êtes un monstre…

— Il est allé jusqu'à m'accuser d'avoir poussé ma propre sœur au suicide, ajoute-t-il sans prêter attention aux paroles de Gabrielle.

Son regard se perd dans le vague ; il ne dit plus un mot. Sur son visage, des frémissements subtils trahissent des émotions contraires ; la colère d'abord, puis la tristesse, et aussitôt après une douleur intense.

Les traits se métamorphosent ensuite pour ne plus rien laisser soupçonner des sentiments qui se bousculent dans cet esprit déséquilibré.

— Je l'aide à se débarrasser de cette fille, et il se jette sur moi et prétend que c'est moi qui ai tué Cassandre…

Il émet un petit reniflement, puis un sourire se dessine sur son visage.

— Mais il y a une justice. Sans cet orage, il m'aurait fendu le crâne à coups de pelle.

Il lève la tête et les bras en direction du plafond que la lueur du Smartphone fait jaillir, sinistre, de l'obscurité.

— Une intervention divine ! crie-t-il dans un élan fanatique. Le feu du ciel ! Pile au moment où il brandit la pelle. Vous auriez vu sa tête…

Il repose les yeux sur la jeune femme. Son sourire s'est changé en un rictus démoniaque.

Marc, je t'en prie...

— Mais ça ne l'a pas tué. Pauvre Geoffrey... Je souhaiterais presque qu'il n'ait pas repris conscience sous terre. Presque...

— Abel, Geoffrey était un assassin, cela jouera lors du procès, tente-t-elle en désespoir de cause.

— Abel ? Vous ne comprenez décidément rien, capitaine Berthelot. Vous ne comprenez pas ce que nous sommes, mon frère et moi, vous ne savez rien des grandes choses que nous avons accomplies. Ici même, par exemple. Figurez-vous que, moi aussi, je connais très bien ces lieux. J'y suis venu avec un ami. Attendez... Comment s'appelait-il déjà ?

Les traits de son visage se durcissent alors qu'il cherche à se souvenir. Les yeux de Gabrielle se sont à peine accoutumés à la lumière qui jaillit de la lampe torche du Smartphone d'Abel, que déjà ils se referment inexorablement. Elle n'a plus mal, ni dans son corps ni dans sa tête, elle a juste très envie de dormir.

— Anthony... Oui, c'est ça, Anthony.

L'évocation de ce prénom la tire un instant de son apathie. Cet endroit, Anthony, le meurtre de l'infirmier. Anthony... Son cerveau lui envoie toute une série d'informations qu'elle ne se sent plus en état de traiter.

— C'était une époque merveilleuse. Puis Erika a débarqué. Cette sainte-nitouche a monté la tête d'Abel.

La clarté livide qui émane du Smartphone projette des ombres malfaisantes sur le visage d'Abel.

— Mais heureusement, Geoffrey a remis les choses à leur place.

Elle comprend subitement que Marc n'arrivera pas. Il ne la trouvera jamais, il ne viendra pas la chercher dans ce lieu de désolation, encore moins dans ce caveau sinistre qui empeste l'humidité et la vermine. Le chevalier qui débarque à la dernière seconde sur son destrier blanc, ce sont des conneries que l'on ne voit qu'au cinéma et dans les livres. Elle doit se débrouiller seule, comme elle l'a toujours fait jusque-là.

— Abel, souffle-t-elle, vous pouvez arrêter ça…

La bouche froide du Sig Sauer vient lui caresser le front.

— Laissez mon frère en dehors de tout ça, c'est avec moi et moi seul que vous devez négocier. Et pour tout dire, j'en ai assez de cette discussion.

Le visage démoniaque disparaît de son champ de vision.

— Il s'est écoulé trois jours avant que le corps d'Anthony ne soit retrouvé, capitaine. À votre avis, combien de temps vos collègues mettront-ils pour retrouver le vôtre ?

— Abel…

— Caïn. Je m'appelle Caïn, capitaine.

— Caïn, écoutez-moi…

— Il est trop tard. Ne vous en prenez qu'à vous-même et à votre stupide entêtement.

Abel élève son bras pour pointer le canon du Sig Sauer droit sur la tête de Gabrielle.

— Vous vous accrochez comme une sangsue, capitaine. Parfois, il faut savoir lâcher prise.

Elle ferme les yeux pour ne pas emporter le visage d'Abel dans la mort. Ses toutes dernières pensées vont à ses parents.

Chapitre 60

Elle ouvre les yeux. Elle s'attendait au visage de ses parents, à celui d'Abel peut-être, mais certainement pas à celui-ci.

— Marc ?

Il expulse un énorme soupir, passe une main dans ses cheveux.

— Merde, j'ai vraiment cru que…

Il n'achève pas sa phrase. Gabrielle fait mine de se redresser, mais la douleur la cloue au sol.

— Ne bouge pas, les secours seront là d'un instant à l'autre.

— Mais… Abel ?

— T'inquiète, avec le coup que je lui ai mis sur la gueule, il n'est pas près de se réveiller.

Elle tourne la tête, devine une forme allongée à terre juste derrière son partenaire.

— Je ne comprends pas. Il n'a pas tiré… Il était là, il me tenait en joue, mais il n'a pas tiré.

— Si. Je suis arrivé juste à ce moment-là. Il a tiré, mais ton arme s'est enrayée.

Il marque une courte pause le temps de secouer la tête.

— Si tu étais passée au stand de tir comme te l'a ordonné Dobey, c'est peut-être là-bas qu'elle se serait enrayée, et à cette heure-ci, tu serais morte.

Il sourit.

— Tu peux remercier ta phobie des armes à feu…

Chapitre 61

Deux petits coups sont frappés à la porte. Gabrielle quitte son livre des yeux et aperçoit la tête de Marc dans l'entrebâillement.

— Je peux ?

— Avec plaisir. Les visites sont rares.

Il entre et approche une chaise du lit de Gabrielle. Cela fait trois jours qu'elle se sent retenue contre son gré dans cette chambre d'hôpital où elle consacre tout son temps à la lecture, accueillant presque avec soulagement les infirmières qui viennent la chercher pour les quelques examens obligatoires qui n'ont jusque-là fait que confirmer que tout était en ordre dans son corps comme dans sa tête. Le dîner en conserve d'Abel a fait éclore un bel œuf de pigeon écaillé d'une profonde estafilade sur sa tempe, et de sa chute elle ne récolte que des contusions multicolores sur son bras gauche et un mal de dos qu'elle devra soigner à coups de séances de kiné. Au final, un tribut bien faible en comparaison de celui qu'Abel avait prévu de lui faire payer.

Gabrielle est assise en tailleur sur le lit, deux épais coussins dans le dos, son livre grand ouvert entre les mains. Un bouquet de fleurs trempe dans une carafe d'eau sur une petite table placée auprès de la fenêtre. Le store est à moitié baissé pour occulter la lumière éclatante de la mi-journée.

— Qu'est-ce que c'est ? demande Marc en pointant un doigt en direction du livre.

Elle lui en présente la couverture.

— Un polar, constate-t-il avec un sourire. Je ne comprends pas cette attirance des flics pour les romans policiers. Tu n'as pas ta dose ? Surtout ces dernières semaines…

— C'est Sonia qui me l'a apporté, et il est très bon. Je ne lis pas si souvent que ça, alors autant en profiter. Et puis, ce n'est pas comme si j'avais autre chose à faire.

— Tu n'as pas demandé la télé ?

— Tu rigoles ? Je préférerais encore lire le pire des bouquins plutôt que de perdre cinq minutes de ma vie devant cette merde. De toute façon, je sors dans deux jours.

— C'est le médecin qui te l'a dit ?

— À demi-mot, oui. Et je lui ai fait comprendre que s'il s'avisait de changer d'avis, c'est lui qui prendrait ma place dans ce lit.

Le sourire de Marc s'agrandit.

— Je vois que tu as retrouvé la forme.

Gabrielle préfère ne pas le contredire.

— Tu me racontes, s'il te plaît ? Où en est-on ?

Il appuie son dos sur le dossier de la chaise, étend ses jambes et joint les mains derrière sa tête.

— Abel est muet comme une carpe. Il a été vu par un médecin, mais il faudra un examen bien plus poussé pour savoir ce qui se passe dans sa tête.

— Je ne suis pas médecin, mais je peux d'ores et déjà te le dire : Abel souffre d'un dédoublement de personnalité, et je soupçonne que la disparition de son jumeau à la naissance n'y est pas étrangère.

— Cette histoire de chimère ?

— Ce n'est pas une histoire, c'est la réalité.

— C'était juste une façon de parler, se reprend Marc prudemment.

— Si la grossesse avait suivi son cours normal, Abel aurait eu un frère jumeau. Mais les deux œufs ont fusionné et un seul embryon a continué de se développer, normalement, ou presque… Je crois que la personnalité du jumeau disparu d'Abel – celui qu'il appelle Caïn – cohabite avec la sienne, exactement comme celle du docteur Jekyll coexiste avec celle de Mister Hyde. Les deux faces d'un même homme, Abel d'un côté, qui lutte désespérément contre son mauvais moi, qui se prend d'amitié pour Erika et se pense débarrassé de son double maléfique grâce à elle, Caïn de l'autre, qui déteste Erika bien sûr, car à cause d'elle, Abel ne se laisse plus entraîner dans les actes ignobles qui germent dans son esprit. Abel que la mort d'Erika anéantit et qui se venge en tuant Geoffrey, Caïn qui s'en réjouit et en profite pour reprendre le dessus sur Abel.

— Tu crois que c'est la mort d'Erika qui a « réveillé » Caïn ?

— Je pense, oui. Comme c'est son apparition dans la vie d'Abel qui l'a mis en sommeil. Tu as jeté un œil au dossier de l'infirmier dont on a retrouvé le corps au *Lapin d'Alice* ? On n'a jamais retrouvé son assassin. Abel était au courant du meurtre, ce n'est pas une coïncidence.

— J’ai pris un peu de temps pour regarder ça, oui. Abel était effectivement dans le coin à l’époque.

— Il connaissait déjà Erika ?

— Non.

Un petit sourire se dessine sur le visage de Gabrielle.

— Alors pour l’instant, ça colle avec ma théorie.

Marc se redresse sur sa chaise, plante ses yeux dans ceux de sa partenaire.

— Il y a autre chose…

Gabrielle lève un sourcil.

— Quoi ?

— On a retrouvé un corps, celui d’un homme d’une vingtaine d’années près d’une voie ferrée désaffectée, pas très loin d’une boîte de nuit, l’*Undersound*. Tu connais ?

— Oui, c’est LA boîte LGBT de Toulouse.

— Exact. Tu te rappelles la dernière carte que nous a montrée Dobey ?

Le visage de Gabrielle s’illumine instantanément.

— Les rails, les notes de musique, le panneau…

Elle se tape le front du plat de la main.

— Mais oui, le panneau ! C’est le symbole du métro de Londres, l’*Underground*…

Marc fait une moue admirative.

— Bravo ! Nous, on a mis près de deux heures pour faire le rapprochement.

— C’est Abel qui a fait ce dessin…

— Disons plutôt Caïn, alors, qui a pris un malin plaisir à reprendre à son compte le mode opératoire de Geoffrey. Deux personnes présentes à l’*Undersound* la nuit où le gars a été tué et à qui on a montré une photo d’Abel l’ont identifié comme l’un des clients.

Gabrielle referme complètement son livre et en observe attentivement la couverture – la photo de deux mains plaquées contre une paroi de douche couverte de gouttes d'eau et de sang.

— Abel – ou Caïn, si tu préfères – a tué Geoffrey. Mais je suis persuadée qu'il en a tué d'autres avant lui. Cet infirmier, notamment. Erika a limité les dégâts en tenant le monstre à distance, mais Erika est morte. Et le monstre est revenu. Ce pauvre type de l'*Undersound* n'était qu'un début.

Elle se tourne vers Marc pour se faire une idée de ce qu'il pense de sa théorie. Celui-ci lui répond par un petit hochement de tête.

— Je crois que tu as raison, et je suis convaincu qu'on parviendra à le montrer. Et tout ça grâce à un boxer allemand…

Il voit les traits de Gabrielle s'assombrir brusquement, comme si le soleil derrière le store avait subitement disparu derrière un nuage, mais que, par un phénomène étrange, seul le visage de la jeune femme s'en était trouvé affecté.

— Tu t'en veux encore d'être partie si précipitamment, n'est-ce pas ?

Elle l'observe sans rien dire durant plusieurs secondes.

— Ils avaient besoin de moi… dit-elle finalement.

— Ils auront toujours besoin de toi, et tu n'es pas du genre à les laisser tomber.

Ils échangent un regard, puis Gabrielle se tourne vers la fenêtre et sourit à la vue des fleurs disposées dans le vase improvisé.

— J'espère que Magali n'est pas au courant pour le bouquet…

— Ne t'occupe pas de ça.

— Les choses se sont arrangées avec elle, au moins ?

Marc réfléchit à toute vitesse. Que répondre à cette question ? Que tout est effectivement rentré dans l'ordre, qu'ils sont amoureux comme au premier jour ? Ou plutôt la vérité, qu'ils ne dorment plus dans le même lit et ont déjà pris contact avec des avocats ?

— Oui, je crois qu'on est sur la bonne voie.

Gabrielle fixe le bouquet de fleurs dont les couleurs lui paraissent soudain beaucoup moins vives. Elle serre les mâchoires pour s'empêcher d'ouvrir la bouche et de dire à Marc de le reprendre, d'en faire cadeau à sa femme plutôt que de lui en imposer la vue dans cette chambre d'hôpital qui lui inspire déjà suffisamment de désespoir.

Un instant, elle a espéré. Un instant, elle s'est dit que c'était possible, qu'elle avait peut-être une bonne raison de croire que la vie valait la peine d'être vécue. Qu'elle ne devrait plus arracher à une autre ces moments passés dans les bras de Marc.

Il a suffi de ces quelques mots pour que tout vole en éclats. Elle se tait et espère que son silence finira par faire comprendre à Marc que sa compagnie n'est plus indispensable.

Mais Marc, qui regrette déjà ses paroles, ne voit rien de la détresse de Gabrielle. Embourbé dans ses propres doutes, il repense à ce qu'elle lui a dit au téléphone devant la maison de ses beaux-parents alors qu'il s'apprêtait à dire ses quatre vérités à Magali, à la décision de sa partenaire de mettre un terme à leur relation, qu'il a d'abord reçue comme un coup de poignard en plein cœur, mais dont il s'est efforcé de se convaincre qu'elle était la seule issue possible.

À ce moment-là en tout cas, il n'en voyait pas d'autre. Aujourd'hui, les choses sont différentes. C'est entre Magali et lui qu'il n'y a plus d'issue possible, et c'est ce qu'il aurait dû répondre à Gabrielle. Même s'ils se trompent, même si à terme, ils réaliseront qu'ils ne sont pas faits l'un pour l'autre, ils doivent se donner une chance. Ses sentiments pour elle n'ont jamais été aussi forts, et c'est exactement ce qu'il va lui dire.

Son portable vibre contre sa cuisse au moment où il ouvre la bouche pour se confier. Il fourre la main dans sa poche et jette un rapide coup d'œil à l'écran. Magali. Il lève les yeux et bute sur le regard résigné de Gabrielle. Elle ouvre la bouche pour lui enjoindre de prendre l'appel quand son propre portable se manifeste sur le chevet. Marc s'éloigne déjà pour répondre à Magali. Elle tend une main pour saisir son Smartphone ; son cœur fait un bon lorsqu'elle lit le nom du correspondant.

— Adrien ?

— Salut, Gabrielle. Léo nous a filé l'info. On sait où il est.

Chapitre 62

L'odeur lui tire une grimace comme à chaque fois qu'il ouvre la porte de l'appartement. Sa planque est discrète, en effet, mais elle pue la mort.

Au moment où il passe le seuil de la porte, il se sent poussé violemment en avant. Il lâche un juron, se retourne et se retrouve nez à nez avec le canon d'une arme à feu.

— Assieds-toi ! ordonne Gabrielle. Et si je vois une seule de tes mains bouger, je te colle une balle entre les deux yeux.

Il recule de quelques pas et se laisse tomber dans le canapé crasseux dans lequel il passe l'essentiel de ses journées.

— Tu n'imagines pas ce que ça me coûte de pointer cette arme sur ta tronche d'enfoiré.

— Ma poulette, je sais pas ce que tu fous ici, mais je crois que tu t'es trompée d'adresse. Si j'étais toi, je rangerais mon flingue et je me casserais vite fait bien fait.

— Et moi, si j'étais toi, j'éviterais de la ramener. Quand on a la mort d'un flic sur la conscience, mieux vaut fermer sa gueule.

— Qu'est-ce que tu racontes ?

— Axel Comminges, ça te dit quelque chose ? Mais non, bien sûr, que je suis bête, tu ne connaissais même pas son nom, pauvre con.

— J'ai jamais aimé les énigmes, ma grande, alors il va falloir être un peu plus claire.

Gabrielle esquisse un sourire mauvais.

— Toi alors, comme grande gueule, tu te poses là. Mais les grandes gueules, j'ai l'habitude. Par contre, les tueurs de flics, ça, non, ce n'est pas possible.

— Je sais pas de quoi tu parles.

— Bien sûr que tu sais. Ton appart, 8, rue Alexis-Asmodée. Ton interpellation, et toi qui tires dans le tas. Axel était marié et il avait une petite fille de sept ans.

— Je te répète, je sais que dalle de ce que tu racontes.

Gabrielle essaie de faire abstraction de l'odeur fétide qui règne dans les lieux. La pièce est sordide, crasseuse, ce petit truand de bas étage n'a même pas les moyens de se payer une planque correcte.

— Tu ne te rappelles pas mon visage, pauvre crétin ? Parce que moi, je me rappelle le tien. J'étais là quand tu as tiré, j'étais là quand tu as sauté par la fenêtre, j'étais là quand mon collègue s'est effondré – il est mort dans mes bras. Alors arrête de me baratiner, y a pas moyen que j'oublie ta sale gueule de fils de pute.

— Eh, tu traites pas ma mère comme ça, connasse ! s'insurge l'autre en faisant mine de se lever.

Il retombe de tout son poids au bruit de la détonation. La balle a disparu dans le canapé à vingt centimètres de son torse.

— Putain, mais t'es malade !

— La prochaine passera par toi avant de s'enfoncer dans le canapé, sac à merde.

Pour la première fois depuis le début de leur passe d'armes, l'homme garde le silence.

— Pour ton information, la petite orpheline s'appelle Morgane, sa mère s'appelle Claire. Et c'est toi qui es responsable de leur malheur. J'aimerais que tu gardes bien leurs prénoms en tête. Si je pouvais, je t'accrocherais au pare-chocs de ma bagnole et je te traînerais la gueule sur le bitume jusqu'à la gendarmerie, mais il y a ces lois qui interdisent ce genre de choses. Alors on va faire ça dans les règles.

— T'as que dalle, je serai ressorti avant le week-end. Claire, c'est ça ? Donne-moi son adresse, elle aura vite fait d'oublier son mec, avec moi.

Les mâchoires de Gabrielle se contractent.

— Tu oses vraiment tout, toi ? Même avec un flingue pointé sur ta tronche.

— J'ai peur de rien, ma grande. Je suis né dans la rue, j'ai grandi dans la rue, j'en ai chié comme jamais t'en chieras dans toute ton existence. Pendant que t'es peinarde le cul bien vissé derrière ton putain d'ordinateur, moi, j'en bave tous les jours. Et tu sais quoi ? Moi, j'ai fait sans mon vieux, alors la petite, elle pourra faire sans le sien.

— Il faut vraiment que tu fermes ta gueule, là.

— Et puis son mec, p'têt même qu'il lui foutait sur la gueule, à ta Claire, comme mon daron foutait sur la gueule à ma mère. Il en mettait peut-être même plein la gueule à sa fille aussi, et elle est bien contente de s'en être débarrassée, de son père.

— Arrête ça…

— Non, j'arrête pas, parce que t'y connais rien à la vie, ma grande. Eh ouais, la vie, c'est pas les Bisounours, y en a qui en bavent salement, comme moi, comme des milliers d'autres que moi.

— Tu ne sais rien de ce que j'ai vécu, pauvre minable…

— T'as pas la tête de quelqu'un qui a souffert, qui a souffert comme moi j'ai souffert.

— Je te jure, ferme-la…

— Et peut-être même comme cette mioche a souffert. Tu sais quoi ? Peut-être que j'ai rendu service à l'humanité, au final ? Peut-être que si elle était là, ta gamine, elle me donnerait une médaille pour avoir mis une bastos à son père…

Le défilement endiablé d'images qui tourbillonnent dans la tête de Gabrielle depuis près d'une minute se fige sur celle de son père qui s'écroule tête en avant dans la neige. Un instant, elle croit même avoir réentendu la détonation qui a précédé sa mort.

Mais celle qui vient de retentir est bien réelle.

Épilogue

Les deux mains appuyées sur le rebord de sa terrasse, Gabrielle observe l'océan de tuiles figé dans la lumière du soir. Pourquoi la « Ville Rose » ? À elle, elle lui paraît plutôt rouge, un rouge rendu encore plus vif par les feux obliques du soleil couchant ; un rouge luisant, presque liquide, qui semble s'écouler sur les toits et se déverser, épais et chaud, sur les rues en contrebas.

Ce soir, la ville est bruyante, violente. Les cris, les klaxons, les sirènes, tout est démultiplié à l'infini par l'étrange fièvre qui semble s'être emparée de la cité. À moins que ce ne soit elle qui soit prise de fièvre et qui ne supporte plus la cacophonie de cette immense fourmilière. Ce soir, le panorama qu'elle prend habituellement tant de plaisir à contempler ne lui apporte aucun apaisement. Ce soir, elle se sent vide, fatiguée, seule et condamnée à le rester.

Le visage de Marc s'impose violemment à son esprit. À l'hôpital, après le coup de fil d'Adrien, elle a croisé son regard ; elle y a lu une étrange émotion, comme le désir très fort d'un aveu qu'on ne trouve pas le courage de formuler. Il voulait lui dire quelque chose, mais il a gardé le silence. C'étaient peut-être les mots qu'elle attendait, mais ils ne sont pas sortis de sa bouche.

Et elle, déjà obsédée par l'idée de retrouver l'assassin d'Axel, elle n'a pas eu la présence d'esprit de l'aider à les prononcer…

Elle balaie la terrasse du regard : aucune trace de Hobo. Même ce satané chat semble l'avoir abandonnée. Elle s'emmitoufle avec ses bras. Elle a froid, malgré la fièvre, malgré la chaleur qui plombe encore la ville, et de violents spasmes lui serrent les entrailles à intervalles réguliers, provoquant de soudaines envies de vomir qu'elle a toutes les peines du monde à réprimer.

Elle a tué un homme. Elle a perdu les pédales. Pour la seconde fois de son existence, elle a pressé la détente face à un être humain. Mais elle devait le faire taire, arrêter le flot d'immondices qui sortait de sa bouche.

Elle a tué. Encore. Rien ne peut justifier un tel geste. Qu'il s'agisse de son père ou de ce salopard, cela ne fait aucune différence.

Si, se reprend-elle aussitôt, *cela fait une différence. Une énorme différence*.

Une larme coule le long de sa joue, qu'elle chasse d'un revers de main lorsque la mélodie de son téléphone s'échappe de la poche de son pantalon, réflexe absurde de celle qui ne veut pas être surprise en train de pleurer.

C'est Dobey. Elle hésite un instant à répondre, mais connaissant le bonhomme, elle sait qu'il ne lâchera pas le morceau.

— Mon colonel ?

Un énorme soupir lui répond.

— Bon Dieu, Gabrielle, ne me dis pas que c'est toi.

Le respect qu'elle porte à son supérieur la dissuade de s'engager dans un jeu de dupes.

— Le meurtrier d'Axel a été retrouvé, enchaîne Dobey. Mort. C'est une voisine qui a appelé. Elle a entendu une détonation, puis elle a vu une femme sortir de l'immeuble. Elle est avec Zach en ce moment même. Elle lui a décrit la femme, il lui a montré ta photo. Par pitié, Gabrielle, dis-moi qu'elle se trompe… Dis-moi que ce n'est pas une balle de ton arme qu'on va retrouver dans la poitrine de ce fumier.

Gabrielle garde le silence.

— Il n'avait aucune arme sur lui, poursuit le colonel, qui a déjà compris. Comment vas-tu t'y prendre pour expliquer sa mort ?

— Les meilleures explications du monde ne suffiront pas, je le sais bien, les miennes pas plus que toutes celles que vous vous efforcerez d'imaginer pour moi. J'aurai beau les avancer avec la plus grande conviction, elles ne convaincront personne d'autre que moi. Mais il est un peu tard pour faire machine arrière.

— Où es-tu, Gabrielle ?

— Chez moi.

— Alors par pitié, n'en bouge pas, s'il te plaît.

Tandis que Dobey s'évertue à la convaincre de ne pas aggraver son cas, une vibration dans sa main lui annonce l'arrivée d'un texto. Elle décolle le portable de son oreille et jette un œil à l'écran. Le numéro est inconnu, mais le message ne laisse aucun doute sur son propriétaire :

Ma très chère nièce,
J'espère que tu as bien reçu ma carte.
Simple petite attention pour te faire patienter
avant nos grandes retrouvailles…
Il me tarde de te revoir.
Nathalie

— Gabrielle ?

La jeune femme est comme prise dans la glace.

— Gabrielle ?!

— Mon colonel ?

— Tu as entendu ce que je viens de dire ?

— Oui, mon colonel. Mais… Il faut que j'y aille.

— Hein ? Mais tu n'as rien écouté de ce que je t'ai dit, bon sang !

— Si, ment-elle, mais là, il faut vraiment que je parte, mon colonel.

— Que tu partes ? Mais où ça, nom de Dieu ?!

— Retrouver celle qui ne pardonnait pas.

Glossaire

AGRIPPA : Application de gestion du répertoire informatisé des propriétaires et possesseurs d'armes

BMO : Brigade motorisée

CNAS : (Logement) Concédé par nécessité absolue de service

DRPJ : Direction régionale de la police judiciaire

DSC : Département des sciences comportementales

FNAEG : Fichier national automatisé des empreintes génétiques

FPR : Fichier des personnes recherchées

FVV : Fichier des véhicules volés

IRCGN : Institut de recherche criminelle de la gendarmerie nationale

OPJ : Officier de police judiciaire

PR : Police de la route

PSIG : Peloton de surveillance et d'intervention de la gendarmerie

PTS : Police technique et scientifique.

LVAC : Système d'analyse des liens de la violence associée aux crimes

SIV : Service d'identification des véhicules

SR : Section de recherches
TAJ : (Fichier de) Traitement des antécédents judiciaires
TIC : Technicien en identification criminelle
TNR : Trace non résolue

Remerciements

Il semblerait que je sois trop bavard ; je vais donc m'efforcer de faire tenir ces remerciements sur une seule page, en commençant par Ambre, mon éditrice. Merci pour la confiance que tu m'accordes depuis le début, merci pour l'énergie et l'envie que tu nous apportes, à moi ainsi qu'à tous mes camarades « Nouveaux Auteurs ».

Merci à toute l'équipe des Nouveaux Auteurs, justement, aux petites mains, comme on dit, aux travailleurs de l'ombre, à toutes celles et tous ceux qui ont fait en sorte que ce roman ait vu le jour.

Un merci tout particulier, et immense, à Jérôme, sans qui, j'ose le dire, cette histoire n'aurait jamais vu le jour. En plus de savoir à peu près tout ce qu'il y a à savoir sur ce milieu de la gendarmerie qui m'était totalement inconnu, Jérôme est d'une disponibilité, d'une simplicité et d'une sympathie hors du commun.

Merci à mes formidables bêta-lectrices et bêta-lecteurs, toujours présents pour me guider. Pour nous qui sommes seuls au monde pendant des mois, vous êtes la lumière au bout du tunnel.

Une énorme pensée à ma fille et à mon fils, dont je suis chaque jour un peu plus fier. Vous allez faire de grandes choses, j'en suis persuadé, et nous en ferons quelques-unes ensemble. J'ai déjà hâte d'y être.

Ce roman a vu le jour dans un contexte très particulier. Des pages se sont tournées, et une histoire, quand elle a été merveilleusement écrite, est toujours difficile à refermer. Les personnages disparaissent, certains, malheureusement, pour toujours. La vie n'est pas un long fleuve tranquille, et les flots ont été très tumultueux, ces derniers mois. J'ai bu la tasse, mais si je ne me suis pas noyé, c'est grâce à certains d'entre vous qui m'ont maintenu la tête hors de l'eau : dans l'adversité, sans que je ne demande rien, vous avez été à mes côtés, vous vous êtes inquiétés, vous m'avez écouté, et par votre formidable empathie, vous m'avez touché au cœur. Alors merci à celles et ceux, et je suis sûr qu'ils se reconnaîtront, qui m'ont accompagné pendant cette période un peu difficile. Le courant est encore très fort, mais je sais que vous êtes là, alors j'ai bon espoir d'atteindre la rive. Essoufflé, cabossé, mais indemne. Prêt à écrire une nouvelle histoire.

Composition et mise en pages
Nord Compo à Villeneuve-d'Ascq

#lisez engagé!
www.lisez.com
Pour plus d'information :
Imprimé sur du papier issu de forêts gérées durablement.

Imprimé en France par MAURY IMPRIMEUR
en avril 2023
N° d'impression : 269892

POCKET – 92, avenue de France, 75013 Paris

S33246/01